ANDREA LAURENCE

Enceinte d'un inconnu

Traduction française de
ROSA BACHIR

Passions

HARLEQUIN

Collection : PASSIONS

Titre original :
LITTLE SECRETS : SECRETLY PREGNANT

HARPERCOLLINS FRANCE
83-85, boulevard Vincent-Auriol, 75646 PARIS CEDEX 13
Service Lectrices — Tél. : 01 45 82 47 47

www.harlequin.fr

ISBN 978-2-2803-8375-2 — ISSN 1950-2761

Prologue

Mardi gras

La fête battait son plein, et tout le monde dansait et s'amusait. Tout le monde, excepté Emma Dempsey. Ce qui n'était pas inhabituel : il y avait bien longtemps qu'Emma avait oublié comment s'amuser.

Depuis sa récente rupture, elle se demandait s'il n'y avait pas un problème chez elle. Son ex-petit ami, David, avait déclaré qu'elle était soporifique, sur le plan sexuel comme sur tous les autres plans. Elle avait commis l'erreur d'en parler à son ancienne camarade d'université, Harper Drake. Et celle-ci l'avait entraînée de force à cette soirée costumée, dans un loft de Tribeca.

Emma avait pourtant fait des efforts : elle portait un joli masque en forme de papillon et une jupe moulante. Mais ce genre de soirées n'était vraiment pas sa tasse de thé. Peut-être devrait-elle simplement appeler un taxi et s'en aller pour ne pas gâcher le plaisir de Harper. Elle mordillait distraitement un bâtonnet de carotte quand son regard se posa sur un bar à tequila installé sur le comptoir de la cuisine. Et si, pour une fois, elle noyait ses soucis dans l'alcool ?

Elle avait un choix à faire, elle le savait. Elle pouvait rentrer chez elle et s'apitoyer sur son sort, ou prendre le taureau par les cornes et s'amuser, pour une fois.

Dans un accès de courage, elle posa son assiette et

se dirigea vers le bar. Il y avait un assortiment de petits verres en carton, des quartiers de citron vert, une salière et plusieurs bouteilles de tequila. Elle se lécha la main, y versa du sel, prit un quartier de citron et se servit un verre. Elle était consciente qu'une fois qu'elle se serait lancée elle ne pourrait pas revenir en arrière.

Être avec toi, c'est comme sortir avec ma grand-mère. Le souvenir douloureux des paroles de David acheva de la décider.

Sans hésiter plus longtemps, elle lécha le sel, but le verre d'un trait puis aspira furieusement le jus de citron pour atténuer le goût de l'alcool. La tequila lui brûla la gorge et le ventre presque aussitôt.

Le goût était absolument terrible, mais après quelques secondes, elle sentit un changement en elle. Elle avait l'impression d'être plus détendue, plus souple, presque féline. Ce qui était très agréable. Avec un sourire satisfait, elle prépara un second shot. Lorsqu'un invité approcha d'elle, elle fut aussitôt mal à l'aise. Un rapide regard dans sa direction confirma ses craintes. C'était un homme déguisé en Batman, à l'air libidineux.

— Bonsoir, beauté, dit-il en s'appuyant contre le bar.

Le compliment était peu crédible, puisque les trois quarts de son visage étaient couverts par son masque. Elle soupira et avala le second verre de tequila sans sel ni citron. Elle en avait bien besoin. Elle s'en servit un troisième, ignorant ouvertement son admirateur.

— Vous aimeriez danser ? demanda-t-il. Je me débrouille pas mal sur une piste.

Elle en doutait.

— Désolée, je ne danse pas.

Batman fronça les sourcils.

— Dans ce cas, ça vous dirait de quitter cette soirée pour aller dans un endroit calme et sombre où nous pourrions… discuter ?

Un frisson glacé la parcourut. Se retrouver seule avec

lui ici était déjà assez désagréable. Mais dans le noir ? Ce serait tout bonnement terrible.

— Non, je suis venue avec quelqu'un. Désolée.

Batman se redressa, et son langage corporel exprima la colère que son masque cachait.

— Qui ?

Elle allait lui répondre quand un autre homme arriva derrière elle et posa des mains lourdes et chaudes sur ses épaules. Il déposa un baiser sur sa joue, et Batman finit par reculer.

Emma entendit une voix grave gronder contre son oreille :

— Bonsoir, chérie, désolé d'être en retard.

Elle avait bien envie de s'écarter de ce second soupirant non désiré, mais les mains qui pressaient ses épaules avec insistance la suppliaient de coopérer. Cet homme n'était pas en train de lui faire des avances ; il essayait de la sauver de Batman. Soulagée, elle se tourna pour lui faire face et le saluer.

Eh bien ! Il était plus grand qu'elle ne l'aurait pensé. Il mesurait environ un mètre quatre-vingt-cinq. Mais si elle voulait convaincre Batman de ficher le camp, elle devait cacher sa surprise. Elle se mit sur la pointe des pieds et embrassa les lèvres de son faux petit ami, la seule partie visible de son visage sous le masque vénitien vert et or.

Dès que leurs lèvres se touchèrent, ce qu'elle pensait n'être qu'un simple petit baiser se révéla bien plus puissant. L'électricité du contact faillit la projeter en arrière, mais son sauveur la maintint en équilibre, tenant ses bras de manière ferme et néanmoins douce. Ses sens furent aussitôt excités par son eau de toilette épicée, par la douce caresse de ses lèvres contre les siennes, par la chaleur de sa peau.

Elle ne savait pas si c'était la tequila ou le baiser, mais soudain, elle était très consciente de son propre corps. Cet homme provoquait des picotements en elle et accélérait son pouls. Elle se sentit s'abandonner contre lui, malgré elle. C'était sûrement la tequila. Pas étonnant que les gens aient tant d'ennuis quand ils buvaient cet alcool !

Elle se ressaisit un peu, et recula pour mettre fin à leur baiser. Mais l'inconnu ne la lâcha pas pour autant. Batman les regardait sans doute encore, supposa-t-elle.

— Tu m'as manqué, dit-elle, se blottissant contre lui de manière suggestive.

Il l'attira contre le mur solide de sa poitrine et l'étreignit. Il se pencha pour respirer le parfum de ses cheveux et murmura :

— Il est parti, mais il nous observe depuis l'autre côté de la pièce. Continuez à jouer la comédie si vous ne voulez pas qu'il revienne.

Elle hocha la tête et recula un peu. Elle frotta affectueusement la bouche de son chevalier blanc à l'endroit où elle avait laissé une marque de rouge à lèvres. Le geste était intime et assez convaincant, elle en était sûre. Maintenant que plusieurs centimètres les séparaient, elle avait une meilleure vue sur sa silhouette. Le masque cachait l'essentiel de son visage, mais elle remarqua ses larges épaules, son jean ajusté, son sourire radieux et charmeur.

— Vous enchaînez les shots de tequila ? demanda-t-il.

— Oui, mais je crois que je vais m'arrêter là.

Elle en avait pris assez pour rendre cette scène authentique mais, si elle en buvait davantage, elle récolterait certainement des ennuis.

— Ne me laissez pas boire seul, dit-il.

Il se servit un verre, puis afficha un sourire malicieux, avant de se pencher vers elle et de lécher sa peau, juste au-dessus de son décolleté. Stupéfaite, elle retint son souffle. Elle ne parvenait pas à réagir. Son esprit lui commandait de reculer, de lui dire d'arrêter, mais elle resta immobile, et muette.

Il hésita, la salière dans la main. Ses yeux bleu nuit

plongèrent dans les siens, attendant sa permission. Pouvait-elle la lui donner ? Elle en avait envie. C'était ce qu'elle avait recherché ce soir, même si elle n'en avait pas eu conscience jusqu'à cet instant. Les grands-mères ne laissaient pas des inconnus lécher du sel sur leur peau dans des soirées costumées. Malgré tout, elle n'arriva pas à prononcer le moindre mot pour donner son accord. Alors, elle se contenta de rejeter la tête en arrière pour le laisser saupoudrer de sel la courbe de ses seins et glisser délicatement un quartier de citron entre ses lèvres entrouvertes.

Il approcha le visage, son verre à la main. Emma avait le corps en feu quand son souffle chaud caressa sa peau. Il lécha lentement sa poitrine, prenant bien plus de temps que nécessaire pour retirer chaque grain de sel. Batman ne les regardait plus, sans doute. Quand son sauveur avala la tequila d'un trait, Emma put enfin libérer l'air qu'elle avait douloureusement retenu dans ses poumons jusqu'à maintenant. Puis, il reposa son verre sur le comptoir.

Lorsqu'il glissa la main sur sa nuque et approcha son visage du sien, Emma se tendit d'anticipation. Il baissa la tête, ses lèvres effleurant les siennes un bref instant avant qu'il ne morde dans le fruit. Elle sentit un filet froid et acide couler dans sa propre bouche, avant qu'il ne retire le quartier avec ses dents.

Quand il fit un pas en arrière, elle fit de même. Elle avait eu bien du mal à ne pas gémir quand il l'avait touchée cette fois. Il valait mieux qu'elle se sorte de cette situation maintenant, tant qu'il lui restait un peu de contrôle sur ses sens. Elle avait sans doute les joues rouges, car elle était embarrassée, mais aussi… excitée.

Elle porta timidement la main à son visage et fut surprise quand elle toucha la surface rêche et pailletée de son masque. Elle avait oublié que l'inconnu ne pouvait pas la voir. Même si elle était rouge comme une pivoine, il ne le saurait pas. Ce soir, elle était anonyme. Étrangement, cette pensée la rendit audacieuse. Et, au lieu de fuir, elle décida de rester là où elle était.

Il prit le verre plein qu'elle avait laissé sur le comptoir et le lui tendit, en guise de proposition silencieuse et dangereuse. Qu'allait-elle décider de faire ?

Un regard rapide lui confirma que Batman avait disparu, et qu'il n'y avait pas de raison de continuer ce petit jeu. Mais elle avait très envie de le continuer.

— Il est parti, dit-elle, lui donnant l'occasion d'arrêter s'il le souhaitait.

— Je sais, répondit-il.

Il lui tendit la salière, qu'elle accepta.

Puisqu'il portait une chemise noire à manches longues, elle ne pouvait verser le sel que sur son cou. Elle se mit sur la pointe des pieds pour l'atteindre. Elle lécha sa peau, laissant une traînée humide depuis le creux de son cou jusqu'à sa pomme d'Adam, où sa langue effleura sa barbe naissante. Elle sentit son point de pulsation battre quand elle s'en approcha. Elle remarqua que sa peau avait un parfum très masculin. Salé, et légèrement musqué. Elle ne put s'empêcher de s'attarder pour le respirer profondément, afin de graver le souvenir de son odeur dans sa mémoire. La réaction de son corps fut immédiate et presque primaire. Ses muscles les plus intimes se contractèrent de désir.

— Attendez, dit-il alors qu'elle s'apprêtait à saupoudrer le sel sur son cou.

Il s'agenouilla devant elle, posa les mains sur la courbe de ses hanches, et leva ses grands yeux bleus vers elle.

Elle ne pouvait pas vraiment distinguer son expression derrière son masque, mais son regard intense la poussait à agir. Elle avait presque l'impression qu'il était à sa merci, agenouillé ainsi devant elle, et elle aimait cette idée.

Elle tenta de se concentrer sur sa tâche, songeant qu'elle devrait verser le sel avant que sa peau ne sèche. Elle ne voulait pas qu'il devine son inexpérience en matière de shots de tequila. Elle n'avait jamais rêvé de faire quoi que ce soit d'aussi ouvertement érotique avec un inconnu. Elle n'aurait pas cru en être capable.

Elle saupoudra le sel sur sa gorge et plaça le citron entre ses lèvres pleines et douces. Serrant nerveusement le verre de tequila dans une main, elle se pencha de nouveau pour lécher le sel. Elle sentit sa gorge vibrer sous sa langue quand il émit un grondement. Elle recula, avala rapidement le verre, puis posa les mains de chaque côté de son visage. Juste avant qu'elle puisse mordre dans le quartier de fruit, il le recracha. Elle n'eut pas le temps de s'arrêter, et leurs lèvres se rencontrèrent, provoquant un courant électrique inattendu.

En temps normal, elle aurait reculé. Mais avec son masque, elle avait l'impression d'être une autre femme. Une femme audacieuse et téméraire.

Ce second baiser lui fit oublier le premier. L'inconnu serra ses hanches pour l'attirer contre lui. Elle se sentit fondre contre sa bouche et, peu à peu, elle se baissa jusqu'à ce qu'elle soit elle aussi à genoux sur le sol de la cuisine. Le bar les séparait de la foule d'invités, à seulement quelques mètres d'eux. Elle noua les bras autour de son cou, ses lèvres s'accrochant aux siennes tandis qu'il explorait sa bouche avec sa langue.

C'était un baiser indécent, et délicieux. Elle aurait voulu qu'il dure toujours, mais l'inconnu finit par détacher ses lèvres des siennes. Son souffle chaud effleurait son cou quand il appuya la joue contre la sienne et resta là, immobile, le temps de se reprendre. Ils étaient toujours enlacés, et aucun d'eux n'avait envie de se libérer de cette étreinte. Il y avait une intensité chez cet homme qui l'excitait et l'effrayait à la fois, et qui éveillait la même intensité en elle.

— Venez avec moi, murmura-t-il.

Il se leva et lui tendit la main.

Elle n'était pas naïve. Elle savait bien ce qu'il lui

proposait, et chaque cellule de son corps la poussait à accepter son offre. Elle n'avait jamais rien fait de tel. Jamais. Mais il y avait quelque chose chez son héros qui la poussait à le suivre.

Alors, elle le suivit.

- 1 -

Trois mois plus tard

Serrant rageusement sa tasse de café, Jonah Flynn tonna dans son téléphone :

— Où est Noah, bon sang ?

— Il… n-n'est pas là, monsieur.

L'assistante administrative de son frère, Melody, était manifestement surprise par son ton, et il se reprit aussitôt. Il n'élevait jamais la voix avec ses employés. À dire vrai, la seule personne sur laquelle il criait, c'était son frère Noah. Et il dirigerait sa colère sur ce bon à rien dès qu'il le retrouverait.

— Navré d'avoir crié, Melody. Je sais bien qu'il n'est pas dans son bureau, il n'y est jamais. Ce que je voulais dire, c'est : savez-vous où il est allé ? Chaque fois que je l'appelle, je tombe sur sa boîte vocale, comme s'il avait éteint son téléphone.

Melody hésita un instant. Il entendit le cliquetis de son clavier en fond sonore.

— Il n'y a rien de noté dans son agenda, mais il a mentionné qu'il allait à Bangkok.

Jonah faillit s'étouffer avec son *latte*. Il déglutit et posa sa tasse à bonne distance.

— Bangkok, en Thaïlande ?

— Oui, monsieur.

Il prit une grande inspiration pour ravaler sa colère.

Il ne passerait pas ses nerfs sur Melody. Elle l'avait déjà appelé monsieur par deux fois, ce qui prouvait qu'il était allé trop loin. Oui, il était le P-DG, mais il portait aussi un jean et un T-shirt à l'effigie des Monty Python. Tout le monde l'appelait Jonah.

— Une idée de la date de son retour ?

— Non, mais il a envoyé le numéro de l'hôtel dans lequel il séjourne. Vous pourrez sans doute le joindre là-bas.

— Ce serait super, merci, Melody.

Elle lui communiqua le numéro qu'il nota rapidement sur son bloc-notes avant de raccrocher. Puis, il appela l'hôtel. On lui passa la suite de son frère sans trop de problèmes. Bien entendu, Noah ne répondit pas. Il était sans doute en train de batifoler avec une beauté exotique. Jonah se força à laisser un message vocal qui ne trahissait pas la vraie raison de son appel et raccrocha, écœuré.

La Thaïlande.

À présent, Jonah n'avait plus le moindre doute. C'était Noah, le responsable de toute cette pagaille. Si les rapports comptables préliminaires étaient exacts, son petit frère s'était envolé pour l'Asie du Sud-Est en emportant trois millions de dollars qui ne lui appartenaient pas.

Jonah se cala dans son fauteuil de cuir et se massa doucement les tempes.

Un détournement de fonds était toujours un problème, mais son frère avait vraiment mal choisi son moment. Noah passait peu de temps au bureau et, si Jonah l'avait engagé, c'était uniquement pour faire plaisir à leur mère. Néanmoins, Noah savait — il savait — qu'ils étaient sur le point de signer le contrat avec Game Town. L'auditeur envoyé par leur futur partenaire devait commencer sa mission aujourd'hui. Aujourd'hui !

Ces trois millions manquants pourraient tout gâcher. Ce n'était pas un montant immense pour leur entreprise, mais Noah avait eu la bêtise de prendre la somme d'un coup, pour la transférer vers un compte *off-shore* dans les Caraïbes. Quelqu'un finirait par le remarquer, forcément. Game Town comptait confier à FlynnSoft la gestion de son service d'abonnement à des jeux en ligne. Si les dirigeants de Game Town avaient des doutes sur les finances de leur futur partenaire, ils renonceraient sûrement à cette association. À leur place, Jonah ferait la même chose.

Il fallait qu'il règle la situation, et vite. Même s'il n'en avait pas envie, il pouvait vendre des actions et des biens pour obtenir des liquidités et compenser la perte. Son frère le rembourserait, bien entendu. Plus tard. Peut-être Jonah l'obligerait-il à vendre sa voiture de sport européenne hors de prix. Peut-être même le ferait-il travailler pour de vrai, gratuitement, jusqu'à ce qu'il ait remboursé sa dette.

Mais Noah paierait. Quand Jonah en aurait fini avec lui, son petit frère regretterait qu'il n'ait pas simplement appelé la police.

Mais Jonah ne le dénoncerait pas aux autorités. Pas par amour pour son frère inutile, mais pour préserver leur mère. Angelica Flynn souffrait d'insuffisance cardiaque et devait éviter toute source de stress. Si Noah, le benjamin et sans nul doute le préféré de sa mère, finissait en prison, elle aurait une attaque. Si elle découvrait que Noah avait été dénoncé par son propre frère, elle mourrait de honte. Au bout du compte, Jonah serait désigné comme responsable, et il refusait d'être le méchant dans cette histoire.

Alors, il s'occuperait de son frère à sa manière, sans que leur mère l'apprenne.

Sur le plan public, Jonah pouvait gérer la situation exactement comme il le souhaitait. Sa société de jeux vidéo étant privée, il pouvait se permettre ce luxe. Dieu merci, il n'avait pas écouté ceux qui lui avaient conseillé de faire entrer sa société en bourse. Certes, cela lui aurait permis de gagner une fortune du jour au lendemain, mais il aurait aussi eu des actionnaires et un conseil d'administration à qui rendre des comptes. Il aurait même pu être renvoyé, perdant ainsi le contrôle de l'empire qu'il avait fondé quand il n'était encore qu'un étudiant.

FlynnSoft était à lui, et il ne voulait rendre de compte à personne, surtout pas à des cadres pompeux qui croyaient savoir mieux que lui comment diriger son entreprise. Il renflouerait les caisses, d'une manière ou d'une autre. Ses employés méritaient qu'il se démène pour eux. Et ils méritaient une part des bénéfices que ce nouveau contrat avec Game Town générerait. Si Noah n'avait pas tout gâché.

Quel bazar.

Il s'adossa à son fauteuil et laissa son regard dériver vers le cadre posé sur son bureau. Il contenait une photographie d'un papillon. Un morpho bleu qui prenait le soleil sur une fleur jaune vif.

Cette photo lui avait valu plusieurs regards surpris, car il n'était pas un amoureux de la nature. Il avait passé toute son adolescence à jouer à des jeux vidéo et à séduire les filles, deux activités qui pouvaient être pratiquées dans le confort climatisé de sa chambre.

Bien sûr, il ne pouvait avouer à personne la véritable signification de cette photo. Car, comment expliquer une soirée telle que celle qu'il avait vécue ? Personne ne le croirait. S'il n'y avait pas la preuve gravée sur sa peau, lui-même aurait pu croire que cette femme était une hallucination due à la tequila. Son regard se porta sur sa main droite et sur le tatouage entre son pouce et son index. Il représentait une moitié de cœur.

L'autre moitié avait disparu avec la jeune femme au masque en forme de papillon. Il n'aurait jamais cru que la fête de mardi gras qu'il avait organisée pour ses employés se transformerait en une nuit incroyable, émaillée de shots de tequila, d'ébats effrénés et d'une séance de tatouage en pleine nuit. Pour une raison qu'il ignorait, sa belle inconnue l'avait charmé presque instantanément. Depuis son doux soupir quand il avait léché le sel sur sa gorge jusqu'à la façon dont elle l'avait supplié de lui faire l'amour, tout était gravé dans son esprit.

Malgré la pagaille dont il devait s'occuper, il ne put empêcher ses pensées de dériver vers elle, une fois de plus. Une seule nuit, avait-elle dit. Ils n'avaient échangé ni leurs noms, ni aucune information personnelle. Leur nuit avait été digne de ses plus beaux fantasmes. Le masque pailleté multicolore ne lui avait permis de voir d'elle que ses cheveux soyeux noués en queue-de-cheval, sa bouche pulpeuse et son regard émeraude ensorcelant.

Comment avait-il pu la laisser partir ?

Il avait été idiot, il le savait à présent. Depuis des années, il accumulait les aventures. Les femmes qu'il fréquentait étaient splendides, souvent célèbres et talentueuses. Elles étaient attirées par sa réussite professionnelle et par la vie de luxe qu'il pouvait offrir. La plupart des hommes se satisferaient des belles femmes se jetant à leur cou, mais ça n'avait jamais été son cas. Il finissait inévitablement par se lasser et par tourner la page. Résultat, il était devenu l'un des célibataires les plus convoités et les plus endurcis de Manhattan.

Mais son papillon avait éveillé son intérêt durablement. Trois mois s'étaient écoulés, pourtant il pensait encore à cette femme. Il se demandait où elle était. Qui elle était. Et il essayait de déterminer si la femme réelle derrière ce masque pourrait être à la hauteur du souvenir qu'il avait d'elle. Elle lui avait assuré qu'au matin il ne voudrait plus d'elle, comme si elle allait se transformer en citrouille au douzième coup de minuit. Était-ce son anonymat qui rendait son inconnue si excitante ? S'il avait vu son visage et su comment elle s'appelait, aurait-elle rejoint la longue liste des femmes qu'il avait séduites puis oubliées ? Il n'avait pas la réponse à ces questions.

Il passa la main dans sa crinière brune. Il devait oublier cette histoire. Oublier cette fille. S'il continuait de regarder le décolleté de toutes les femmes qu'il rencontrait, en quête d'un demi-cœur tatoué, il finirait par récolter une gifle. Ou un procès.

Mais il ne pouvait cesser de penser à son papillon. C'était plus fort que lui.

Poussant un soupir, il reporta son attention sur l'écran de son ordinateur. Il devait se concentrer. Noah finirait par rentrer, et il paierait pour ce qu'il avait fait, mais d'ici là, Jonah devait remettre les choses en ordre. Il chercha dans la liste de ses contacts le numéro de son comptable et conseiller financier, Paul. Il allait piocher dans ses liquidités et vendre des actifs pour obtenir la somme dont il avait besoin. Il avait des investissements divers et s'assurait que son argent travaille pour lui, contrairement à Noah qui dilapidait sa fortune comme un enfant gâté.

Jonah aurait ces trois millions. Simplement, cela pourrait prendre quelques jours.

En attendant, il devrait trouver un moyen de gagner du temps avec l'expert-comptable que Game Town lui enverrait pour auditer sa société. Cette personne devait arriver cet après-midi à 14 heures. Personne n'avait mentionné son nom, alors Jonah ne savait pas s'il s'agissait d'un auditeur ou d'une auditrice. Il adapterait sa stratégie en fonction de ce critère.

S'il s'agissait d'un homme, Jonah l'emmènerait jouer au golf. Il détestait ce sport, mais c'était un outil important dans le monde des affaires. Rares étaient les P-DG qui se réunissaient pour jouer à *Madden* sur leur Xbox. Ce qui était dommage. En général, ils préféraient les parcours de dix-huit trous. Jonah lui paierait quelques verres et un bon repas. Si le comptable était suffisamment éméché, il mettrait plus longtemps à jongler avec les chiffres.

S'il s'agissait d'une femme, Jonah adopterait une autre tactique. Ses clubs de golf resteraient au placard, et il ferait appel à son charme. Que cette femme soit bossue ou qu'elle ait l'allure d'un mannequin, peu importait. Depuis l'âge de quinze ans, Jonah avait du succès auprès des femmes. Une chance dont il savait profiter. Il inviterait l'auditrice à dîner, comme il l'aurait fait avec un homme, mais cette corvée serait bien plus agréable.

Il n'aurait pas besoin de la toucher. Il ne tenait surtout pas à ce qu'elle retourne chez Game Town en racontant qu'il l'avait séduite. Un beau sourire, des regards torrides et quelques compliments suffiraient, surtout si c'était une comptable effacée peu habituée à ce qu'on lui accorde de l'attention. S'il s'y prenait bien, elle serait si troublée et embarrassée qu'elle ne se rappellerait même plus son prénom et qu'elle ne verrait pas le moindre problème dans les comptes de la société.

Si, malgré tout, il devait affronter Carl Bailey, le P-DG de Game Town, et lui expliquer la situation, il le ferait. Mais pour éviter cela, il jouerait au golf ou il emmènerait une comptable esseulée à Broadway.

Il n'était pas un grand amateur de comédies musicales, mais il trouvait la plupart tolérables. Excepté *Cats*. Les quatre cents dollars qu'il avait dépensés pour ce spectacle étaient un énorme gâchis. Cette somme représentait une semaine de fournitures pour le *coffee shop* qu'il avait fait installer au vingt-troisième étage.

Ce qui lui fit penser que son café était à présent froid. Il irait en chercher un autre après avoir parlé à Paul. Prenant son téléphone, il appela son comptable, tout en se disant qu'il devrait annuler tous ses rendez-vous de la semaine prochaine. Car il serait occupé avec l'audit commandé par Game Town.

Pourvu qu'on lui envoie une femme. Il détestait vraiment le golf.

*
* *

Son patron était sûrement un sadique caché, songea Emma. Sinon, pourquoi l'enverrait-il chez FlynnSoft pour deux ou trois semaines ? Tim aurait pu envoyer n'importe qui. Mark. Dee. Mais non, il avait fallu qu'il l'envoie elle. Elle était la seule capable de s'en sortir dans un tel environnement, avait-il dit.

Elle alluma la lumière de son dressing d'un geste rageur. Tim voulait juste la tourmenter. Elle aimait penser qu'elle avait été engagée grâce aux excellentes notes qu'elle avait obtenues à Yale et aux recommandations de ses professeurs, mais elle soupçonnait son père d'avoir joué un rôle dans son embauche.

Tim n'appréciait pas que de riches héritiers soient parachutés dans son service contre son gré, et il leur menait la vie dure. Emma était d'autant plus déterminée à prouver sa valeur. Elle allait faire du bon travail. Non, de l'excellent travail. Elle ne se laisserait pas perturber par l'ambiance décontractée qui régnait chez FlynnSoft. Elle ne se laisserait pas charmer par Jonah Flynn et ses sourires séducteurs.

D'ailleurs, elle doutait que le célèbre P-DG lui accorde un seul regard. Elle n'était pas vilaine à regarder, mais Jonah Flynn fréquentait plutôt des mannequins lingerie. Elle ne pouvait tout simplement pas rivaliser avec les abdominaux d'acier et les seins siliconés de ces créatures. Et elle n'essaierait même pas.

Un homme comme Jonah Flynn ne l'intéressait pas, de toute façon. Il incarnait tout ce contre quoi sa mère, Pauline, l'avait mise en garde. « Ne fais pas les mêmes erreurs que Cynthia », lui avait-elle seriné. La sœur aînée d'Emma n'était pas morte à cause de ses mauvais choix — elle avait péri dans un accident d'avion —, mais quand ces mauvais choix avaient été révélés au grand jour après sa mort, la famille avait été humiliée par le scandale. Résultat, Emma était devenue l'exact opposé de sa défunte sœur.

C'était sans doute pour cela que Tim lui avait confié l'audit de FlynnSoft. Dee, quoique compétente, était une jeune femme attirante, très sensible au charme masculin. Si Flynn lui accordait le moindre regard, elle tomberait en pâmoison. Avec Emma, aucun risque qu'une telle chose se produise.

Elle considéra les rangées de vêtements dans son dressing. Même si FlynnSoft offrait un environnement de travail très décontracté, il était hors de question qu'elle s'y rende en jean et en tongs. Au risque de détonner au milieu des concepteurs de jeux vidéo, elle porterait un tailleur et des escarpins. Sa seule concession serait de laisser ses bas au placard. L'été approchait, et elle préférait s'habiller légèrement, pour ne pas souffrir de la chaleur new-yorkaise.

Prenant un tailleur gris anthracite et un chemisier bleu pastel, elle se fendit d'un sourire approbateur. Le chemisier amidonné et le blazer bien coupé lui donneraient le supplément d'assurance dont elle avait besoin aujourd'hui.

C'était l'armure qu'il lui fallait pour se battre contre Jonah Flynn.

Se battre était peut-être un peu fort. Flynn n'était pas l'ennemi. Il était un partenaire potentiel pour Game Town. FlynnSoft avait conçu un système extrêmement solide et efficace permettant la gestion des abonnements et des contenus additionnels payants de leur jeu en ligne addictif, *Infinity Warriors*. Depuis peu, la société proposait de gérer les abonnements d'autres jeux en ligne et de fournir des options payantes pour les entreprises qui avaient besoin d'aide dans ce domaine. Cela permettait à des start-up du jeu vidéo de se concentrer sur la création, pendant que FlynnSoft se chargeait de la logistique.

Avant de signer un contrat, il était fréquent qu'une

entreprise envoie l'un de ses comptables contrôler les comptes du partenaire potentiel pour s'assurer que tout était en ordre. Carl Bailey, qui avait fondé Game Town vingt ans plus tôt et dirigeait maintenant le conseil d'administration, détestait les surprises.

Même si FlynnSoft jouissait d'une excellente réputation, Carl, un homme d'un certain âge, se méfiait des entreprises qui n'exigeaient pas de ses employés qu'ils portent un costume et une cravate. Bailey ne travaillerait pas avec une société qu'il ne trouvait pas convenable. Par conséquent, Emma devrait passer tous les comptes au peigne fin.

Elle serait bien accueillie, et on lui fournirait tout ce dont elle avait besoin pour faire son travail, elle n'en doutait pas. Toutefois, personne n'aimait qu'une auditrice fourre son nez partout. Les auditeurs étaient considérés comme des menaces.

Ce qui était assez injuste. Emma ne serait une menace que si l'entreprise avait commis des fautes. Si tout était irréprochable, FlynnSoft n'avait rien à craindre d'elle.

Elle-même s'efforçait d'être irréprochable. Lorsqu'elle était adolescente, sa mère ne cessait de lui répéter : « Ne dis ou ne fais jamais quoi que ce soit que tu ne voudrais pas voir en une du journal. »

Avant sa mort dans un accident d'avion, sa sœur Cynthia était fiancée au propriétaire du *New York Observer*, Will Taylor, qui était aussi le partenaire d'affaires de leur père, George. Le journal était livré chez eux chaque matin lorsque Emma était enfant et, encore aujourd'hui, elle vivait dans la crainte qu'une de ses mauvaises actions paraisse vraiment dans le journal. Les scandales provoqués par la seule fille en vie des Dempsey vaudraient la peine d'être publiés.

Jusqu'ici, tout va bien.

Après avoir consulté sa montre, elle sortit de son dressing et commença à se préparer. Elle devait être chez FlynnSoft à 14 heures, pour rencontrer M. Flynn. Il avait insisté pour la recevoir en personne.

En temps normal, elle aurait porté la même tenue toute la journée mais, aujourd'hui, elle était rentrée à l'heure du déjeuner pour se changer. Sa tenue de ce matin était plus que convenable, cependant Emma avait le sentiment qu'elle devait être parfaite.

Après trente minutes de préparation, elle observa son reflet une dernière fois. Elle avait noué ses cheveux châtains en un chignon strict. Quand David l'avait quittée, elle les avait fait couper à hauteur d'épaule, comme pour prendre un nouveau départ, mais ils étaient encore assez longs pour être attachés. Son maquillage était parfait : frais, pas trop chargé. Elle distinguait encore les petites taches de rousseur sur son nez qu'elle détestait et contre lesquelles elle ne pouvait rien faire.

Elle flottait un peu dans son tailleur, à cause de sa récente perte de poids due à sa rupture, ce qui lui permettait de cacher toute rondeur non désirée qu'elle n'avait pas envie de montrer. Le chemisier qu'elle portait sous sa veste était d'un bleu flatteur et, surtout, le col était suffisamment haut pour cacher son tatouage.

Le demi-cœur gravé sur sa poitrine n'était pas la seule preuve de sa nuit de folie, mais pour l'instant, c'était la plus difficile à cacher. Ce ne serait pas le cas très longtemps.

Tel un petit diable assis sur son épaule, Harper lui avait conseillé de s'amuser ce soir-là. Et Emma l'avait bien écoutée. Elle n'avait pas eu l'intention d'aller aussi loin, mais elle n'avait pas pu résister à son héros masqué. Avant qu'elle s'en rende compte, ils s'étaient livrés à des ébats inoubliables dans la buanderie, puis avaient déambulé dans les rues de New York au cœur de la nuit, en quête d'aventure.

Chaque fois qu'elle faisait une lessive et sentait le métal froid du lave-linge contre sa peau, elle rougissait de honte. Elle s'était efforcée d'oublier ce qu'elle avait fait, et la tequila avait réussi à transformer l'expérience en un souvenir brumeux et onirique. S'il n'y avait pas eu le pansement au-dessus de son sein quand elle s'était réveillée le lendemain, elle aurait pu se convaincre que cette nuit ne s'était jamais produite.

Mais elle s'était produite. Emma s'était autorisée à se laisser aller, pour une fois. Parce qu'elle s'était laissé déstabiliser par les critiques de David. Elle avait remis en question toute son existence alors que, en vérité, sa vie était très bien comme elle était. Emma faisait tout ce qu'une femme correcte de l'Upper East Side était censée faire. Elle était bien élevée, instruite, raffinée et élégante. Elle était fière de son emploi d'expert-comptable. Certes, personne ne dirait qu'elle était un boute-en-train, mais ses actes ne feraient jamais la une du journal local.

Il lui avait fallu une nuit sans inhibitions pour se prouver qu'elle était heureuse d'être ce qu'elle était. Il n'y avait pas de gloire à être comme sa sœur aînée, qui avait suivi ses impulsions et laissé sa famille gérer les conséquences de ses actes scandaleux après sa mort.

Toutefois, la nuit qu'avait vécue Emma aurait aussi des conséquences qui dureraient toute la vie. Pour l'instant, elle pouvait encore les cacher, mais tout le monde finirait par être au courant.

Et, bien sûr, le tatouage serait toujours là. Elle avait envisagé de le faire effacer puis avait décidé de le garder, pour qu'il lui rappelle que les mauvais choix pouvaient être dangereux. Chaque fois qu'elle avait envie de sortir de sa coquille, il lui suffisait de regarder son tatouage pour se convaincre que c'était une mauvaise idée. C'était une pente dangereuse sur laquelle elle était décidée à ne pas s'engager de nouveau. Elle ne serait pas comme sa sœur et ne ferait pas honte à sa famille.

Mais puisqu'elle avait gardé le tatouage, elle devait s'assurer qu'il reste caché, surtout au travail. Ou devant sa mère qui considérait que les tatouages étaient réservés aux motards et aux prisonniers. Emma avait dû acheter des vêtements à col fermé ces dernières semaines. Elle ignorait comment elle s'habillerait pendant les grosses chaleurs, mais elle s'en soucierait plus tard. Pour l'instant, elle devait se concentrer sur son audit de FlynnSoft.

Elle était heureuse que son tatouage soit facile à cacher, contrairement à celui de son héros qui le portait sur la main. Il était impossible pour lui de cacher son demi-cœur, et elle se demandait comment il expliquait son tatouage aux gens qui l'interrogeaient.

Elle avait rencontré son chevalier blanc à une soirée FlynnSoft, donc, c'était sans doute un employé de la société, comme Harper. Dans cette entreprise tolérante, elle supposait qu'un tatouage n'était pas mal vu. C'était peut-être même bien vu.

Une autre raison de redouter cette mission.

À tout moment, son inconnu pourrait apparaître. C'était peut-être un ingénieur, un programmeur, ou même le concierge. Elle ne savait rien de lui et n'avait pas de moyen de le retrouver en dehors du tatouage. Elle avait raconté quelques détails de sa soirée à Harper, et depuis, son amie était à l'affût du moindre indice. Elle trouvait la situation très romantique, encore plus depuis qu'Emma lui avait parlé de son état.

Quelques semaines après la fête, au dîner de Pâques familial, Emma avait eu un haut-le-cœur devant le rôti de porc, et avait filé à la salle de bains. Après quelques semaines supplémentaires de déni et d'antiacides, elle avait pris conscience que son tatouage n'était pas la seule preuve de sa nuit de folie — elle portait le bébé de son héros anonyme ! Et elle n'avait aucun moyen de contacter le père pour le lui annoncer.

Harper n'avait vu aucune main tatouée chez FlynnSoft, du moins au service marketing et au service comptabilité, où elle passait l'essentiel de son temps. Il était fort possible que cet employé ait quitté la société. Ce qui voulait dire qu'Emma était seule avec son bébé, qu'elle le veuille ou non. Elle annoncerait bientôt sa grossesse à ses parents. Du moins, quand elle ne pourrait plus cacher son ventre.

Jetant un autre coup d'œil à sa montre, elle constata qu'elle ne pouvait plus reporter l'inévitable. Elle prit son sac à main sur la console près de la porte d'entrée, puis décida de fermer un bouton supplémentaire de sa chemise.

Par sécurité.

- 2 -

Emma connaissait déjà l'immeuble où se trouvait FlynnSoft puisqu'elle était venue plusieurs fois y retrouver Harper pour déjeuner. Les bureaux occupaient les cinq étages supérieurs d'un gratte-ciel à quelques rues de chez elle. Le hall ressemblait à beaucoup d'autres, avec ses meubles laqués modernes et ses grands écrans LCD sur lesquels étaient diffusées des vidéos promotionnelles de l'entreprise et des jeux vidéo qu'elle créait. La seule différence était la tenue de la réceptionniste. La jeune femme portait un bermuda et un débardeur, et arborait une queue-de-cheval qui dévoilait ses multiples piercings.

Si cette femme était le premier visage de l'entreprise, Emma était curieuse de voir les autres. Après avoir vérifié son identité, la réceptionniste lui donna un badge et la conduisit vers les ascenseurs. Elle lui montra comment passer le badge sur le capteur, pour pouvoir choisir le vingt-cinquième étage, où les bureaux de la direction étaient situés.

Emma aurait voulu s'arrêter au vingt-quatrième étage pour passer voir Harper, mais elle n'en avait pas le temps. Elles se verraient souvent ces prochaines semaines, c'était certain. Elle appuya sur le bouton portant le nombre 25 et ferma les yeux. À mesure que l'ascenseur montait, elle sentit son angoisse s'intensifier. Pourtant, elle n'avait aucune raison de s'inquiéter. Elle était plus que capable de mener sa mission à bien ; elle était une excellente comptable. Et puis, Harper avait toujours parlé de son entreprise et de ses collègues en bien. Il n'y avait pas à s'en faire.

Lorsqu'elle arriva au vingt-cinquième et dernier étage de l'immeuble, elle prit le couloir de droite, comme on le lui avait indiqué. S'arrêtant devant une porte sur laquelle une pancarte indiquait « salon de jeu », elle regarda quelques employés jouer au baby-foot. Dans toute autre compagnie, ce vaste espace serait une salle de réunion mais, ici, il y avait une table de ping-pong, une borne d'arcade *Ms. Pac-Man* et des poufs poires disposés autour d'un immense téléviseur.

Les joueurs interrompirent leur partie et l'observèrent comme si elle portait un costume de clown et non un tailleur gris bien coupé. Elle détourna rapidement les yeux. Comme s'ils étaient en droit de la juger, avec leurs baskets Converse et leurs casquettes de base-ball !

Elle arriva enfin devant un vaste bureau au bout du couloir. Une femme en robe printanière aux cheveux blond vénitien y était installée, occupée à parler dans un casque tout en tapant sur son clavier. Elle accorda un rapide coup d'œil à Emma et retira son casque.

— Vous devez être l'auditrice envoyée par Game Town, dit-elle en souriant.

Elle se leva et lui tendit la main.

Emma lui serra la main avec un sourire gêné.

— Oui, je suis Emma Dempsey. Comment avez-vous deviné ?

L'autre femme rit et observa la tenue d'Emma une seconde fois.

— Je suis Pam, l'assistante de Jonah. Il s'est absenté, mais il devrait revenir d'un instant à l'autre. Puis-je vous offrir quelque chose à boire en attendant ? Un *latte*, un soda ?

Emma haussa un sourcil, surprise, puis secoua la tête. Elle ne voulait pas que les employés prennent la moindre peine pour elle. Certaines entreprises allaient très loin pour plaire aux auditeurs, et elle refusait de se laisser amadouer.

— Non, merci.

— D'accord, mais si vous changez d'avis, faites-le moi savoir. Nous avons un *coffee shop* au vingt-troisième étage, en plus du Starbucks du rez-de-chaussée. Je suis sûre que vous aurez droit à une visite complète et, pendant votre présence chez nous, nous espérons que vous profiterez de toutes les commodités offertes aux employés. Nous avons une salle de sport, plusieurs salles de jeux, et une cafétéria très correcte avec un bar à salades où les employés peuvent manger gratuitement. Tous les distributeurs automatiques sont également gratuits, pour permettre à nos programmeurs de rester éveillés et productifs.

— Impressionnant.

Emma avait lu dans les magazines que Jonah Flynn était une sorte de pionnier qui voulait changer les codes du monde du travail. Il tenait à faire de sa société un lieu accueillant, afin que son personnel y soit heureux et d'autant plus productif. Les tenues décontractées n'étaient pas la seule particularité. Apparemment, il y avait aussi les salles de jeux et les boissons chaudes gratuites.

— C'est un endroit formidable. J'espère que vous apprécierez le temps que vous passerez avec nous.

Lorsque Pam se leva, Emma remarqua qu'elle était pieds nus et que ses orteils étaient ornés d'un vernis rose fuchsia pailleté. À ce stade, ce détail ne la surprenait même plus. Marchant doucement sur la moquette épaisse, Pam l'escorta vers deux grandes portes. Elle poussa l'un des lourds panneaux de chêne massif puis s'effaça pour la laisser entrer.

— Installez-vous, Jonah ne va pas tarder.

Pam referma la porte derrière elle, laissant Emma seule dans le bureau de Jonah Flynn.

Emma s'installa sur une chaise visiteur et croisa les chevilles. Elle ne put s'empêcher de regarder autour d'elle tout en pianotant nerveusement sur le bloc-notes qu'elle avait posé sur ses genoux.

Autour du grand bureau, les meubles impersonnels ressemblaient beaucoup à ceux du hall d'entrée. Du verre et du chrome, du cuir noir, des étagères remplies de trophées et de livres qu'il n'avait sans doute jamais lus. Une grande table de réunion s'étendait sur toute la longueur des baies vitrées qui offraient une vue imprenable sur Manhattan.

Elle n'aurait pas été surprise de voir dans le bureau du célèbre P-DG une barre de *pole dance* ou une borne d'arcade *Donkey Kong*. En l'occurrence, tout était assez classique, à l'exception d'un grand personnage de carton qui était sans doute le héros d'un jeu vidéo. Emma ne le connaissait pas, mais il ressemblait à un troll bleu en armure de combat.

À y regarder de plus près, il y avait d'autres éléments inattendus. Une photo d'un papillon sur son bureau. Un trophée du plus grand patron du monde sur l'étagère derrière son fauteuil. Un dessin d'enfant adressé à « M. Jonah » épinglé sur un tableau de liège. Emma était à peu près certaine qu'il n'avait pas d'enfants, mais elle ne savait sur lui que ce que les blogueurs et les magazines rapportaient, et ce pouvait être loin de la vérité.

— Mademoiselle Dempsey. Désolé de vous avoir fait attendre, lança une voix masculine derrière elle.

Avec un sourire nerveux, elle se leva de sa chaise et se retourna. Jonah Flynn emplissait presque l'embrasure de la porte avec ses larges épaules. Des épaules moulées dans un T-shirt orné de chevaliers de bande dessinée. Il portait un jean large déchiré au genou et des baskets montantes Converse très usées. Ainsi qu'une Rolex. Même à cette distance, elle distingua les gros diamants sur le cadran.

Elle devait l'avouer, elle ne croisait pas de P-DG comme lui tous les jours.

Tandis qu'il approchait, elle n'eut qu'un instant pour reconnaître le visage qu'elle avait vu si souvent dans les magazines : les longs cheveux bruns rasés sur les côtés, les yeux d'un bleu profond qui semblaient bondir hors des pages de papier glacé, le sourire en coin à la fois attendrissant et excitant.

Laissant ses réflexes professionnels la guider, elle tendit la main.

— C'est un plaisir de vous rencontrer, monsieur Flynn.

La poignée de main de Jonah était chaleureuse et ferme. Ses yeux bleus semblèrent la jauger, et un petit sourire s'accrocha aux coins de ses lèvres. Il semblait presque content. Pour quelle raison ?

— Appelez-moi Jonah. Et tout le plaisir est pour moi, dit-il d'une voix grave et sensuelle, dans laquelle elle décela une pointe d'accent britannique.

— Emma.

Mais elle n'avait réussi qu'à murmurer son prénom. Elle se sentait tout à coup très consciente d'elle-même. De lui. De la température soudain trop élevée de la pièce, des petites perles de sueur qui s'étaient formées sur sa nuque. Le parfum de Jonah taquinait ses sens. C'était un parfum masculin épicé, infiniment séduisant, et étrangement familier.

Elle tenta de déglutir, mais une épaisse boule s'était formée dans sa gorge. Elle n'arrivait même pas à parler pendant qu'il continuait de lui serrer la main. Faisait-il cet effet à toutes les femmes, ou était-elle juste très vulnérable à cause de ses trois mois d'abstinence et des hormones de grossesse qui conspiraient contre elle ?

Jonah Flynn était tout ce qu'elle s'était imaginé et plus encore. Les magazines ne lui rendaient pas justice. Son visage anguleux et puissant était beau sans l'être trop. Ses muscles déliés ondoyaient sous le coton de son T-shirt. Chacun de ses mouvements était élégant, débordant de puissance et d'assurance, même dans ce T-shirt et ce jean déchiré. Il était impossible de capturer tout cela sur une image.

Elle avait rougi, elle en était sûre. C'était très gênant… Elle qui avait voulu prouver à Tim qu'elle pouvait réussir cette mission, elle était presque muette et en pâmoison devant le P-DG au bout de quelques secondes à peine ! Elle avait l'impression d'être une adolescente enamourée.

Elle devait se reprendre, et vite. Pour ce faire, elle baissa les yeux pour rompre le contact visuel avec lui. Ce fut alors qu'elle aperçut un éclair rouge. Là, gravé sur la main de Jonah Flynn, elle reconnut l'autre moitié de son tatouage.

Et elle crut s'étrangler.

Génial. Il ne signerait jamais le contrat avec Game Town s'il tuait leur comptable le premier jour de l'audit.

Il escorta rapidement la jeune femme jusqu'à une chaise et appela Pam sur son Interphone pour lui demander d'apporter une bouteille d'eau. Il ne comprenait vraiment pas ce qui s'était passé. Emma souriait et lui serrait la main quand, tout à coup, elle était devenue rouge comme une pivoine et avait eu du mal à respirer. Peut-être était-ce une réaction allergique. Il demanderait à Pam de retirer le bouquet de fleurs sur la table de réunion, au cas où. N'y avait-il pas un stylo d'adrénaline dans la trousse de premiers secours de la cuisine ?

Maintenant qu'elle était assise, Emma semblait aller un peu mieux. Peut-être avait-elle simplement avalé son chewing-gum de travers. Non. Elle portait des boucles d'oreilles en perles et avait les chevilles croisées alors qu'elle avait du mal à respirer. Ce n'était vraiment pas le genre de femme à mâcher du chewing-gum au travail. Ou ailleurs.

Pam entra en trombe avec une bouteille d'eau qu'Emma accepta poliment. Il fit signe à Pam de rester le temps d'être sûr qu'Emma se remettait.

Cette dernière prit quelques inspirations saccadées, but quelques gorgées d'eau et ferma les yeux. Elle semblait aller mieux, aussi fit-il signe à Pam de les laisser.

Il s'agenouilla devant Emma et l'observa tandis que sa respiration se stabilisait et que son visage reprenait une couleur normale. Du moins, il supposait qu'elle était normale. Il la trouvait très pâle, mais c'était peut-être parce qu'il avait l'habitude de fréquenter de jeunes célébrités au teint perpétuellement hâlé, voire orange. Le teint pâle d'Emma était normal, décida-t-il.

Maintenant qu'elle n'était plus privée d'oxygène, il devait admettre qu'elle était très jolie. Dommage qu'elle ait emprisonné ses cheveux châtain soyeux dans ce chignon strict. Elle avait un visage en forme de cœur, des lèvres généreuses et une peau laiteuse qu'elle ne cachait pas sous une tonne de maquillage.

Sous ce tailleur triste, il devinait qu'elle avait des courbes voluptueuses. Même s'il lui était arrivé de fréquenter des mannequins filiformes, il préférait les mannequins lingerie, car elles avaient les atouts qu'il recherchait.

Finissant son inventaire, il remarqua ses ongles joliment manucurés et son annulaire dépourvu d'alliance. Il lui serait bien plus facile d'exercer son charme sur une femme célibataire.

Les semaines à venir ne seraient peut-être pas si terribles, finalement. Empêcher Emma de trop fourrer le nez dans les comptes pourrait se révéler une expérience plaisante pour tous les deux.

— Tout va bien ? demanda-t-il une fois qu'elle eut vidé la moitié de la bouteille d'eau et qu'il fut sûr qu'elle pouvait de nouveau parler.

Elle déglutit et hocha la tête, mais son regard était rivé à la main qu'il avait posée sur son genou.

— Oui. Désolée pour ces tracas.

Il retira aussitôt sa main et se leva pour lui laisser un peu d'espace.

— Ne vous excusez pas. Y a-t-il quoi que ce soit que Pam ou moi puissions faire ? Peut-être déplacer les fleurs ?

— Oh ! non. Je vais bien, je vous assure. Je vous en prie, ne vous en faites pas pour moi.

Apparemment, elle n'aimait pas que l'on soit aux petits soins pour elle. Il rangea cette information dans un coin de son esprit.

— D'accord, alors, revenons-en à nos affaires.

Il alla s'asseoir dans son fauteuil de cuir souple.

— Les gens de Game Town m'ont dit qu'il vous faudrait quelques semaines pour tout passer en revue.

— Oui, acquiesça-t-elle. Peut-être moins, si les comptes sont facilement accessibles et que quelqu'un peut répondre à mes questions.

— Bien sûr. Je vais dire aux employés du service financier de tout préparer pour vous demain. Je suis sûr qu'ils seront heureux de vous aider, et vous avez notre entière coopération. Tout le monde est ravi de ce partenariat potentiel avec Game Town.

— Contente de l'apprendre. Je suis impatiente de commencer.

Jonah haussa un sourcil, mais se reprit rapidement. Pourquoi cet empressement ?

— Si je vous faisais visiter, d'abord ?

— Ce n'est pas nécessaire, répondit-elle, presque un peu trop vite. Vous avez sans doute mieux à faire. Si Pam peut me montrer mon bureau, je suis sûre que je pourrai me débrouiller.

On aurait dit qu'elle essayait de se débarrasser de lui. Les femmes n'essayaient jamais de se débarrasser de lui. Il n'allait pas laisser cette comptable lancer la tendance.

— J'insiste, dit-il, reculant son fauteuil pour mettre

un terme à cette discussion. J'ai du temps devant moi, et je veux m'assurer que vous êtes bien installée.

Elle se leva, manifestement à contrecœur, et le précéda pour sortir du bureau. Malgré ses manières guindées, elle marchait avec grâce et fluidité. Les courbes de son postérieur ondulaient de manière tentatrice. Peut-être ce tailleur n'était-il pas si mal, après tout. Il soulignait ses hanches juste comme il le fallait. Jonah préférerait la voir dans un jean et un T-shirt moulants, mais ce tailleur lui plaisait de plus en plus. Ainsi que ce qu'il y avait dessous.

Il prit une profonde inspiration pour chasser ses pensées érotiques et se plaça à côté d'Emma. Lorsqu'ils approchèrent de la salle de jeux, il s'arrêta à la porte.

— Vous avez sans doute vu une autre salle de jeux à votre arrivée, dit-il. Il y en a une à chaque étage.

Il ne put s'empêcher d'éprouver de la fierté. C'était l'une de ses innovations préférées. Il passait sans doute autant de temps dans ces salles que ses employés. C'était bon pour le moral de faire une pause de temps en temps. C'était rafraîchissant, et cela permettait d'entretenir l'enthousiasme de son personnel.

— C'est très bien, commenta-t-elle.

Le ton était poli, mais froid.

Elle semblait peu intéressée, et cela le perturbait. Pourquoi n'était-elle pas impressionnée, comme tout le monde ? Le magazine *Forbes* avait consacré un article à ses salles de jeux et aux niveaux de productivité stratosphériques de FlynnSoft. Ses méthodes de travail avant-gardistes devraient susciter plus d'intérêt que le sourire condescendant d'Emma ne le suggérait. Peut-être devrait-il l'entraîner sur un terrain plus personnel ?

— Quel est votre jeu vidéo préféré ? Nous avons une belle collection ici, en plus des jeux que nous produisons.

— Je suis désolée, je ne joue pas aux jeux vidéo.

Il tenta de ne pas froncer les sourcils. De nos jours,

tout le monde avait un jeu vidéo préféré. Même sa grand-mère jouait au bridge sur son ordinateur.

— Pas même *Super Mario Bros* quand vous étiez petite ? *Sonic the Hedgehog ?* Ou même *Tetris ?*

Elle secoua la tête, et une mèche de cheveux sombre barra sa joue. Ce qui lui donna une douceur qu'il trouvait bien plus plaisante que son style austère. Si elle lâchait ses cheveux, elle serait infiniment plus attirante. Et si ces vagues brunes étaient étalées sur le lit de Jonah, ce serait encore mieux. Il ne pouvait pas la séduire tant qu'elle serait dans ses locaux et que le contrat avec Game Town ne serait pas signé. Mais rien ne l'empêchait de la courtiser ensuite.

Elle remit aussitôt la mèche rebelle derrière son oreille.

— Mon éducation m'a appris à ne pas gâcher mon temps dans des activités inutiles.

Des activités inutiles ? Cette fois, il ne put s'empêcher de se renfrogner. Sa propre obsession pour les jeux vidéo lui avait permis de bâtir un empire de plusieurs millions de dollars. Que faisait donc Emma de son temps libre qui soit si supérieur ? Il doutait qu'elle passe tous ses week-ends à distribuer de la nourriture aux personnes défavorisées et à tricoter des couvertures pour les sans-abri. Jolies courbes ou non, elle commençait à lui taper sur les nerfs.

— Trop travailler rend les gens ennuyeux.

Elle l'observa d'un air neutre.

— Il n'y a pas de mal à être ennuyeux. Est-ce mieux de figurer dans la presse à scandale ?

— Non, mais c'est certainement plus drôle.

Il n'avait pas pu retenir cette réplique sarcastique. Les paroles condescendantes qui se déversaient de ces lèvres pulpeuses couleur pêche l'agaçaient. Oui, Jonah avait provoqué son lot de scandales. Au moins, cela lui avait appris à être vigilant.

Elle s'éloigna de la salle de jeux.

Cette fois, la regarder marcher fut loin d'être aussi excitant. Contenant son irritation, il accéléra le pas pour la rattraper, et décida de faire une nouvelle tentative. Emma l'irritait peut-être, mais la chouchouter serait sa priorité durant les prochaines semaines.

— Vous serez installée au vingt-quatrième étage, avec le service financier. Avant que nous nous y rendions, je vous propose de nous rendre au vingt-troisième étage, afin que je vous montre le *coffee shop*. En ce qui me concerne, j'ai toujours besoin d'une dose de caféine en milieu d'après-midi.

— Monsieur Flynn…

— Jonah, rectifia-t-il.

Il lui décocha le sourire charmeur qui fonctionnait toujours avec les femmes.

— Jonah, ce n'est vraiment pas nécessaire. Je suis sûre que quelqu'un d'autre que le P-DG peut me montrer le *coffee shop*, la salle de sport et la cafétéria. Pour l'instant, je veux juste me mettre au travail et ne plus vous déranger.

Rectification : son sourire fonctionnait avec presque toutes les femmes. Emma semblait immunisée. Résigné, il désigna d'un geste l'ascenseur. Comment était-il censé charmer cette jeune femme si elle ne le laissait pas faire ? C'était vraiment frustrant.

— Je vais vous conduire à votre bureau, dans ce cas.

Ils gardèrent le silence pendant qu'ils attendaient l'ascenseur qui tarda à arriver comme pour le contrarier. Il devait l'admettre, il préférait quand Emma se taisait. Quand elle était muette, elle était attirante, gracieuse, et son regard vert semblait mystérieux. Quand elle parlait, leurs divergences d'opinions concernant le travail et le plaisir devenaient évidentes.

Il ignorait si c'était une bonne ou une mauvaise chose, mais il trouvait son parfum très attirant. En fait, tandis qu'il regardait les chiffres défiler en souhaitant que l'ascenseur accélère, il se demanda s'il s'agissait vraiment d'un parfum. Cela ressemblait davantage à l'odeur d'un shampoing ou d'une crème pour les mains. C'était un parfum frais qu'il préférait de loin aux parfums capiteux. Une fragrance délicate. Aussi délicate que sa clavicule, à peine visible sous le haut col de son chemisier.

Il eut envie de regarder vers sa poitrine, pour voir s'il n'y avait pas un tatouage caché là, mais son chemisier bleu austère lui indiqua que c'était inutile. De toutes les femmes qu'il avait croisées ces dernières semaines, Mlle Sainte-nitouche était sans doute la moins susceptible d'être son papillon.

Les portes de l'ascenseur s'ouvrirent enfin sur le vingt-quatrième étage. Tandis qu'ils marchaient vers le service financier, il remarqua qu'Emma ne regardait pas autour d'elle comme le faisaient habituellement les visiteurs. En temps normal, les gens s'intéressaient aux installations peu traditionnelles de FlynnSoft. Mais Emma regardait droit devant elle. Sa concentration était à la fois étonnante et déconcertante. Ferait-elle preuve de la même concentration quand elle passerait en revue les comptes de la société ?

Il s'arrêta devant une pièce inoccupée et ouvrit la porte. Un petit bureau en forme de L occupait une grande partie de l'espace. Une lithographie du logo de l'entreprise était accrochée sur un mur, et un ficus trônait dans un coin. Cela ferait l'affaire pour les quelques semaines qu'Emma l'occuperait.

— Ce sera votre bureau durant votre mission. Il y a des fournitures dans les tiroirs, un téléphone et une station d'accueil pour votre ordinateur portable. Si vous avez besoin de quoi que ce soit, l'assistante financière, Angela, pourra vous aider. Elle est au bout du couloir, à gauche.

Emma fit un bref hochement de tête. Un autre signe de rejet agaçant. Elle semblait impatiente qu'il la laisse tranquille. Quel était son problème, au juste ? Elle était tendue comme un arc, et on aurait dit qu'elle brûlait d'entrer dans ce bureau et de lui claquer la porte au nez. Pourquoi cette femme si attirante se comportait-elle de manière si rigide ? Elle avait besoin d'un verre. Ou d'une bonne séance de sexe. Ou des deux. Il serait ravi de combler ses besoins, si elle lui en laissait l'opportunité.

— Tout va bien, Emma ?

Elle se tourna brusquement vers lui, les sourcils légèrement froncés. Elle le scruta un instant, puis finit par répondre :

— Oui, tout va bien.

Elle mentait. Mais cela ne servirait à rien d'insister. Il était trop tôt pour cela. Il ne clamerait pas victoire aujourd'hui, mais cela viendrait.

— Vous semblez un peu mal à l'aise. Je vous assure que personne ne mord ici.

Il posa la main sur le cadre de la porte et se pencha vers elle.

— Vous pourriez même apprécier ces semaines chez FlynnSoft.

Elle observa sa main, totalement indifférente à son numéro de charme. Et il la vit pâlir.

Enfin elle lui adressa un sourire mielleux et factice.

— Bien sûr. Je suis juste pressée de m'installer.

Ça ne se passait pas aussi bien qu'il l'avait prévu. Il ne savait pas si elle se montrait délibérément froide ou si elle était ainsi en permanence. Paul ferait mieux d'accélérer les choses pour compenser l'écart dans les comptes, car le plan de Jonah, qui consistait à amadouer l'auditrice, pourrait bien échouer. Il était tombé sur la seule femme de Manhattan qui soit immunisée contre lui. Peut-être même qu'il l'agaçait.

Et si sa froideur était due à l'environnement de travail, tout simplement ? Il était possible qu'elle s'en tienne à un protocole strict, et que l'ambiance moins formelle de

FlynnSoft la mette mal à l'aise. Si tel était le cas, Jonah serait ravi de passer du temps avec elle à l'extérieur. Pour lui donner l'occasion de se détendre un peu. Il allait lancer son invitation à dîner, et la laisserait y penser tout l'après-midi.

Il consulta ostensiblement sa montre

— J'adorerais discuter davantage avec vous, mais je crains d'avoir un rendez-vous dans quelques minutes. Cela vous dirait de dîner avec moi demain soir ?

Il s'apprêtait à suggérer un restaurant, mais elle ne lui en laissa pas le temps et répondit :

— Non.

Non ? Elle refusait son invitation ? Comment était-ce possible ?

— Je vous demande pardon ?

Elle rougit et ouvrit de grands yeux, comme si elle avait compris son erreur.

— Je voulais dire : non, merci.

Sur quoi, elle tourna les talons et alla s'enfermer dans son nouveau bureau.

- 3 -

Le matin suivant, avant de commencer sa journée de travail, Emma retrouva Harper au *coffee shop* du vingt-troisième étage. Elle avait à peine dormi la veille et elle avait sérieusement besoin de caféine.

— Tu as une mine terrible, commenta Harper avec son honnêteté habituelle.

Quand elles s'étaient rencontrées pour la première fois à la sororité, Emma avait été déroutée par sa franchise. Maintenant, elle appréciait cette qualité chez son amie. La plupart du temps.

— Merci. Bonjour quand même.

Elles se placèrent dans la file d'attente pour passer commande.

— Qu'est-ce qui t'arrive ? demanda Harper.

— Je n'ai pas très bien dormi cette nuit, c'est tout.

Harper hocha la tête et avança pour commander son café personnalisé au serveur. Emma tenta de se décider pour une boisson, mais son esprit embrumé refusait de fonctionner correctement.

Hier soir, elle était une telle boule de nerfs qu'elle n'avait pas trouvé le sommeil. Jonah Flynn. Le play-boy millionnaire avait l'autre partie de son tatouage. Le destin avait joué un tour cruel à Emma. Il n'y avait pas de pire partenaire au monde que Jonah. Et c'était lui, le père de son enfant ? Elle avait bien fait de garder le secret sur son identité. Jonah aurait sûrement été déçu de découvrir que c'était elle, l'inconnue masquée amatrice de tequila. Et elle doutait que ce célibataire endurci se réjouisse à l'idée de devenir père.

Pourtant, allongée dans son lit hier soir, elle n'avait pas pu le chasser de ses pensées. Elle avait songé à la façon dont il était venu à son secours à la soirée costumée. Elle s'était souvenue du frisson d'excitation qui l'avait parcourue quand il l'avait embrassée pour la première fois. Elle s'était rappelé ses mains qui avaient exploré son corps, comme s'il ne pouvait être rassasié d'elle. Après tout ce qui s'était passé avec David, elle avait trouvé incroyable d'être désirée ainsi. C'était un sentiment qui pouvait aisément devenir addictif, et donc dangereux.

Ces trois derniers mois, elle avait tenté d'oublier cette nuit-là, et elle y était parvenue en grande partie. Mais son corps n'avait rien oublié. Être dans la même pièce que Jonah, le toucher, respirer son parfum familier, tout cela avait ravivé les sensations. Dans l'obscurité de sa chambre, elle avait revécu leurs ébats passionnés. Pas une fois, durant les deux ans passés avec David, elle n'avait vécu quelque chose d'aussi fort. D'aussi brut, d'aussi primaire.

— Mademoiselle ?

Elle se tourna vers le serveur au comptoir, qui attendait patiemment qu'elle commande sa boisson.

— Un thé, répondit-elle de but en blanc.

Elle avait sans doute besoin d'une bonne tasse de café noir mais, dans son état, elle ne pouvait pas prendre trop de caféine.

La salle était aussi bondée que n'importe quel Starbucks, alors, quand leurs commandes furent servies, Harper et elles les emportèrent et prirent la direction des bureaux.

Harper semblait contente de côtoyer Emma au quotidien.

— J'ai enfin quelqu'un à qui parler, dit-elle. Tout le monde ici est sympathique, mais la plupart ont la tête dans les nuages ou le nez dans leur ordinateur.

Emma l'avait remarqué aussi. Les créateurs de jeux vidéo étaient vraiment différents de la plupart des gens avec lesquels elle avait travaillé. Ils étaient très concentrés et, en général, ils ne levaient même pas les yeux et ne disaient pas bonjour dans les couloirs. Ils étaient en mission, que ce soit réparer un bug informatique ou battre leur ennemi dans un jeu vidéo. Ou alors, peut-être ne savaient-ils pas parler aux femmes, tout simplement.

— Alors, pourquoi restes-tu, Harper ? demanda-t-elle. Nous savons toutes les deux que tu n'as pas besoin de travailler.

Son amie haussa les épaules.

— Je m'ennuie quand je ne fais rien.

— Tu pourrais aider Oliver. Il aimerait peut-être avoir sa sœur dans l'entreprise familiale.

— Oliver n'a pas besoin de mon aide. Et puis, cette boîte est amusante. Tu t'habitueras très vite à être gâtée. J'économise beaucoup d'argent grâce aux repas gratuits. Et j'ai aussi pu résilier mon abonnement à la salle de sport, ce qui m'a permis de mettre beaucoup d'argent de côté. Maintenant, je peux utiliser ces économies pour m'offrir des sacs Louis Vuitton et des voyages à Paris. J'aime avoir des revenus que j'ai gagnés toute seule, et pas grâce à mon nom de famille. Rien ne me ferait quitter cette entreprise, et j'espère que tu éprouveras la même chose. Il faudrait vraiment renouveler ta garde-robe, cela dit.

Emma jeta un regard à la tenue de Harper, un corsaire de toile et une chemise de soie sans manches, puis à sa propre tenue, un tailleur classique. C'était son préféré. Elle avait toujours cru que le vert foncé flattait son teint.

— Je n'y peux rien si tous les employés ici s'habillent comme des étudiants. Je refuse d'en faire autant. Et ne t'imagine pas que je vais rester plus de quelques semaines. Je partirai dès que je le pourrai.

Elles s'arrêtèrent devant l'ascenseur. Harper appuya sur le bouton d'appel.

— Pourquoi es-tu si pressée de t'en aller ? Est-ce si terrible, ici ?

Non, mais si elle restait plus que le strict nécessaire, ce serait le désastre assuré. Elle hésitait à confier ses tourments à Harper. C'était l'une de ses meilleures amies, mais elle n'était pas discrète. Tout ce qu'Emma lui révélerait serait aussitôt répété à leurs amies Violet et Lucy qui pourraient rapporter ses secrets à d'autres. Emma tenait à ce que Jonah ignore qui elle était pour l'instant. Le meilleur moyen de s'en assurer, c'était de ne rien dire à ses amies.

— Je ne suis pas à l'aise ici, voilà tout, éluda-t-elle.

— Tu as peur de tomber sur lui.

Cette remarque était un peu trop proche de la vérité à son goût. Harper avait toujours été très perspicace en ce qui concernait Emma.

Cela ne servait donc à rien de nier.

— Oui, je l'avoue. Ce serait au mieux gênant de tomber sur lui. Et, au pire, ce serait un conflit d'intérêts. Tout mon rapport serait remis en cause si quelqu'un chez Game Town savait que j'ai eu une relation avec un employé de FlynnSoft.

— Ou alors, ce pourrait être la chose la plus merveilleuse du monde. Je croyais que tu voulais le retrouver. Tu sais, pour le bien du B-É-B-É, dit-elle, formant les quatre lettres en silence.

Emma ne répondit pas. Harper était trop romantique pour voir la situation de manière objective, quoi que Emma puisse dire.

Elle entra dans l'ascenseur en sirotant son thé.

— Tu l'as déjà rencontré ! affirma soudain Harper.

Emma tourna vivement la tête pour vérifier qu'elles étaient seules dans la cabine.

— Quoi ? Non, bien sûr que non.

Harper ne semblait guère convaincue.

— Qui est-ce ? Il est mignon ? Dans quel service travaille-t-il ?

Lorsque les portes s'ouvrirent au vingt-quatrième étage, Emma fit signe à son amie de baisser la voix.

— Parle moins fort, tu veux ? Je ne veux pas que quelqu'un l'apprenne.

— D'accord, mais tu dois me dire de qui il s'agit. Je sais garder un secret.

Emma lui lança un regard consterné. Elle adorait son amie, mais en toute honnêteté…

— Non, tu en es incapable.

Harper posa une main sur sa hanche avec un air de défi.

— Oh ! je t'en prie. Pourquoi ne pas me le dire ? Ce n'est pas comme si c'était le P-DG. Si c'était Jonah, cela figurerait dans la presse à scandale, mais si c'est un autre employé, il n'y aura que quelques ragots de bureau. Je ne vois pas en quoi c'est si…

Emma se sentit pâlir. Harper s'arrêta net, forçant Emma à s'arrêter à son tour et à se retourner. Son amie était sonnée et, pour une fois, muette.

— Oh ! mon Dieu, finit-elle par articuler.

— Chut, Harper ! Ça n'a pas d'importance.

— Bien sûr que si, murmura-t-elle, mais encore trop fort au goût d'Emma. Jonah Flynn ? Sérieusement ?

— Oui. Mais il ne sait pas qui je suis, encore moins que je porte son enfant. Et je compte garder le secret pour l'instant. Tu comprends ?

Harper hocha la tête, l'air toujours abasourdi.

— Jonah Flynn est l'homme le plus sexy que je connaisse. Mon frère et lui sont amis, et j'ai eu bien du mal à ne pas lui sauter dessus chaque fois qu'il venait à la maison. Je n'arrive pas à croire que vous deux… Comment as-tu fait pour ne pas lui sauter au cou quand tu as su qui il était ?

— J'étais trop choquée pour ça, dit Emma.

— Je comprends. Tout de même, c'est une sacrée conquête. Il est totalement tombé sous ton charme.

— J'en doute fort, c'est un play-boy.

— Si tu crois aux potins, alors, oui, Jonah Flynn est un sacré tombeur. Mais ce n'est pas l'homme que je connais depuis des années. L'homme avec qui tu étais ce soir-là ne te connaissait pas, pourtant il était prêt à se faire tatouer, pour que vous puissiez être réunis un jour. S'il faisait cela avec tout le monde, il serait couvert de tatouages. Tu étais spéciale pour lui. Assez spéciale pour qu'il te remarque alors qu'il a toutes les femmes à ses pieds.

Harper avait raison, Emma n'avait pas vu d'autre tatouage ce soir-là, ni hier. Mais elle savait qu'elle n'avait aucun avenir possible avec Jonah. Même s'il voulait nouer une relation, ce serait avec la femme qu'elle était ce soir-là, pas avec la vraie Emma. Or, elle s'était juré de ne plus jamais être cette femme. Alors, à quoi bon ? Lui dire qui elle était ne ferait que les torturer tous les deux, et gâcherait le souvenir de cette nuit magique.

Malgré tout, elle devrait finir par tout lui dire. Non ? Elle posa la main sur son ventre dans un geste protecteur. Si Jonah ne voulait pas d'elle et de leur bébé, cet enfant pourrait souffrir d'avoir été rejeté par son père. Ne vaudrait-il pas mieux garder le silence ? Cette perspective ne l'enchantait guère mais, tant qu'elle ne serait pas décidée, Jonah ne devait rien savoir.

— Il faut que tu gardes le secret, Harper. Personne ne doit être au courant. Ni Violet, ni Lucy, ni ton frère, et surtout pas Jonah.

— Je te le jure, dit Harper en soupirant.

On aurait dit que prononcer ces mots avait été douloureux pour elle.

— Tu ferais mieux de cacher ton tatouage, cela dit, lui conseilla son amie.

Emma redressa nerveusement son col et se remit à marcher.

— Je n'ai pas pour habitude de porter des décolletés plongeants, et j'ai bien l'intention de cacher ce tatouage. Je suis ici pour faire mon travail, c'est tout.

— Et le bébé ? demanda Harper, trottant derrière elle.

— Je ne sais pas, Harper. Ce qui s'est passé entre Jonah et moi est du passé. De l'histoire ancienne. Je ne sais pas si le bébé changera quelque chose.

Elle ouvrit la porte de son bureau et fut accueillie par un immense bouquet de lis blancs dans un grand vase de cristal. Le parfum des fleurs était presque trop fort dans la petite pièce, et Emma se réjouit que ses nausées de grossesse ne soient plus qu'un mauvais souvenir. C'était le plus beau bouquet qu'elle ait reçu de toute sa vie.

Elle retira la carte glissée entre les fleurs. Une part d'elle craignait qu'elles ne viennent de Jonah. Ses attentions étaient flatteuses, mais aussi dangereuses. Mais une autre part d'elle, plus romantique, souhaitait qu'elles viennent du séduisant P-DG. Elle lut la carte à voix haute.

— « À Emma. Bienvenue chez FlynnSoft. Je suis impatient d'apprendre à vous connaître mieux. Jonah. »

— De l'histoire ancienne, hein ? commenta Harper, se penchant pour renifler le parfum d'un lis. En es-tu si sûre ?

Jonah sortit de l'ascenseur, un café dans une main et un bagel dans l'autre, et s'arrêta net. Un grand bouquet de lis de Casablanca trônait sur le bureau de Pam. Que se passait-il ? Il avait commandé ces lis spécialement pour Emma, car il les trouvait à son image : élégants, purs et raffinés. Elle n'était pas que cela, mais il n'existait pas de fleurs guindées et agaçantes.

Les roses auraient été un choix trop banal. Ces lis,

qu'il avait payés une fortune, étaient différents, exotiques, capables de charmer même la plus rétive des femmes.

En général, il n'avait pas besoin de faire autant d'efforts. Mais avec Emma, c'était différent, à l'évidence. La seule femme qu'il devait absolument amadouer était la première femme à lui résister. Mais il ne renoncerait pas si facilement. Faire oublier sa mission à l'auditrice de Game Town était sa priorité. Et il réussirait à la charmer, quoi qu'il lui en coûte. Il était prêt à changer de tactique, à élaborer une nouvelle stratégie mais, au bout du compte, il réussirait.

Pour l'instant, ses efforts ne semblaient pas payer. Emma s'était débarrassée des fleurs en un temps record. La probabilité pour que Pam ait reçu le même bouquet, le même jour, était proche de zéro.

— Est-ce Mlle Dempsey qui les a apportées ? demanda-t-il tout de même.

Pam afficha un sourire rayonnant. Elle semblait très heureuse que tout le monde voie le grand bouquet qui ornait son bureau. Au moins, ces lis faisaient plaisir à quelqu'un. Son argent n'avait pas été dépensé inutilement.

— Oui, dit-elle. Elle m'a dit qu'elle était allergique et que je devrais en profiter. Elles sont jolies, n'est-ce pas ?

Il se promit d'offrir des fleurs à son assistante plus souvent. Et même à toutes les assistantes administratives. Quelques bouquets de temps en temps leur plairaient sans doute plus que des bornes d'arcade *Ms. Pac-Man*. Il gâtait sans doute trop les programmeurs avec ses innovations. Le personnel administratif aussi méritait son attention.

— Très jolies, en effet.

Il se dirigea vers son propre bureau, son petit déjeuner à la main, et claqua la porte derrière lui.

Allergique, mais bien sûr ! Emma lui avait assuré que sa crise d'hyperventilation n'avait rien à voir avec les fleurs, et il l'avait crue. Non, elle était simplement têtue. Jamais de sa vie, il n'était tombé sur une femme aussi obstinée. Ça n'avait aucun sens.

Il s'installa dans son fauteuil, posa son café et son bagel sur le bureau et alluma son ordinateur d'un geste rageur. Il se demandait presque s'il n'avait pas déjà courtisé Emma dans le passé. Ou l'une de ses amies. Elle avait l'attitude d'une femme qui avait été aimée et rejetée, par lui ou par quelqu'un comme lui.

Mais s'il avait conquis Emma, il s'en souviendrait. Même si la liste de ses partenaires était longue, il avait une très bonne mémoire des noms et des visages. Il n'avait jamais vu Emma Dempsey avant la veille. Si un homme l'avait rendue amère, ce n'était pas lui le responsable.

Mais ce serait à lui de la faire changer d'avis. Il en allait du contrat avec Game Town. Même s'il pouvait retrouver Noah et récupérer ses trois millions de dollars, la transaction apparaîtrait sur les registres.

Son téléphone sonna. Le numéro qui s'affichait sur l'écran était inconnu, mais puisque Pam avait transféré l'appel, il supposait qu'il n'allait pas être assailli par un télévendeur.

— Jonah Flynn, dit-il.

— Hé, c'est ton frère préféré.

Quand on parlait du loup… Jonah prit une grande inspiration et choisit ses mots avec soin.

— Je t'ai déjà dit que c'est Elijah, mon frère préféré, mais j'aurais bien besoin de tes lumières.

À l'autre bout de la ligne, son frère gloussa. Ils savaient tous les deux que Noah n'était pas très au courant de ce qui se passait chez FlynnSoft. Il occupait un bureau, et il touchait un chèque à la fin du mois, mais il ne travaillait pas. À de rares occasions, quand il en avait assez de ses mystérieuses péripéties, il organisait des tournois de golf caritatifs et récoltait de grands chèques en carton.

— Qu'est-ce qui est si important qui ne pouvait pas attendre mon retour ? Cet appel me coûte une fortune.

— Quoi ? Environ trois millions de dollars, Noah ?

Le silence à l'autre bout de la ligne lui indiqua tout ce qu'il avait besoin de savoir. Noah avait pris l'argent, mais il n'avait pas pensé qu'il se ferait pincer si vite. En d'autres circonstances, il aurait peut-être pu remettre l'argent en place sans que personne ne se rende compte de rien. Mais le moment était mal choisi, et Emma allait découvrir cet écart dans les comptes, Jonah en était certain.

— Écoute, je me fiche que tu les aies dépensés pour payer des call-girls et des cocktails de fruits ou que tu aies construit des écoles pour les enfants défavorisés. Je veux récupérer ces millions tout de suite.

— Eh bien, c'est un peu compliqué en ce moment. Je n'ai pas cet argent. Mais j'espère que je l'aurai à mon retour.

— Et quand reviens-tu ?

— Dans deux semaines maximum.

— D'accord. Mais si tu ne me rembourses pas jusqu'au moindre dollar dès ton arrivée aux États-Unis, je t'arracherai cet argent avec mes poings.

— Jonah, je…

— Je ne veux pas entendre tes excuses. Reviens avec ces trois millions ou je te ferai regretter de ne pas être resté en Thaïlande. C'est clair ?

Cette fois, Noah ne tenta pas de discuter.

— Comme de l'eau de roche. Tu l'as dit à maman ?

Ce fut au tour de Jonah de rire.

— Non. Et je n'ai aucune intention de lui en parler, à moins d'y être obligé. Toi et moi, nous savons que son cœur ne peut pas supporter les émotions fortes. Pourtant, ça ne t'empêche pas de n'en faire qu'à ta tête.

— Je ne ferai jamais de mal délibérément à maman, argua Noah.

Jonah secoua la tête.

— Peu importe que ce soit délibéré ou non, tu lui fais du mal. Tu ne penses toujours qu'à ta petite personne.

— Et toi, tu ne penses qu'à tes employés et à ton entreprise, rétorqua Noah. Tu ignores quasiment toute ta famille. À quand remonte la dernière fois où tu es allé voir maman ? Que tu es venu chez moi ? Ou chez Elijah ? Tu m'accuses de dilapider ton argent avec des prostituées thaïlandaises mais, toi, tu dépenses tout ton temps et ton argent avec des top models insipides.

Jonah serra la mâchoire. S'il avait le temps, il irait en Thaïlande sur-le-champ, rien que pour pouvoir décocher une droite à Noah. Son frère avait l'air de penser que son entreprise était apparue comme par enchantement. Que Jonah n'avait pas consacré son cœur et son âme, en plus de tout son temps libre, pour la créer et la faire prospérer. Quand il pouvait se distraire, il ne se privait pas. Certes, il ne passait pas beaucoup de temps avec sa famille, mais ses frères et sa mère avaient chacun leur vie. Et aucun d'eux n'était venu lui rendre visite récemment.

— Mon entreprise compte pour moi, oui. Elle fait vivre beaucoup de gens, y compris toi, au cas où tu l'aurais oublié. Je suis fier de ce que j'ai construit, et je refuse de tout perdre à cause d'un vaurien tel que toi. Tu sais que l'auditrice de Game Town est ici ? Que ton petit méfait a peut-être coûté à FlynnSoft un contrat très lucratif ?

— Bon sang ! s'exclama Noah. J'avais totalement oublié. Je ne pensais pas que…

— Non, tu ne pensais pas, Noah. Tu ne penses jamais.

Un silence gêné s'étira quelques instants.

— Tu crois qu'ils verront que j'ai pris de l'argent ? finit par demander Noah.

— Sans doute. Tu n'as pas été très discret ni très malin. Mais j'essaie de régler la situation. Paul réunit des fonds pour couvrir l'écart. Temporairement, jusqu'à ce que tu me rembourses.

— Je te rembourserai, Jonah.

— Oui, oui, dit-il en soupirant. Mais ne me fais pas regretter de te faire confiance.

— Je te promets que non.

— Je te verrai à ton retour, conclut Jonah avant de raccrocher.

Il voulait croire son frère, mais c'était difficile. Noah n'était pas un mauvais garçon, mais il était habitué à avoir tout ce qu'il voulait. Sa mère n'avait jamais pu résister aux demandes de son petit dernier, encore moins après la mort de leur père.

Il se cala dans son fauteuil et mordit dans son bagel. La journée était déjà compliquée, et il n'était que 9 heures du matin. Deux semaines. Il devait trouver un moyen de combler l'écart dans les comptes, ou de le cacher, jusqu'au retour de Noah. Ensuite, il devrait remettre les fonds en place, aussi discrètement que possible.

D'ici là, il devait trouver un moyen d'abattre les défenses d'Emma. L'approche directe ne fonctionnait pas, et il ne voulait pas se montrer trop insistant. Il n'avait jamais eu à supplier une femme de lui céder, il n'allait pas commencer maintenant.

C'était vraiment dommage. Emma était une belle femme. Une femme sensuelle, même si elle cachait soigneusement cette sensualité. Il devinait, au balancement de ses hanches et à la façon dont ses lèvres s'écartaient légèrement quand il se penchait vers elle qu'elle n'était pas insensible à son charme. Mais pour l'instant, pour une raison qu'il ignorait, elle refusait de céder à son attirance pour lui.

Cela ne l'empêcherait pas de continuer à saper ses défenses. Il ferait tout ce qui était en son pouvoir pour s'assurer qu'elle pense à lui chaque soir. Que ce soit avec irritation ou avec un désir réprimé, peu importait. Tant qu'il la déconcentrait, c'était tout ce qui comptait.

Il faudrait à Paul quelques jours de plus pour réunir l'argent. D'ici là, Jonah avait du pain sur la planche.

Fourrant le dernier morceau de bagel dans sa bouche, il se leva et alla à la recherche de son auditrice plantureuse et guindée.

- 4 -

Jamais Emma n'avait été aussi heureuse de rentrer chez elle. Au bureau, où qu'elle aille et quoi qu'elle fasse, elle voyait Jonah. Il ne la suivait pas, non. Mais il était toujours dans son champ de vision. Quand elle levait les yeux de la photocopieuse, il était dans le couloir, en train de parler à quelqu'un. Il prenait le temps de lui adresser un sourire avant de reprendre sa conversation, et cela suffisait à la troubler. Elle tombait sur lui à la cafétéria, au *coffee shop*, devant son bureau… constamment.

Et quand il n'était pas là, elle se surprenait à songer à lui avec un mélange déroutant d'irritation et de… désir.

Il fallait bien l'admettre, aucune femme ne pouvait résister au charme de Jonah. Elle faisait de son mieux pour ne pas succomber, mais Jonah était très persévérant et il mettait à mal sa résolution. De plus, sa nuit passée avec lui ne l'aidait guère. Elle avait fait l'amour avec lui de manière libre et anonyme et elle savait quelles sensations il pouvait faire naître en elle. Elle avait bien du mal à mener sa mission à bien. Les chiffres des registres financiers se brouillaient devant ses yeux, et ses calculs étaient faux à chaque fois. Elle devait absolument se concentrer sur l'audit, mais elle n'y parvenait pas. Maudit soit ce séduisant P-DG !

C'était un soulagement d'être chez elle, le seul endroit où elle se savait à l'abri de Jonah Flynn. Les tissus féminins et les coussins aux couleurs gaies détendaient son corps et son esprit. Elle avait décoré son appartement de l'Upper East Side pour qu'il ressemble à un havre de paix chaleureux et vivant, digne d'un magazine de décoration.

Pourtant, quand elle se déshabilla et enfila des vêtements plus confortables, elle se rendit compte que, même chez elle, elle n'était pas à l'abri de Jonah. Face au miroir de sa salle de bains, alors qu'elle allait passer un T-shirt sur sa tête, elle aperçut son reflet. Là, juste au-dessus de son sein, le maudit tatouage semblait la défier.

Elle revit Jonah avec son masque qui avait laissé apparaître son sourire espiègle, sa mâchoire carrée et ses yeux bleu nuit qui semblaient capables de la priver de sa raison.

— Faisons-nous faire un tatouage, avait-il lancé.

Emma ne s'était pas rendu compte qu'ils s'étaient arrêtés devant un salon de tatouage. Ce n'était pas le genre d'endroit qu'elle remarquait. Ou dans lequel elle avait envie d'entrer.

— Deux moitiés d'un même cœur, avait-il suggéré.

Il avait appuyé la paume de sa main sur le haut de sa poitrine dévoilée par son décolleté plongeant, provoquant une vague de plaisir inattendu en elle. Une simple caresse de lui, et elle en oubliait son bon sens.

— Juste là, avait-il dit.

Il avait mimé avec son index le dessin d'un cœur, qui s'étalait sur la jointure entre son pouce et son index, ainsi que sur le sommet de son sein.

— Si nous sommes faits l'un pour l'autre, je te retrouverai. Et c'est ce cœur qui nous permettra de nous reconnaître.

Emma avait senti son propre cœur battre dans sa poitrine. La suggestion de Jonah avait été romantique, impulsive, et tout à fait stupide. Pas une fois dans sa vie Emma n'avait envisagé d'avoir un tatouage mais, ce soir-là, elle avait vécu beaucoup de premières fois. Et lorsque les yeux bleu océan de Jonah l'avaient sondée, semblant pénétrer son âme, elle n'avait pu s'empêcher de le suivre à l'intérieur du salon de tatouage.

Elle fit dériver son index sur le tracé du demi-cœur, comme Jonah l'avait fait. Le simple souvenir de sa main sur son sein la fit frissonner de désir. Il avait été le dernier homme à la toucher, il y avait maintenant trois longs mois. Lorsqu'elle avait appris qu'elle était enceinte d'un étranger, le choc avait été tel qu'elle en avait oublié ses envies physiques. Mais maintenant qu'elle côtoyait Jonah au quotidien c'était comme si sa libido s'était brutalement réveillée.

Troublée par sa réaction en songeant à un homme qu'elle ne pouvait pas avoir, elle enfila son T-shirt et retourna dans la cuisine pour préparer le dîner.

On était mardi, et si elle continuait de rêvasser, rien ne serait prêt quand les filles arriveraient.

Chaque mardi, Lucy, Harper et Violet se réunissaient chez Emma pour dîner et regarder leur série préférée. Elles cuisinaient ou achetaient à dîner à tour de rôle. Ce soir, Emma avait promis à Lucy de préparer son gratin de pâtes favori, et elle n'avait même pas encore mis l'eau à bouillir.

Elle préchauffa le four et sortit les ingrédients nécessaires pour sa recette de famille. L'une des rares choses de valeur que sa sœur aînée lui avait transmises avant sa mort.

Emma avait seize ans quand Cynthia était morte, pourtant, lorsque ses parents avaient appris quelle vie sulfureuse leur défunte fille avait menée en secret, ils avaient décidé de contrôler la vie d'Emma d'une main de fer. Elle était pourtant loin d'être une jeune fille délurée, mais Cynthia aussi avait toujours été parfaite, en apparence.

Lorsque Emma avait été assez âgée pour prendre ses propres décisions, elle avait pensé à se rebeller. C'était dans cette optique qu'elle avait voulu entrer dans une sororité. Mais finalement, elle avait choisi Pi Beta Phi, un groupe de jeunes filles bien élevées et aisées qui se consacraient à des œuvres de bienfaisance. Elle avait vu à quel point les scandales provoqués par sa sœur avaient fait souffrir ses parents et elle n'avait pas voulu leur faire du mal à son tour. Quand elle avait, tardivement, perdu sa virginité à l'université, c'était avec un étudiant en médecine sérieux, avec lequel elle sortait depuis six mois, et qu'elle avait espéré épouser. Elle avait fait semblant d'être la jeune fille sage et sophistiquée dont ses parents rêvaient, et après quelque temps, elle l'était réellement devenue.

Une seule fois, elle s'était laissé aller. Elle avait bu des verres de tequila avec un inconnu, léché le sel sur la peau musquée de cet homme, et aspiré le jus de citron entre ses lèvres pleines et douces. Après cela, elle s'était retrouvée sur une pente glissante qui avait mené au tatouage et à un test de grossesse positif quelques semaines plus tard. En un seul soir, elle avait gâché sa réputation si parfaite. Et elle ignorait comment annoncer la nouvelle à ses parents.

Elle ouvrit la boîte de pâtes et les versa dans une casserole d'eau bouillante. Il lui avait été facile de se laisser emporter ce soir-là. Trop facile. Une part d'elle comprenait comment sa sœur avait pu s'engager dans une histoire passionnée et illicite alors qu'elle était fiancée à quelqu'un d'autre. Le plaisir et l'excitation étaient captivants. Mais une autre part d'elle savait qu'aucun plaisir ne justifiait que l'on plonge sa vie dans le chaos.

Elle ne pouvait pas revenir sur ses erreurs passées, mais elle n'allait certainement pas les commettre une seconde fois. Jonah Flynn était le genre d'homme qui pouvait lui faire oublier ses priorités. Ce qui le rendait dangereux. Elle lui parlerait du bébé une fois l'audit terminé, et pas avant. Par conséquent, il était impératif qu'elle ne baisse pas sa garde avec lui.

— Nous sommes là ! lança Violet depuis le salon.

— Je suis dans la cuisine, répondit-elle, mélangeant les pâtes et enclenchant le minuteur.

Puisque le portier avait pour consigne de laisser entrer ses amies, elles avaient tendance à monter chez elle sans même s'annoncer.

— C'est loin d'être prêt, désolée, dit-elle.

Les filles arrivèrent dans la cuisine et déposèrent leurs sacs de papier sur le bar.

— Nous ne sommes pas pressées, assura Harper. De toute façon, j'ai apporté une bouteille de chardonnay, et Violet a prévu du fromage et des crackers pour nous faire tenir jusqu'à ce que le dîner soit prêt. Le vin, c'est uniquement pour nous trois, bien sûr.

Elles sortirent les victuailles des sacs.

— Et il y a du tiramisu, ajouta Harper.

Emma gémit en son for intérieur.

— Tu as dit que FlynnSoft avait une salle de sport, non ? demanda-t-elle. Après un tel repas, je vais devoir la trouver. Maintenant que mon appétit est revenu, j'ai faim presque tout le temps, et j'ai peur de prendre vingt-cinq kilos pendant ma grossesse.

Harper sourit.

— C'est au rez-de-chaussée, près de l'entrée de service. En général, il n'y a personne après 18 heures. Tu pourras l'avoir pour toi toute seule.

— Je ne sais pas de quoi tu te plains, intervint Lucy.

Elle posa la main sur le ventre légèrement rond d'Emma.

— On dirait que tu as juste pris un déjeuner copieux, pas que tu es enceinte de plus de trois mois. Je pense que tu peux te permettre un bon dessert.

— Je suis contente que tu le penses, rétorqua Emma. Maintenant, ouvrons ce paquet de crackers, je meurs de faim.

Violet s'en chargea pendant que Lucy prenait des verres à vin et un tire-bouchon.

— Alors, comment se passe ta mission chez FlynnSoft ?

demanda Lucy quand Harper eut ouvert la bouteille et rempli les verres.

Quelque chose dans le ton de Lucy alerta Emma. Elle se détourna de la sauce maison qu'elle préparait pour jeter un regard à Harper. Elle sut aussitôt que son amie avait parlé de Jonah aux autres. Elle jura dans sa barbe et se remit à mélanger le fromage et les épices dans le saladier.

— Je présume que vous savez toutes qui est Jonah, merci, Harper. Alors j'irai droit au but. Je n'ai jamais rencontré un homme aussi tenace de ma vie. Vous auriez dû voir sa tête quand je lui ai dit que je refusais de dîner avec lui. C'était comme si j'étais la première femme à lui avoir dit non.

— C'était sans doute le cas, intervint Violet. Moi, je ne lui dirais pas non, c'est sûr.

— Il faut bien que quelqu'un le fasse, répondit Emma. Ce n'est pas un dieu. Il ne peut pas obtenir ce qu'il veut en permanence. Ce genre d'arrogance me rend folle.

— Cela fait des années que je le connais, et je ne l'ai jamais trouvé arrogant, remarqua Harper en haussant les épaules. Il est sûr de lui et très brillant, bien sûr. Il sait ce qu'il veut et il fait tout pour l'obtenir. Personnellement, je trouve ça séduisant. Mais puisque tu es décidée à ne pas l'apprécier, il pourrait sauver des chiots d'un immeuble en feu que tu trouverais encore une raison de le haïr.

Emma voulut se défendre, mais se ravisa. Harper avait raison. Pour l'essentiel. Emma ne détestait pas Jonah. Elle ne pouvait pas ressentir de la haine pour le père de son enfant. Mais elle devait lui trouver des défauts, quitte à les inventer, afin de se protéger.

— C'est mieux ainsi, croyez-moi, affirma-t-elle.

— Pourquoi, Emma ? interrogea Lucy en s'asseyant à la table de la cuisine. Et ne me dis pas que c'est à cause de ta sœur. Nous savons mieux que personne que tu n'es pas comme elle. Tu ne décevras pas tes parents, quoi que tu fasses. Tu es une bonne personne.

— C'est idiot de te punir pour des péchés que tu n'as jamais commis, renchérit Lucy.

Méditant ces paroles, Emma égoutta les pâtes puis les mélangea avec la sauce et le fromage. Que pourrait-elle répondre à ses amies ? Était-elle vraiment en train de se punir ?

— Je ne suis pas en train de me punir.

— Si, soutint Harper. Peut-être pas pour les péchés de ta sœur, mais pour ce que tu as fait à la soirée de mardi gras. Je trouve que le châtiment est bien trop sévère.

— Cette soirée était une erreur, et je ne pourrai jamais l'oublier. Vous ne croyez pas que le fait que je sois tombée enceinte d'un inconnu à une fête décevra mes parents ?

— Ils ne seront peut-être pas ravis, mais les petits-enfants sont une joie, quoi qu'il arrive, argua Violet.

— Nous en reparlerons quand tu tomberas enceinte par accident d'un homme dont tu ne connais pas le nom, Violet, repartit Emma.

— Chérie, intervint Harper, j'ai fait beaucoup d'erreurs avec les hommes. Mais pas un seul de mes plus beaux moments n'était aussi sexy ou romantique que ce que tu m'as raconté de ta nuit avec lui. Tu es tombée de cheval et tu t'es fait peur. Je le comprends. Mais ça ne veut pas dire que tu dois rester bloquée sur cette peur. Si tu n'es pas prête à galoper, au moins, remonte en selle. Avance au trot. Te détendre de temps en temps, ça ne te fera pas de mal. Ça pourrait même te faire du bien.

Glissant le plat de pâtes dans le four, Emma s'essuya les mains sur son pantalon de yoga et observa les verres de vin de ses amies avec une pointe de jalousie. Si elle ne mettait pas fin à cette discussion, ses camarades continueraient de la sermonner, et elles manqueraient la série qu'elles étaient venues regarder.

— Tout cela, c'est bien joli, mais je ne veux pas renouer

avec Jonah Flynn. De toute façon, il n'en aura pas envie quand je serai enceinte jusqu'aux yeux et énorme.

— Enceinte de son bébé ! souligna Lucy.

— Ça ne compte pas. Il n'a pas l'étoffe d'un père, non ? Et, puisque rien de ce que j'ai dit ne vous a convaincues, laissez-moi ajouter qu'une relation avec lui mènerait à un conflit d'intérêts majeur. J'audite FlynnSoft. Si quelqu'un soupçonnait la moindre histoire entre Jonah et moi, passée ou présente, ma crédibilité serait détruite. Je perdrais sans doute mon travail et j'entacherais de façon permanente la réputation que j'ai bâtie au prix de tant d'efforts. Aucun homme, pas même Jonah Flynn, n'en vaut la peine. Pas à mes yeux.

— Quand le bébé sera né, tout le monde comprendra ce qui s'est passé entre vous, fit valoir Violet. Ta seule option, c'est de dire à Tim que tu ne peux pas finir cet audit. Ce serait l'attitude la plus franche.

— Techniquement, oui. Mais je suis capable de mener à bien ma mission. Je refuse de renoncer à ce défi, même s'il y a un risque.

Harper hocha la tête, l'air résigné, et Lucy soupira. Emma espérait que ses amies la laisseraient tranquille, du moins pendant les deux prochaines heures.

— Bien sûr, lança Harper avec un sourire malicieux, si je devais entacher ma réputation et gâcher ma carrière pour un homme, ce serait pour lui.

Mercredi après-midi, Jonah était assis à son bureau quand son téléphone sonna. Il reconnut le numéro de son conseiller financier, Paul. Pourvu qu'il ait de bonnes nouvelles…

— Paul. Dites-moi ce que je veux entendre.

À l'autre bout de la ligne, il y eut une hésitation, qui indiqua aussitôt à Jonah que ce n'était pas son jour de chance.

— Je suis navré de vous l'apprendre, Jonah, mais il me faudra au moins deux jours de plus pour tout régler. Nous pourrions envisager un prêt à court terme pour obtenir l'argent, mais les banques sont vraiment réticentes là-dessus, étant donné l'état du marché. Je doute que cela nous fasse gagner du temps. Y a-t-il une chance pour que vous puissiez emprunter la somme à… Eh bien…

— À ma mère ?

— Elle a plus de liquidités que vous. C'est uniquement pour cela que je suggère cette solution.

Jonah soupira et secoua la tête.

— Je ne veux pas que ma mère apprenne ce que Noah a fait. Si je lui demande trois millions de dollars, elle voudra à coup sûr savoir ce que je compte en faire. Du moins, c'est ainsi qu'elle agirait avec moi. Elle les donnerait à Noah sans ciller.

— Alors, pourquoi n'est-ce pas à elle qu'il a emprunté cet argent ?

— Je n'en ai aucune idée. Moins j'en sais sur ce que Noah mijote, mieux je me porte. Transférez simplement les fonds aussi vite que vous le pouvez, et je me débrouillerai de mon côté.

Peu après, il raccrocha. Ce matin, il avait laissé Emma tranquille. Il avait espéré que l'argent arriverait sur son compte et qu'il n'aurait plus besoin de faire du charme à une femme qui ne lui portait manifestement aucun intérêt. Séduire une femme qui ne l'appréciait pas était un défi qu'il n'avait jamais eu à relever, mais il ne pouvait pas passer son temps à courtiser la princesse de glace. Il avait encore une entreprise à diriger.

Apparemment charmer la jolie comptable était de nouveau sa priorité. Puisqu'il avait un peu de temps devant lui, il sortit de son bureau et se mit en quête de sa proie.

Il la repéra au vingt-quatrième étage, au bout du couloir. Elle était penchée par-dessus la photocopieuse et surveillait les pages qui sortaient de la machine. Il songea à arriver à pas feutrés et à lui murmurer un mot gentil à l'oreille puis se ravisa. Emma serait bien capable de le gifler ou de lui donner un coup de genou dans l'aine.

Alors, il se contenta de l'observer à distance, admirant la courbe de ses jambes soulignée par sa jupe crayon et ses escarpins vertigineux. Elle tenait un stylo entre ses lèvres pleines et douces, des lèvres qu'il avait très envie d'embrasser.

C'était agréable de la regarder en secret, quand elle baissait sa garde. Elle était détendue, et son air rêveur indiquait qu'elle n'était pas en train de penser à son travail. Il ignorait à quoi elle songeait, mais son petit sourire illuminait son joli minois. Un sourire qu'il ne lui connaissait pas. Avec lui, elle était toujours si réservée et austère…

Soudain, elle jeta un coup d'œil vers le couloir et l'aperçut. Son regard vert s'attarda sur son corps, juste un instant, sa langue passant rapidement sur sa lèvre inférieure. Il crut voir une émotion étrange dans ses yeux, mais avant qu'il puisse l'identifier, Emma rassembla ses documents, tourna les talons et prit la direction opposée.

Elle l'évitait de nouveau. Cette fois, il ne la laisserait pas faire.

Il la suivit d'un pas décidé. À cause des talons aiguilles qui la ralentissaient, il ne tarda pas à la rattraper. Il remarqua une des réserves juste à sa droite et eut une idée. Sans même dire bonjour, il saisit Emma par la taille et l'entraîna à l'intérieur de la réserve.

— Mais enfin, qu'est-ce que… ! s'écria-t-elle.

Mais elle se tut quand Jonah referma la porte et qu'ils furent soudain seuls dans la petite pièce sombre.

Des odeurs de renfermé, de produits de nettoyage et de vieux cartons se mêlaient, mais le parfum subtil de la lotion d'Emma parvint jusqu'à Jonah, provoquant une décharge de désir en lui. Des souvenirs de la nuit avec son papillon envahirent son esprit. Il lui avait fait l'amour dans le petit espace intime de sa buanderie, car il n'y avait pas eu d'autre pièce disponible. S'il avait pu, il lui aurait fait l'amour sur des draps de satin parsemés de pétales de rose.

Comme la buanderie, la réserve n'était pas le meilleur choix, mais Jonah ferait avec ce qu'il avait. Il n'avait aucune intention de tenter de séduire Emma ici. Mais c'était le seul moyen d'être seul avec elle et d'exiger qu'elle s'explique. Il était fatigué de ce jeu du chat et de la souris.

Il l'attira contre lui pour qu'elle ne puisse pas s'enfuir. La réserve était pleine d'objets, et Emma pourrait se blesser si elle reculait. Elle allait rester là où elle était. Et ils allaient avoir une vraie discussion, qu'elle le veuille ou non.

Jusqu'ici, il était assez satisfait de la situation. Emma était très calme dans ses bras, quoique un peu raide. Il entendait le doux son de sa respiration, et sentait sa poitrine se soulever, même si elle avait inutilement glissé les mains entre eux pour le repousser. Il aimait l'avoir dans ses bras, plus qu'il ne l'aurait cru. Étrangement, c'était une sensation qui lui semblait naturelle et familière.

Tandis que ses yeux s'ajustaient à la faible lumière qui filtrait sous la porte, il put distinguer sa silhouette et les doux contours de son visage. Et il constata qu'Emma résistait comme elle le pouvait. Ses yeux étaient clos, ses lèvres pincées.

— Détendez-vous, Emma. Je ne vais pas vous mordre.

— Il faut que je retourne travailler, dit-elle, mais sans grande conviction.

Donc, une part d'elle éprouvait de l'attirance pour lui. Alors, pourquoi résistait-elle tant ? Céder à cette attraction mutuelle pourrait être une expérience plaisante, pour tous les deux.

— D'abord, je veux vous parler, dit-il. Vous ne cessez

de m'éviter, et vous ne m'avez pas laissé d'autre choix que de vous enlever pour vous forcer à m'écouter.

— Je ne vous parlerai pas dans une réserve plongée dans le noir. C'est inconvenant.

Elle se débattit, mais elle ne réussit qu'à frotter son ventre contre son entrejambe. Il dut ravaler un gémissement car ses mouvements provoquèrent une vague de désir dans son aine.

— Arrêtez de gigoter, parvint-il à articuler entre ses dents serrées. Je veux simplement discuter. Je n'ai aucune intention de profiter de vous ici, mais si vous continuez de frotter vos hanches contre les miennes, j'aurai peut-être d'autres projets.

La pensée lui avait traversé l'esprit, indéniablement, mais même lui avait ses limites.

— Je vois bien que vous n'avez pas une bonne opinion de moi, et de ma réputation de séducteur, mais je peux vous assurer que je préfère de loin le grand lit de mon loft pour ce genre de choses.

— Je ne veux pas discuter. Ou voir votre lit.

— Je ne vous l'ai pas proposé.

Enfin, elle cessa de lutter et le regarda. Il vit la faible lumière se refléter dans ses yeux tandis qu'ils scrutaient son visage, en quête de quelque chose. De sincérité, peut-être. Elle avait dû la trouver car, enfin, elle se détendit entre ses bras.

— Que voulez-vous, Jonah ?

Il ne pouvait guère avouer qu'il voulait la distraire, le temps de s'occuper de la pagaille que son frère avait laissée dans les comptes. D'autant qu'à cet instant ce n'était pas sa priorité. La façon dont elle avait dit son prénom avait allumé un feu en lui, et lui donnait envie de l'attirer contre lui pour l'embrasser. C'était différent de ce que la plupart des jolies femmes provoquaient chez lui. C'était un désir plus puissant. Plus enivrant.

— Je veux apprendre à vous connaître. Il se passe

quelque chose entre nous… Je ne peux pas l'expliquer, mais je veux voir où cela nous mènera.

Il libéra sa taille d'une main pour caresser son visage. Il fallait qu'il la touche, même s'il courait le risque de recevoir une gifle.

Au lieu de cela, il l'entendit retenir son souffle.

— Vous prétendrez peut-être que je suis fou, mais je sais que vous ressentez la même chose. Vous êtes juste décidée à lutter contre votre attirance. Cessez de lutter.

— Je…, commença-t-elle à protester.

Mais les mots semblaient lui manquer.

Tout comme à lui. Alors, il se pencha et posa ses lèvres sur les siennes. Il crut qu'elle résisterait. Mais il ne rencontra qu'une brève et légère hésitation. Peut-être parce qu'elle se sentait protégée par l'obscurité, son auditrice guindée s'abandonna entre ses bras, et lui rendit son baiser.

Donc, il avait vu juste. Sous ce vernis austère se cachait une femme sensuelle qui avait besoin de s'exprimer. Il l'y aiderait volontiers.

Il glissa sa langue sur la sienne, goûtant la saveur de la cannelle. Une saveur forte, inattendue. Il aimait les surprises et les contrastes. Emma en était pleine.

Elle enroula les bras autour de son cou, et se pressa contre lui. De nouveau, cela lui rappela son papillon. Il aurait presque pu croire qu'il était avec elle. Sans réfléchir, il laissa sa main dériver vers sa poitrine, s'arrêtant juste au-dessus de son sein, écartant les doigts comme il le ferait pour recréer un cœur avec le tatouage de son papillon.

Elle dut se méprendre sur ses intentions car elle se raidit aussitôt et recula en sursaut.

— Mais qu'est-ce que vous faites ? murmura-t-elle.

— Attendez, protesta-t-il.

La distance qu'elle avait mise entre eux était presque douloureuse.

Il lâcha Emma pour chercher l'interrupteur. Elle en profita pour s'écarter et trouver la poignée de la porte. Le battant s'ouvrit à la volée, inondant la petite pièce de lumière. Et Jonah vit Emma s'enfuir pour aller se réfugier dans les toilettes.

S'appuyant contre le mur, il passa la main dans ses cheveux, en espérant que son érection disparaîtrait rapidement. Tout ne s'était pas exactement passé comme il l'avait prévu.

Attirer Emma dans une pièce sombre et la plaquer contre lui n'était pas la meilleure des tactiques. Il avait voulu avoir une conversation avec elle, rien de plus. Mais hélas, son corps avait eu d'autres idées. Tout comme celui d'Emma. Mais Jonah était allé trop loin, comme toujours.

Il secoua la tête. Quelque chose clochait. Emma était nerveuse avec lui. Elle l'évitait obstinément. Elle refusait ses cadeaux ou ses invitations à dîner. Il l'avait regardée interagir avec d'autres employés et, avec eux, elle était différente. Toujours polie et professionnelle, mais bien plus détendue.

Elle avait dressé un mur entre elle et lui. Un mur qui s'était effondré dès qu'ils s'étaient retrouvés dans le noir. Mais cela n'avait duré qu'un instant. Ensuite, elle avait repris ses esprits et pris la poudre d'escampette.

Pour une raison qu'il ignorait, elle éprouvait de l'aversion pour lui, et cela depuis leur rencontre. C'était incompréhensible. Oui, il était tenace quand il voulait quelque chose, mais il était aussi amical et courtois. Pourquoi combattrait-elle avec tant de force le désir que son corps exprimait de manière si claire ?

À moins que…

Il déglutit et passa la tête par l'embrasure. Il vit Emma jeter un regard dans le couloir puis filer vers son bureau. Et si le plan qu'il avait mis en action avait échoué ? Si son auditrice avait déjà trouvé un gros écart dans les comptes ? Si tel était le cas, cela expliquerait beaucoup de choses.

Pourquoi Emma voudrait-elle nouer une relation avec lui si elle s'apprêtait à informer Game Town qu'il gérait mal ses finances ?

- 5 -

Après l'incident, Jonah dut retourner dans son bureau pour une téléconférence. Mais il ne comptait pas baisser les bras. Soit Emma était au courant pour les trois millions manquants, soit elle ne l'était pas. Soit elle l'appréciait, soit elle le détestait. Mais il découvrirait la vérité, d'une manière ou d'une autre.

Le lendemain matin, il la trouva assise dans son bureau temporaire. Il l'observa en silence pendant quelques minutes tandis qu'elle étudiait des chiffres, l'air très concentrée.

Même si elle était absorbée par sa tâche, elle n'était pas avachie dans son fauteuil. Elle était assise bien droite, les épaules en arrière, les seins se pressant contre son chemisier de soie rose. Ses cheveux bruns étaient noués en chignon, et une mèche égarée habillait la courbe de son visage.

Sans lever les yeux, elle replaça la mèche derrière son oreille tout en prenant des notes dans un cahier à spirales. Elle avait une écriture très soignée, précise et délicate, avec des boucles pleines et des lettres larges. Une écriture à son image, pensa-t-il. À première vue, Emma était rigide et réservée, mais elle était aussi profondément féminine et ouverte si l'on prenait le temps de l'étudier et de la déchiffrer.

Ce qui s'était passé dans la réserve n'avait fait qu'attiser sa curiosité à son égard. Audit ou non, Emma lui plaisait vraiment, et cela le surprenait. Elle l'irritait, mais en même temps, elle était un puzzle fascinant. S'il parvenait à la comprendre et à annihiler ses défenses, ce serait une réussite aussi éclatante que lorsqu'il avait terminé *Legend of Zelda*, quand il était enfant.

— Qu'y a-t-il, monsieur Flynn ? Vous n'avez pas trouvé de femme à enlever, alors vous vous êtes dit que vous alliez passer dans mon bureau et faire une nouvelle tentative ?

Les questions d'Emma l'arrachèrent à ses pensées. Étonnamment, il y avait une note d'amusement dans sa voix. Apparemment, il avait bien fait de la laisser un peu en paix.

— Je suis désolé pour hier. Je n'avais pas l'intention de…

— Ce n'est rien. Faisons comme si rien ne s'était passé.

Étrange. Il s'était attendu à des remontrances, voire à une plainte pour harcèlement. Mais, apparemment, elle tenait à oublier cette histoire. Peut-être n'avait-elle rien trouvé de suspect dans les comptes, après tout.

— Peut-on en discuter ? demanda-t-il.

— J'aimerais mieux éviter.

Elle rougit et baissa les yeux vers ses documents. Elle semblait gênée. Il ignorait bien pourquoi. Jamais aucune de ses conquêtes n'avait rougi d'embarras avec lui. Mais il aimerait voir le teint de porcelaine d'Emma s'empourprer de nouveau, après lui avoir donné un baiser. L'embrasser dans le noir l'avait privé de ce plaisir.

— Laissez-moi me faire pardonner, dit-il.

Elle roula des yeux et se leva. Le rougissement avait disparu.

— Je vous prie…

— De dîner avec vous ? J'accepte volontiers. Que diriez-vous de manger des sushis ? Il y a un nouveau restaurant que j'ai envie de tester.

Elle s'arrêta net, manifestement surprise par la tournure que prenait la conversation.

— Pardon ? Non.

— Pas de sushis ? Je comprends, tout le monde n'aime pas cela. Un *steak house*, alors ?

— Je voulais dire : non, je ne veux pas dîner avec vous.

Elle rougit de nouveau. Cette fois, ce n'était pas un signe d'embarras mais de colère. Elle passa devant lui et alla dans le couloir. Il prit un instant pour admirer son joli postérieur moulé dans son pantalon noir, puis la suivit et la rattrapa.

— Pourquoi ? demanda-t-il.

— Ce serait inconvenant.

— Selon qui ? Je ne suis pas votre patron. Je ne vois rien de mal à vous emmener dîner pour vous souhaiter la bienvenue dans ma société, de manière amicale. Je dîne très souvent avec des clients.

— Vous n'avez pas bâti votre réputation en étant simplement amical avec les femmes, rétorqua-t-elle d'un ton sec.

Alors, songea-t-il, vexé, ce n'était pas l'inconvenance de la situation qui la gênait. En réalité, elle désapprouvait sa vie amoureuse.

— Ah. Vous ne voulez pas être vue en public avec un séducteur invétéré tel que moi, c'est ça ? Cela ternirait votre réputation sans tache, Emma ?

Elle accéléra le pas.

— En toute franchise, oui. J'ai travaillé très dur pour arriver là où j'en suis. Les hommes comme vous ou le genre d'amitié qu'ils offrent ne m'intéressent pas.

Elle s'arrêta devant l'ascenseur et appuya sur le bouton d'appel en évitant son regard. Pourquoi était-elle si cassante ? Il ne reconnaissait pas la femme qui l'avait embrassé dans cette réserve sombre.

— Je n'en suis pas si sûr…, la taquina-t-il avec un sourire rusé. Peut-être que cela vous plairait de salir un peu votre réputation avec moi. Ça n'avait pas l'air de vous déranger tant que ça, hier.

Elle l'observa en pinçant ses lèvres roses.

— Pour finir dans un de ces journaux à scandale ? lâcha-t-elle. Non, merci.

Il détestait ces journaux. Pourquoi les gens s'intéressaient à sa vie, il l'ignorait.

— Pourquoi se soucier de ce que les autres pensent de vous et de vos actes ? demanda-t-il.

Lorsque les portes de l'ascenseur s'ouvrirent, elle se précipita dans la cabine. Il lui emboîta le pas.

— Vous êtes peut-être un play-boy millionnaire, mais je suis une employée. Une telle chose pourrait me coûter mon travail.

— Votre patron se soucierait-il que l'on nous voie ensemble ? Pourquoi travailler pour quelqu'un d'aussi vieux jeu ? Venez travailler ici. J'aurais bien besoin d'une directrice financière.

Elle lui lança un regard surpris, puis secoua la tête.

— C'est une offre tentante, monsieur Flynn, mais je ne veux pas que l'on dise que j'ai obtenu mon travail en couchant avec le patron.

Elle l'appelait de nouveau « monsieur Flynn ». Ils régressaient, si toutefois c'était possible.

— Je ne vous ai jamais demandé de coucher avec moi, Emma. Tout ce que j'ai suggéré, c'est un dîner. Vous avez tiré des conclusions en vous fondant sur vos présomptions biaisées à mon égard.

Un carillon annonça leur arrivée à l'étage supérieur, et Emma sortit dès que les portes s'ouvrirent.

— Ce ne sont plus des présomptions mais des certitudes fondées sur mon expérience personnelle. Ce qui s'est passé hier m'a prouvé qu'avec vous même une discussion innocente peut dégénérer, monsieur Flynn.

C'était la troisième fois qu'elle l'appelait ainsi.

— Je vous en prie, appelez-moi Jonah. C'est mon père

que l'on appelait M. Flynn, et il n'est plus de ce monde. Et je vous ai déjà présenté mes excuses pour hier. Je le répète, je ne sais pas ce qui m'a pris. Ça ne se reproduira pas, à moins que vous ne le souhaitiez. Dînez avec moi, c'est tout ce que je vous demande.

Soudain, elle se retourna et posa les mains sur ses hanches.

— Pourquoi insistez-vous à ce point ? Pourquoi moi ? Vous n'avez pas de mannequin lingerie pour vous divertir ?

Agacé, il enfonça les mains dans ses poches. Il devrait arrêter de fréquenter des mannequins. Elles lui donnaient une mauvaise réputation et intimidaient les autres femmes. Il appréciait le corps féminin sous toutes ses formes. Mais les femmes normales le croyaient rarement. Elles se comparaient négativement à ce qu'elles pensaient être un idéal parfait et ne comprenaient pas qu'il puisse les désirer aussi.

— Et si j'étais sincèrement attiré par vous, Emma ? Si je vous trouvais drôle, attirante, intelligente, et que je voulais voir ce qui peut se passer entre nous ? Serait-ce si terrible ?

— En d'autres circonstances, peut-être pas. Mais en l'occurrence, pas de dîner. Pas de rendez-vous galant. Ma réponse sera toujours : non, merci.

Elle tourna les talons et se rendit dans le *coffee shop*.

Il était presque vide à cette heure, alors Jonah la suivit, refusant de terminer cette conversation tant qu'il n'avait pas remporté le débat.

— Laissez-moi au moins vous offrir un café.

Elle rit et croisa les bras de manière protectrice sur sa poitrine.

— C'est gratuit, ici, rétorqua-t-elle.

Il haussa un sourcil, amusé.

— Pas pour moi. C'est moi qui paie tout. En fait, je vous ai offert plusieurs boissons depuis que vous êtes ici.

Quel mal y a-t-il à ce que je vous en offre une de plus ? La seule différence, c'est que nous serons à la même table.

Elle plissa les yeux et soupira.

— Vous ne renoncerez pas tant que je n'accepterai pas de prendre au moins un café avec vous, n'est-ce pas ?

— Un café, c'est un bon début.

— Bien, dit-elle. Je prendrai un grand thé avec deux sucres, une dose de crème, et un roulé à la cannelle. Après cela, je ne veux plus vous voir pendant le reste de la journée. Compris ?

Il se fendit d'un grand sourire. C'était une petite victoire mais, puisqu'elle concernait Emma, elle lui semblait immense.

— Compris, lui assura-t-il.

Quelques minutes plus tard, ils s'installèrent à une table au fond de la salle. Il observa Emma en silence pendant qu'elle mélangeait son thé et retirait le sachet de la tasse.

— Pourquoi avoir choisi la comptabilité ? demanda-t-il.

Ce n'était pas le lieu ni le moment pour des questions difficiles.

— Je n'aime pas l'ambiguïté. En maths, il n'y a pas de zone grise, pas de décisions que l'on peut remettre en question. Deux et deux font toujours quatre. J'aimais l'idée d'avoir un métier fondé sur quelque chose de sûr. Cela me semblait aussi être un métier respectable. Mes parents étaient contents de ma décision.

— Et si vous aviez voulu devenir mannequin ou chanteuse ? Qu'en auraient-ils pensé ?

— Ça ne me serait jamais venu à l'idée. Je ne suis pas assez jolie ni assez douée. Et même si je l'étais, je n'aurais pas fait ce choix. Les mannequins et les chanteuses figurent dans les journaux à scandale, juste à côté de vous.

Il fronça les sourcils. Il n'aimait pas la façon dont elle parlait d'elle même.

— Ce n'est pas si terrible, rétorqua-t-il. Les gens

lisent ces magazines parce qu'ils veulent vivre une vie excitante et glamour par procuration à travers des gens comme moi.

— C'est ma sœur qui était faite pour les projecteurs, pas moi.

— Et que fait votre sœur ?

— Rien. Elle est décédée.

Elle remit le couvercle sur sa tasse et prit son plateau.

— Je suis navrée, Jonah, mais je dois retourner travailler.

Emma se laissa tomber sur sa chaise et enfouit son visage entre ses mains. Rien ne se passait comme elle l'avait prévu. Avant son arrivée chez FlynnSoft, elle avait cru que le séduisant P-DG ne s'intéresserait pas du tout à elle. Quand elle avait découvert que Jonah était le père de son futur enfant, elle avait jugé encore plus impératif de garder ses distances avec lui, jusqu'à ce que son audit soit terminé. Elle avait couché une fois avec le P-DG de FlynnSoft, comme le prouvait le bébé qui grandissait en elle, et c'était déjà une fois de trop. Pourtant, ces dernières vingt-quatre heures, elle l'avait embrassé dans une réserve sombre et elle avait accepté de prendre une boisson chaude avec lui.

Mais quel était le problème chez elle ? Elle avait embrassé Jonah ! Elle aimerait pouvoir dire qu'elle avait perdu la tête à cause de l'obscurité et de l'exiguïté de la réserve, mais quelle était son excuse aujourd'hui ? Discuter avec lui autour d'une boisson chaude et de viennoiseries semblait anodin, mais elle savait bien qu'entre eux rien n'était anodin.

Même si elle avait prétendu le contraire, elle était sûre que la seule chose que Jonah avait eu l'intention de faire hier, c'était la forcer à avoir la conversation qu'elle tenait tant à éviter. Mais les choses avaient dérapé. Comme à la soirée de mardi gras. La force magnétique qui les poussait l'un vers l'autre et les avait conduits à une nuit de plaisir hédoniste était encore présente. Lorsque Emma s'était retrouvée plaquée contre lui, que son parfum chaud et viril avait réveillé ses souvenirs… C'était comme si ces trois derniers mois sans lui s'étaient effacés.

Dès qu'il avait approché la main de sa poitrine et du tatouage, une vague de panique l'avait envahie. Dans l'obscurité, Jonah n'aurait pas pu voir qu'il n'était qu'à quelques centimètres de reformer leur cœur. Mais il s'était bien trop approché à son goût. Alors, elle avait fui. Tout comme après la soirée costumée, elle ne pouvait pas revenir sur ce qu'elle avait fait, mais elle pouvait s'assurer que cela ne se reproduise pas. Jonah pourrait faire partie de sa vie en tant que père de son enfant, mais rien de plus. Et pour l'instant, le bébé n'était pas encore né.

Tout cela, c'était la faute de ses amies. Lorsqu'elles étaient venues dîner l'avant-veille, elles avaient semé les graines du doute dans son esprit. Après leur départ, elle était restée éveillée durant des heures, à songer à sa nuit de passion avec Jonah, et à toutes les nuits tristes et solitaires qui avaient suivi depuis.

Elle s'était convaincue qu'un homme comme Jonah ne serait jamais heureux avec une femme comme elle. La femme qui s'était jetée dans ses bras à la soirée costumée n'existait pas vraiment. Le fait que leur histoire soit anonyme permettait qu'elle demeure exceptionnelle, et inoubliable. Emma n'avait pas envie de la gâcher en révélant son identité à Jonah. Mais puisqu'ils avaient conçu un enfant il faudrait bien qu'elle brise l'illusion, tôt ou tard.

Après avoir travaillé ces derniers jours avec Jonah, elle commençait à se demander si l'anonymat de leur histoire comptait autant pour lui que pour elle. De manière inexplicable, il éprouvait une attirance pour elle qui n'avait rien à voir avec les masques et les secrets. Jonah

Flynn ne savait pas qui elle était réellement, pourtant, il semblait lui porter un intérêt sincère. Il se pliait en quatre pour obtenir son attention, et elle se demandait bien pourquoi. Il était impossible qu'il la désire telle qu'elle était. De plus, elle l'agaçait, si elle en croyait la ride constamment présente entre ses sourcils quand il était avec elle.

Cherchait-il simplement à l'influencer afin qu'elle rédige un rapport favorable ? Ce ne serait pas la première fois que quelqu'un essayait de soudoyer ou de manipuler un contrôleur de gestion. Emma n'avait jamais été confrontée à cette situation. Peut-être un homme comme Jonah préférait-il séduire son auditrice plutôt que de lui proposer un pot-de-vin. Peut-être que l'étincelle de désir entre eux lui facilitait la tâche, simplement.

Mais s'il se donnait autant de mal, cela signifiait qu'il avait quelque chose à cacher…

Un profond sentiment de malaise lui noua le ventre. C'était un contrat très important pour FlynnSoft. Si Jonah avait peur qu'elle découvre quelque chose qui compromette la signature de ce contrat, elle ne doutait pas qu'il ferait tout pour détourner son attention. Il n'avait pas besoin de la trouver intelligente ou jolie pour réussir à la séduire. Comment pourrait-il la trouver intéressante alors qu'il avait l'habitude de fréquenter des célébrités ? Elle n'était qu'une petite fille riche insignifiante. Si tout ce qui importait pour lui, c'était de décrocher le contrat avec Game Town, il serait prêt à employer tous les moyens.

Si elle mettait en doute ses motivations, elle aurait moins de mal à ignorer ses avances, non ?

Elle tenta de chasser ses pensées et de se concentrer sur sa mission durant le reste de l'après-midi. Même si son travail pouvait paraître ennuyeux aux yeux de certains, elle pensait ce qu'elle avait dit à Jonah au sujet des mathématiques. C'était une science qui ne mentait jamais et qu'elle trouvait apaisante. Emma pouvait se perdre dans les chiffres durant des heures. Comme aujourd'hui. Quand elle leva les yeux, il était plus de 18 heures. Heureusement, Jonah avait tenu sa promesse et l'avait laissée tranquille, ce qui lui avait permis d'abattre une grande quantité de travail.

Elle songea à ranger ses affaires et à rentrer chez elle, mais elle se sentait encore agitée. Puisqu'elle était restée assise très longtemps, elle décida de s'accorder une séance d'exercices dans la salle de sport de FlynnSoft. Hier soir, après avoir avalé une part de tiramisu, elle s'était sentie coupable et avait décidé d'emporter une tenue de sport au travail.

Mais aujourd'hui elle ne cherchait pas à brûler les calories. Elle avait surtout besoin d'un exutoire pour la frustration et l'énergie nerveuse qui bouillonnaient en elle. Puisqu'il était hors de question qu'elle couche avec Jonah pour assouvir ses désirs, elle se contenterait de pédaler sur une machine elliptique. Pour être franche, elle ignorait combien de temps elle pourrait supporter cette situation. Jonah la courtisait sans répit, et même s'il l'avait laissée tranquille aujourd'hui, il reviendrait à la charge demain, elle en était certaine. D'autant que maintenant, il savait qu'il pouvait l'avoir à l'usure et finir par obtenir ce qu'il voulait.

Ce qui la poussait à s'interroger : savait-il qui elle était réellement ? Peut-être ne s'agissait-il pas de l'audit. Elle n'avait rien trouvé de suspect dans les comptes qui justifie qu'il cherche à la distraire. Pourtant, il était impossible qu'il l'ait reconnue. Il n'avait pas vu son tatouage, et elle n'avait donné aucun indice lors de leurs conversations.

Elle ne savait plus que penser.

Avant de se rendre dans la salle de sport, elle s'arrêta devant le bureau de Pam, l'assistante de Jonah.

— M. Flynn est-il parti ? demanda-t-elle.

— Oui, il avait un dîner prévu à 18 h 30.

— Merci.

Parfait. Elle se dirigea vers l'ascenseur, se réjouissant de pouvoir faire de l'exercice en paix. Dans le vestiaire, elle enfila rapidement sa tenue, constituée d'un débardeur, d'un soutien-gorge de sport et d'un short. Le haut dévoilait en partie son tatouage et moulait son ventre à peine arrondi, et elle fronça les sourcils en se voyant dans le miroir. Elle n'avait pas pensé à cela lorsqu'elle avait choisi ces vêtements, et il serait bientôt temps pour elle de porter des vêtements amples et des tenues de maternité.

Elle songea à se rhabiller et à rentrer chez elle, mais elle avait trop envie de se dépenser. Elle jeta un coup d'œil dans la salle de sport et décida qu'elle ne prenait pas un grand risque, puisque Jonah était absent. Personne d'autre ne comprendrait le sens du tatouage ou de son petit ventre rond.

Comme Harper l'avait dit, la salle était vide. Apparemment, les génies de l'informatique avaient davantage tendance à utiliser le *coffee shop* ou le flipper que les équipements sportifs. Elle grimpa sur le vélo elliptique le plus proche, plaçant sa bouteille d'eau dans le compartiment dédié et branchant ses écouteurs sur son téléphone pour écouter sa musique préférée.

Elle choisit une playlist des années 1970 rythmée, et commença à pédaler. Bien vite, elle ferma les yeux et se laissa porter. La sueur coulant le long de son dos et la douleur de ses muscles lui firent oublier le trouble et l'excitation qui avaient été ses compagnes constantes ces derniers jours. Elle espérait que son attirance pour Jonah s'évacuerait par tous ses pores.

Elle avait toujours aimé se dépenser. Elle avait fréquenté jusqu'au lycée un établissement privé et non mixte, où on les avait encouragées à être aussi actives que possibles. Les religieuses avaient seriné que la sueur purifiait le corps et qu'aucun désir ne pouvait être plus fort qu'une bonne séance de sport.

Emma le croyait, et quand elle était sous pression, elle se réfugiait dans l'exercice plutôt que dans la nourriture. Elle avait perdu cinq kilos après sa rupture avec David et sa brève rébellion qui avait eu tant de conséquences. Depuis quelques semaines, avec sa grossesse, elle avait repris ces kilos, mais elle continuait de faire de l'exercice. Elle voulait éviter de prendre trop de poids et de s'inquiéter de ses kilos en trop, afin de pouvoir profiter au maximum des moments précieux avec son bébé quand il serait né.

Quand son corps atteignit ses limites, elle ralentit la cadence et ouvrit les yeux. Elle lut ses statistiques sur l'écran de la machine et sourit, satisfaite. Elle avait mérité un dessert ce soir. Peut-être quelques carrés de chocolat noir.

Elle arrêta la musique et descendit de la machine elliptique sur des jambes chancelantes. Son plan avait fonctionné. Elle était épuisée, en sueur et assoiffée. Et elle ne rêvait plus de coucher avec Jonah, à cet instant. Elle but une grande gorgée d'eau, puis s'essuya le visage avec sa serviette.

Le son d'un rire masculin la fit sursauter. Elle écarta prestement la serviette de son visage, retira ses écouteurs et jeta un regard circulaire dans la salle qui était aussi vide que tout à l'heure. Quelqu'un était sans doute passé dans le couloir. Ou alors, c'était son imagination qui lui jouait des tours.

Jetant un autre regard autour d'elle, elle rassembla ses affaires et se dirigea vers le vestiaire. Elle avait prévu de se doucher et de se changer ici, mais ce rire masculin l'avait perturbée. Et si Jonah l'avait surprise ? Elle avait pris un risque immense ce soir et elle ne devait pas répéter cette erreur. La prochaine fois, elle prendrait des vêtements de sport plus couvrants. Jonah était peut-être absent aujourd'hui, mais ce ne serait pas toujours le cas.

Elle empoigna son sac, enfila un sweat-shirt à capuche, puis se dirigea vers la sortie.

Elle se doucherait chez elle, ce serait plus sûr.

- 6 -

Caché dans le couloir, Jonah regarda Emma se diriger vers la sortie. Quand son dîner avait été annulé tout à l'heure, il était déjà au restaurant. Il avait donc décidé de prendre un dîner à emporter et de revenir le manger au bureau, pour pouvoir ensuite faire une séance de musculation.

La salle de gym était en général vide le soir, et la solitude était une chose qu'il appréciait après avoir passé sa journée dans diverses réunions ou au téléphone. Lorsqu'il faisait de l'exercice, il pouvait écouter de la musique à fond et oublier ses tracas. Jamais il n'aurait cru trouver Emma ici ! Elle ne semblait pas être du genre à aimer transpirer. Pourtant, il l'avait bien vue, en train de pédaler énergiquement sur une machine elliptique, les écouteurs dans les oreilles et les yeux clos.

Peut-être essayait-elle d'évacuer un besoin, avait-il songé. Peut-être avait-il réussi à créer de la frustration sexuelle chez elle, plus qu'il ne l'avait cru. Peut-être ne lui résistait-elle qu'en apparence…

Il avait failli aller la trouver pour lui faire part de ses hypothèses, mais elle s'était brusquement arrêtée et était descendue du vélo. Il l'avait discrètement observée depuis le couloir, pendant qu'elle buvait de l'eau et essuyait la sueur sur son visage rougi. C'était alors qu'il avait remarqué une marque rouge près de la bretelle de son débardeur noir. Il s'était approché, et avait distingué un demi-cœur tatoué sur son sein gauche. Il s'était arrêté net, et avait jeté un coup d'œil au tatouage sur sa propre main. Puis, lorsque son regard s'était posé sur le petit ventre rond d'Emma, il avait laissé échapper un rire nerveux et étranglé. Et il s'était caché avant qu'Emma ne le voie.

Il n'en revenait toujours pas.

Jamais, au grand jamais, il n'aurait imaginé qu'Emma puisse être son papillon. Car son papillon était libre, sauvage, sans inhibitions. En apparence, Emma était tout le contraire. Elle avait déclaré qu'elle n'était pas elle-même ce soir-là, mais il ne l'avait pas crue. Tout le monde disait ce genre de choses dans ce genre de situations.

Apparemment, elle avait dit la vérité. Elle avait aussi ajouté qu'il ne voudrait plus d'elle au petit matin, comme si elle allait se transformer en citrouille au lever du jour. Au lieu de cela, elle s'était transformée en une comptable collet monté. Une comptable belle, gracieuse, irritante, guindée… et peut-être enceinte de lui.

Il n'était guère un expert en matière de grossesse. Mais une chose était sûre, trois mois plus tôt, elle avait le ventre parfaitement plat. Un ventre qui avait tremblé lorsqu'il y avait déposé une série de baisers. À trois mois, une grossesse ne se voyait pas beaucoup, mais il était difficile de cacher des rondeurs sous une tenue de sport moulante. Était-il vraiment possible qu'Emma attende leur enfant ?

Il s'était toujours dit qu'un jour, il fonderait une famille. Dans un avenir lointain. Mais certainement pas dans six mois…

Il appuya la tête contre le mur. Ils s'étaient pourtant protégés — il utilisait toujours un préservatif. Il n'était pas stupide, il savait que de nombreuses femmes seraient heureuses de porter son enfant : un enfant qui hériterait de sa fortune ainsi que de ses yeux bleus. Mais Emma ne semblait pas être ce genre de femme.

D'un autre côté, elle semblait être le genre de femme

à prévenir un homme de sa future paternité. Pourtant, elle ne l'avait pas fait.

Il secoua la tête et prit la direction de son bureau, car il n'avait plus la tête à faire du sport. Et puis, ce qu'il venait de découvrir changeait tout.

S'il avait courtisé Emma au départ, c'était uniquement pour l'empêcher de découvrir que Noah avait détourné des fonds. Certes, la distraire avait été une corvée agréable, mais il se serait abstenu s'il n'y avait pas vu un intérêt professionnel. Quand elle l'avait repoussé, la séduire était devenu un défi. Il adorait les défis qui semblaient impossibles à relever.

À présent, c'était une question de fierté. Emma savait qui il était et, cela, depuis son arrivée chez FlynnSoft. Elle avait vu sa main, son tatouage, et pourtant, elle avait gardé le silence, alors qu'elle portait son enfant.

Pourquoi ? Leurs tatouages respectifs étaient censés les aider à se réunir. C'était la seule preuve réelle de cette nuit de rêve. Voir son tatouage aurait dû être un signe pour elle, une surprise agréable, d'autant qu'elle n'avait eu aucun autre moyen de retrouver le père de son bébé. S'il l'avait retrouvée en premier, il lui aurait aussitôt révélé qui il était. Pourquoi s'était-elle tue ? Pensait-elle que leur nuit avait été une erreur ? Ou, alors, peut-être ne tenait-elle pas à ce qu'il fasse partie de sa vie ou de celle de leur enfant, maintenant qu'elle savait qui il était.

Impossible ! Quelle femme ne serait pas ravie de découvrir que le père de son enfant était un homme d'affaires riche, prospère et séduisant ? Le scénario aurait pu avoir une issue bien moins positive.

Alors qu'il approchait de son bureau, il remarqua sur le bureau de Pam un magazine ouvert, dans lequel figurait une photo de lui avec l'une de ses conquêtes, accompagnée de la légende : « Le play-boy des jeux vidéo séduit un mannequin lingerie. »

D'accord, peut-être son statut de play-boy ne plaidait-il

pas en sa faveur. Il avait la réputation d'être un rebelle, et cela lui plaisait. Les femmes faisaient seulement partie du personnage. La plupart des femmes ne voyaient pas d'inconvénient à avoir une relation avec lui, aussi brève soit-elle.

Emma était différente, il le savait. C'était une femme aux valeurs traditionnelles, qui espérait des gestes romantiques qui n'avaient presque plus cours de nos jours. Non pas des fleurs et des bijoux, mais du temps et de l'attention. Elle était typiquement le genre de femme dépendante et collante qu'il fuyait comme la peste.

Pourtant, c'était aussi la femme qui nourrissait tous ses fantasmes depuis trois mois. La femme qui occupait ses pensées et à laquelle il comparait toutes ses autres partenaires. Jusqu'ici, aucune ne lui arrivait à la cheville.

Il entra dans son bureau et lança sa serviette sur une chaise visiteur. Emma s'était assise sur cette même chaise quand elle avait eu son attaque de panique.

Une attaque qui s'était produite juste après qu'il lui avait serré la main. C'était sans doute le moment où elle avait compris qui il était. Ce n'était pas vraiment la réaction romantique qu'il avait imaginée pendant qu'ils se faisaient graver un demi-cœur chacun, dans ce salon de tatouage.

Tout ce temps, il avait cru qu'elle l'évitait à cause de l'audit. Qu'elle avait déjà découvert le vol de Noah. En réalité, elle tentait de l'empêcher de découvrir la vérité sur elle-même. Apparemment, ils avaient tous les deux des choses à cacher.

Pour une raison qu'il ignorait, Emma n'était pas intéressée par lui, et elle ne voulait pas qu'il apprenne qui elle était. Elle avait résisté à toutes ses avances, comme aucune autre femme avant elle, alors qu'elle savait qu'elle portait son enfant. Pourquoi était-elle si décidée à lui cacher sa grossesse ? N'était-il pas assez bien pour être le père de son bébé ? Préférerait-elle un banquier tranquille ou un courtier en assurances qui lui offrirait une vie stable mais sans passion ?

Non, il en doutait fort. La femme avec laquelle il avait passé la soirée de mardi gras était complexe, et il y avait de la passion en elle, indéniablement. Certes, il avait la réputation d'être indomptable, mais il était adulte, et il savait qu'il y avait un temps pour tout, et un lieu pour tout. Être un père responsable était un devoir qu'il ne fuirait pas, même si Emma pensait le contraire.

Ces derniers jours, il avait découvert une femme à fort caractère, obstinée, qui se croyait plus maligne que lui. Elle pensait vraiment pouvoir lui cacher ses secrets.

Il prit la photo de son papillon et la considéra d'un air songeur. Il avait imaginé que le moment où il retrouverait sa belle inconnue lui couperait le souffle. Et qu'ensuite il poursuivrait sa relation avec la femme stupéfiante qui l'obsédait depuis tout ce temps. En fin de compte, sa mystérieuse amante pensait qu'il n'était rien de plus qu'un caillou dans sa chaussure.

Mais il lui prouverait qu'elle avait tort.

Cela ne faisait pas si longtemps qu'il l'avait entraînée dans une nuit de passion effrénée. Ce qui n'était pas rien, il s'en rendait compte à présent. Mais puisqu'il avait réussi à la séduire, il avait bon espoir de renouveler cet exploit. Quand il en aurait fini avec elle, elle serait à sa merci, trop heureuse de lui avouer son identité et de lui tomber dans les bras, pour de bon, cette fois.

D'ici là, il prendrait grand plaisir à la mettre au supplice.

Emma avait la sensation étrange d'être observée. C'était ainsi depuis sa séance à la salle de sport, hier soir. Chaque fois qu'elle détournait les yeux de son écran, elle s'attendait à voir Jonah traîner dans le couloir, avec ce sourire suffisant et carnassier aux lèvres. Mais il n'était jamais là. En fait, elle ne l'avait pas revu depuis leur discussion au *coffee shop*.

Ce n'était pas pour autant qu'elle baisserait sa garde. Elle l'avait fait hier et elle ne pouvait pas répéter cette erreur.

De surcroît, elle avait un audit à mener. Quelque chose ne collait pas dans les comptes, et si elle ne se reprenait pas, elle ne pourrait jamais déterminer si c'était un problème réel ou un problème créé par son manque de concentration.

La troisième fois qu'elle fit ses calculs et obtint le même résultat, elle s'adossa à sa chaise en gémissant. Elle avait manifestement commis une erreur, quelques pages plus tôt. Il manquait une grosse somme d'argent.

— Bon sang, marmonna-t-elle, écartant une mèche rebelle de son visage pour la vingtième fois aujourd'hui.

Elle devrait acheter une barrette.

— Qu'y a-t-il, mademoiselle Dempsey ?

Elle sursauta et plaqua la main contre sa poitrine. Cette fois, quand elle leva les yeux, Jonah était bien là, devant elle. Au moment où elle s'y attendait le moins.

— Rien, dit-elle.

Même si elle avait trouvé quelque chose de suspect dans les livres de comptes, elle n'en parlerait à personne tant qu'elle n'en serait pas absolument certaine. On ne déclenchait pas l'alarme incendie tant qu'il n'y avait pas de flammes. Pour l'instant, il n'y avait qu'un peu de fumée. Personne n'était assez stupide pour voler autant d'argent d'un coup. Les gens intelligents détournaient une succession de petites sommes. Il devait y avoir une explication.

Elle prit une grande inspiration pour se calmer, et observa Jonah. Il semblait différent aujourd'hui. Elle n'aurait su dire quoi, mais quelque chose avait changé. Peut-être était-ce son petit sourire, ou la lueur dans son regard. En tout cas, elle sentit une vague de désir monter en elle.

— J'étais au téléphone avec votre patron à l'instant, dit-il.

À la mention de son supérieur, elle sentit son désir fondre comme un cube de glace dans de l'eau bouillante.

— Vous avez parlé à Tim ? Y a-t-il un problème ?

— Non, pas du tout. Il téléphonait simplement pour savoir si vous vous étiez bien adaptée.

Tim n'appelait jamais pour savoir si un employé s'était bien adapté. Le connaissant, il avait sans doute cherché à savoir si elle avait succombé au charme de Jonah.

— Et que lui avez-vous répondu ?

Il fit la moue, la faisant patienter avec un plaisir évident.

— Je lui ai dit que vous étiez l'employée la plus polie et la plus professionnelle de tout l'immeuble, moi compris. Que croyiez-vous que j'allais dire ?

— Je ne sais pas, avoua-t-elle. J'espérais que vous ne diriez rien qui concerne la réserve, en tout cas.

Il gloussa et appuya la main contre le chambranle de la porte, dévoilant ainsi son tatouage.

— Je ne suis pas un idiot, Emma. Et malgré ce que vous semblez croire, je ne cherche pas à mettre votre emploi en danger.

Elle poussa un soupir de soulagement, mais prématuré, car il poursuivit :

— Votre patron semblait un peu sévère. Je comprends pourquoi vous vous souciez tant des apparences. Et c'est pourquoi je vous propose un compromis.

Elle tenta de ne pas se renfrogner. Elle n'avait pas envie de faire le moindre compromis avec lui.

— Vous ne voulez pas être vue en ma compagnie parce que c'est inconvenant, ce que je peux comprendre. Mais vous dînerez avec moi, d'une manière ou d'une autre. Alors, soit je trouve un moyen de vous faire chanter pour que vous acceptiez de dîner avec moi ici, en ville, soit vous acceptez de dîner avec moi en dehors de la ville, là où personne ne pourra nous surprendre.

Du chantage ? Elle bondit de sa chaise.

— Je ne sais pas à quoi vous jouez, Jonah, mais vous n'avez rien pour me faire chanter.

Il ne sembla pas décontenancé par sa soudaine bravade.

— Peut-être pas. Mais rien ne m'empêche de raconter à Tim que vous avez commis une faute. Un mensonge, bien sûr, mais qui croira-t-il, à votre avis ? Vous ou moi ?

Elle était abasourdie.

— Vous n'oseriez pas. Pourquoi feriez-vous une chose pareille ?

Il croisa les bras.

— Pour obtenir ce que je veux, Emma. Et je veux que vous dîniez avec moi. Si je pensais une seconde que vous n'étiez pas sincèrement intéressée, je laisserais tomber. Mais vous ne pouvez pas me duper avec vos chignons stricts et votre air sérieux. La femme qui était dans cette réserve veut dîner avec moi. Et qui suis-je pour lui refuser cela ?

— Vous ne savez rien de moi, Jonah.

— Vraiment ?

Son regard bleu sombre la défiait. Elle toucha le col de son chemisier d'un air gêné, et le serra pour s'assurer qu'elle n'avait pas dévoilé son identité.

— Je n'ai pas envie d'aller jusqu'au chantage, c'est pourquoi je vous offre une autre option qui nous satisfera tous les deux. Demain soir, retrouvez-moi à l'héliport de Wall Street à 18 heures précises. Je vous emmène dans un endroit où nous ne croiserons personne de notre connaissance. Nous pourrons partager un bon dîner en tête à tête, sans que vous ayez à vous inquiéter qu'on nous voie ensemble. Pour une fois, vous pourrez simplement vous détendre, et profiter de ma compagnie.

Ce n'était pas un scénario idéal, mais c'était certainement mieux que de perdre son travail à cause d'un mensonge. Néanmoins, elle avait du mal à croire qu'un homme aussi connu puisse dîner incognito aussi aisément.

— Et vos amis les paparazzis ? objecta-t-elle.

— Ils ne prennent de photos que quand ils savent où je me trouve. Quand je veux de l'intimité, je suis tout à fait capable d'en avoir. Je vous assure que personne ne saura où nous allons demain soir, pas même vous.

Une inquiétude en moins. Mais il y en avait d'autres dont elle n'était pas encore prête à discuter avec lui. Par exemple, elle craignait de perdre ses moyens, et de succomber à son charme. Et elle courait le risque qu'il découvre tous ses secrets. Mais avait-elle vraiment le choix ?

— Si j'accepte un dîner avec vous… et uniquement un dîner… vous me laisserez tranquille ?

— Si, à la fin de la soirée, c'est ce que vous souhaitez, alors oui.

— D'accord, je me rends, dit-elle en soupirant. Comment dois-je m'habiller ?

Il sourit avec un plaisir non dissimulé.

— Excellent. Vous serez peut-être surprise de l'apprendre, mais je compte vous emmener dans un endroit qui requiert que je porte une veste, voire une cravate.

— Vous voulez dire que vous possédez un costume ? s'exclama-t-elle.

— J'en ai même plusieurs. Je ne suis pas contre les tenues formelles, quand les circonstances s'y prêtent. Simplement, je n'en ai pas besoin pour me sentir important, contrairement à certains. J'aime être à l'aise, et un T-shirt avec une référence à un jeu vidéo est bien plus représentatif de ma personnalité qu'une cravate rayée.

Manifestement, il sous-estimait l'effet que pouvait avoir un costume bien coupé sur la résolution d'une femme.

— Alors, je vous retrouve à l'héliport demain à 18 heures, conclut-elle.

Il fit un petit signe de tête et sortit de son bureau. Une

fois qu'il fut hors de son champ de vision, elle put enfin respirer à pleins poumons, tout en se rendant compte de ce qu'elle venait d'accepter. Elle jeta un coup d'œil dans le couloir, et comme Jonah n'était plus dans les parages, elle fila jusqu'au box de Harper.

— J'ai besoin de ton aide ! annonça-t-elle de but en blanc.

Harper l'observa d'un air surpris.

— Qu'est-ce qui t'arrive ?

— J'ai un rendez-vous galant demain. Avec lui.

— Lui ? s'exclama Harper en bondissant de sa chaise. Je croyais que tu avais refusé de le fréquenter pour l'instant ?

— Je sais, mais il a contourné toutes les excuses que j'ai pu trouver. J'ai accepté, à la condition qu'il me laisse tranquille ensuite.

Harper secoua la tête.

— Comment peux-tu demander à un homme tel que lui de te laisser tranquille ?

— Eh bien, pour l'instant, j'ai des problèmes plus importants à régler.

— C'est-à-dire ?

— Pour commencer, je ne sais pas ce que je vais mettre. La plupart de mes vêtements sont trop stricts. Il me faut une tenue de soirée. C'est toi, la diva de la mode. Il faut que tu inspectes mon placard et que tu me dises quoi porter.

— Je doute qu'il y ait quelque chose d'utilisable, déplora Harper. Surtout maintenant que bébé fait des dégâts avec ta taille. À mon avis, nous devrions faire les boutiques.

— Je ne crois pas avoir le temps pour…

— Tout de suite, la coupa Harper.

Son amie sortit d'un tiroir son sac Kate Spade.

— Va chercher tes affaires. Nous partons maintenant.

— Mais il est 15 heures ! objecta Emma.

— Tu as besoin de toute l'aide que tu peux trouver.

Emma ne pouvait pas la contredire sur ce point. Quelques instants plus tard, elles étaient dans un taxi en direction de la Cinquième Avenue. Une fois parvenues à destination, elles scrutèrent les vitrines, à la recherche de la pièce idéale. Elles visitèrent sept ou huit boutiques, et en ressortirent bredouilles. Harper était en quête d'une tenue spéciale qui la rendrait renversante.

Emma était heureuse de laisser Harper prendre les choses en main. Après tout, la mode était sa passion : les vêtements de créateurs, les jolies chaussures, les sacs fabuleux suffisaient à son bonheur. Puisque son appartement était déjà payé, Emma était presque sûre que Harper dépensait tout son salaire chez Neiman Marcus ou Saks Fifth Avenue. Son amie avait la chance d'avoir un père fortuné, encore plus fortuné que le sien.

— Ça ! s'exclama Harper.

Son amie s'arrêta net et désigna un mannequin dans la vitrine.

— C'est ça que tu vas porter.

Harper l'entraîna dans la boutique sans lui laisser le temps de bien regarder la robe.

Quand elles s'arrêtèrent devant le portant, Emma se rendit compte que ce n'était pas une robe, mais une combinaison.

— Tu es sérieuse ? demanda-t-elle.

— Absolument. Les combinaisons sont très à la mode en ce moment. Toutes les femmes que Jonah fréquente porteraient une petite robe moulante. C'est à cela qu'il s'attend. Avec cette tenue, tu vas le stupéfier.

Lorsque Harper brandit la combinaison bleu roi, Emma ouvrit de grands yeux. C'était un vêtement sans manches, au décolleté très plongeant.

— Et mon tatouage ? murmura-t-elle.

— Les larges bretelles le couvriront, rassure-toi.

Un souci en moins.

— Les bretelles se croisent dans le dos et en dévoilent une partie, dit Harper. Sexy, mais pas trop. Ajoutes-y des escarpins et une ceinture argentés, et tu seras divine. Oh… Peut-être même une manchette.

Emma n'était pas encore prête à parler accessoires. Elle n'avait jamais porté de combinaison, et n'était pas sûre que cela lui aille. Mais elle pourrait monter et descendre de l'hélicoptère sans craindre que le vêtement se soulève et dévoile toute son anatomie. Un avantage non négligeable.

— Alors, qu'en dis-tu ? insista Harper.

La tenue était du même bleu que les yeux de Jonah. Emma pouvait presque sentir la chaleur de sa main chaude au creux de son dos tandis qu'il la conduirait vers le restaurant. Un frisson la parcourut, et, enfin, elle reconnut que son amie avait du génie.

— J'en dis que je vais l'essayer.

- 7 -

Un peu nerveuse, Emma sortit du taxi pour rejoindre l'héliport de Wall Street. Avant d'entrer dans le bâtiment, elle ajusta sa combinaison et s'assura que tout était en place. Harper avait raison, elle était splendide dans cette tenue. Lorsqu'elle l'avait essayée dans le magasin, son amie et elles en étaient restées bouche bée.

Elle prit une grande inspiration, rejeta sa cascade de boucles par-dessus son épaule et entra. Elle chercha Jonah du regard, mais ne le trouva pas. Seuls quelques sièges étaient occupés, essentiellement par des familles qui attendaient d'embarquer pour un vol au-dessus de Manhattan. Puis, près d'une fenêtre, elle remarqua un homme grand et mince en costume anthracite, qui lui tournait le dos. Jonah ?

Comme s'il l'avait sentie approcher, l'homme se retourna, et elle fut surprise de constater que c'était bien lui. Il portait une chemise d'un bleu presque identique à celui de sa combinaison. Même s'il ne portait pas de cravate autour de son col ouvert, il était à couper le souffle. La veste soulignait ses larges épaules et cette taille étroite qu'elle se rappelait avoir entourée de ses cuisses. Et le bleu de sa chemise rehaussait celui de ses yeux.

Les mains nonchalamment glissées dans ses poches, il avait vraiment l'allure d'un P-DG. Pourtant, il avait raison, ce costume était un accessoire inutile. Jonah n'avait pas besoin de vêtements chics et onéreux pour attirer l'attention de toutes les personnes dans une pièce. Les lignes pures et la coupe parfaite de ses vêtements n'étaient qu'une cerise sur le gâteau. Un gâteau qui faisait battre son cœur et mettait à mal ses bonnes résolutions…

Mais ce rendez-vous n'était pas un vrai rendez-vous galant, elle ferait bien de s'en souvenir. Jonah ignorait qui elle était, et elle n'était pas sûre de ses motivations. En plus, il avait eu recours au chantage pour qu'elle accepte de dîner avec lui. Où était la galanterie là-dedans ? Malgré tout, elle ne put s'empêcher de se réjouir quand il l'observa de pied en cap. Ignorant les autres personnes dans la salle d'attente, elle fit un petit tour sur elle-même pour lui montrer son dos partiellement nu et ses courbes moulées dans la soie. S'il en restait troublé pour toute la soirée, tant mieux.

À en juger par son sourire satisfait, elle avait eu raison de miser sur cette combinaison. Lorsqu'il eut fini de l'admirer, elle approcha de la fenêtre, effaçant la distance qui les séparait.

— Bonsoir, monsieur Flynn.

— Ce soir, j'insiste, appelez-moi Jonah. Vous pourrez m'appeler monsieur Flynn demain au bureau, si vous y tenez.

— Je suppose que j'aviserai après notre dîner, dit-elle en souriant. Quand notre appareil sera-t-il prêt ?

— Il l'est déjà. Nous n'attendions plus que vous.

Il fit un signe à l'agent d'accueil derrière le comptoir. Celui-ci commanda à distance l'ouverture de la porte qui donnait sur les hélisurfaces, et Jonah entraîna Emma à l'extérieur.

Elle était contente que le temps soit calme et peu venteux. Elle avait déjà fait des trajets en hélicoptère avec ses parents, notamment lorsque son père devait rentrer en urgence des Hamptons pour un problème professionnel. Ce n'était pas son mode de transport préféré, mais elle n'avait pas le mal de l'air, heureusement. Elle avait tout de même pris un bonbon au gingembre, au cas où.

Le pilote les salua quand ils approchèrent de l'appareil noir rutilant. Jonah et lui aidèrent Emma à monter, et lorsqu'elle eut attaché sa ceinture, Jonah s'installa à côté d'elle.

— Où allons-nous ? demanda-t-elle tandis que les pales commençaient à tourner.

— C'est une surprise.

— Évidemment, marmotta-t-elle, mais sa voix fut noyée par le vrombissement de l'hélicoptère.

Jonah lui tendit un casque qu'elle plaça sur ses oreilles. Il étouffait les bruits du moteur et permettait de parler aux autres occupants de l'appareil sans avoir à hurler. Au début, elle ne trouva pas grand-chose à dire : le ciel étant dégagé, elle était trop occupée à admirer la ville. Vu d'en haut, New York était vraiment splendide. En hélicoptère, on pouvait s'approcher très près des merveilles architecturales.

Elle songea qu'ils allaient peut-être à Long Island, mais bientôt, l'hélicoptère se dirigea plus au nord. Peut-être allaient-ils à Boston ? Ou sur l'île de Martha's Vineyard, où c'était la haute saison ?

— Inutile de faire des suppositions, lui conseilla Jonah. Je lis sur votre visage. Vous n'arriverez pas à deviner notre destination, alors détendez-vous, et appréciez le voyage.

Elle sourit et s'adossa à son siège. Jonah avait sans doute raison. Cessant de glaner des indices, elle profita du panorama. Quand elle se retourna vers Jonah quelques minutes plus tard, il l'observait intensément.

— Je suppose que le paysage vous ennuie, si vous l'avez vu de nombreuses fois.

— Pas du tout, dit-il. Simplement, j'ai quelque chose de plus intéressant à contempler aujourd'hui.

Elle émit un soupir de surprise mais ne trouva rien à répondre. D'instinct, elle retint son souffle quand il s'approcha d'elle et posa le bras autour de ses épaules. Pourrait-il voir son tatouage sous sa combinaison ? Difficile de s'en soucier quand son eau de toilette taquinait ses sens et qu'elle sentait la chaleur de sa jambe contre la sienne.

— Merci d'avoir accepté ce dîner.

— Vous ne m'avez guère laissé le choix, fit-elle valoir d'un ton taquin.

— Je sais. Et je vous présente mes excuses. J'imagine que je ne savais plus quoi faire, puisque vous ne cessiez de me repousser.

— Vous auriez pu saisir le message.

— C'est vrai, admit-il en riant. Et je l'aurais fait, si vos yeux avaient délivré le même message que vos lèvres. Mais je voyais bien que vous étiez tiraillée, alors, j'ai décidé de vous pousser un peu dans la bonne direction.

— Menacer de me faire renvoyer, ce n'était pas me pousser un peu. C'était du chantage.

Il grimaça.

— J'en conviens, c'était une mesure radicale. Mais, sachez-le, je n'aurais pas téléphoné à votre patron. Je bluffais.

Elle croisa les bras, prenant conscience un peu trop tard que ce geste offrait une vue tentante sur son décolleté. Elle vit le regard bleu nuit de Jonah se poser sur sa poitrine, mais juste un instant. La retenue dont il faisait preuve la surprenait.

— Même si vous êtes fâchée contre moi, à la fin de la soirée, nous serons réconciliés, reprit-il.

— Vous êtes habitué à obtenir tout ce que vous voulez, n'est-ce pas ?

— En général, oui.

Elle observa sa bouche. Cette bouche qui avait aspiré le sel et le jus de citron sur son corps, à la soirée costumée. Un souvenir qui la fit rougir. Elle détourna la tête pour que Jonah ne voie pas son trouble, et observa le coucher du soleil et les lumières qui scintillaient au loin.

— Peut-être pas cette fois, dit-elle.

En vérité, elle n'était pas certaine de pouvoir lui résister.

— Monsieur Flynn, nous atterrirons dans cinq minutes, annonça le pilote dans leurs écouteurs.

Jonah sourit.

— Excellent. Vous voyez, il ne nous a pas fallu très longtemps pour arriver.

Elle jeta un coup d'œil à son téléphone. Cela faisait environ quarante minutes qu'ils avaient décollé. Ils avaient volé trop peu de temps pour être à Boston, et trop longtemps pour être dans les Hamptons. Ils survolaient une petite ville, au bord de l'océan, mais elle ne la reconnaissait pas. Après quelques minutes, ils se posèrent en douceur sur le toit d'un immeuble abritant une banque.

— Nous allons dans une banque ? plaisanta-t-elle.

— Le président de cette banque est un ami, et il m'a dit que nous pouvions utiliser l'hélisurface ce soir. C'était cela ou se poser à l'extérieur de la ville et prendre une voiture pour nous amener jusqu'ici. Nous ne sommes qu'à une rue du restaurant.

Ils retirèrent leurs casques et débouclèrent leurs ceintures. Le pilote vint ouvrir la portière de la cabine.

— Je vous attendrai, monsieur, dit-il.

— Merci, dit Jonah.

Il prit Emma par la main et l'emmena vers la porte donnant sur l'escalier. Ils prirent un ascenseur pour rejoindre le rez-de-chaussée, puis arrivèrent dans une rue tranquille. Emma ne reconnaissait toujours pas cette charmante petite ville.

Ils marchèrent quelques mètres, puis elle vit sur le flanc d'un taxi une publicité pour un magasin qui prétendait vendre les meilleurs fruits de mer de Newport. Newport, dans l'État de Rhode Island ? Elle n'y était jamais venue, mais elle savait que c'était autrefois un lieu de villégiature très prisé des gens fortunés de Nouvelle-Angleterre. La ville était connue pour ses immenses demeures proches de la mer.

Ils s'arrêtèrent en face du port, devant une bâtisse de style géorgien, avec des bordures de fenêtres blanches et des lucarnes qui lui donnaient un charme pittoresque. Emma lut la pancarte au-dessus de leur tête : restaurant Bouchard.

— Nous y voilà, annonça Jonah. Le meilleur restaurant français que je connaisse de ce côté de l'Atlantique.

Le maître d'hôtel les accueillit et les conduisit à une table près d'une grande baie vitrée. Une fois qu'ils furent seuls, Jonah se pencha vers elle.

— Tous les plats sont délicieux et très esthétiques. Le chef considère la cuisine comme un art. Un art savoureux, en l'occurrence.

Elle parcourut le menu, et eut bien du mal à choisir. Elle s'était enfin décidée pour des raviolis à la ratatouille et des côtelettes d'agneau au romarin quand le sommelier se présenta à leur table.

— Du vin ? demanda Jonah avec un regard appuyé.

Elle s'apprêta à demander un verre de vin rouge sec pour accompagner l'agneau puis se souvint qu'elle ne devait pas boire. Cette dernière semaine avait été si mouvementée qu'elle en avait presque oublié sa grossesse.

— Pas pour moi, merci. Je prendrai un verre d'eau pétillante avec une rondelle de citron.

Jonah se commanda un verre de cabernet. Quand le serveur vint prendre leurs commandes, elle communiqua ses choix, et Jonah opta pour le homard farci et le magret de canard sauté au cognac et au vinaigre balsamique.

Emma fut surprise qu'il nomme les plats en français avec un accent impeccable. Lorsque le serveur fut reparti, Jonah la regarda d'un air amusé.

— Quoi ? Vous croyez que parce que je porte des jeans au bureau et que je joue aux jeux vidéo pour gagner ma vie, je n'ai pas fréquenté de pensionnats anglais sélects, comme la plupart des enfants riches ?

Décontenancée, elle fixa son verre d'eau pétillante. Elle était peu douée pour faire des suppositions, en ce qui le concernait. Il était si différent des autres hommes… Elle aurait bien aimé boire du vin pour noyer son embarras.

— Non, je suis juste un peu surprise et jalouse de votre français parfait.

— Vous devriez m'entendre parler japonais.

— Vous parlez japonais ? s'exclama-t-elle.

— Si on veut avoir du succès sur le marché des jeux vidéo nippon, il le faut bien. Je parle aussi espagnol, et j'apprends le mandarin, car nous comptons nous développer sur le marché chinois. Je suis un pianiste accompli, et j'étais le capitaine de mon équipe d'aviron à Harvard, même si c'était seulement pour faire plaisir à mes parents. J'aurais préféré courir les filles ou jouer à des jeux vidéo. Comme vous pouvez le voir, avec moi, il ne faut pas se fier aux apparences. On pourrait en dire autant de vous.

— Comment ça ? demanda-t-elle, soudain inquiète de la tournure que prenait la conversation. Je suis juste Emma, une comptable ennuyeuse et guindée.

— Vous vous sous-estimez. Pour commencer, vous êtes très douée pour garder des secrets.

Elle se raidit.

— Des secrets ? Je ne…

Il leva la main pour l'interrompre.

— Maintenant que nous sommes loin de New York, vous pouvez enfin être honnête avec moi. Vous saviez ! Tout ce temps, vous saviez qui j'étais, et vous ne m'avez rien dit, accusa-t-il d'une voix dure.

Aussitôt, elle fut sur la défensive. Mais quand elle plongea les yeux dans les siens, elle ne vit pas de colère, comme elle l'aurait cru, mais de la peine. Le P-DG jovial et insouciant avait donc un côté sensible.

— Nous avons vécu quelque chose d'unique, pourtant

ça n'avait pas l'air de compter pour vous. Pourquoi avez-vous gardé le secret quand vous avez su qui j'étais ?

Il posa la main côté paume sur la nappe blanche, pour exposer son tatouage puis enroula les doigts autour des siens.

Voilà. Le moment qu'elle redoutait tant était arrivé.

— Je ne pouvais pas, murmura-t-elle.

— Bien sûr que si, tu le pouvais ! Tu as eu des dizaines d'occasion de parler !

— Non.

Elle retira sa main et la posa sur ses genoux, puis s'adossa à sa chaise pour mettre un peu de distance entre eux.

— Je ne pouvais pas, parce que nous n'étions pas seulement Emma et Jonah. J'étais l'auditrice de Game Town, et toi, le P-DG de FlynnSoft. Oui, j'ai su qui tu étais dès que je t'ai serré la main, mais j'ignorais comment réagir. Je sais que c'est difficile à comprendre pour toi, mais je voulais d'abord achever ma mission. Je fais de mon mieux pour aller au bout de cet audit, bien que tu me distraies constamment. Une fois mon rapport terminé, je comptais tout te dire.

Il hocha la tête.

— Tu comptais me parler du bébé ?

Emma écarquilla les yeux, et Jonah sentit son propre pouls s'accélérer. Il avait découvert tous ses secrets, apparemment.

— Comment as-tu… ? commença-t-elle.

Elle secoua la tête, comme pour nier l'évidence.

— Je t'ai vue dans la salle de sport, l'autre soir.

Elle continuait de secouer la tête, les yeux baissés.

— Je savais bien que j'avais entendu quelqu'un ce soir-là. C'était stupide de ma part de porter un débardeur moulant. Mais je croyais être seule, et puis, ma grossesse se voit à peine, alors je me suis dit que personne ne remarquerait rien. Encore moins toi, puisque tu étais censé être au restaurant, conclut-elle d'un air accusateur.

Il avait l'impression que sa poitrine était prise dans un étau. Jusqu'à maintenant, ce bébé avait été une supposition, et non un fait. Oui, Emma avait refusé de prendre du vin, mais il s'était dit que, peut-être, elle n'aimait pas l'alcool. Oui, elle avait un petit ventre, mais c'était peut-être le résultat de quelques excès alimentaires.

À présent, c'était confirmé.

Il allait devenir père. Père. Il avait toujours pris toutes les précautions pour éviter cela, mais le destin lui avait ri au nez et en avait décidé autrement. Il ferma les yeux un instant.

— Mon dîner avait été annulé, et j'étais revenu faire un peu de sport. En général, j'y vais le soir, quand il n'y a personne. J'ai remarqué ton tatouage, bien sûr, et… ton petit ventre. Je n'étais pas certain que tu étais enceinte. Jusqu'à maintenant.

Elle s'affaissa sur sa chaise et appuya le visage contre sa main.

— Je ne voulais pas que tu l'apprennes de cette façon, Jonah. Je suis désolée. Je ne t'aurais pas caché la situation éternellement, j'aurais fini par t'en parler.

Il releva la tête brusquement et la transperça du regard.

— Vraiment ?

Il n'en était pas si sûr. Parfois, elle le regardait comme s'il était un caillou dans sa chaussure, et non le père de son enfant.

— Je te le jure. Comme je te l'ai dit, je voulais terminer l'audit, et faire mon travail sans que l'on m'accuse d'inconvenance mais, ensuite, je t'aurais révélé mon identité et ma grossesse. Si j'avais su comment te retrouver il y a deux mois, je l'aurais fait, mais quand j'ai compris qui tu étais, ma mission chez FlynnSoft avait déjà commencé. Cela dit, j'étais terrorisée à l'idée de te dire la vérité.

Terrorisée ? Il était pourtant loin d'être effrayant ou intimidant. Il prit une grande gorgée de vin pour reprendre ses esprits.

— Pourquoi ? interrogea-t-il.

Elle détourna les yeux et croisa les bras, comme pour se protéger.

— Parce que, comme je te l'ai dit ce soir-là, je ne suis pas la femme que tu crois que je suis. Je savais que celle que tu désirais, c'était elle, l'inconnue sauvage et passionnée, et pas moi. Je ne pouvais pas supporter de voir ton expression quand tu comprendrais que cette inconnue et moi ne faisions qu'une, et que ton fantasme serait anéanti pour toujours. Je suis juste cette bonne vieille Emma, conformiste et ordinaire. Et pour couronner le tout, j'aurais dû t'annoncer que tu étais coincé avec moi pour la vie, afin de veiller sur notre enfant.

— Coincé avec toi ?

C'était ainsi qu'elle voyait la situation ? Elle était coincée avec lui parce qu'ils avaient couché ensemble et qu'elle était tombée enceinte ?

Le serveur revint à un moment peu opportun. Il déposa les apéritifs devant eux et, comme s'il avait senti la tension ambiante, s'éloigna en silence.

Elle se pencha vers Jonah et murmura :

— Même si tu es très déçu que ce soit moi, ton papillon, et même si tu ne veux plus jamais me toucher, je porte ton enfant, Jonah. J'espérais que tu voudrais faire partie de sa vie, même si je reste en retrait.

Il ne savait que répondre. En toute franchise, il ignorait ce qu'il comptait faire. Ses pensées se bousculaient dans sa tête. Son éducation stricte lui soufflait d'épouser Emma dès que possible. Sa mère exigerait sûrement qu'il le fasse, dès qu'elle serait au courant de la situation. Noah pouvait détourner trois millions de dollars sans qu'elle n'y trouve rien à redire, mais si Jonah avait un enfant hors mariage, elle considérerait cela comme sa plus grande honte. Emma n'était pas la seule à se soucier constamment des ragots.

D'un autre côté, sa nature rebelle lui rappelait que de nos jours, les gens ne se mariaient pas simplement parce qu'ils attendaient un enfant. Qui plus est, Emma et lui se connaissaient si peu.

Que voulait-il ? Il n'en avait aucune idée. Il s'était à peine fait à l'idée de devenir père. Une chose était sûre, quel que soit le scénario qu'il choisirait, Emma ne serait pas en retrait.

— Emma… Pour commencer, je ne suis pas déçu. Regarde-moi, dit-il, serrant sa main pour qu'elle ne puisse pas la retirer.

Elle finit par lever les yeux.

— Je suis sérieux, reprit-il. Certes, je suis surpris, mais je peux t'assurer que je ne suis absolument pas déçu.

Elle étudia son visage d'un air incrédule. Elle semblait très fatiguée. Pourquoi ne l'avait-il pas remarqué avant ? Sans doute parce qu'il avait été ébloui par son maquillage parfait et sa combinaison de soie qu'il avait très envie de lui retirer. Mais maintenant qu'il l'étudiait de près, il voyait la tension et l'épuisement dans son regard. Étant donné son état, elle travaillait trop. Ils devraient en discuter bientôt.

— Mais je ne suis pas la femme que tu désires, Jonah. Je ne suis pas une aventurière libre et sauvage. Je n'avais jamais eu d'aventure d'un soir avant toi. Et je ne m'étais jamais fait tatouer, bien sûr. Tout ce que tu as vu et apprécié chez moi ne me ressemble pas. Je… Je ne sais même pas ce que je fais ici. Ce dîner était une erreur.

Elle se leva brusquement et alla sur la terrasse qui surplombait l'océan.

Il s'empressa de la suivre, et saisit son poignet quand elle se pencha par-dessus la rambarde, comme si elle cherchait un moyen de s'enfuir. Que croyait-elle ? Qu'elle pourrait rentrer à New York à la nage ?

— Emma ! Tu veux bien m'écouter ? tonna-t-il tandis qu'elle tentait de dégager son poignet.

Enfin, elle se tourna pour lui faire face et s'appuya contre la rambarde. D'instinct, il enroula les bras autour de sa taille. Ce n'était pas le mieux pour rester concentré mais, à tout le moins, cela montrerait à Emma qu'il était toujours attiré par elle.

— Jonah, je veux rentrer chez moi.

— Si c'est ce que tu souhaites, d'accord, mais avant je veux que tu m'écoutes. Tu me dois bien ça. Je t'ai laissée m'expliquer pourquoi tu m'avais menti, alors c'est à mon tour de parler, maintenant.

Enfin, elle cessa de s'agiter entre ses bras. Il poussa un soupir de soulagement.

— Je veux que tu saches que tu te trompes totalement, commença-t-il.

Il écarta la bretelle de sa combinaison pour exposer son épaule et le haut de sa poitrine. Il posa la main sur la courbe de son sein, comme il l'avait fait trois mois plus tôt. Leurs tatouages étaient alignés, enfin réunis. Emma regarda le cœur ainsi formé, les larmes aux yeux. Mais elle resta muette.

— Ces tatouages n'étaient pas une lubie de ma part, Emma. Ils étaient censés être des instruments du destin. Ce cœur ne devait se reformer que si c'était écrit. C'est vrai, nous nous connaissons à peine, mais nous avons une seconde chance d'apprendre à nous connaître. Pas seulement parce que tu portes notre enfant, mais parce que le destin nous a réunis.

— Jonah…

— Non, l'interrompit-il. Dès que je t'ai vue dans mon bureau, j'ai ressenti une attirance que je ne pouvais m'expliquer. C'est cette même attirance qui m'a conduit à venir à la rescousse d'une jolie inconnue à la soirée costumée. Alors, je ne laisserai pas cette seconde chance nous filer entre les doigts. J'ignore ce qui nous attend.

Dans ce domaine, personne ne sait à l'avance où il va. Cette relation pourrait ne pas durer. Mais nous devons à nous-même et à notre enfant d'essayer, au moins, pour voir où cela nous mène.

Elle soupira, il la sentit se détendre.

— Et si mes supérieurs l'apprennent ? Ils penseront que je ne peux pas être impartiale, puisque j'ai tout intérêt à ce que le père de mon enfant gagne de l'argent. Et alors, je perdrai mon travail.

Ses paroles lui rappelèrent pourquoi il avait courtisé son auditrice au départ. Oui, il s'était senti attiré, mais avant tout, il avait songé à son contrat avec Game Town. Cela faisait des jours qu'il n'avait pas eu de nouvelles de son conseiller financier, et ce n'était pas bon signe. Tôt ou tard, Emma verrait qu'il manquait de l'argent dans les comptes. Il ne pouvait pas le lui cacher, mais une part de lui espérait qu'elle lui ferait la faveur de ne pas en parler dans son rapport.

— Peux-tu être impartiale, Emma ?

Elle plongea son regard émeraude dans le sien et leva le menton.

— Oui, affirma-t-elle. Malgré ce qu'en pense Tim, je suis avant tout une professionnelle et je ferai mon travail.

Il n'en doutait pas. En fait, c'était exactement ce qu'il craignait. Mais, pour l'heure, il devait sauver cette soirée. Ses soucis pouvaient attendre le lendemain.

— Alors, il n'y a rien que ton patron puisse faire ou dire pour prouver le contraire. À présent, retournons à l'intérieur, pour déguster ce délicieux dîner.

Elle soupira, puis acquiesça d'un signe de tête et remonta la bretelle de sa combinaison sur son épaule.

La crise avait été désamorcée, pourtant Jonah ne pouvait étouffer tout à fait son inquiétude. Une inquiétude qui n'avait rien à voir avec Emma, et tout à voir avec le contrat avec Game Town.

- 8 -

Heureusement, le reste du dîner se déroula sans accroc. Jonah avait craint que toute la soirée soit gâchée, mais c'était le contraire. La guindée Emma sembla se détendre enfin. Tous ses secrets étaient désormais dévoilés et, apparemment, être libérée de ce fardeau avait un effet presque physique sur elle. Elle fit des sourires, lui fit goûter ses plats, flirta gaiement avec lui, et elle ne l'appela pas une seule fois M. Flynn.

Certes, tous les problèmes n'étaient pas résolus mais, au moins, ils pouvaient savourer le plaisir d'être ensemble, et oublier leurs tracas pour quelques heures.

Dans cette optique, il donna des instructions au pilote afin qu'il se pose sur le toit de son immeuble et non à l'héliport.

Quand ils atterrirent, Emma regarda par la vitre d'un air surpris.

— Où sommes-nous ?

— Chez moi.

Il ouvrit la portière et lui tendit la main pour l'aider à descendre.

L'air toujours soupçonneux, elle accepta son aide. Ils se dirigèrent vers la porte de l'escalier du toit, et arrivèrent rapidement sur le palier de son loft, situé au dernier étage.

— Attends une minute, dit-elle en considérant la porte.

— Quoi ?

— La soirée de mardi gras avait lieu ici ? Chez toi ?

— Oui, dit-il en insérant sa clé dans la serrure.

Il n'organisait pas beaucoup de soirées dans son loft de Tribeca, mais celle de mardi gras était devenue une tradition.

— Tu ne me crois pas assez minable pour séduire une femme dans la buanderie de quelqu'un d'autre, dis-moi ?

Elle rougit à la mention de leurs ébats impulsifs.

— Je n'y avais pas vraiment pensé. Mais maintenant que tu m'en parles, je crois que Harper avait mentionné que la fête avait lieu chez son patron. J'ai cru qu'elle parlait du chef du service financier, pas du P-DG.

— Tout ce temps, j'étais juste sous ton nez.

Il ouvrit la porte et lui fit signe de le précéder. Il lui emboîta le pas et l'observa tandis qu'elle découvrait l'espace industriel dont il était tombé amoureux à la première visite.

— Maintenant qu'il n'y a plus une centaine de gens à l'intérieur, je vois que c'est immense, commenta-t-elle.

— L'appartement occupe tout l'étage, expliqua-t-il. À l'origine, cet immeuble était une usine textile. Quand je l'ai racheté il y a dix ans, une partie avait été transformée en bureaux et en boutiques, et les deux étages supérieurs servaient d'entrepôt. J'ai fini par transformer tout le bâtiment en lofts, avec des espaces communs au rez-de-chaussée.

Elle se tourna vers lui.

— Tu possèdes tout le bâtiment ?

— Oui.

Il ôta la veste qui l'avait gêné toute la soirée. Il avait le sang chaud, et entre sa veste, sa chemise à manches longues et les verres de vin, il avait failli transpirer.

— J'ai retenu au moins un conseil de ma mère, la grande Angelica Flynn : il faut diversifier ses investissements.

Il lança sa veste sur le dossier d'une chaise et écarta les bras.

— Ceci est mon incursion dans l'immobilier. Ma

mère pensait que j'étais fou, bien sûr. Elle préfère les demeures traditionnelles du nord de Manhattan, avec du marbre et des inscriptions en or. Moi, j'aime les briques apparentes et les gaines métalliques. Heureusement, je ne suis pas le seul. Avant même que les autres lofts soient sur le marché, il y avait une liste d'attente pour les louer.

Elle posa son sac sur le comptoir en béton de sa cuisine et passa la main sur la surface légèrement rêche.

— Ce n'est pas mon style, mais je connais beaucoup de gens qui aimeraient.

Il la suivit tandis qu'elle traversait l'espace salon et l'espace dînatoire, pour se diriger vers la fameuse buanderie. Puisque c'était un loft, il n'y avait que trois portes dans tout l'appartement. L'une pour la buanderie, les deux autres pour les salles de bains principale et secondaire. Même s'il avait voulu l'emmener dans son lit ce soir-là, il n'aurait pas pu, celui-ci étant situé dans l'espace ouvert. Par conséquent, la buanderie avait été sa seule véritable option.

Elle hésita un instant, puis tourna la poignée de la porte. Comptait-elle vraiment retourner sur la scène du crime ? Il l'avait emmenée chez lui avec l'intention d'explorer son corps dans les moindres détails, mais il avait prévu d'utiliser le lit, cette fois.

Elle alla droit vers le lave-linge, passant la main sur la surface sur laquelle il l'avait hissée. Elle appuya le dos contre la machine, puis leva les yeux vers lui avec un sourire malicieux.

— Cette nuit était…

Époustouflante ? Insensée ? Ahurissante ? Passionnée ? Bouleversante ?

— … Inoubliable.

Il fit un pas, réduisant la distance qui les séparait.

— C'est vrai, approuva-t-il. Chaque minute que j'ai passée avec toi, chacun de tes petits gémissements et de tes cris sont gravés à jamais dans mon esprit.

Elle émit un son familier, à peine plus audible qu'une inspiration. Elle avait émis ce même son de surprise quand il avait relevé sa jupe et caressé ses cuisses.

Il approcha, avec l'intention de renouveler l'expérience. Le souvenir de leur étreinte mettait ses nerfs à vif et faisait cogner son cœur dans sa poitrine.

— Ces derniers mois, je ne pensais presque qu'à une chose : retrouver mon papillon et le tenir dans mes bras.

Il noua les bras autour de sa taille. Pour une fois, elle ne résista pas. Au contraire, elle se blottit contre lui et s'accrocha à sa chemise.

— Moi aussi, j'ai beaucoup songé à cette soirée. Je me suis demandé ce que je ferais, si j'avais la chance de retrouver mon héros.

— Des idées ? demanda-t-il avec un sourire malicieux.

Il se pressa contre elle, et son sexe en érection appuya contre son ventre.

— Quelques-unes, dit-elle.

Elle noua les mains autour de son cou et approcha sa bouche de la sienne.

Dès que leurs lèvres se touchèrent, il prit conscience que c'était la première fois qu'il embrassait Emma en sachant qui elle était vraiment. La dernière fois qu'il l'avait embrassée, elle n'était encore que l'auditrice compassée de Game Town. Il n'avait pas eu de réelles attentes. Mais cette fois, il embrassait son papillon.

Il avait eu peur que ce moment ne soit pas à la hauteur de son souvenir. Mais toutes ses craintes venaient de s'envoler. Le parfum d'Emma, sa saveur, la sensation de son corps contre le sien… Tout formait un raz-de-marée familier qui déferla sur lui d'un coup. Avant de savoir qu'elle était son papillon, il avait eu le vague sentiment de la connaître.

À présent, il avait la certitude de l'avoir retrouvée.

Il l'attira contre lui, savourant la sensation de sa langue douce qui glissait sur la sienne. Emma n'était pas aussi audacieuse que lors de la soirée costumée, mais elle était alors sous l'effet de la tequila. Oui, l'alcool avait levé ses inhibitions, mais maintenant qu'elle était dans ses bras, il se rendait compte que ce n'était pas cet aspect d'elle qui lui avait le plus manqué. Elle avait tort de croire qu'il ne voudrait pas de la vraie Emma. C'était ce qu'elle était au plus profond d'elle qui l'attirait : cette femme qui s'était sentie libre d'être elle-même pour la première fois de sa vie.

Il serra ses hanches puis remonta la main sur la douce étoffe de sa combinaison pour caresser son sein. Il profita du décolleté profond pour glisser la main sous les bonnets de son soutien-gorge sans bretelles, et masser avec bonheur sa chair, jusqu'à ce que les pointes de ses tétons se dressent contre ses doigts.

Il n'avait pas eu l'occasion de voir ses seins la première fois. S'il avait un seul regret à propos de cette première nuit, c'était d'avoir dû se hâter. De ne pas avoir pu explorer son corps voluptueux, car ils avaient gardé la plupart de leurs vêtements.

Ce soir, ce serait différent.

Reculant d'un pas, il prit une grande inspiration. Il appuya les mains sur le lave-linge, la piégeant pendant qu'il prenait un instant pour se ressaisir.

— Quel est le problème ? demanda-t-elle avec douceur.

— Il n'y a pas le moindre problème.

Et il disait vrai.

— Alors, pourquoi…

Il secoua la tête pour l'interrompre. Quand il plongea son regard dans le sien, il vit de la confusion et de la déception dans ses yeux émeraude. Pensait-elle qu'il ne la désirait pas ? Rien n'était plus éloigné de la vérité.

— Emma, je ne vais pas te faire l'amour sur ce lave-linge une seconde fois. Ce soir, je vais prendre mon temps et faire les choses correctement. Je vais te déshabiller des pieds à la tête et t'embrasser partout. Je compte te faire trembler et crier jusqu'à ce que ta voix se brise. Comme tu vois, il n'y a pas le moindre problème. Je prends juste un instant, afin de ne pas gâcher mon plan pour ce soir.

— C'est un bon plan, répondit-elle, et elle passa la langue sur sa lèvre inférieure.

S'écartant du lave-linge, elle noua les mains autour de son cou, et l'attira vers elle de nouveau.

— Tu devrais me montrer où se trouve ton lit, pour que nous puissions le mettre en action tout de suite.

Toute la nervosité qu'Emma avait ressentie en songeant à ce moment avec Jonah s'évanouit. Il la regardait avec une telle intensité qu'elle ne pouvait que croire qu'il ferait tout ce qu'il avait promis, et plus encore. C'était le regard d'un homme qui tenait parole, et elle était impatiente de voir ce qu'il était capable de faire.

Il l'avait prise par la main pour la reconduire dans l'espace principal. Maintenant qu'il n'y avait plus des dizaines d'invités pour bloquer la vue, elle remarqua le grand lit au fond de l'appartement.

Il était placé entre la salle de bains et le placard, ce qui permettait un peu d'intimité bien que l'espace soit ouvert. La tête de lit de velours noir reposait contre un mur de briques rouges. La couette, comme bien d'autres éléments, était d'un gris métal qui donnait presque l'impression que du mercure liquide avait été répandu sur le matelas.

Elle n'arrivait pas à détacher son regard de leur destination finale. C'était le moment qu'elle avait imaginé, craint et espéré si souvent. Comment pourrait-il être à la hauteur du souvenir de leur première nuit ? David avait déclaré que sur le plan sexuel, elle était aussi excitante qu'une nouille mouillée. Elle ne voulait pas être ainsi pour Jonah. Elle voulait être la femme sauvage et passionnée de la soirée costumée. Mais combien de temps pourrait-elle maintenir cette façade ? Ne vaudrait-il pas mieux cesser ses efforts, et laisser la vraie Emma apparaître ?

Il s'arrêta devant le lit et la prit par la taille.

— Arrête, la réprimanda-t-il.

— Que j'arrête quoi ?

— Arrête de trop réfléchir. Peut-être que tous ces verres de tequila t'ont aidée. L'alcool t'a permis de ne pas cogiter, de te laisser porter par les sensations et d'être dans l'instant présent.

C'était peut-être vrai. Elle se sentait presque trop nerveuse pour faire le moindre mouvement, tant elle pensait aux ébats qui étaient sur le point de se produire. Elle n'allait pas faire l'amour avec un inconnu mystérieux et héroïque, mais avec Jonah Flynn, le play-boy millionnaire. Cet homme avait séduit certaines des plus belles femmes du monde. Elle ne comprenait toujours pas comment il pouvait la désirer. Comment pourrait-il ne pas être déçu avec une fille aussi commune et ennuyeuse qu'elle ? Cette idée la paralysait.

Il parut remarquer ses hésitations et, comme pour la rassurer, il posa les mains sur la fermeture Éclair sur le côté de sa combinaison, la faisant descendre jusqu'à sa hanche.

— J'imagine que je vais devoir t'inonder de plaisir, pour que tu n'aies pas d'autre choix que de cesser de réfléchir.

Tout en parlant, il effleura la peau sensible sur ses côtes, et elle retint son souffle. Il baissa les bretelles de sa combinaison. Le tissu soyeux glissa sur ses bras, dévoilant son soutien-gorge de satin, puis la légère rondeur de son ventre.

Aussitôt, elle se sentit gênée. Elle avait toujours été assez mince, mais elle n'avait jamais eu les abdominaux fermes d'une sportive endurcie. Jonah avait déjà vu son ventre quand il l'avait surprise dans la salle de sport, mais maintenant c'était différent.

Lui aussi sembla prendre conscience de cela. Quand il fit descendre le vêtement sur la courbe de ses hanches, il riva son regard à son ventre. Il s'agenouilla, l'aidant à retirer le vêtement puis ses escarpins, sans jamais détourner les yeux de sa taille.

À présent, elle ne portait plus que son soutien-gorge et son string assorti. Il l'amena contre lui. Cela lui rappela ce premier soir, quand il avait fait de même dans la cuisine et qu'il l'avait observée derrière son masque.

Cette fois, il se pencha pour dégrafer son soutien-gorge et le lança au sol. Puis, il déposa un baiser sur son ventre. Le geste était simple et doux, si différent de ce qu'elle s'était imaginée de lui d'après les journaux. Elle ferma les yeux pour cacher une soudaine montée de larmes. Elle avait craint que Jonah rejette leur enfant ainsi qu'elle-même mais, apparemment, elle l'avait mal jugé. Il serait un bon père. C'était tout ce qu'elle oserait lui demander pour l'instant.

Elle sentit son string glisser le long de ses jambes, mais elle était trop nerveuse pour rouvrir les yeux. Elle était à présent nue, dans une pièce bien éclairée, exposée au regard de Jonah.

Il continua son exploration, laissant ses mains et ses lèvres remonter de ses chevilles jusqu'au haut de ses jambes, pour s'arrêter sur le triangle au sommet de ses cuisses. Il la poussa doucement, lui faisant perdre l'équilibre, et elle se renversa sur le lit avec un cri de surprise.

Elle ouvrit les yeux et vit les poutres et les conduits métalliques au-dessus de sa tête. Avant qu'elle puisse se relever et protester, elle se rendit compte que Jonah était agenouillé entre ses cuisses. Elle se mordilla nerveusement la lèvre quand elle sentit son souffle chaud caresser le centre de son plaisir.

— Je n'ai jamais eu l'occasion de te goûter, dit-il. Tu sais à quel point je l'ai regretté ?

Elle couvrit son visage derrière ses mains pour qu'il

ne voie pas ses joues empourprées. Quelques secondes plus tard, elle le sentit tirer sur ses poignets et les plaquer sur le lit. Elle ouvrit enfin les yeux, et vit qu'il était au-dessus d'elle. Sa chemise était ouverte, dévoilant son torse lisse et ferme.

— Ça t'embarrasse quand je dis ce genre de choses ? demanda-t-il.

En guise de réponse, elle se contenta de hocher la tête. Comment expliquer que malgré ses vingt-sept ans, elle était aussi mal à l'aise sur les sujets sexuels qu'une adolescente ? Elle aimait le sexe et elle avait une certaine expérience. Mais en parler de manière si ouverte ? Elle en était incapable.

— Dans ce cas, je vais cesser de parler, dit-il, libérant ses mains.

Avant qu'elle puisse émettre un soupir de soulagement, elle comprit ce qu'il entendait par là. Il descendit du lit et lui écarta doucement les jambes.

La première caresse de sa langue fut légère, et provoqua des étincelles sous ses paupières. Elle sentit tout son corps se tendre, en anticipation de la seconde caresse. Cette fois, il s'attarda, et elle s'agita. Après cela, elle cessa de compter. Elle serra la couverture tandis que ses lèvres et sa langue l'assaillaient sans relâche.

Elle avait déjà connu cela. Pourtant, elle avait l'impression que c'était une expérience tout à fait nouvelle. Rien de ce qu'elle avait expérimenté jusqu'ici n'était aussi stupéfiant. Elle n'arrivait plus à réfléchir, car des vagues de plaisir s'abattaient sur elle de toutes parts. La seule pensée claire qui traversa son esprit était que, peut-être, son manque d'enthousiasme avec ses autres partenaires était davantage dû à eux qu'à elle.

Aussitôt, elle se sentit comme libérée d'un grand poids. Peut-être David était-il simplement un mauvais amant, et peut-être s'en était-elle accommodé parce qu'il était le genre d'homme qu'elle recherchait, sur le papier. Fiable, respectable, lénifiant… Sa crainte de devenir comme sa sœur l'avait conduite à vivre un semblant de vie. À côté de quoi d'autre était-elle passée ?

Elle regarda Jonah, et comprit qu'il pourrait très bien être celui qui pourrait lui apporter ce qui manquait dans sa vie. Entre eux, il n'y aurait peut-être jamais d'amour, de mariage ou d'histoire romantique, mais ce serait certainement plus excitant que tout ce qu'elle avait connu jusqu'ici. Bientôt, elle aurait un bébé à allaiter en pleine nuit, et à soigner quand il serait malade. Elle était impatiente de commencer ce nouveau chapitre de sa vie, mais il n'y avait aucune raison de ne pas savourer chaque seconde avec Jonah en attendant.

Cette pensée abattit la dernière barricade qu'elle avait dressée dans son esprit. Et, enfin, elle parvint à se détendre, et à savourer pleinement le plaisir que Jonah lui offrait. Elle avait tenté de résister à l'orgasme qui approchait, comme si elle avait eu peur de s'abandonner jusqu'à maintenant. Quand Jonah glissa un doigt entre elle et passa la langue sur sa chair engorgée, elle ne put se maîtriser plus longtemps.

Poussant un cri, elle se cambra violemment. Tout son corps trembla lorsque le plaisir vibrant se répandit en elle. Elle s'accrocha désespérément aux draps tandis que Jonah poursuivait son assaut sensuel.

Cet orgasme ne ressemblait à aucun de ceux qu'elle avait connus. Ni même à celui qu'il lui avait donné lors de la soirée de mardi gras. Celui-ci les dépassait de très loin en force et en intensité et la privait de tout contrôle sur son corps. Ce ne fut que lorsque les sensations disparurent peu à peu qu'elle put prendre une grande inspiration et humidifier ses lèvres sèches. Elle serra les jambes et retomba, languide, sur le lit.

— Je retrouve mon papillon, murmura-t-il, se relevant avec un sourire satisfait.

Vidée de son énergie, elle ne put que l'observer pendant

qu'il retirait sa chemise et le reste de ses vêtements. Pour l'instant, le regarder lui suffisait. Il y avait tant de parties de son corps qu'elle n'avait pas encore vues… Il avait la carrure mince et ferme d'un marathonien. Y avait-il d'autres tatouages, cachés sous les vêtements ? En plus de leur tatouage partagé, elle en avait aperçu un sous la manche de son T-shirt, mais elle n'avait pas pu l'observer de près. Et pour l'instant, elle n'avait pas la capacité de se concentrer. Son corps et son esprit étaient comme de la gelée.

— Apparemment, cela t'a plu, commenta-t-il.

Tout à fait nu à présent, il lui tendit la main pour l'aider à s'asseoir au bord du lit.

— Je suis impatient de t'entendre pousser ces cris de nouveau.

— De nouveau ? s'étonna-t-elle.

Elle recula jusqu'à la tête de lit.

Il grimpa sur le matelas et la poussa à s'allonger, avant de s'étendre sur elle.

— Trois fois, peut-être, avança-t-il d'un ton taquin, déposant un baiser sur ses lèvres.

Elle ne pouvait imaginer comment c'était possible, mais elle n'allait pas le contredire. Tout en l'embrassant, il se glissa entre ses replis moites.

Elle releva les jambes pour les croiser autour de sa taille, et lui permettre d'aller encore plus loin en elle. Il fut forcé de détacher sa bouche de la sienne, et elle l'entendit jurer doucement contre sa joue. Après un instant, il s'appuya sur ses bras, les yeux clos, la mâchoire serrée, comme pour garder le contrôle.

— J'ignore comment tu fais cela, dit-il tandis qu'il se retirait et s'enfonçait en elle une seconde fois. C'est comme si ton corps était fait pour le mien. Tout chez toi… Ton parfum, ta saveur, ta peau… Je voulais revivre cette expérience, ça tournait à l'obsession. Je n'arrive pas à croire que je t'ai enfin retrouvée.

Elle non plus n'arrivait pas à le croire. Pas plus qu'elle n'arrivait à croire que, malgré tous les obstacles, ils aient fini ici. Elle voulait savourer chaque instant passé ensemble pour pouvoir recourir à ses souvenirs plus tard, quand elle serait seule avec leur enfant. Elle prit son visage entre ses mains. Sa barbe naissante était rêche sous ses paumes. Elle fixa ses yeux bleus si fascinants et attira son visage vers le sien pour l'embrasser encore.

— Cesse de parler et fais-moi l'amour, murmura-t-elle contre ses lèvres.

Il sourit et l'embrassa à pleine bouche, avant d'accéder à sa requête. Il se remit à onduler en elle, adoptant un rythme lent et régulier pour commencer. S'appuyant sur un coude, il lui mordilla le cou et goûta ses seins, aspirant ses tétons avec force jusqu'à ce qu'elle se cambre et crie de nouveau.

Alors, il accéléra la cadence. Tous deux savaient qu'ils n'étaient pas assez patients pour faire durer le plaisir trop longtemps. Il lui souleva la jambe et fit reposer son genou sur son épaule. Tandis qu'il augmentait sa vitesse et sa puissance, elle appuya les mains contre la tête de lit pour garder l'équilibre. Ce qui ne rendit les coups de reins que plus intenses.

Elle ne pouvait imaginer jouir encore après l'orgasme qu'il venait de lui donner. Pourtant, elle sentit des picotements s'intensifier dans son ventre. Elle contracta ses muscles intimes et se mordilla la lèvre tandis que la pression augmentait. Elle murmura des mots d'encouragement entre deux souffles, tout en approchant du bord du gouffre.

— Oh ! Emma, gronda-t-il, déposant un baiser fougueux sur son genou.

L'entendre dire son prénom suffit à la faire basculer. Elle n'était plus son papillon ou son amante inconnue. Elle était Emma. La femme qu'il désirait.

Tandis qu'elle criait et se soulevait, il céda enfin à son

propre plaisir. Avec un grand cri rauque, il lui donna un dernier coup de reins et déversa sa semence en elle.

Les bras tremblants, il l'embrassa, puis roula sur le côté et s'effondra sur le matelas. Un long silence s'ensuivit, émaillé de souffles saccadés et de soupirs de félicité.

Elle se demandait s'il s'attendait à ce qu'elle rentre chez elle quand il la prit dans ses bras. Elle se pelotonna contre lui et sentit ses paupières s'alourdir.

Lorsqu'elle fut au bord de l'endormissement, elle l'entendit lui chuchoter à l'oreille :

— Je sais que tu penses que nous ne sommes pas compatibles, et que nous ne pouvons pas former une famille. Mais, Emma, crois-moi, j'ai fait beaucoup d'efforts pour te retrouver et te ramener dans mon lit. Cette fois, je ne te laisserai peut-être plus repartir.

- 9 -

Le lendemain matin, Jonah fut réveillé par la sonnerie de son téléphone portable. Il lâcha le corps nu d'Emma pour prendre l'appareil sur la table de chevet. L'appel provenait de Paul, son conseiller financier. Avec tout ce qui s'était passé ces derniers jours, Jonah en avait presque oublié qu'il tentait de cacher le détournement de fonds de son frère.

— Allô ?

— C'est fait ! annonça Paul d'un ton triomphant. L'argent est sur votre compte, et vous pouvez l'utiliser comme bon vous semble.

Parfait. Certes, il restait un petit problème : Emma et son œil de lynx passaient les comptes au peigne fin. Mais ce qui était fait était fait. S'il devait s'expliquer, il s'expliquerait. Simplement, il n'avait pas envie de le faire tant que l'argent n'était pas remis à sa place.

— Merci, Paul. Combien cela m'a-t-il coûté de régler ça rapidement ?

— Eh bien… Peut-être vaut-il mieux que nous en discutions à mon bureau cette semaine, ainsi, nous pourrons étudier les chiffres de près.

Autrement dit, il avait perdu une fortune.

— Noah me remboursera, avec les intérêts, soyez-en sûr.

— Et avec un peu de chance, nous pourrons récupérer une partie de l'argent perdu quand nous réinvestirons ces fonds.

Son conseiller était un incorrigible optimiste.

— D'accord. Merci encore, Paul.

Il raccrocha et regarda l'écran noir d'un air renfrogné. Son comptable supposait que Noah allait rendre l'argent. Jonah était loin d'être aussi confiant. Sa mère pourrait l'accuser d'être injuste envers son petit frère. Lui aussi pourrait lui reprocher sa partialité. Elle avait toujours gâté son cadet et en avait fait un monstre que le reste de la famille devait supporter.

— Est-ce que tout va bien ?

La voix d'Emma le ramena à l'instant présent.

— Oui, tout va bien. Un appel professionnel.

— C'est très tôt pour un appel professionnel un dimanche.

Elle bâilla et se pelotonna contre lui.

Il serra la mâchoire pour ravaler une colère qui n'avait rien à voir avec elle.

— Avec un peu de chance, nous pourrons nous rendormir, dit-il.

Il y avait quelques jours encore, il ne pensait qu'au contrat avec Game Town, et au fait que Noah pourrait tout faire échouer. Jusqu'à ce qu'il apprenne qu'Emma était son papillon. À présent, tout était différent. Emma était plus qu'une auditrice, elle était la mère de son enfant. Elle était aussi la femme qui occupait toutes ses pensées, celle qui affolait son cœur d'une simple caresse. Il était fort possible qu'elle soit son âme sœur.

Que ressentirait-elle, quand elle apprendrait ce que Noah avait fait ? Une fois qu'elle saurait la vérité, remettrait-elle en doute chaque moment passé ensemble ? Pourrait-elle lui faire confiance, sachant qu'il lui avait menti tout ce temps ?

Jonah pourrait très bien perdre le contrat Game Town, mais s'il perdait Emma… jamais il ne pardonnerait à son frère d'avoir gâché leur relation. Il n'avait jamais connu d'histoire qui semble si proche de l'amour et il ne voulait pas qu'elle soit tuée dans l'œuf à cause de Noah.

— À quoi penses-tu ? demanda-t-elle avec douceur.

— À rien d'important. Pourquoi ?

Elle posa la main sur sa poitrine.

— Ton cœur bat à se rompre. Je me suis dit que quelque chose te perturbait.

Il n'allait pas gâcher cet instant à cause des bêtises de son frère. S'il devait lui parler de la situation, il le ferait, mais plus tard. Il l'attira contre lui.

— C'est peut-être parce que j'ai découvert une belle femme nue blottie contre moi quand j'ai ouvert les yeux ? Cela peut faire pulser le cœur d'un homme. Ainsi que d'autres parties de son corps.

Elle ouvrit de grands yeux, puis demanda d'un ton taquin :

— Tu veux dire que tu es prêt à recommencer ?

Était-elle en train de plaisanter ? Il n'en était pas si sûr.

— Cela te surprend, Emma ? Si je le pouvais, je te ferais l'amour dix fois par jour.

Elle s'extirpa de son étreinte et s'assit sur le lit, en tenant les draps contre sa poitrine.

— Oui, cela me surprend un peu. Ça va te paraître ridicule, mais… je ne suis pas habituée à tout cela. J'ai fréquenté des écoles religieuses, et mon éducation sexuelle a été faite par des bonnes sœurs. On m'a appris à être vieux jeu. Pas au point d'attendre le mariage, bien sûr, mais je n'ai jamais vécu de nuits folles comme celles auxquelles tu es sans doute habitué.

— Tes petits amis étaient-ils donc si ennuyeux ?

Elle sembla désarçonnée par sa question.

— Oui, en un sens. Mais c'était ce que je recherchais, je suppose.

Il s'assit à son tour.

— Tu recherchais quelqu'un d'ennuyeux ?

Pourquoi une femme comme Emma perdrait-elle son temps avec ce genre d'hommes ?

— Pas ennuyeux. Disons plutôt… responsable. Respectable. Le genre d'homme qu'une fille est heureuse de présenter à ses parents.

— Tu veux dire, le contraire de moi ?

— Non ! Du moins… pas exactement.

Il fut un peu vexé, mais s'efforça de le cacher. Il savait bien qu'il n'était pas l'avocat ou le banquier d'affaires dont certains parents rêvaient pour leur fille.

— Tes parents savent-ils que tu portes mon enfant ?

— Non. Ils ne savent même pas que je suis enceinte.

— Emma ! Comment as-tu pu leur cacher cela ?

— Crois-moi, c'était bien plus facile de me taire que de leur annoncer que j'étais enceinte et que j'ignorais qui était le père. Et je l'ignorais, jusqu'à la semaine dernière. Mes parents sont très protecteurs envers moi. Ma sœur était devenue la honte de la famille. Je n'étais qu'une adolescente quand elle est décédée, et ma mère était constamment sur mon dos pour veiller à ce que je ne commette pas les mêmes erreurs que Cynthia. Alors, j'imagine que je me souciais davantage de leur plaire que de me plaire. Ce n'est que lorsque mon ex-petit ami m'a dit ces choses horribles que je me suis autorisée à me rebeller, juste pour un soir.

— Et regarde ce qui est arrivé ! plaisanta-t-il.

Mais il vit aussitôt à son air chagriné que, pour elle, ce n'était pas une plaisanterie. Il était habitué aux scandales, mais ce n'était pas le cas d'Emma. Alors, il décida de changer de tactique.

— Je suis navré pour tout cela, Emma. J'ignorais que tu aurais à subir les conséquences permanentes de notre nuit de folie. Du moins, en dehors du tatouage. Je sais ce que tu ressens et…

— Comment pourrais-tu le savoir ? l'interrompit-elle.

— Cela va peut-être t'étonner, mais mes parents étaient

très conservateurs et très stricts. Je n'avais le droit de rien faire. Mes jeunes frères et moi avons été envoyés dans un pensionnat anglais à la mort de mon père. Il ne me restait qu'une année de lycée, ensuite je suis revenu pour entrer à l'université. Là-bas, j'ai pris conscience que je pouvais mener ma vie comme je l'entendais. À partir de là, tout a changé. Selon moi, mon succès dans les affaires est en partie dû à mon côté rebelle. Ça ne fonctionne pas pour tout le monde mais, pour moi, ça a fait des merveilles.

— Et que pense ta mère de la manière dont tu mènes ta vie ?

— Au début, elle me faisait beaucoup de reproches, quand elle pensait que je m'en souciais encore. Ensuite, elle a compris que j'étais un adulte, P-DG de sa propre société, et elle a fini par lâcher prise. Sauf à Thanksgiving. Cette fête ne serait pas complète sans les sermons d'Angelica Flynn.

— À mon avis, mes parents ne lâcheront jamais prise. Quand ils ont perdu Cynthia, j'étais tout ce qui leur restait. J'ai tout fait pour ne pas les décevoir.

Il posa le bras autour de ses épaules.

— Je ne vois pas comment tu pourrais décevoir quiconque.

Elle caressa son petit ventre d'un air distrait.

— Ils ne seront pas contents d'apprendre que j'attends un bébé. Cela fait des années que ma mère espère organiser un grand mariage pour moi. Cynthia est morte avant d'avoir pu se marier, par conséquent je suis sa seule chance d'être la mère de la mariée lors d'une réception luxueuse au Plaza. Or, on n'organise pas de grande fête quand la fiancée est visiblement enceinte. Et on ne peut pas espérer un mariage au Plaza ou ailleurs, quand le bébé est le résultat d'une aventure d'un soir et que les parents n'ont aucune intention de se marier.

Il y avait beaucoup d'éléments concernant cette grossesse qu'il n'avait pas vraiment pris en considération. Il avait pensé à la manière dont la paternité affecterait sa propre vie, mais il n'avait pas songé que la vie d'Emma changerait aussi. C'était stupide et égoïste de sa part.

— Tes parents exigeront-ils que tu te maries ?

Elle haussa les épaules.

— Ils peuvent essayer, mais ils ne peuvent pas te forcer à m'épouser. Mon père n'a pas d'arme à feu, alors, tu ne crains rien de ce côté-là. Et je ne vais certainement pas te forcer la main. Cette grossesse était une erreur, je ne vais pas l'aggraver en exigeant que nous nous mariions par-dessus le marché.

Ces derniers jours en compagnie d'Emma avaient changé sa façon de voir le monde. Avant même qu'elle commence l'audit de FlynnSoft, il s'était dit que si jamais il retrouvait son papillon, il ne le laisserait plus jamais repartir. Quand il avait compris qu'Emma était son papillon, il n'avait pas changé d'avis. Lorsqu'il la regardait, il voyait un avenir dans lequel il n'enchaînait plus les conquêtes. Bien sûr, il prendrait ses responsabilités et serait un père digne de ce nom pour leur enfant, mais pour la première fois de sa vie, avec Emma, il envisageait davantage. Davantage que son loft froid et vide, que ses aventures avec des célébrités et que ses longues soirées de travail au bureau.

L'idée de rentrer chaque soir dans un appartement confortable et chaleureux, de passer du temps avec sa famille, était soudain plus tentante que jamais. Il n'avait jamais vraiment songé à se ranger, peut-être parce que, au fond, il était encore un adolescent qui se rebellait contre ses parents. Maintenant qu'il était sur le point d'être père, la situation était différente.

Mais apparemment l'idée d'un avenir ensemble ne semblait pas aussi tentante pour Emma.

— Tu ne veux pas m'épouser ? demanda-t-il.

Elle écarquilla ses grands yeux verts.

— Non.

Il n'avait jamais demandé à une femme si elle voulait l'épouser, et même si ce n'était pas une demande en bonne et due forme, il se sentait un peu blessé par ce rejet brutal.

— Pourquoi ? Je ne suis pas assez bien pour être ton mari ?

— Bien sûr que si, ça n'a rien à voir. Mais nous nous connaissons à peine, Jonah. Nous avons décidé de laisser à notre relation le temps de se développer, pour voir où cela nous mènera, et cela me convient. Si un jour, tu décides que tu es vraiment amoureux de moi et que tu veux m'épouser, ce sera différent. Mais je ne veux pas précipiter les choses juste parce que je suis enceinte. Les rêves d'un grand mariage au Plaza de ma mère devront rester des rêves.

Emma avait espéré que le week-end lui éclaircirait l'esprit, et qu'elle pourrait retourner au travail le lundi, prête à boucler sa mission chez FlynnSoft. Mais il n'en était rien. Elle était toujours aussi déroutée par cet écart dans les comptes qu'elle ne l'était la semaine précédente. Si ses calculs étaient exacts, et elle les avait vérifiés plusieurs fois, quelqu'un avait pris trois millions de dollars sans enregistrer ce retrait correctement. L'argent avait été transféré sur un compte off-shore qui n'était mentionné nulle part, et qui n'avait aucun lien avec la société. Tout cela semblait très douteux. Néanmoins, qui serait assez stupide pour voler une somme d'argent aussi conséquente ? Il était impossible que cela passe inaperçu !

C'était la partie de son travail qu'elle aimait le moins. Elle devait annoncer au P-DG de FlynnSoft que quelqu'un lui volait de l'argent. Et elle espérait que ce quelqu'un n'était pas Jonah lui-même. Certes, il avait le droit de retirer de l'argent — c'était son entreprise, après tout —, mais cela ne ferait pas très sérieux. Pire, elle devrait en informer le P-DG de Game Town, et celui-ci renoncerait probablement au contrat. Tout cela finirait mal, sauf pour le malfrat qui avait volé ces trois millions.

Avec un grand soupir, elle prit son téléphone pour téléphoner à Mark, l'un de ses collègues. Elle avait besoin d'être conseillée, et de s'assurer qu'elle ne se laissait pas influencer par sa relation avec Jonah. Mark exerçait ce travail depuis plus de vingt ans, il saurait quoi faire.

— Bonjour, Emma, la salua-t-il. Comment vont les gamins turbulents de chez FlynnSoft ?

— C'est une société à part, c'est sûr, admit-elle. J'ai presque terminé l'audit, mais j'ai rencontré un problème, et j'aimerais avoir votre avis.

Elle expliqua brièvement la situation.

— Pensez-vous que je devrais en parler au P-DG de FlynnSoft avant de faire mon rapport ? conclut-elle.

— Oui. Et à votre place, je le ferais. Il est possible qu'il ait une explication et vous fournisse des documents auxquels vous n'avez pas pensé. Mais s'il y a le moindre soupçon d'une mauvaise gestion, vous devez en informer Game Town. Ce n'est pas votre travail de protéger FlynnSoft.

Elle sentit son ventre se nouer.

— Bien sûr. Je voulais juste une seconde opinion. Merci, Mark.

Elle raccrocha puis rassembla quelques documents qu'elle comptait apporter à Jonah. Elle ne l'avait pas encore vu ce matin et elle s'efforçait de ne pas en tirer de conclusions hâtives. Il avait parlé d'un avenir à deux, mais elle n'y croyait pas. Pas vraiment. Jonah disait ce qu'elle avait envie d'entendre, mais joindrait-il l'acte à la parole ? Ou courtiserait-il la prochaine jolie fille qui retiendrait son attention ?

Sa secrétaire, Pam, n'était pas à son bureau quand Emma arriva à l'étage supérieur, aussi alla-t-elle directement frapper à la porte de Jonah.

— Entrez, l'entendit-elle répondre.

Elle poussa le lourd battant. Dès que Jonah posa les yeux sur elle, son regard s'éclaira. Un grand sourire aux lèvres, il se leva et se précipita vers elle. Avant qu'elle puisse l'en empêcher, il la prit dans ses bras et lui donna un baiser passionné.

Elle tenta de se dégager avec autant de délicatesse que possible.

— Jonah, s'il te plaît, dit-elle en reculant un peu.

— Personne ne peut nous voir dans mon bureau, papillon.

— Ne m'appelle pas comme ça ici, Jonah. Quelqu'un pourrait entrer et nous surprendre.

Il s'appuya contre son bureau.

— J'imagine, concéda-t-il. Mais si tu travaillais ici ? Tu t'inquiéterais encore en permanence ?

— Comment ça ?

— Eh bien, comme je te l'ai dit, j'ai besoin d'un nouveau directeur financier. D'après ce que j'ai vu jusqu'ici, je pense que tu serais parfaite pour le poste. Et puis, si tu travaillais pour moi et non pour un patron coincé, tu n'aurais pas à te soucier de l'inconvenance de notre relation.

C'était un peu plus compliqué que cela. Et elle avait cru qu'il plaisantait quand il lui avait proposé ce travail la semaine dernière.

— Mais j'aurais à me soucier que les gens disent que j'ai couché avec le patron.

— Eh bien, tu as en effet couché avec le patron, souligna-t-il avec un sourire espiègle.

Il se pencha vers elle et murmura : « plusieurs fois », comme s'il partageait un secret avec elle.

Elle secoua la tête. Parfois, elle avait l'impression que pour lui, tout était matière à plaisanterie.

— Je suis sérieuse.

— Moi aussi. Je veux que tu deviennes ma directrice financière.

— Je ne peux pas, Jonah. Je n'aime pas l'image que cela donnerait de moi.

— Mon frère travaille ici. Il reçoit un chèque tous les mois alors qu'il ne fait absolument rien. Tout le monde le sait et tout le monde s'en moque. Le népotisme existe bel et bien dans le monde des affaires.

— Certes, mais si nous poursuivons notre relation, si tout le monde découvre que je porte ton enfant… Je n'aime pas ça, voilà tout. Tu connais mon sentiment sur ce sujet. Je tiens à ma réputation.

Il soupira.

— D'accord. Tu refuses de m'embrasser. Tu ne veux pas travailler pour moi. Donc, je suppose que tu ne voudras pas t'offrir à moi sur la table de réunion. Alors, dites-moi ce qui vous amène aujourd'hui, mademoiselle Dempsey.

Elle ignora ses remarques érotiques et tenta de ne pas se hérisser devant l'emploi soudain de son nom de famille. La semaine dernière, elle aurait préféré qu'il l'appelle ainsi. Cette fois, elle savait qu'il ne l'appelait de cette façon que pour la provoquer, parce qu'elle l'avait contrarié.

Elle serra les feuilles de papier contre sa poitrine et tenta de se concentrer sur ce qu'elle devait dire, et non sur les yeux bleu nuit de Jonah.

— J'ai terminé mon audit.

— Oh ! excellent ! Tu as été très efficace et rapide, malgré le fait que je t'aie distraite. Cela veut dire que tu es libre d'être vue avec moi en public ? Ou devons-nous attendre que le contrat avec Game Town soit signé ?

— Eh bien, c'est justement du contrat avec Game Town que je suis venue te parler. J'ai trouvé un écart significatif dans les comptes.

Aussitôt, il eut l'air sérieux et préoccupé.

— Qu'as-tu trouvé ?

Elle lui donna les documents sur lesquels elle avait surligné le retrait suspect.

— Trois millions tout ronds ont été retirés et transférés sur un compte off-shore dans les îles Caïmans. Je n'ai pas pu trouver à qui il appartient et je ne peux relier ce retrait à aucune dépense professionnelle ou à un compte légal.

Arborant un air neutre inhabituel chez lui, il parcourut les données sans vraiment les lire.

Elle ne savait que penser.

— Tu sais quelque chose là-dessus ? demanda-t-elle. J'espérais que tu pourrais m'éclairer, me donner des informations qui rendent cela moins suspect que ça en a l'air.

Il reporta son regard sur elle et fit un petit signe de tête.

— J'ai des informations. Hélas, ça n'améliorera pas la situation. Je t'en prie, assieds-toi.

Il retourna s'installer à son bureau, et elle s'assit lentement sur la chaise visiteur, celle-là même sur laquelle elle s'était assise une semaine plus tôt, quand elle avait fait la connaissance du célèbre Jonah Flynn. Depuis, il s'était passé bien des choses, pourtant, elle était tout aussi nerveuse que lors de leur rencontre.

— Est-ce que j'ai manqué quelque chose ? s'enquit-elle. Y a-t-il une sorte d'organisation caritative dans les Caraïbes ?

Il secoua la tête.

— Non, toutes nos dépenses caritatives sont correctement enregistrées. Tu n'as rien manqué, et cela ne m'étonne pas de toi. La vérité, c'est que mon frère cadet Noah qui est vice-président de la société a transféré l'argent sur un de ses comptes privés. Un prêt non autorisé, en quelque sorte. J'en ai été informé le jour même de ton arrivée. Si je l'avais su plus tôt, j'aurais révélé le problème, mais j'espérais le résoudre de mon côté. J'ai parlé avec Noah la semaine dernière, et il a confirmé mes soupçons.

Un prêt non autorisé. En d'autres mots, un vol. Elle n'avait jamais rencontré les frères de Jonah, et voilà qu'elle apprenait que l'un d'eux était un voleur. L'oncle de son bébé était un voleur.

— Et ? demanda-t-elle.

— Et il va tout rendre. J'ignore pourquoi il avait besoin de cet argent, je ne le lui ai pas demandé. Mais il a juré qu'il le rendrait une fois rentré aux États-Unis. Pour l'instant, il est en Asie du Sud-Est. En attendant, j'ai déposé des fonds personnels pour couvrir la perte. Cela devrait apparaître dans les comptes ce matin. Puisqu'il s'agit d'une société privée, sans conseil d'administration auquel rendre des comptes, j'ai décidé de ne pas mentionner ce vol.

— Tu dois tout de même rendre des comptes au président de Game Town, fit-elle valoir. Quand j'en parlerai, je suis sûre que Carl Bailey renoncera à son partenariat avec FlynnSoft. Il avait déjà des soupçons sur ton entreprise et son fonctionnement peu orthodoxe. Je ne pense pas que ce soit le genre d'homme à vouloir faire affaire avec une société qui pourrait perdre l'argent qu'il lui confie.

— Nous ne perdrons pas l'argent de Game Town. Je le garantis.

— Comment peux-tu le garantir ?

Était-il prêt à utiliser son propre argent pour remplacer chaque sou que son frère ou n'importe qui d'autre décidait de prendre ?

— Je peux le garantir, parce que je compte pourrir la vie de mon frère au point qu'il préférera se poignarder l'œil avec un couteau à beurre plutôt que de refaire un coup pareil. Après ça, ni lui, ni personne dans cette entreprise n'osera songer à voler le moindre cent.

— Eh bien, j'espère que quand tu iras chez Game Town, tu pourras en convaincre Carl. Ce n'est pas moi que tu dois convaincre.

— Si, justement. J'ai besoin que tu comprennes qu'il s'agit d'une affaire privée entre mon frère et moi, et que j'aimerais que cela reste ainsi. J'ai compensé la perte, et je le referai si nécessaire.

Tout cela semblait rassurant, pourtant Emma était mal à l'aise. Elle croyait Jonah, mais le message caché dans ses paroles était facile à comprendre.

— Tu me demandes de ne pas évoquer l'argent volé dans mon rapport ?

Il la regarda dans les yeux un instant, comme s'il la suppliait en silence. Mais il ne formula pas sa demande à voix haute.

— Je peux te montrer les preuves de dépôt, Emma. Cela t'aiderait à te sentir mieux ?

Oui. Jusqu'à un certain point.

— J'aimerais voir ces preuves, oui. Ensuite, je mentionnerai dans mon rapport que les fonds ont été restitués. Mais je ne t'aiderai pas à cacher cette anomalie. Si quelqu'un devait l'apprendre, je perdrais toute crédibilité, et je serais renvoyée. Et je ne pourrais plus jamais trouver un travail dans ma branche.

Elle posa une main protectrice sur son ventre, qui semblait grandir un peu plus chaque jour.

— Mon impartialité sera déjà remise en question quand on apprendra la vérité sur le bébé. Mais si quelqu'un devait découvrir que j'étais au courant de ce vol et que je l'ai caché…

— Tu sais, tu n'as pas besoin de travailler, Emma. Je peux subvenir à tes besoins et à ceux de notre bébé.

Elle secoua la tête avec véhémence.

— Tu peux subvenir aux besoins de ton enfant si tu le souhaites, en tant que père. Mais je ne veux pas que ça ressemble à un pot-de-vin. S'il te plaît, ne me demande pas de faire une chose qui compromettrait mon intégrité, Jonah.

Avec un soupir, il repoussa les documents, puis se leva pour la rejoindre. Elle se leva à son tour et, à contrecœur, elle se laissa enlacer.

— Promis. Rapporte ce que tu dois rapporter, papillon. FlynnSoft s'en remettra, quoi qu'il advienne.

Elle le regarda dans les yeux, et constata qu'il était sincère.

— Ça ne te pose pas de problème ?

Il lui offrit un sourire rassurant.

— Pas le moindre. Après tout, la situation est ce qu'elle est, n'est-ce pas ? Tu dois dire la vérité et, de mon côté, je dois affronter Carl et lui expliquer pourquoi il peut encore nous faire confiance, malgré tout.

Elle était soulagée de l'entendre. Cela la peinait que Jonah et ses employés puissent subir les conséquences de la faute de quelqu'un d'autre, mais elle se réjouissait que la décision ne soit pas de son ressort.

— Merci.

— Finis de taper ton rapport, ensuite, je t'emmène dîner. J'insiste. À Manhattan, dans le restaurant de ton choix.

— Cela me gêne toujours qu'on nous voie ensemble. Tant que je n'ai pas rendu mon rapport, que je ne suis pas de retour dans mon entreprise et que le marché n'est pas conclu, ce n'est pas fini, Jonah.

— D'accord, céda-t-il. Alors, que dirais-tu d'un dîner chez toi, en privé ?

— Parfait, approuva-t-elle.

Et elle le laissa l'étreindre de nouveau. Avec un peu de chance, elle pourrait rester dans ses bras, pour être à l'abri des orages qui se préparaient.

- 10 -

Lorsque Jonah découvrit l'appartement d'Emma, il ne put cacher sa surprise. Au bureau, Emma semblait si guindée et collet monté qu'il avait cru que son chez-elle serait ennuyeux, net, avec une place pour chaque chose et chaque chose à sa place. Mais l'appartement spacieux et baigné de lumière se révélait chaleureux et accueillant.

Tenant un sac de plats thaïs à la main, il referma la porte derrière lui, et suivit Emma à l'intérieur. Après quelques pas, il s'arrêta pour observer les lieux avec attention. Les imprimés floraux et la dentelle des rideaux apportaient une note romantique à la décoration. Les canapés accueillants invitaient à s'asseoir et se détendre avec un bon livre. L'ensemble était empreint de douceur, de féminité, avec une touche de charme rustique et lui en apprenait plus sur la vraie Emma qu'il ne l'aurait cru.

— Qu'y a-t-il ? demanda Emma.

— Ton appartement n'est pas comme je me l'imaginais.

Il la suivit dans la cuisine, aux placards blanc cassé et au parquet de bois gris délavé. Au centre de la table trônait un bouquet de zinnias multicolores.

— Pas assez de chrome et de verre à ton goût ? lança-t-elle. Le style industriel chic, ce n'est pas ma tasse de thé. Je vois déjà assez de béton et de métal dans les rues de Manhattan comme ça. Après mes études, quand est venu le temps de prendre un appartement, j'ai décidé qu'il me fallait un endroit accueillant et confortable.

— C'est joli. Et certainement plus accueillant que chez moi, car je privilégie le fonctionnel. Ici, je m'attends presque à voir une poule apparaître dans le couloir.

— Je t'en prie ! s'exclama-t-elle, lui prenant le sac des mains et posant les cartons sur le plan de travail en bois épais. Je n'ai pas d'animaux de compagnie, et cela inclut les poules. Je crois que les règles de la copropriété l'interdisent, dit-elle avec un petit rire. Nous sommes dans l'Upper East Side, je te le rappelle.

Plutôt que de dîner à table, ils allèrent s'installer sur le canapé dans le salon. Lorsqu'ils eurent presque fini leur repas, Jonah était encore plus curieux de découvrir le reste de l'appartement. Afin d'en apprendre davantage sur Emma.

— Tu peux me faire visiter les autres pièces ? demanda-t-il quand elle reposa son assiette sur la table basse.

— Si tu veux. Mais il n'y a pas grand-chose à voir. Deux chambres, une salle de bains.

Peu après, il la suivit dans un petit couloir. Elle lui montra une petite salle de bains noire et blanche de style rétro.

— Et là, dit-elle en ouvrant une autre porte, c'était mon bureau. Je l'ai vidé pour en faire… eh bien… une chambre d'enfant.

Ce n'était plus seulement un coquet appartement de célibataire. C'était ici qu'elle comptait élever leur enfant. Ils entrèrent ensemble dans la pièce encore vide.

— Je me suis dit qu'il était trop tôt pour acheter des meubles. J'ai fait repeindre les murs en gris pâle. J'ai pensé que c'était une couleur assez neutre, qui conviendrait quel que soit le sexe du bébé que je vais… que nous allons avoir.

— Cette pièce est petite, Emma. Elle sera bientôt trop petite pour un enfant.

— Je sais, admit-elle. Lorsque j'ai acheté ce bien, je ne pensais pas y élever un enfant. Quand le bébé aura besoin de plus d'espace, je déménagerai. Pour l'instant, je veux économiser de l'argent tant que je le peux. Si mes parents ne m'ont pas déshéritée, peut-être pourront-ils m'aider à acheter un appartement plus grand.

Il était abasourdi. Elle continuait de parler du bébé comme si elle allait devoir l'assumer seule.

— Ou alors, je pourrai t'aider.

— Eh bien… Oui, peut-être. Je ne suis pas encore habituée à penser de cette manière. Il y a encore une semaine, le père de ce bébé ne faisait pas partie de l'équation. Je ne savais pas comment te retrouver, alors, il fallait bien que je fasse des projets toute seule.

— Il me faudra peut-être un nouveau logement, à moi aussi, dit-il, pensant à voix haute.

Son logement n'avait aucune cloison, rien pour atténuer les bruits ambiants. Comment un bébé était-il censé dormir dans ces conditions ?

— Peut-être… Peut-être que nous pourrions prendre un appartement ensemble.

Elle eut l'air étonnée.

— Tu veux que l'on s'installe ensemble ?

— Eh bien…

Dit comme ça, c'était un peu terrifiant, mais c'était bien de cela qu'il s'agissait.

— Oui. Puisque nous devrons tous les deux changer de logement, nous pourrions chercher un appartement assez grand pour nous trois. Ainsi, le bébé n'aura pas à être ballotté d'un endroit à l'autre. Nous pourrions avoir chacun notre chambre, si ça te met plus à l'aise.

Elle prit une grande inspiration, puis passa devant lui pour sortir de la pièce.

— Nous pourrons en discuter, dit-elle de ce ton évasif qu'il avait appris à reconnaître.

C'était mieux qu'un refus net.

— Nous avons encore le temps, ajouta-t-elle.

— Tu sais pour quand l'accouchement est prévu ?

— Selon mon médecin, le 21 novembre.

Chaque détail rendait le bébé plus réel dans son esprit. À présent, il savait à quelle date sa vie allait changer pour toujours.

— Un bébé pour Thanksgiving ?

— Oui. Ça semble encore loin, mais ça arrivera sans doute plus vite que nous ne le pensons, dit-elle.

Elle ouvrit une troisième et dernière porte.

— Et voici ma chambre.

Ils entrèrent dans une pièce bien plus grande que la précédente. Le lit en bois blanc cérusé était surmonté d'une douzaine de coussins et d'oreillers aux motifs variés. Il y avait aussi un miroir ovale ancien, une commode et un coffre en cèdre au pied du lit.

C'était un appartement charmant et spacieux pour une célibataire, mais Emma n'en était plus une. Quand il y aurait un bébé, une poussette, une chaise haute, un couffin, des jouets et tous les accessoires nécessaires pour un enfant, il ne resterait plus beaucoup d'espace.

— Il faut qu'on trouve un nouvel endroit rapidement, décréta-t-il. Ton appartement est trop petit, et le mien est trop peu fonctionnel. J'appellerai un agent immobilier la semaine prochaine pour lui demander de commencer les recherches. Que dirais-tu de Greenwich Village ?

Elle posa une main sur son torse d'un air prudent.

— Doucement, Jonah. Je ne suis pas encore prête.

— Pas prête à prendre un appartement, ou pas prête à ce que tout le monde sache que nous sommes ensemble ?

Il connaissait déjà la réponse. Emma et sa maudite réputation !

— Quand ? pressa-t-il.

— Une fois le contrat avec FlynnSoft signé. Et nous l'annoncerons à nos parents. Ensuite, s'ils ne nous ont pas tués, nous pourrons parler aux autres de notre relation et du bébé.

— Il me tarde, car je n'aime pas me cacher. Je suis

habitué à vivre ma vie sans me soucier du regard des autres. Je suis impatient de pouvoir te toucher quand j'en ai envie. De t'embrasser quand j'en ai envie.

— Il n'y aura plus beaucoup à attendre. D'ici là, il faudra que tu profites des occasions quand elles se présentent.

Il s'assit au bord du lit et l'observa. Il avait une occasion maintenant qu'il comptait bien saisir.

— Approche, dit-il.

Elle obtempéra et vint se caler entre ses genoux. Posant les mains sur ses épaules, elle plongea son regard dans le sien.

Seigneur, elle était splendide ! Et le fait qu'elle l'ignore la rendait encore plus belle. Même quand elle portait ce masque qui avait caché la moitié de son visage, sa beauté intérieure avait irradié. Peut-être que depuis le début c'était ce qui l'avait attiré : cette beauté qu'aucun masque, aucun tailleur informe, aucune expression guindée ne pouvait masquer.

Il caressa ses jambes et remonta jusqu'à ses hanches. Sortant sa chemise de sa jupe, il passa les mains dessous, pour toucher sa peau de pêche, caresser son dos à la cambrure élégante, ses côtes qui semblaient trembler sous ses doigts. Elle ferma les yeux, sans doute pour se laisser porter par les sensations qu'il faisait naître en elle.

Il déboutonna sa jupe et la fit glisser le long de ses jambes. Lorsqu'elle l'eut retirée tout à fait, il l'attira vers lui de nouveau. N'opposant aucune résistance, elle se mit à califourchon sur lui. Il caressa ses cuisses et ses hanches lisses, puis reporta son attention sur son chemisier. Un par un, il défit les boutons de nacre puis lui ôta le vêtement. Elle ne portait plus que son soutien-gorge et son slip de dentelle couleur pêche.

Retirant quelques épingles de ses cheveux, elle secoua la tête et libéra ses boucles brunes qui tombèrent en cascade sur ses épaules. Le parfum de son shampoing taquina ses sens. Il serra sa taille et enfouit son visage entre ses seins laiteux, moulés dans la dentelle.

Elle plongea la main dans ses cheveux tandis qu'il taquinait et goûtait sa poitrine. Il passa la langue sur le sous-vêtement qui emprisonnait ses tétons, encore et encore, jusqu'à ce que le tissu soit humide. Frustré par cette entrave, il baissa les bretelles et exposa ses seins. Il les embrassa tour à tour.

— Pourquoi est-ce que tu portes tant de vêtements, et moi si peu ? se plaignit-elle. Ce n'est pas juste.

— Tu es plus jolie nue que je ne le suis, répliqua-t-il en souriant.

Toutefois, il retira aussitôt sa chemise. Il voulait que sa peau soit en contact avec celle d'Emma autant que possible. Il pressa son torse nu contre elle et lui donna un baiser brûlant.

Jamais il ne serait rassasié d'elle. Elle était différente de toutes les femmes qu'il avait connues. Elle lui appartenait, et il lui appartenait, sur bien des plans. Son papillon l'avait transformé. Et même si le contrat avec Game Town tombait à l'eau, Jonah savait que si Emma était auprès de lui, tout irait bien. Elle était son ancre, elle l'empêcherait de dériver. Il ne pouvait pas la perdre.

Elle se pressa contre son sexe en érection, un sourire malicieux aux lèvres.

— Maintenant, dit-elle.

Il n'allait pas lui refuser cela. Elle s'appuya sur ses genoux le temps qu'il retire son jean. Puis, lentement, elle descendit sur lui, l'accueillant en elle à un rythme délicieusement lent.

— Oh ! Emma, gémit-il dans ses cheveux tandis que sa chaleur intime l'enveloppait. Je ne te laisserai plus partir. Plus jamais.

*
* *

Emma n'avait aucune envie de partir. Elle serait ravie de rester là pour toujours. Jamais elle ne s'était sentie si proche d'un homme, songea-t-elle tout en ondulant délicieusement contre Jonah.

Une vague de chaleur naquit au creux de son ventre et se répandit en elle. Bientôt, la sueur perla sur son corps. À chaque mouvement, sa peau humide glissait sur la sienne. Jonah la serra plus fort tandis que les sensations gagnaient en intensité.

Elle voulait atteindre les cimes du plaisir dans cette position. Elle voulait s'atomiser entre ses bras. Elle voulait qu'il sente chaque tremblement, chaque spasme, et qu'ensuite il jouisse à son tour. C'était cette proximité avec lui qu'elle recherchait. Quand ils étaient si proches, elle pouvait croire qu'ils étaient faits l'un pour l'autre. Elle pouvait ouvrir son cœur pour le laisser entrer, même si ce n'était que pour un instant.

Les murmures encourageants de Jonah l'arrachèrent à ses pensées.

— Oh ! oui ! Tu es mon magnifique papillon. Jouis pour moi, chérie.

Le timbre grave de sa voix la fit frissonner. Elle accéléra la cadence, ondulant des hanches avec ardeur jusqu'à ce que ses muscles lui fassent mal et que ses genoux la brûlent. Ce fut quand elle n'avait presque plus rien à donner qu'elle atteignit son but. Soudain, son corps céda, et les vagues de sensations déferlèrent sur elle.

Tout en la tenant fermement, Jonah continua de lui chuchoter des mots à l'oreille pendant qu'elle tremblait entre ses bras. Quand les vagues furent moins fortes et qu'elle n'eut presque plus assez d'énergie pour s'accrocher à lui, il s'enfonça en elle avec force et, avec un dernier cri rauque, il se libéra en elle. Il s'effondra sur le lit, l'entraînant avec lui. Après un instant, elle se blottit contre lui et inspira une grande bouffée d'air frais.

Les yeux rivés au plafond, elle écouta le cœur de Jonah

battre contre son oreille. Sa vie pourrait-elle vraiment ressembler à cela, désormais ? Quand l'audit serait achevé, elle serait libre de s'afficher avec Jonah. Elle ne savait pas encore comment les choses tourneraient, mais même s'ils ne se mariaient pas, ses parents seraient sûrement heureux d'apprendre sa grossesse si elle vivait avec le père de son bébé. S'ils s'aimaient.

L'aimait-elle ?

Ces derniers jours, elle s'était interrogée à plusieurs reprises sur ses sentiments pour lui. À présent qu'elle était dans ses bras et qu'elle venait de faire l'amour avec lui, il lui était facile d'admettre que, oui, elle l'aimait. Depuis leur première rencontre. Elle avait eu trop peur d'avouer la vérité, même à elle-même. L'amour était une chose intimidante, et l'amour avec un homme tel que Jonah pouvait être tout bonnement terrifiant.

Il était tout ce qu'elle avait cru ne pas devoir rechercher. Excitant, spontané, rebelle, passionné… En vérité, elle avait cru, à tort, que ces qualités faisaient de lui quelqu'un d'irresponsable et de dangereux. Elle n'avait pas besoin d'un homme ennuyeux. Elle avait simplement besoin d'un homme qui soit présent pour elle. Jonah pourrait très bien être cet homme.

Elle était si bien dans ses bras que, lorsque son téléphone sonna, elle fut tentée de ne pas décrocher. Et elle n'aurait pas décroché si elle n'avait pas reconnu la sonnerie. C'était un appel professionnel. Et étant donné l'heure tardive c'était sûrement important.

Elle vit le nom de Tim affiché sur l'écran.

— Allô ?

— Emma. Nous avons un problème, annonça Tim de but en blanc.

Aussitôt, elle eut l'estomac noué. Comment pouvait-il y avoir un problème ? Elle n'avait pas encore rendu son rapport ! Et elle avait tout signalé dans son brouillon.

Elle enfila son peignoir et sortit de la chambre, car

elle ne pourrait pas se concentrer avec le corps nu de Jonah dans son lit.

— Qu'y a-t-il ? demanda-t-elle.

— Mark m'a parlé de la conversation que vous avez eue avec lui aujourd'hui. Cela ne me plaît guère que vous ne m'ayez pas mis au courant d'un élément aussi important. Vous auriez dû venir me voir dès que vous avez eu connaissance du problème.

Elle serra le poing. Elle avait demandé du soutien à son collègue, et il l'avait dénoncée sans lui laisser le temps de finir son rapport.

— Il m'a donné des conseils que j'ai suivis. Je vous enverrai mon rapport demain à la première heure. Je voulais le relire avant de vous le soumettre.

— Et que dira ce rapport ?

— Que j'ai discuté du problème avec Jo… avec M. Flynn, et qu'il m'a fourni une explication. L'écart de règlement et la façon dont FlynnSoft a géré le problème seront inclus dans mon rapport pour M. Bailey, qui prendra la décision qu'il souhaite.

Il y eut une longue pause à l'autre bout de la ligne, qu'Emma ne trouva guère rassurante. Quand Tim était silencieux, c'était qu'il préparait sa réponse et, en général, ce n'était pas bon signe.

— Alors, vous appelez M. Flynn Jonah, Emma ?

Elle déglutit, et choisit ses mots avec soin, en tentant d'ignorer la chaleur érotique qui était encore en elle.

— L'environnement chez FlynnSoft est très décontracté, monsieur. Vous le savez comme moi.

— Emma, je vous ai envoyée là-bas parce que je vous croyais raisonnable. Plus que Dee. Mais c'est Mark que j'aurais dû désigner. J'avais sous-estimé le pouvoir de séduction de M. Flynn, je m'en rends compte à présent.

Elle fut abasourdie.

— Monsieur, êtes-vous en train de m'accuser d'une

faute professionnelle ? Je vous assure que mon rapport est aussi précis et impartial que l'aurait été celui de Mark.

— Donc, vous êtes prête à nier tout type de relation personnelle avec M. Flynn ?

Pouvait-elle mentir ? Non. Mais pouvait-elle convaincre Tim que cette relation n'entrait pas en ligne de compte ?

— Non, je ne peux pas le nier, monsieur. Mais je peux vous garantir que j'ai fait mon travail aussi bien que n'importe qui.

— Ne voyez-vous pas qu'il s'est servi de vous, Emma ? gronda Tim. Je parie qu'il vous a fait du charme dès votre arrivée. Vous a-t-il proposé de vous faire visiter les locaux ? Vous a-t-il emmenée dîner pour vous souhaiter la bienvenue dans son entreprise ? Juste par amitié, bien sûr. Il fréquente des mannequins et des actrices, Emma. Vous êtes une jolie fille, mais pensez-vous vraiment qu'un homme comme lui pourrait s'intéresser à une femme comme vous, s'il ne voulait pas obtenir quelque chose ? Je suis sûr que, depuis le début, son plan était de vous distraire, pour que vous ne trouviez pas ce problème dans les comptes. Ou, si vous le trouviez, pour vous convaincre de ne pas le révéler. À présent, il va vous laisser tomber comme une vieille chaussette.

Ses mots tranchants atteignirent leur cible, meurtrissant son ego. Malgré tout, elle défendrait son rapport bec et ongles.

— Mais j'ai révélé l'incident, insista-t-elle. Je ne comprends pas pourquoi vous me dites tout cela alors que je n'ai pas encore envoyé mon rapport.

— Oui, vous avez révélé l'incident, mais vous avez conseillé le maintien du contrat, parce que Jonah avait réglé le problème d'une manière fiscalement responsable.

— Comment… ?

Elle n'avait pas encore envoyé son rapport, et il venait de citer ses propres mots ?

— Après avoir parlé avec Mark, j'ai récupéré votre

brouillon sur notre serveur et je l'ai lu. J'ai été très choqué. Auriez-vous fait la même recommandation pour quelqu'un d'autre, Emma ? Dites-moi la vérité.

Elle n'avait pas la réponse. Peut-être n'était-elle pas aussi impartiale qu'elle le pensait. Peut-être Jonah avait-il réussi à obtenir ce qu'il voulait sans qu'elle se rende compte qu'il l'avait manipulée.

— Vous avez perdu votre objectivité parce que vous avez noué une relation sentimentale avec lui, comme il l'avait prévu. Si je ne peux pas compter sur vous pour faire correctement votre travail, Emma, je n'ai pas d'autre choix que de me séparer de vous. Passez prendre vos affaires demain.

Elle n'arrivait pas à y croire. Tout ce qu'elle avait redouté depuis le début de son audit était en train de se produire. Elle avait cru être prudente, pourtant, tout s'écroulait autour d'elle.

— Vous êtes sérieux ? Vous me renvoyez ?

Elle entendit le lit grincer et Jonah marcher dans le couloir. Il avait sans doute entendu qu'elle était renvoyée. La panique lui serra la gorge. Elle ne pouvait pas gérer Tim et Jonah en même temps.

— Oui, dit Tim. Je suis désolé, Emma.

Il raccrocha, et elle resta là, sonnée.

Le téléphone lui glissa des mains et tomba sur le sol du salon. Elle ne prit pas la peine de le ramasser.

Jonah s'approcha d'elle. Il ne portait que son caleçon et de son jean.

— Il t'a renvoyée ?

Elle ne répondit pas. Car elle en était incapable. Les mots de Tim tournaient dans sa tête, étouffant la voix de Jonah.

Elle était enceinte et au chômage. Elle venait de perdre son assurance médicale. Qu'allait-elle faire ? Se tourner vers le père de son bébé ? L'homme qui l'avait sans doute utilisée pour conclure le contrat avec Game Town ?

C'était cette pensée qui était la plus douloureuse. Elle n'était pas le genre de femme que Jonah fréquentait. Pourtant, il avait cherché à lui plaire dès qu'il avait posé les yeux sur elle. Bien avant qu'il ne sache qu'elle était l'inconnue de la soirée costumée, il avait usé de son charme, l'avait invitée à dîner, à prendre un café, lui avait offert un bouquet de fleurs onéreux. Tim avait probablement raison. Jonah avait peut-être voulu s'assurer que le contrat soit signé par tous les moyens.

— Emma, qu'est-ce qu'il a dit ? Qu'est-il arrivé ? Il est au courant pour nous ? Nous avons été prudents, pourtant.

— Jonah, s'il te plaît, dit-elle, levant la main pour le faire taire. Réponds à une seule question. C'est tout ce que je veux entendre pour l'instant.

Il serra la mâchoire, puis hocha la tête.

— D'accord. Que veux-tu savoir ?

— Avant que tu saches qui j'étais vraiment, pourquoi m'as-tu courtisée avec tant d'insistance ? Je veux la vérité. Est-ce que tu faisais semblant de t'intéresser à moi pour me distraire et pour m'empêcher de découvrir que Noah avait volé ces trois millions à ta société ?

— C'est ce que Tim t'a dit ?

— Contente-toi de répondre à ma question, s'il te plaît.

Il la regarda une seconde, puis riva les yeux au sol.

— Oui, admit-il après un silence gêné.

— Oh ! mon Dieu ! s'exclama-t-elle, les larmes lui montant aux yeux.

— Emma, écoute-moi. Oui, je l'avoue, c'était mon intention au départ. Je voulais te faire du charme, pour voir si ça m'aiderait. Je ne veux pas te mentir là-dessus. Mais une fois que j'ai su qui tu étais, j'ai toujours été sincère. Tu es mon papillon. Je…

Il tendit le bras vers elle, mais elle s'écarta.

— Non. Arrête. Tu ne peux pas me toucher et m'appeler

par des surnoms affectueux alors que je viens d'apprendre que tu t'es servi de moi.

— Emma, s'il te plaît. Tu dois m'écouter.

— Non. La seule chose que je doive faire, c'est vider mon bureau demain et mettre mon CV à jour. J'ai besoin d'une assurance médicale et d'un travail pour subvenir aux besoins de mon bébé.

— Notre bébé, rectifia-t-il.

Mais elle ignora sa remarque. Elle ne pouvait pas songer à cela pour l'instant. Envisager un avenir dans lequel elle devrait le côtoyer en tant que père de son enfant était trop douloureux.

— Je veux que tu prennes tes affaires et que tu t'en ailles, Jonah.

Il avança vers elle, mais elle recula.

— Emma, je t'ai dit que je ne te laisserais plus jamais partir, et je le pensais.

Son regard bleu la suppliait, mais elle ne pouvait pas se laisser attendrir. Jonah s'était servi d'elle pour obtenir ce qu'il voulait. Il avait détruit sa carrière et sa réputation, uniquement pour sauver un contrat juteux.

— Je ne te laisse pas le choix, Jonah. Il faut que tu partes. Tout de suite.

Sa voix était froide, blanche, pourtant, les émotions faisaient rage en elle.

Cette fois, il ne protesta pas. Il retourna dans la chambre, prit ses vêtements et les enfila sans un mot. Elle le suivit jusqu'à la porte d'entrée, en tentant de retenir ses larmes.

— Je ne voulais pas te faire souffrir, Emma.

Et il sortit.

Elle referma la porte à clé derrière lui. Puis, elle appuya son front contre le bois froid et, enfin, elle laissa libre cours à ses larmes.

— Pourtant, c'est ce que tu as fait, murmura-t-elle.

- 11 -

— Tu m'as l'air très grincheux ce matin.

Levant les yeux, Jonah découvrit que son frère Noah était à l'entrée de son bureau. Le seul fait de le voir, avec son petit sourire suffisant, fit grimper sa tension en flèche.

Noah tombait vraiment mal. Depuis sa dispute avec Emma, quelques jours plus tôt, Jonah ne dormait plus. Ne mangeait plus. Il avait très mal agi, et la culpabilité le rongeait. Il ignorait comment régler la situation, ou même s'il le pouvait. Mais au moins il pouvait obtenir justice en faisant payer le coupable qui avait provoqué ce chaos !

Sans un mot, il se leva et serra les poings. Sa colère devait être palpable, car le perpétuel sourire de Noah s'évanouit peu à peu.

Il avança vers son frère comme une panthère vers sa proie. Lentement. Silencieusement. À cause de son cadet irresponsable et stupide, il avait traversé des semaines de frustration et de souffrance. Il savourerait le châtiment qu'il allait lui infliger.

— Jonah…

Son cadet leva les mains et recula vers la table de conférence.

— Laisse-moi m'expliquer.

— Oh ! tu vas t'expliquer. Mais ce sera avec une lèvre fendue et un nez en sang.

— Allons, Jonah. Tu ne vas tout de même pas avoir

recours à la violence ? Que dirait maman ? Je la vois ce soir. Tu veux qu'elle pense que je me suis battu ?

En temps normal, la mention de leur mère l'aurait arrêté, mais pas cette fois.

— Non. Je veux que tu aies l'air d'avoir reçu une raclée.

Son frère semblait inquiet à présent. Il se réfugia de l'autre côté de la table.

— Qu'est-ce qui te rend si furieux ? Le contrat avec Game Town est-il tombé à l'eau ?

— Le contrat avec Game Town est-il tombé à l'eau ? répéta-t-il d'une voix presque hystérique.

Il n'en savait rien. Il n'avait plus entendu parler de Game Town depuis qu'il avait quitté l'appartement d'Emma. Il émit un rire sans joie et contourna la table pour approcher de sa cible.

— En ce moment, c'est le cadet de mes soucis, Noah.

Son frère sembla décontenancé.

— Attends une minute. Que s'est-il passé ? Parce que j'ai parlé avec le P-DG de Game Town hier, et il m'avait semblé que tout était arrangé.

Il se figea. Noah n'était tout de même pas allé voir leur partenaire potentiel sans même l'avertir ?

— Tu as fait quoi ?

— Je t'expliquerai tout, si tu veux bien t'asseoir et me promettre de ne pas me frapper. C'est pour ça que je suis venu : pour tout t'expliquer. Je ne suis pas stupide.

Jonah en doutait sincèrement, mais il était surtout curieux d'entendre ce que son frère avait à dire. Car il ne voyait pas comment Noah avait pu sauver la situation.

— D'accord. Mais il est possible que je te frappe quand même ensuite.

Sans quitter Noah des yeux, il retourna s'asseoir à son bureau. Son frère s'installa sur la chaise face à lui, s'asseyant au bord, comme s'il se préparait à détaler rapidement.

— Parle.

— Je suis revenu de Thaïlande il y a deux jours. Le décalage horaire est terrible, je t'assure. J'ai passé la première journée au lit et, le lendemain, Melody m'a téléphoné et m'a appris qu'il y avait des bruits de couloir. Que le contrat avec Game Town pourrait ne pas aboutir à cause de l'argent que j'avais pris. Je me suis senti coupable, alors je suis allé chez Game Town et j'ai parlé au P-DG.

Cela cachait sûrement quelque chose. Noah avait toujours des motifs cachés.

— Je lui ai expliqué pourquoi j'avais besoin de cet argent, et je lui ai assuré que c'étaient des circonstances exceptionnelles qui ne se reproduiraient jamais.

Plus il écoutait Noah, plus il était furieux.

— Et à quoi au juste t'a servi cet argent, Noah ?

— À payer une rançon.

Eh bien, ce n'était certainement pas ce à quoi il s'attendait ! Noah était-il sérieux ?

— Une rançon pour qui ?

— Pour mon fils.

Il avait cru que son frère ne pourrait pas le surprendre davantage, mais Noah était toujours plein de surprises.

— Quel fils ? Tu n'as pas de fils.

Noah soupira.

— Il y a un an et demi, j'ai rencontré une femme, Reagan Hardy, à une soirée caritative. Elle est médecin. Nous avons passé une semaine ensemble, et peu de temps après, elle est allée en Asie du Sud-Est avec Médecins sans frontières. Elle a découvert sa grossesse après son départ, et ne m'en a pas parlé. Son travail a fait d'elle une cible pour la *chao pho*, la mafia thaïlandaise. Ils ont kidnappé Kai dans la clinique où elle travaillait. J'ignorais que j'avais un fils jusqu'à ce qu'elle me téléphone pour me demander de l'aide. Si elle ne payait pas trois millions de dollars dans un délai de sept jours, les ravisseurs tueraient Kai. Si elle contactait la police, ils le tueraient. Je devais agir vite, alors j'ai pris l'argent et je suis monté dans le premier avion. Je suis désolé de t'avoir créé des ennuis, mais si je devais le refaire, je n'hésiterais pas une seconde.

Maintenant que Jonah savait que son neveu s'était retrouvé entre les mains de dangereux criminels, tout le reste semblait insignifiant.

— Que s'est-il passé ensuite ?

— J'ai payé la rançon, et on nous a rendu Kai indemne. Les policiers ont arrêté les ravisseurs le lendemain, et nous avons récupéré la plus grande partie de l'argent, alors je pourrai te le rendre, comme je te l'ai promis. Quand j'ai expliqué tout cela à Carl, il s'est montré compréhensif. Ce n'est pas le genre d'événements qui arrive très souvent. Il m'a dit qu'étant donné les circonstances il ne tiendrait pas rigueur à FlynnSoft. Est-ce qu'il a changé d'avis ?

— Je l'ignore. Je n'ai pas de nouvelles de Game Town. Et pour l'instant, je m'en moque.

Noah l'observa, l'air dérouté.

— Le type qui a failli me démolir il y a quelques minutes semblait trouver ça important. Si tu n'es pas fâché à cause du contrat avec Game Town, alors quel est le problème ?

Jonah ne savait même pas par où commencer. Comment expliquer sa relation avec Emma, et le fait qu'il ait tout gâché ?

— Il s'agit d'une femme, devina Noah.

Était-ce si évident ?

— Ça n'a plus d'importance, Noah. C'était l'auditrice qui a dû rendre compte de toute cette pagaille, et à cause de moi, elle a été licenciée.

— Je suis sûr que tu pourrais l'aider à trouver un autre poste. Ou, mieux, tu pourrais l'engager.

Jonah secoua la tête. Il savait qu'Emma refuserait de travailler pour lui, même maintenant. Surtout maintenant.

Le fait qu'elle ait perdu son travail était la preuve qu'elle avait eu raison depuis le début.

— Elle refusera mon aide, je le sais. Sa réputation est très importante pour elle, et j'ai tout gâché. J'ai détruit non seulement sa carrière, mais aussi notre relation. C'était la femme de ma vie, Noah. Je l'aime, et elle porte mon bébé. Pourtant, je lui ai menti à propos des trois millions, pour sauver notre peau. Tout m'a explosé à la figure.

— C'est la jeune femme de la soirée costumée ? Celle avec le tatouage ?

La mention de cette soirée était trop douloureuse pour qu'il puisse parler. Alors, il se contenta de hocher la tête.

— Dans ce cas, il faut que tu règles ça, conclut Noah.

Avec son frère, tout semblait toujours simple. Même un terrible kidnapping.

— Comment ? Je ne sais même pas comment procéder. À mon avis, elle ne veut plus rien avoir à faire avec moi.

— Peut-être, mais ça pourrait changer. Tu as dit que ce qui comptait le plus pour elle, c'était sa réputation. Alors, agis en conséquence. Parle à son patron, dis-lui que ce n'était pas sa faute, et fais en sorte qu'elle retrouve son travail. Tu peux assumer tes fautes, et réparer tes torts envers elle.

Tout cela était bien joli, mais serait-ce suffisant ?

— Et si elle ne me pardonne pas ? Ou qu'elle me pardonne mais qu'elle ne veut plus de moi ?

— Au moins, tu auras fait ton devoir.

Pour une fois, il devait admettre que l'idée de Noah était bonne. Peut-être ne regagnerait-il jamais la confiance ou l'amour d'Emma, mais il pouvait sauver sa réputation et sa carrière.

— À moins, bien sûr, que tu sois prêt à te jeter à l'eau, ajouta son frère.

— Me jeter à l'eau ?

Noah leva sa main gauche et agita son annulaire.

— Tu as un double problème. Tu dois sauver sa

réputation et sa carrière, mais aussi sauver sa réputation personnelle et sa foi en toi en lui déclarant ton amour et en lui demandant sa main. Si elle s'inquiète tant de l'opinion des gens, comment vit-elle le fait d'être enceinte hors mariage ?

— Je lui ai déjà demandé de m'épouser. Elle a refusé.

— Eh bien, refais ta demande. Pas parce que vous allez avoir un bébé, mais parce que tu l'aimes et que tu veux passer le reste de ta vie avec elle.

Une fois de plus, Noah avait raison. Mais Jonah se garderait bien de le lui dire. Il se tourna vers son ordinateur et tapa quelques chiffres. Puis, il saisit son téléphone. Il avait quelques coups de fil à passer.

— Qui appelles-tu ? demanda Noah.

— Tout le monde.

Emma s'apitoyait sur son sort, elle le savait. Cela faisait une semaine qu'elle avait été renvoyée. Du moins, c'était ce qu'il lui semblait. À dire vrai, elle ignorait depuis combien de temps au juste elle se morfondait. Ce dont elle était sûre, c'était qu'elle portait le même pyjama depuis trois jours et qu'elle ne s'était pas lavé les cheveux depuis autant de temps. Mais elle n'arrivait pas à s'en soucier. Après tout, elle n'avait à aller nulle part. Elle n'avait personne à voir. Elle était au chômage, célibataire, enceinte et malheureuse.

Lorsque son téléphone sonna et qu'elle reconnut la sonnerie attribuée à Lucy, elle ne décrocha pas. Ses trois amies semblaient se relayer pour tenter de prendre de ses nouvelles. Emma était sûre que, bientôt, elles allaient débarquer chez elle. Le portier avait pour consigne de les laisser entrer, et Violet possédait une clé.

Peu lui importait. En fait, très peu de chose comptait à ses yeux. Du moins, pour l'instant. Dans quelques jours, elle n'aurait pas d'autre choix que de se ressaisir et de tourner la page. Elle avait des factures à payer et, bientôt, un bébé à nourrir. Elle pourrait sans doute emprunter de l'argent à ses parents, mais il lui faudrait avouer que sa vie était en plein chaos. Or, elle n'était pas encore prête pour cela.

Par conséquent, elle devait trouver un travail.

Elle avait consulté les offres d'emploi en ligne. Son seul espoir était de décrocher un autre poste avant que l'on apprenne pourquoi elle avait quitté le précédent. Au bout du compte, si un employeur potentiel appelait Game Town, il apprendrait pourquoi elle avait été licenciée. Mais au moins, pour l'instant, aucune rumeur fausse ne circulait sur son compte. Ce serait sans doute différent quand elle ne pourrait plus cacher sa grossesse…

Jusqu'ici, elle n'avait rien trouvé de très intéressant. Elle avait repéré un poste d'analyste financière chez Sandlin-Kline. Elle était surqualifiée, mais elle prendrait cet emploi si elle était retenue, car c'était un grand cabinet dans lequel elle pourrait gravir les échelons. Il y avait même une crèche, ce qui lui serait bientôt utile. Elle avait également vu une offre pour un emploi d'expert-comptable dans un grand cabinet fiscal, mais ce serait en dernier recours. La fiscalité n'était pas son domaine favori.

Le seul autre emploi qui avait éveillé son intérêt était celui de directrice financière chez FlynnSoft. Elle avait eu un rire nerveux quand elle avait vu l'annonce sur son ordinateur. Manifestement, elle était masochiste, puisqu'elle avait pris la peine d'envisager cette option. Travailler avec Jonah au quotidien serait une pure torture.

Bien entendu, elle devrait le côtoyer après la naissance du bébé. Mais le voir chaque jour, et être sous ses ordres cette fois… C'était hors de question. Elle était qualifiée pour ce poste qu'il lui avait déjà offert deux fois. Mais puisque Jonah lui avait menti, elle ne pouvait plus envisager de travailler pour lui. Elle emballerait les courses à l'épicerie du coin plutôt que de le supplier de lui donner un travail.

Ses parents auraient une attaque s'ils surprenaient leur fille enceinte et célibataire en train d'emballer des fruits et des légumes. Mais elle le ferait s'il le fallait, car au moins il lui restait sa fierté. Et elle subviendrait aux besoins de son enfant, quoi qu'il arrive. Du moins, une fois qu'elle se serait ressaisie et qu'elle irait de l'avant.

Elle se demandait si elle allait prendre une crème glacée en guise de dîner quand son téléphone sonna de nouveau. Cette fois, c'était Tim. Elle saisit l'appareil et considéra l'écran. Pourquoi Tim voulait-il lui parler ? Son dernier salaire lui serait versé par virement, et elle avait déjà vidé son bureau. Si Tim pensait qu'elle était prête à répondre à des questions sur ses dossiers alors qu'il l'avait renvoyée, il en serait pour ses frais !

Toutefois, puisqu'elle avait très envie de savoir ce qu'il y avait derrière ce coup de fil, elle décrocha.

— Allô ?

Elle tenta de masquer son déplaisir, sans y parvenir.

— Emma ! Bonjour, c'est Tim.

— Je sais.

— Vous avez un peu de temps pour discuter ?

— Pas vraiment, Tim. J'ai un entretien chez Sandlin-Kline demain matin. Je dois passer prendre mes tailleurs au pressing avant la fermeture, répondit-elle en mentant.

Car elle n'avait encore envoyé son CV nulle part. Ce qu'elle se garderait bien d'avouer.

— Dans ce cas, je serai bref, Emma. En vérité, je pense avoir agi de manière prématurée quand je vous ai renvoyée. J'étais contrarié de ne pas avoir été mis au courant des difficultés que vous avez rencontrées, et j'ai été trop dur. Je n'aurais pas dû me séparer de vous.

Elle s'assit lentement sur le canapé. Tim était-il en train de lui présenter ses excuses ? Ce n'était pourtant pas son style. Cela cachait sûrement quelque chose.

— Je suis contente que vous le reconnaissiez.

Cela dit, elle ne s'emballerait pas. Elle ne connaissait personne dans cette entreprise qui ait été réengagé après un licenciement.

— Depuis quelques jours, poursuivit-il, la situation est assez chaotique. J'ai sous-estimé la masse de travail que vous abattiez, et nous ne pouvons pas nous en sortir sans vous. J'ai commis une terrible erreur, je le sais. J'aimerais que vous reveniez, Emma.

Elle était stupéfaite. Tim lui proposait de reprendre son poste…

— Vous êtes sérieux ?

— Oui. Je n'aurais pas dû vous reprocher les actes de Flynn. Vous n'aviez aucun moyen de savoir ce qu'il tramait. C'est un homme très charismatique et très persuasif. Et vous avez fait votre travail comme je vous avais demandé de le faire.

Elle marqua un temps. Il ne parlait pas comme le directeur qu'elle connaissait.

— Tim, est-ce que Jonah vous a demandé de me rendre mon poste ?

Il y eut un long silence au bout de la ligne.

— Tim, insista-t-elle. Jonah Flynn vous a-t-il téléphoné pour vous demander de me réengager ?

Elle l'entendit pousser un grand soupir.

— En effet. Il est venu à mon bureau en personne. Il m'a expliqué pour le kidnapping et il m'a dit que la direction de Game Town ne tenait pas FlynnSoft pour responsable.

— Un kidnapping ? Quel kidnapping ? demanda-t-elle, se sentant soudain perdue.

— Le neveu de Flynn. Les trois millions ont servi à payer une rançon. Flynn ne vous l'a pas dit ? Quoi qu'il en soit, il a déclaré que tout était entièrement sa faute, et que je serais un triple idiot de vous laisser partir.

— Un triple idiot ?

Elle ne comprenait rien à cette conversation. Le neveu de Jonah avait été kidnappé ? Quel neveu ?

— Oui, ce sont ses termes exacts. Et puisque je ne suis pas un triple idiot j'ai décidé de vous téléphoner pour vous demander de revenir. Qu'en dites-vous, Emma ?

Elle ignorait quoi dire. Le fait que Jonah soit allé la défendre auprès de Tim était surprenant. Et inattendu. Elle n'avait plus eu de nouvelles de lui depuis leur dispute. Après l'avoir mis à la porte comme elle l'avait fait, elle avait cru qu'elle n'entendrait parler de lui qu'après la naissance du bébé. Rien ne l'obligeait à la défendre auprès de son ancien employeur. Pourtant, il l'avait fait.

Alors, peut-être avait-il été sincère, lors de leur dernière conversation.

Sur le moment, elle avait été trop choquée pour écouter ses protestations. Elle avait cru que ce n'étaient que de fausses excuses. Mais si, comme il le prétendait, il avait été sincère après avoir appris qui elle était… S'il tenait vraiment à elle et à leur bébé…

Il pensait sans doute qu'elle ne le croirait pas et il avait fait son possible pour réparer les dégâts qu'il avait provoqués. Parce qu'il savait qu'elle tenait à sa carrière et à sa réputation.

Mais elle se rendit soudain compte qu'elles n'étaient plus prioritaires à ses yeux. À présent, elles passaient bien après l'avenir de sa famille. Après son avenir avec Jonah.

— Emma ?

— Oui ?

Elle se rendit compte qu'elle avait cessé d'écouter Tim.

— Vous allez revenir ? demanda-t-il.

Elle réfléchit quelques instants, mais elle avait déjà sa réponse.

— Non, merci, Tim. J'apprécie votre offre, mais il est temps pour moi de tourner la page. Bonne chance à vous. Au revoir.

Elle raccrocha pour ne pas se laisser le temps de regretter

ses paroles. Ce qui arriva presque aussitôt. Dès qu'elle posa le téléphone à côté d'elle sur le canapé, elle sentit la panique l'envahir. Elle venait de refuser un travail. Un travail intéressant. Bien payé. Mais où avait-elle la tête ?

Croyait-elle donc qu'elle n'avait pas besoin de cet emploi parce que Jonah était amoureux d'elle et qu'il voulait la récupérer ? Si oui, c'était un pari très risqué. Peut-être Jonah avait-il simplement voulu se montrer gentil. Ou réparer ses torts. Et elle venait de lui renvoyer son cadeau à la figure. Qu'allait-elle faire, à présent ?

Le carillon de sa porte tinta, l'arrachant à ses pensées. Quel intérêt d'avoir un portier si les gens pouvaient monter chez elle sans s'annoncer ? Qui cela pouvait-il être, cette fois ? Elle approcha de la porte avec prudence et regarda par le judas.

Lucy et Harper. Évidemment.

— Qu'est-ce que vous voulez ? cria-t-elle à travers la porte.

— Ce qu'on veut ? rétorqua Harper. Nous sommes mardi, et il est 19 heures, Emma. À ton avis ?

— Je t'ai téléphoné trois fois aujourd'hui, Emma, renchérit Lucy. Si tu avais pris la peine de décrocher, tu saurais pourquoi nous sommes là. La soirée filles !

Mince. Elle avait totalement oublié cette tradition. Elle gémit et ouvrit la porte.

— Je suis désolée, dit-elle. J'ai perdu le fil des jours, apparemment.

Harper observa son chignon désordonné, son T-shirt trop grand et son pyjama Winnie l'Ourson.

— Je vois ça. Heureusement pour toi, Lucy a apporté le dîner, donc nous n'allons pas mourir de faim.

— Je ne sais pas si je suis d'humeur ce soir, les filles, dit-elle, s'effaçant pour les laisser entrer.

— Dommage, rétorqua Lucy. Je te le rappelle, je n'ai pas le câble et je veux absolument savoir ce qui se passe cette semaine dans notre série. Donc, je ne pars pas.

Harper et elle allèrent directement dans la cuisine. Apparemment, elles allaient rester, qu'elle le veuille ou non.

— Je vais prendre une douche pendant que vous préparez les assiettes, dit-elle.

En traversant le salon, elle ramassa les mouchoirs qui avaient accueilli ses larmes ainsi que les emballages vides de plats préparés, et les jeta dans la poubelle avant de se rendre dans la salle de bains. Quand elle revint quinze minutes plus tard, elle se sentait un peu mieux, et ses amies avaient fini de préparer les assiettes. Ce soir, c'était un menu grec venant d'un restaurant près de chez Lucy

Comme à leur habitude, elles s'installèrent dans le salon. Emma prit quelques bouchées savoureuses. C'était son premier vrai repas depuis des jours, et il était si délicieux qu'elle ne remarqua pas tout de suite que ses amies l'observaient d'un air interrogateur.

— Où est Violet ? demanda-t-elle, espérant que la discussion se porterait sur cette dernière.

— Elle est aux abonnés absents depuis quelques jours, répondit Harper.

— Je crois que Beau et elle ont encore rompu, ajouta Lucy.

Beau était un banquier d'affaires que Violet fréquentait depuis trois ans, par intermittence.

— Qui sait, avec ces deux-là ? Il y a plus important : ce qui se passe entre Jonah et toi, déclara Lucy.

Emma leur parla du coup de fil de Tim, et leur apprit qu'elle avait refusé de reprendre son poste. Lucy semblait aussi étonnée qu'elle, mais Harper parut ravie de cette décision irréfléchie.

— Bravo, la félicita son amie. Tim mérite de souffrir pour t'avoir virée comme il l'a fait. Je parie qu'il a du travail jusqu'au cou maintenant que tu n'es plus là.

Emma n'en était pas si sûre.

— Tu crois que c'était une bonne décision ? demanda-t-elle. J'aimerais en être certaine. Que vais-je faire maintenant ? Il faut que je trouve un travail.

Harper hocha la tête, une lueur malicieuse dans le regard.

— Évidemment, tu dois travailler. Et j'ai le poste parfait pour toi.

- 12 -

Jonah observa la boîte de velours bleu de chez Luxury. Aujourd'hui, c'était le grand jour. Il s'était entretenu avec Tim et il espérait qu'Emma avait récupéré son emploi. Il avait aussi parlé à Carl Bailey, le P-DG de Game Town. Noah avait raison, la situation était arrangée. Toutes les pièces que Jonah avait brisées la semaine dernière étaient recollées, excepté une.

Ce soir, quand Emma rentrerait du travail, il irait la retrouver à son appartement. Il la supplierait de lui pardonner, lui jurerait qu'il l'aimait et qu'il aimait leur bébé. Ensuite, il lui présenterait le diamant de deux carats et demi qu'il avait acheté sur la Cinquième Avenue hier soir, et lui ferait sa demande. Il se jetterait à l'eau, comme Noah l'avait suggéré. Et avec un peu de chance, la dernière pièce serait recollée.

Pour l'occasion, il avait même enfilé un costume et une cravate. Un costume Armani classique de couleur noire, et une cravate vert émeraude qui lui rappelait les yeux d'Emma. Les employés qu'il croisait dans les couloirs avaient tous plaisanté sur cette tenue inhabituelle pour lui, en lui demandant s'il passait un entretien quelque part.

Lorsqu'il entendit frapper à la porte, il referma la boîte et la rangea dans sa poche.

— Entrez.

Pam passa la tête par l'embrasure.

— J'ai les CV pour les entretiens.

Mince, il avait oublié. Il avait accepté de recevoir quelques candidats pour le poste de directeur financier. Les ressources humaines avaient déjà présélectionné trois profils. Si l'une de ces trois personnes pouvait empêcher son frère de voler de l'argent de nouveau, elle ferait l'affaire.

Pam déposa les documents sur son bureau.

— Aujourd'hui, c'est le grand jour, n'est-ce pas ?

Il acquiesça d'un signe de tête. Si Pam était toujours au courant de tout, c'était parce qu'elle s'occupait de tout organiser. C'était elle qui avait téléphoné chez Luxury et convenu d'un rendez-vous privé afin qu'il puisse choisir une bague. Elle qui s'était assurée qu'une voiture passe le prendre à l'heure pour qu'il ne manque pas ce rendez-vous. Elle encore qui avait récupéré son costume au pressing afin qu'il puisse le porter aujourd'hui. Elle était ravie de participer à un moment si important de la vie de son patron.

— Elle va l'adorer, lui assura-t-elle. Ne soyez pas nerveux.

— Je ne suis pas nerveux, affirma-t-il avec un sourire.

— Non, bien sûr, dit-elle, même si elle semblait sceptique. Vous devez juste tenir le coup pendant quelques entretiens. La première candidate devrait être là à 10 heures.

Il consulta sa montre. Il avait environ dix minutes devant lui. Juste assez pour lire le CV, terminer son café, et trouver quelques questions intelligentes à poser. Il détestait faire passer des entretiens. Son but était d'engager des gens suffisamment intelligents et compétents pour qu'ils soient capables d'engager d'autres gens intelligents et compétents sans lui.

Mais il s'agissait d'un poste de direction. Après le petit scandale que Noah avait provoqué, il devait choisir le chef du service financier avec soin. Il fallait que Carl et tous les P-DG qui pourraient vouloir collaborer avec FlynnSoft puissent être totalement rassurés.

Avec un soupir de résignation, il avala une grande gorgée de café et prit le premier CV. Lorsqu'il lut la première ligne, il recracha son café, éclaboussant la feuille de papier.

Emma Dempsey.

Il prit une serviette et essuya le café avec soin sur le CV pour pouvoir le lire. Jamais il n'aurait cru qu'Emma postulerait pour le poste ! Un poste qu'il lui avait offert par deux fois, et qu'elle avait refusé. Mais, maintenant que l'audit avec Game Town était terminé, peut-être se sentait-elle libre de quitter son emploi.

Il tenta de lire ses qualifications et sa formation, mais une seule pensée occupait son esprit : Emma serait bientôt ici. Dans son bureau. Dans cinq minutes. Il avait la bague de fiançailles dans sa poche. Pourrait-il tenir pendant tout l'entretien sans la lui donner, et feindre la décontraction ?

Non. Il doutait de pouvoir jouer la comédie très longtemps.

Comment se faisait-il que personne ne lui ait parlé de la candidature d'Emma ? Quelqu'un était au courant, forcément. Pam, à tout le moins. Peut-être cela expliquait-il l'étincelle dans le regard de son assistante tout à l'heure. Il avait cru qu'elle était simplement contente qu'il fasse sa demande en mariage, mais peut-être savait-elle des choses qu'il ignorait ?

On frappa de nouveau à sa porte. Il était exactement 10 heures. Emma était là…

— Entrez, dit-il en se levant.

Pam ouvrit la porte, un sourire malicieux aux lèvres. Emma la suivait. Du moins, on aurait dit que c'était Emma, mais elle avait une allure bien différente aujourd'hui. Le tailleur et le chignon austères avaient disparu. Ses cheveux lâchés encadraient son visage, comme le soir de leur rendez-vous. Elle portait des ballerines confortables, un jean moulant noir, un T-shirt ainsi qu'un blazer bleu roi.

C'était un parfait mélange de sérieux et de décontraction. Comme si Emma avait mélangé son propre style avec le sien, et qu'elle avait enfin trouvé sa place chez FlynnSoft.

Ce style lui allait bien. Très bien, même. Il avait envie de plonger la main dans ses boucles soyeuses. Mais il s'abstiendrait. Avant tout, c'était un entretien, et même si Emma lui avait pardonné il savait qu'elle voudrait rester professionnelle.

— Jonah, voici votre première candidate, Emma Dempsey.

Pam sourit puis s'éclipsa.

Jonah tendit la main à Emma pour la saluer.

— Bonjour, mademoiselle Dempsey.

— Je vous en prie, appelez-moi Emma, dit-elle avec un sourire complice, tout en lui serrant la main.

Il lui fallut faire appel à toute sa retenue pour ne pas la prendre dans ses bras.

— Je vous en prie, asseyez-vous, dit-il, indiquant la chaise visiteur sur laquelle elle s'était assise plusieurs fois.

Une fois qu'ils furent installés, il reprit son CV et tenta de trouver quelque chose d'intelligent à dire. Il décida de mener cet entretien comme s'ils ne s'étaient jamais rencontrés, et de commencer par sa question habituelle.

— Alors, Emma. Dites-moi pourquoi vous souhaitez travailler chez FlynnSoft.

En temps normal, cette question l'aidait à repérer si le candidat ou la candidate partageait les mêmes valeurs de base que la plupart des employés de FlynnSoft. L'amour du jeu vidéo et du design graphique, la passion pour leur travail, et même leur intérêt pour les cafés gratuits valaient la peine d'être mentionnés. Les gens qui appréciaient ses innovations devenaient des employés bien plus heureux et plus productifs.

— Eh bien, commença-t-elle, j'ai récemment eu l'occasion de travailler avec certains membres de la famille FlynnSoft, lors d'un audit que j'ai réalisé pour mon précédent employeur. Ce n'était pas du tout ce à quoi j'étais habituée dans un environnement professionnel, mais après m'être adaptée j'ai réellement appris à apprécier ce que FlynnSoft offre à ses employés.

— C'est-à-dire ?

— La liberté de travailler à leur rythme sur des projets qui les passionnent. Tous les outils dont ils ont besoin, traditionnels ou autres, pour leur permettre d'exploiter leur potentiel. Le temps et les équipements pour entretenir leur enthousiasme au travail. Et aussi un P-DG qui se soucie vraiment de son personnel. Je croyais au départ qu'il n'en avait qu'après l'argent, mais j'ai compris que ce qui le motivait, c'était que son entreprise réussisse pour le bénéfice des employés qui dépendaient de lui.

— Alors, vous comprenez que, en dépit des apparences, il essayait seulement de les protéger ? demanda-t-il.

Elle hocha la tête.

— Et qu'il ne ferait jamais de mal intentionnellement à l'un de ses employés, même un employé temporaire ?

Elle posa sur lui ses grands yeux verts, et il constata avec bonheur qu'il n'y avait aucune souffrance dans son regard.

— Oui, je le sais à présent. C'était difficile à croire, mais j'ai eu un peu de temps pour réfléchir. Et j'ai appris à apprécier la ténacité de ce P-DG.

Donc, elle comprenait pourquoi il avait agi comme il l'avait fait… Il avait envie de pousser un grand soupir de soulagement de remercier sa bonne étoile, mais il attendrait un peu.

— D'accord, réponse parfaite. À présent, expliquez-moi en quoi vous seriez un atout pour FlynnSoft, si nous devions vous engager ?

— Eh bien, dit-elle avec un sourire, je suis très

structurée et organisée. J'aime rester professionnelle au travail, mais je sais aussi me détendre. Je crois qu'avec mon expérience, je suis la candidate parfaite pour contrôler le service financier de FlynnSoft, mais aussi pour contrôler le P-DG.

— Ah, vraiment ?

Cela devenait intéressant.

— Oui. Il a certaines faiblesses que je peux exploiter quand c'est nécessaire, pour veiller à ce que tout se passe bien.

— Quel genre de faiblesses ?

Ses lèvres rose pâle se fendirent d'un sourire.

— Moi, pour commencer. Je sais de source sûre que le P-DG a un faible pour moi.

Il s'appuya sur ses coudes, se rapprochant autant que possible malgré le bureau qui les séparait.

— C'est vrai. Vous pourriez sans doute négocier un énorme ensemble d'avantages sociaux grâce à cela.

— Ce qui m'intéresse surtout, c'est un congé maternité. Et puis, les horaires flexibles et le télétravail seraient appréciables pour la jeune mère que je vais être. Si mon bureau était assez grand, j'aimerais aussi amener ma fille au travail.

Il voulut répondre, mais découvrit qu'il ne pouvait former aucun son. Ils allaient avoir une petite fille ? Comment Emma pouvait-elle être déjà au courant ?

Elle sortit de son porte-documents une photo en noir et blanc et la fit glisser vers lui. Il avait déjà vu des photos d'échographies auparavant, mais celle-ci était étonnamment nette.

— J'ai fait faire une échographie en 3D hier, expliqua-t-elle. Quatorze semaines, c'est encore tôt, mais le radiologue semblait certain que je… que nous allions avoir une petite fille.

*
* *

Emma était presque sûre que l'entretien était terminé. Jonah avait réussi à se montrer professionnel, mais dès qu'elle avait fait glisser la photo de leur fille vers lui, sa façade s'était écroulée.

À présent, elle était en train de regarder un homme fondre d'amour pour son enfant. C'était une chose qu'elle avait cru ne jamais pouvoir voir, et elle était si soulagée qu'elle avait envie de pleurer. Mais elle retiendrait ses larmes. Jonah avait déjà le regard embué, et si elle se laissait aller, ils allaient éclater en sanglots tous les deux.

Il contempla la photo quelques minutes, avant de s'essuyer les yeux et de la reposer sur le bureau.

— Je suis sûr que nous pourrons accéder à toutes tes requêtes. Je chasserai Noah de son bureau et je le transformerai en chambre d'enfant si tu me le demandes.

Un sourire aux lèvres, il se leva et vint s'asseoir sur la chaise à côté de la sienne.

— Je t'aime, Emma. Et tu m'as terriblement manqué. Je suis désolé de t'avoir blessée. Je n'ai jamais voulu cela.

Elle lui prit la main et la serra doucement, savourant ce contact physique.

— Je sais. Je t'aime aussi. Et je suis désolée, moi aussi.

— Désolée ? Mais de quoi ? Tu n'as rien fait de mal.

— Si.

Elle avait beaucoup réfléchi ces derniers jours et elle voulait s'assurer qu'il connaisse sa position à présent.

— J'ai laissé ma peur du regard des autres m'empêcher de vivre ma vie et de t'aimer comme je le souhaitais. J'ai passé toute mon existence à me soucier davantage de l'opinion des gens que de la mienne. Je n'aimais pas la femme guindée et ennuyeuse que j'étais devenue, mais je croyais que c'était celle que je devais être.

Elle marqua un temps, puis poursuivit :

— Tu aimais des aspects de moi dont j'avais honte,

et cela m'a aidée à comprendre que ce que les autres peuvent penser de moi n'est pas mon problème. Tout ce qui compte, c'est que je sois heureuse et que je mène ma vie comme je l'entends. Et je veux la vivre avec toi. Je veux fonder une famille avec toi, Jonah.

Elle se fichait qu'ils se marient au Plaza, qu'ils s'unissent en secret à l'hôtel de ville ou qu'ils ne se marient pas du tout. C'était sa mère qui rêvait d'une grande cérémonie, pas elle. Un mariage n'était important que si l'on y accordait de l'importance. Tout ce qu'elle voulait, c'était que Jonah fasse partie de sa vie et de celle de leur enfant, chaque jour. Elle voulait l'aimer et vivre auprès de lui. C'était cela qui ferait son bonheur.

Il l'observa un instant, et elle crut voir de la nervosité sur son visage. Avant qu'elle puisse dire quoi que ce soit, il sortit une petite boîte de la poche de sa veste, mit un genou en terre, et saisit sa main gauche.

Elle se raidit aussitôt, car elle devinait la suite.

— Jonah…, commença-t-elle d'une voix haletante.

Il tenait à la main une boîte de velours bleu de chez Luxury.

— Emma, la dernière fois que je t'ai proposé de m'épouser, tu as décliné. Tu m'as dit que nous nous connaissions à peine mais que, si je tombais amoureux de toi et que je voulais vraiment t'épouser, tu reconsidérerais la question.

Il caressait nerveusement sa main avec son pouce, et elle avait bien du mal à se concentrer sur ses paroles.

Enfin, il lâcha sa main et sortit de la boîte bleue un petit écrin noir qu'il ouvrit. À l'intérieur, sur un lit de velours, était nichée une bague d'une beauté à couper le souffle. Un diamant taille émeraude, entouré de diamants plus petits, monté sur un anneau de platine délicat également serti de diamants. Le bijou captait la lumière du soleil matinal et projetait un arc-en-ciel de couleurs éblouissant.

— J'espère que tu as reconsidéré la question, Emma, même s'il ne s'est écoulé que quelques jours depuis ma première demande. Cette semaine sans toi m'a paru interminable. Je ne pouvais pas laisser passer un jour de plus, encore moins une semaine de plus, sans te dire à quel point je t'aime. Sans te dire que je veux faire de toi mon épouse.

Il la regarda dans les yeux et déglutit.

— Veux-tu m'épouser, Emma ?

Ces derniers mois, il s'était passé tant de choses… Sa rupture déprimante avec David. La soirée de mardi gras, et le grand frisson d'une aventure avec un inconnu. Puis, cette semaine terrible où elle avait cru perdre tout ce à quoi elle tenait… Et maintenant, le destin lui offrait l'amour. Un mariage. Une famille.

— Bien sûr. Bien sûr que je le veux, Jonah ! répondit-elle, les larmes aux yeux.

Il poussa un cri de joie puis lui donna un baiser à la fois ferme et doux.

Elle tint son visage entre ses mains pour le garder près d'elle aussi longtemps que possible, mais après quelques instants, il finit par reculer. Prenant sa main dans la sienne, il glissa la bague à son doigt.

Elle admira la pierre étincelante puis reporta son attention sur son fiancé.

— Merci, Jonah. Tu es un homme exceptionnel, et j'ai beaucoup de chance de t'avoir trouvé.

Il se releva puis l'aida à se lever et enlaça sa taille.

— Non, c'est moi qui ai de la chance, mon papillon.

Ils ne parviendraient pas à se mettre d'accord sur ce point. Elle mit un terme à la discussion en lui donnant un baiser ardent. Malgré tous les obstacles, tout s'était arrangé, et elle était au comble du bonheur. Parfois, les décisions difficiles menaient aux plus grandes récompenses et, aujourd'hui, sa récompense c'était d'épouser l'homme le plus fabuleux qui soit.

Une sonnerie retentit, provenant de l'ordinateur de Jonah.

Il interrompit leur baiser pour consulter sa montre.

— Mince, marmonna-t-il.

— Qu'y a-t-il ?

— Eh bien, pour tout te dire, j'avais prévu de faire ma demande chez toi, ce soir. J'ignorais que je te verrais ce matin jusqu'à ce que je voie ton CV

Elle se garderait bien de lui avouer qu'elle avait fait jurer à tout le monde, depuis les employés des ressources humaines jusqu'à Pam, de garder le secret.

— Et ?

— Et tu étais ma première candidate. J'ai encore deux personnes à voir. Pourquoi ne t'a-t-on pas fait passer en dernier ? Je rêve de rentrer chez moi pour faire l'amour à ma fiancée.

Avec un petit rire, elle s'extirpa de son étreinte.

— Eh bien, il faudra patienter un peu, alors vous feriez mieux de vous reprendre, monsieur Flynn. Même si vous m'épousez, il vous faudra quand même un directeur financier.

Il plissa les yeux, l'air surpris.

— Tu veux dire que tu ne veux pas de ce poste ?

— Bien sûr que je veux le poste ! Mais je veux l'obtenir à la loyale. Je te l'ai dit, je ne laisserai personne dire que je l'ai obtenu grâce à mes charmes.

Il rit.

— Tu tiens vraiment à ce que je reçoive les autres candidats, même si je n'ai aucune intention de les embaucher ?

— Oui. Je suis sûre que ton directeur des ressources humaines serait de mon avis. Et si tu m'engages, ajouta-t-elle, pointant l'index sur son torse, il vaudrait mieux pour toi que ce soit parce que je suis la plus qualifiée.

Certes, elle allait épouser le patron, mais elle avait sa fierté. Elle avait travaillé dur pour arriver à ce niveau de compétences, et elle voulait réussir uniquement grâce à son mérite.

Il l'observa un instant puis acquiesça d'un signe de tête. Prenant une grande inspiration, il lui offrit une poignée de main pour prendre congé.

— Merci d'être venue à cet entretien, Emma. Pam va vous conduire au service des ressources humaines. Ils auront des documents à vous faire remplir et pourront répondre à toutes vos questions sur notre entreprise et sur notre régime de rémunération.

Elle lui serra la main en souriant puis reprit son porte-documents.

— Merci pour le temps que vous m'avez consacré, monsieur Flynn. Quand puis-je espérer une réponse de votre part pour le poste ?

Sans lâcher sa main, il se pencha vers elle et chuchota :

— Je serai chez vous à 18 heures.

- 1 -

Bonjour, fidèles lecteurs ! Vous attendez tous avec impatience que votre blog préféré sauve votre journée et vous permette d'échapper au train-train de notre petite ville, avouez ? Eh bien, sachez que j'ai des infos croustillantes qui vont vous combler.

Il se murmure que la résidente la plus célèbre de Bayside revient aujourd'hui après dix ans d'absence. Vous vous rappelez sans doute cette fille qui a été amoureuse de Jasper Dumont ? Qui aurait pu oublier la façon dont elle lui a déclaré son amour en faisant… une petite vidéo ? Vous ne l'avez pas vue ? Je suis certaine que quelqu'un en a une copie. Personnellement, je suis tout excitée par ce retour. Alors laissez-moi être la première à dire : « Bienvenue à Bayside, Ellie Owens. »

Ella prit son bagage, remercia le chauffeur et descendit de la navette qui venait de l'aéroport. Elle emplit ses poumons de l'odeur iodée si familière qu'elle associait à sa ville natale.

Une fois qu'elle se retrouva sur le trottoir, il lui fallut quelques instants pour refaire connaissance avec Bayside. La ville était toujours plaisante à regarder, avec les boutiques diverses et variées de la Grand-Place et les rues fleuries qui en partaient. Juste derrière se déployait la baie, le cœur et l'âme de la ville. Les eaux semblaient calmes et les bateaux de pêche rentraient au port, après leurs sorties matinales.

Elle savait qu'en plissant les yeux elle apercevrait la petite maison où elle avait vécu avec son père jusqu'à ses dix-huit ans, avant de partir à l'université puis de s'envoler directement pour l'Italie. Cette maison peinte en jaune, avec son porche délabré, lui avait particulièrement manqué, sans parler du ponton qui menait jusqu'à l'océan. Elle n'était guère différente des autres habitations situées de ce côté-ci de la baie.

En revanche, des résidences bien plus spacieuses et impressionnantes s'élevaient de l'autre côté, et notamment celle des Dumont, entourée d'arbres plantés à des distances stratégiques et de clôtures discrètes.

Combien de fois s'était-elle glissée jusque sous le porche, en pleine nuit, alors qu'elle était censée dormir, pour admirer les lumières et écouter la musique qui provenait de cette demeure féerique ? Les Dumont donnaient des réceptions aussi souvent que d'autres allaient au supermarché.

Apparemment, les fêtes qu'ils organisaient étaient uniques. Tout le monde en ville avait entendu parler du champagne qui y coulait à flots, des orchestres qui y jouaient et des feux d'artifice qu'on y lançait. Mais ce n'était guère étonnant de la part d'une famille aussi riche. Avec tout ce qu'ils avaient gagné dans l'immobilier !

Un jour, les Dumont avaient loué les services de danseurs classiques pour divertir leurs invités. Une autre fois, ils avaient fait venir un chef du Japon afin qu'il prépare des sushis frais pour Mme Dumont. Ils avaient même embauché la troupe du Cirque du Soleil pour une fête d'anniversaire.

Et lors de toutes ces réceptions extravagantes on pouvait croiser celui qui incarnait le prince charmant de ce château dans son imagination d'adolescente : Jasper Dumont. Même une fille aussi timide qu'elle le connaissait.

De fait, toute la ville le connaissait. Et l'appréciait ! Il était si craquant… C'était aussi un sportif accompli, et le garçon le plus populaire de l'école, en tout cas. Il n'était donc pas surprenant qu'elle se soit profondément éprise de lui.

Quand des réceptions étaient organisées chez les Dumont, elle aimait se le représenter en train de danser en smoking et de boire du champagne… alors qu'il était probablement en train d'avaler de la bière avec des copains au parc !

Hélas, elle n'avait jamais été conviée à ces pique-niques improvisés, mais son père ne disait-il pas d'elle qu'elle était vieux jeu ? Au fond, il n'avait sans doute pas tort : elle aurait rêvé qu'on l'embrasse sur une piste de danse, comme dans les vieux films en noir et blanc. Et puis ne s'était-elle pas promis d'assister un jour à ces soirées dignes d'un roman que donnaient les Dumont ?

Le plus drôle, c'était qu'elle avait été invitée à d'innombrables fêtes tout aussi prestigieuses que les leurs, lors de ses années en Italie. Elle avait bu d'incroyables vins pétillants sur des places antiques, dansé dans des vignobles et écouté de talentueux musiciens, assise sur les marches de la place d'Espagne. Elle avait même visité la Grotte bleue, à Capri. Impossible de faire plus romantique !

Mais son rêve — ce rêve idiot d'enfant — la poursuivait toujours. Qui pouvait oublier son premier amour ? Même si celui-ci était la raison qui l'avait poussée à quitter la maison familiale…

Un coup de klaxon attira soudain son attention.

En se retournant, Ella vit alors un bel homme de haute stature, vêtu d'un jean et d'un T-shirt, descendre d'un pick-up gris métallisé et s'avancer vers elle…

Non, ce n'était pas possible…

— Cam ? s'écria-t-elle.

Et elle remonta ses lunettes de soleil sur le dessus de son crâne.

À ce mot, il s'immobilisa, comme s'il était surpris… Il pencha la tête de côté, puis plongea les mains dans son jean délavé afin de l'observer. Jusqu'à ce qu'un coup de klaxon le fasse sursauter à son tour ! Alors, en secouant la tête, il arriva à sa hauteur.

— Ellie ? Ellie Owens ? demanda-t-il.

— Je préfère Ella maintenant mais, oui, c'est bien moi. Enchantée de te revoir.

Certes, elle était ravie, mais aussi sous le choc !

La dernière fois qu'elle avait vu Cameron Dumont, c'était à la remise des diplômes. Il avait vingt-deux ans et il n'était pas simplement le frère aîné de son grand amour. En vérité, Cam l'avait toujours un peu intimidée. D'ailleurs, il intimidait toute la ville. C'était un solitaire, qui aimait rester dans son coin à regarder, observer. Sans compter qu'il possédait une assurance dont aucun autre adolescent ne pouvait se targuer. Avec ces cheveux qui lui tombaient dans le cou et ce regard ténébreux, il lui avait toujours semblé… dangereux, oui, c'était le terme. En outre, il était tout en muscles et mesurait plus d'un mètre quatre-vingt.

Une évidence s'imposait : il était toujours aussi imposant et affichait un air qui invitait plutôt à la méfiance. Mais en dix ans il avait soigné son look ! Malgré elle, elle ressentit comme un frisson quand elle posa les yeux sur cette mâchoire carrée, ces larges épaules et ces bras puissants.

— Bienvenue à la maison, Ella, dit-il. Tu es… superbe.

L'incrédulité qu'elle crut remarquer dans la voix de Cameron ne l'étonna pas. En effet, quand elle avait quitté Bayside, elle n'était pas vraiment glamour, c'était le moins qu'on puisse dire. Elle n'avait jamais mis de maquillage car son père le lui interdisait, et quand votre père était le chef de la police, vous aviez plutôt tendance à obéir. Sa garde-robe n'avait rien de très glamour, ni de très féminin non plus : jeans, sweat-shirts, chemises à carreaux. Des tenues dignes d'un garçon manqué, en somme. Et elle devait afficher aussi quelques kilos en trop, mais il faut avouer qu'elle était plus intellectuelle que sportive.

Toutefois, entre la faculté et son séjour en Italie, elle avait perdu du poids, appris l'art du maquillage et s'était laissé pousser les cheveux qu'elle avait châtains et désormais lisses. Plus rien à voir, donc, avec l'horrible coupe de garçon que lui avait fait le coiffeur de son père, l'année de terminale.

— Merci, dit-elle avec un sourire.

— Tu as toujours eu ces fossettes ?

— Pardon ? dit-elle en poussant un petit rire.

— Rien, désolé.

Elle scruta alors la place. Où était la voiture de son père ?

— J'arrive tout juste de l'aéroport et j'attends que mon père vienne me chercher, expliqua-t-elle à Cam.

— Navré, j'aurais dû te prévenir tout de suite, déclara-t-il en secouant la tête. Ton père m'a appelé ce matin pour me demander d'aller te chercher. Il a eu un empêchement.

À ces mots, il détourna les yeux et, d'un coup, elle se rappela pourquoi elle était rentrée d'Italie.

— Il a dû aller chez le médecin ?

Cam acquiesça puis changea rapidement de sujet.

— Je vais prendre tes bagages, dit-il en les attrapant tous les trois. Eh bien, combien de cadavres est-ce que tu transportes là-dedans ?

— Juste deux ou trois.

Elle lui emboîta le pas, en se contentant de rouler son bagage à main.

Une fois les valises rangées dans le coffre, Cam la surprit en venant lui ouvrir la portière côté passager : cet homme n'était donc pas l'ours qu'elle avait imaginé !

Elle monta dans le pick-up tandis qu'il contournait le véhicule pour prendre place derrière le volant.

Il mit le contact et se tourna vers elle.

— Ça fait un bail, Ella, observa-t-il.

Elle se sentit rougir. Faisait-il allusion à la nuit qu'elle aurait préféré oublier ?

— De l'eau a coulé sous les ponts, Cam, répondit-elle sur la défensive.

Il fronça les sourcils.

— De quoi parles-tu ?

— Tu sais bien de quoi je parle ! soupira-t-elle en roulant les yeux.

Devant l'expression incrédule qu'il affichait, elle enchaîna :

— De la vidéo sur… Jasper.

Et elle se rendit compte qu'elle avait baissé la voix, alors qu'ils étaient dans le pick-up et que personne ne pouvait les entendre !

Elle revoyait comme si c'était hier le visage déçu de son père quand il avait découvert cette vidéo où elle avait avoué son amour pour Jasper Dumont, pendant qu'elle était complètement soûle.

Comment avait-elle pu croire que ce dernier s'intéresserait à elle ? Peut-être parce que l'alcool l'avait tout simplement empêchée de réfléchir. Sans parler de ce T-shirt trop grand qu'elle portait et qui avait glissé sur son épaule. N'importe quelle starlette de téléréalité aurait rougi en voyant ces images !

Il aurait néanmoins été malhonnête d'affirmer qu'elle avait été obsédée par la vidéo pendant la décennie qui venait de s'écouler. Et certainement pas quand elle était en Italie, le plus beau pays du monde. Alors pourquoi avait-il suffi qu'elle foule le sol de sa ville natale pour que le souvenir de ce malheureux incident lui revienne en mémoire, aussi nettement que si c'était arrivé la veille ?

Soudain, elle bondit en entendant Cam se mettre à rire.

— Waouh ! Il y a longtemps que j'avais oublié tout ça, dit-il d'une voix profonde.

Incroyable ! Comment pouvait-il avoir une réaction aussi détachée au sujet d'un événement si décisif pour elle ? D'un événement qui l'avait presque chassée loin de la ville ? Le simple fait d'y penser la rendait encore rouge de honte.

Il avait dû remarquer ses efforts pour rester de marbre, car il ajouta bien vite :

— Ne me dis pas qu'après toutes ces années tu penses encore à cette stupide vidéo de rien du tout ?

Quoi ? Il ne comprenait pas que cette expérience avait été la plus humiliante de sa vie ? Et même si ce n'était pas uniquement pour cette raison que son père l'avait envoyée dans une université à l'autre bout du pays, cette courte mise en scène y avait participé.

En fin de compte, son père avait eu raison, comme toujours. Il était en effet nécessaire qu'elle quitte Bayside pour oublier cet incident et devenir elle-même, sans toutes ces casseroles à traîner. En outre, elle avait adoré la faculté, surtout quand elle était partie étudier à l'étranger. C'était à cette époque qu'avait commencé son histoire d'amour avec l'Italie. Une fois son premier diplôme en poche, elle avait emménagé à Florence pour son doctorat. Séjourner en Italie quand on étudiait l'art, c'était on ne peut plus logique, non ? De cette façon, elle avait pu travailler dans les plus beaux endroits du monde. Chaque seconde passée au musée des Offices, au musée San Marco, à l'Accademia ou au palazzo Vecchio avait constitué les moments les plus formidables de sa vie, et l'avait aidée à oublier. Du moins en partie.

Pourtant, Bayside lui avait manqué.

— Contente de rentrer ? demanda Cam comme s'il lisait dans ses pensées.

— Certaines choses m'ont manqué, concéda-t-elle.

— Ton père, j'imagine.

Ella eut un bref sourire : l'inquiétude qui était venue se nicher au creux de son ventre commençait à enfler.

— Comment va-t-il, au juste ? demanda-t-elle d'un ton calme.

Elle n'arrivait toujours pas à croire que son père lui avait caché si longtemps son cancer. Quand il avait fini par le lui annoncer, il l'avait fait d'un ton très désinvolte.

— Oh ! c'est juste un cancer de la vessie ! Le plus facile à soigner.

Non, il n'y avait rien de facile avec le cancer.

Cam baissa à son tour sa vitre.

— Il a eu des moments difficiles vers la fin du traitement. Mais je pense que dans l'ensemble il va vraiment bien. À part quelques jours de congé de temps en temps, il n'a jamais arrêté de travailler.

Ella hocha la tête. Son père avait été le chef de la police pendant vingt-quatre ans. C'était après la mort de sa mère qu'ils étaient revenus s'installer à Bayside, où il avait pris ce nouveau départ. À présent retraité depuis deux ans, il était incapable de rester inactif. Après tout, il avait travaillé toute sa vie depuis l'enfance. Résultat : il s'était porté volontaire pour surveiller le lycée de la ville.

— C'est vrai ? demanda-t-elle.

— Je t'assure. J'ai cru comprendre que la semaine dernière, il avait séparé deux élèves qui se battaient.

— Ah bon ? D'après toi, il est raisonnable qu'il continue à occuper ce poste ?

Il lui lança un regard en coin.

— Il va bien, ne t'inquiète pas. Toute la ville s'occupe de lui.

Vraiment, et de quelle manière ? Comme dix ans auparavant ? Ella s'efforça de chasser cette pensée : ce n'était pas la faute de la ville s'il n'avait pas été élu comme shérif du comté, mais la sienne. Ah, s'il n'y avait pas eu cette fichue vidéo ! Elle frotta les mains sur son pantalon en coton kaki.

Cam bifurqua alors sur Bay View Road, vers le centre-ville, et ils arrivèrent au croisement de deux axes : l'un menait vers la partie est de Bayside, la plus belle et la plus huppée de la ville, et l'autre vers la partie ouest, où elle habitait.

— Je t'assure, ajouta-t-il en la gratifiant de nouveau d'un regard en biais.

— Je t'en prie, dis-moi la vérité, Cam.

— La vérité, c'est qu'il a un cancer.

Elle déglutit avec difficulté.

— Ça, j'avais compris, merci.

Typique ! Les rares conversations qu'elle avait eues avec Cam s'étaient toujours déroulées ainsi. Il n'était pas connu pour communiquer facilement. C'était réellement un homme solitaire, une sorte d'ermite, en fait.

Ella ne savait pas trop à quoi s'attendre avec lui. Malgré tout, le fait qu'il la raccompagne chez elle était la preuve qu'il avait réalisé de grands progrès.

Là, il fit une chose qui la surprit : il serra son bras.

Elle ouvrit de grands yeux et reprit vivement son souffle. Le contact de cette main calleuse sur la sienne la troublait…

— Il va s'en sortir, dit-il.

Même si elle ne comprenait pas vraiment pourquoi, cette déclaration la soulagea.

— Donc, reprit-elle en croisant les mains pour échapper à celle de Cameron, tu vis toujours à Bayside.

— Tout à fait.

— Et tu travailles pour la société de tes parents, j'imagine ?

— Non. J'ai monté ma propre affaire, répondit-il.

— Ah bon ?

Avec Cam, Ella allait décidément de surprise en surprise. Il était l'aîné d'une famille à la tête d'une entreprise qui se transmettait de génération en génération, il était censé en reprendre les rênes.

— Et tu es aussi dans l'immobilier ?

— Dans la construction. Je suis entrepreneur.

Elle hocha la tête.

— Bayside Builders. Je comprends pourquoi ce nom figure sur ta camionnette.

— C'est effectivement le nom de ma société.

Elle aurait voulu lui poser d'autres questions, mais ils venaient d'atteindre le numéro 14 de Bay View Road. Il se gara et descendit du pick-up, tandis qu'elle demeurait à l'intérieur, happée par une vague de nostalgie en revoyant la maison de plain-pied dans laquelle elle avait vécu presque toute sa vie. Celle-ci n'avait apparemment pas changé même si, en regardant bien, elle pouvait voir que son père l'avait repeinte, qu'il avait remplacé les volets et réagencé le jardin.

Pourtant, c'était toujours sa maison, et elle était heureuse de la retrouver.

— En général, on sort de la voiture quand on est arrivé à destination.

À ces mots, elle leva la tête. Debout devant sa portière, Cam l'observait. Elle roula des yeux, et lui adressa un petit sourire.

— Heureusement que tu es là pour me rappeler comment fonctionne ce monde super compliqué, marmonna-t-elle.

Il fit une moue sceptique et ouvrit la portière tandis qu'elle détachait sa ceinture.

— Tu t'es rasé la barbe à quel moment ? demanda-t-elle brusquement.

Cam eut l'air confus.

— Il y a des années. Je n'ai pas pu faire autrement quand j'ai travaillé quelque temps pour l'entreprise familiale.

Elle le considéra un instant. Cam et Jasper se ressemblaient peu : ce dernier avait les cheveux clairs et les yeux d'un bleu limpide et, s'il était aussi grand que son aîné, il était bien plus mince. Cam, lui avait des cheveux noirs et le corps d'un sportif. Les deux frères étaient séduisants, c'était un euphémisme, mais de façon très différente.

— Tu as une clé pour entrer ?

La question l'arracha à ses rêveries, et elle sortit enfin du véhicule.

— Ne t'en fais pas, répondit-elle.

Et sur ces mots, elle se dirigea vers le rebord de la fenêtre, se pencha et sourit quand elle sentit la clé, à sa place habituelle, sous la grenouille en céramique qui gardait la maison.

Cam posa les valises à l'intérieur puis ressortit sous le porche. Elle voulut se tourner pour le remercier d'être venue la chercher, mais avant qu'elle ait le temps d'ouvrir la bouche, il posa la main sur l'encadrement de la porte, en haut. Elle aurait dû se reculer mais elle demeura immobile, tandis qu'il laissait glisser son regard sur elle. C'était un véritable supplice.

— Je suis content que tu sois rentrée, Ella, finit-il par dire.

Puis il regagna son pick-up, la laissant en proie à un léger vertige.

Cam se considérait comme un homme sensé et rationnel, mais ce qu'il avait éprouvé en revoyant Ellie Owens n'avait rien de raisonnable, loin de là !

— Mais quel crétin ! grogna-t-il alors que la maison disparaissait dans le rétroviseur.

En arrivant au carrefour, il se rappela qu'il avait oublié sa perceuse chez ses parents, la veille. Braquant à gauche juste à temps, il fila vers l'est de la baie. Sa mère l'avait appelé pour qu'il répare une étagère, mais quand il était arrivé avec sa caisse à outils, il n'avait pas été question de l'étagère, curieusement… À la place, une surprise l'attendait dans le salon. En l'occurrence, une très belle femme. Cette fois, c'était la décoratrice d'intérieur de sa mère.

Cam adorait sa mère, mais ses tentatives pour l'aider à trouver l'âme sœur avaient atteint une cadence bien trop soutenue, depuis deux ans. Depuis qu'il abordait le cap de la trentaine, en fait… En plus, sa mère ne connaissait absolument pas ses goûts. Il préférait un type de femmes bien précis… Ses pensées le ramenèrent alors à Ella, et il faillit faire une embardée. Il redressa bien vite le pick-up.

La petite Ellie Owens avait toujours le nez dans un livre ou dans son carnet à dessin, et portait des jeans rapiécés aux genoux. Elle ne s'était jamais écartée du droit chemin jusqu'à la mise en ligne de cette stupide vidéo. Cam se rappelait la gêne de Jasper quand il l'avait vue en train de faire cette déclaration d'amour éternel. Pour ce qui le concernait, il n'avait jamais vu ce qu'il y avait de si gênant. Après tout, Ellie avait la tête sur les épaules, mais il est vrai que Jasper avait une petite amie, à l'époque.

Bref, aucune importance ! Elle était devenue une femme aussi splendide que stupéfiante. Envolée la lycéenne un peu terne qu'elle avait été. Une créature intéressante et accomplie l'avait remplacée.

En franchissant les grilles de la demeure familiale, construite au numéro 1954 de Bay View Road, Cam fit un signe de la main à Stan, le jardinier en chef, avant de se garer. Il avisa alors la voiture de ses parents dans l'allée, ainsi que celle de son frère. Quatre à quatre, il gravit les marches qui menaient au perron de la maison spacieuse et impressionnante dans laquelle il avait eu la chance de grandir.

Il entendit les cris avant même d'avoir atteint la terrasse.

— Enfin, ce n'est pas la mer à boire ! disait Jasper.

— Tu crois que tu peux faire des changements à ta guise, comme si la société t'appartenait ? répliqua son père.

— C'est un peu le cas, tout de même.

— Pas encore, répliqua sa mère. Pas tant que ton père et moi sommes encore à la tête de l'entreprise.

Cam imaginait aisément Jasper lever les yeux au ciel. Lui-même avait souvent eu cette dispute avec ses parents.

— Laissez-moi au moins apporter quelques petites améliorations, insista-t-il. Il nous faut une meilleure visibilité sur les réseaux sociaux. Notre service communication vit encore à l'âge de pierre !

— À la façon dont tu essaies toujours de tout bouleverser, on dirait que tu ne veux pas faire partie de cette société.

Cam entendit de la frustration dans la voix de son père, et lui-même sentit son estomac se contracter.

— Bien sûr que si. Pourquoi serais-je ici, sinon ? répliqua Jasper. J'essaie juste de nous faire entrer dans le XXIe siècle.

La gorge nouée, cette fois, Cam approcha pour défendre son petit frère. Il toussota pour manifester sa présence.

— Voici mon magnifique fils, dit alors Lilah Dumont.

Le temps de se lever, elle lui tapota la joue avant de le prendre dans ses bras.

— Eh ! s'écria Jasper. Je croyais que ton fils magnifique, c'était moi.

— C'est le cas ! répondit-elle en se tournant vers lui. Mais pas quand tu me contraries avec tes nouveaux projets à base de *hashtags*.

Pourvu que Jasper ait vu le regard plein d'amour dont sa mère venait de le gratifier. Mais à en juger par la façon dont il se tourna vers la fenêtre, rien n'était moins sûr.

Cam en profita pour dire bonjour à son père.

— Salut, papa.

— Pourquoi tu n'es pas au travail, toi ? lui répondit celui-ci en guise de bienvenue.

— Je vous retourne la question.

— Mais nous sommes en train de travailler, argua aussitôt sa mère en lui tendant un verre de limonade.

Nous discutons de la dernière idée de ton frère. Enfin, idée… c'est un bien grand mot.

Jasper grinça des dents.

— Et nous comptions ensuite discuter de la prochaine levée de fonds, précisa-t-elle.

Cam haussa les sourcils.

— Une levée de fonds ?

— Tout à fait.

— Ah, tu veux dire une réception ! rectifia-t-il.

Sa mère trouvait toujours un nouveau prétexte pour en donner une, même si elle était bien autre chose qu'une mondaine. Grâce au carnet d'adresses qu'elle possédait, elle pouvait décrocher plusieurs contrats en une seule soirée.

— Les réseaux sociaux permettent d'obtenir les mêmes résultats qu'une réception. Et pour moins cher, lança Jasper en écho. C'est une fête virtuelle. On ne dépense rien et on est en relation avec les bonnes personnes.

— Pourquoi tout devrait-il rester impersonnel et se faire via les ordinateurs, les smartphones ou Instagram ? se récria sa mère.

Cam se dit qu'il était temps d'intervenir.

— Jasper a raison. Il est sans doute nécessaire de réduire le nombre de réceptions que tu donnes pour faire des économies.

— Tout le monde adore mes réceptions, tu le sais bien ! s'insurgea-t-elle.

Cam retint un soupir. Si une nouvelle fête se profilait, il devrait mettre son smoking et afficher un sourire heureux, ce qu'il détestait le plus dans les événements mondains. C'est là que Jasper, oubliant qu'il était vexé, se tourna vers lui :

— Pourquoi est-ce que tu n'es pas en train de te tuer à la tâche ? En général, tu es couvert de sueur et de boue, à ce moment de la journée.

— J'avais rendez-vous avec un client ce matin, répondit-il.

Tout en prenant une pomme dans le compotier placé sur un guéridon en marbre, il ajouta :

— Tu ne devineras jamais qui je suis allé chercher à la gare.

— Dans ton pick-up ? lança Jasper d'un air méprisant.

— Tout à fait ! Et à ton âge il serait temps que tu apprennes qu'il existe d'autres véhicules que les Lamborghini. Bref, toujours est-il que j'ai rendu un service à Ted Owens, ce matin.

— Ah oui, c'est vrai, il avait rendez-vous chez le médecin ! dit son père. Je l'appellerai tout à l'heure.

Même s'il avait beaucoup à reprocher à son père, Cam devait admettre qu'il était soucieux de respecter son personnel, ses amis et ses concitoyens de Bayside. Ted et lui se connaissaient depuis des années, et on sentait une réelle inquiétude dans sa voix.

— Exact, il se rendait chez le médecin. Voilà pourquoi je suis allé chercher Ellie à la navette de l'aéroport.

— Ellie ? s'étonna sa mère. Elle est revenue d'Italie ?

— Qui est Ellie ? questionna Jasper d'un ton désinvolte.

Parfois, Cam ne savait pas comment réagir face à l'ignorance de son frère. Il hésitait à l'envier ou à s'en indigner.

— Tu plaisantes, n'est-ce pas ? rétorqua-t-il. Ellie Owens, la fille de Ted, l'ancien chef de la police.

Devant le regard dérouté de son frère, il poursuivit :

— Vous étiez dans la même classe.

— On est sortis ensemble ?

Leur mère émit un rire.

— Il y a peu de chance.

— Elle était amoureuse de toi, déclara alors Cam d'un ton lent et affirmé.

Histoire que son frère comprenne bien.

— Elle n'avait pas fait une vidéo qui est passée sur

Internet pour la remise des diplômes ? demanda leur père qui lisait maintenant sur son iPad.

Cam se tendit. Il n'avait jamais compris pourquoi Ella avait posté cette vidéo. Cela le dépassait. Mais pour protéger Ella, il jugea préférable de changer le cours de la conversation.

— En tout cas, elle est de retour, je ne sais pas pour combien de temps, mais elle est auprès de son père, à présent. Entre parenthèses, c'est une vraie beauté, aujourd'hui.

— Sérieusement ? demanda Jasper d'un ton subitement intéressé.

— Visiblement, l'Europe lui a réussi.

— Tant mieux, commenta leur mère.

Et elle se resservit un verre de limonade.

— Je l'ai toujours trouvée adorable, et elle était très intelligente, la première de sa classe.

— Elle ne s'était pas jetée dans la baie, après la remise des diplômes ? reprit leur père.

Cam secoua la tête. Encore un aspect de l'histoire qui n'avait aucun sens. On racontait qu'après la diffusion en ligne de la vidéo elle avait été si bouleversée qu'elle avait sauté dans l'océan. D'aucuns avaient estimé que c'était une ultime tentative pour attirer l'attention de Jasper.

— Exact.

Seulement, quand on plongeait dans l'eau pour se noyer, il fallait ne pas savoir nager. Or Ella était particulièrement douée en natation… Un mystère de plus.

— Invite-la à la réception de vendredi, proposa Collin encore absorbé par son iPad.

— Excellente idée ! s'exclama Lilah.

Cam ne put s'empêcher de tiquer :

— Euh, je ne sais pas si…

— Je suis prêt à faire la paix avec une jolie fille, déclara Jasper.

Cam ignora le clin d'œil de son frère.

— Tu as dit vendredi ? La réception a lieu vendredi ? Mais on est mercredi.

— Les invitations ont été envoyées il y a deux jours. Que serait la vie sans surprises ?

Sa mère avait les yeux qui pétillaient.

— Je n'en ai pas reçu, moi, déclara Cam.

— C'est parce que je ne voulais pas te laisser la possibilité de dire non.

Il serra les dents. Vendredi, il avait l'intention de finir plus tôt pour aller jouer au golf avec quelques-uns de ses employés.

— En quel honneur organises-tu cette réception ? s'enquit-il.

Ils se regardèrent tous l'espace d'une seconde.

— Bah, pourquoi faut-il qu'il y ait un motif ? Ne fais pas cette tête, c'est une fête, pas un enterrement. En tout cas, ta présence est requise, précisa-t-elle d'un ton impérieux.

— Franchement, maman ! s'écria-t-il.

Et il reposa son verre en cristal sur la table en marbre. Un peu trop brusquement sans doute.

— Ce n'est pas parce que tu ne veux pas travailler pour la famille que tu n'en fais pas partie, observa son père en affectant ce ton blessé qui le troublait toujours.

Il savait bien que sa décision était égoïste, mais…

— Ne sois pas si dur avec lui, intervint Jasper. Moi, je travaille pour la famille, j'ai pris le relais, tout va bien.

— Ça, c'est vite dit. Tu veux toujours tout changer. Jusqu'à la moindre broutille.

Cette fois, c'est Jasper qui prit un air meurtri, et Cam se maudit : il n'était pas venu pour créer un véritable psychodrame. De la même façon, il n'aurait jamais pensé causer tant de contrariété quand il avait cessé de travailler pour l'entreprise familiale afin de monter sa propre société. Il traînait sa culpabilité tous les jours depuis.

Il avait pris l'habitude de se rendre sur chacun des sites

que gérait son père, qu'il s'agisse de centres commerciaux ou de complexes résidentiels. Celui-ci l'avait alors fièrement présenté comme le futur P-DG de Dumont Incorporate à tous ceux qu'ils croisaient. Y compris à Rick, contremaître sur un de ses chantiers.

Rick avait été le premier à lui expliquer en quoi consistait le métier d'entrepreneur. Il avait répondu à toutes ses questions. Par ailleurs, la dimension concrète de la chose, comme les visites de chantier, un casque vissé sur la tête, par exemple, l'avait énormément intéressé. Lui qui s'était toujours ennuyé dans le bureau de son père.

Un été, il avait annoncé son intention de travailler avec Rick à la construction d'un nouveau multiplex. Son père n'avait pas encore compris qu'il aimait réellement travailler de ses mains, construire. Pourtant, du haut de ses seize ans, il avait trouvé sa voie. Une vocation qu'on ne lui avait jamais pardonnée…

Au prix d'un gros effort, Cam revint à la réalité lorsque son père toussota de façon appuyée.

— Désolé, je dois prendre cet appel, dit-il.

Son portable à la main, il sortit alors de la pièce, en poussant un soupir à fendre l'âme.

Cam ne regarda pas sa mère quand elle se leva, pas plus qu'il ne dit au revoir quand il quitta la terrasse pour regagner l'entrée. Mais en entendant la voix de son frère il se retourna.

— Cam, attends.

Jasper le rejoignit, l'air soucieux.

— Ne te tracasse pas pour tout ça. Et n'écoute pas papa, tu fais un travail remarquable.

Son frère prit une mine découragée.

— Je ne sais pas, puisque je n'arrive pas à le convaincre d'accorder du crédit à mes idées. Sans parler du reste du conseil d'administration.

Cam se sentait impuissant, mais il ne supportait pas non plus la frustration qu'il lisait dans les yeux de son frère.

— Écoute, je passerai chez toi un peu plus tard dans la journée pour réparer la porte de ton balcon, lui dit-il.

Jasper secoua la tête, mais il insista :

— C'est nécessaire. Et j'en profiterai pour prendre les mesures des étagères dont on avait parlé.

— Arrête ! Tu ne me dois rien, Cam.

Oh que si ! Il était énormément redevable à son petit frère. Réparer deux ou trois choses ne compenserait jamais ce qu'il lui devait.

— Je viendrai vers 19 heures, dit-il d'une voix qui ne tolérait pas de contradiction.

Puis, la main posée sur la poignée en laiton de la luxueuse porte d'entrée, il ajouta :

— Tu es heureux, Jasper ?

— Pardon ?

— Réponds à ma question, bon sang !

Celui-ci poussa un long soupir.

— Je vais bien, arrête de te tracasser sans cesse pour moi. Les choses se passent bien.

Son frère avait beau s'agacer, Cam s'inquiétait pour lui. Jasper avait pris la relève à sa place, il aurait toujours une dette envers lui.

— Bon, réponds au moins à cette question, reprit-il. Tu ne te souviens vraiment pas d'Ella Owens ?

— Vaguement. Mais si tu dis qu'elle est canon…

— Je n'ai jamais prononcé ce mot, objecta-t-il.

Mais il aurait pu. Soudain, il se sentit affreusement mal à l'aise.

Jasper sourit d'un air moqueur, et Cam sortit de la maison tout en pensant à la splendide Ella.

- 2 -

— Donc, on t'a dit aujourd'hui que ton cancer était désormais guéri ?

Ella poussa un soupir de soulagement mais préféra insister. Connaissant son père et la façon qu'il avait de minimiser…

— C'est sûr ?

— Juré, craché, dit-il en l'embrassant sur le front.

Puis il l'enlaça longuement. Rien n'aurait pu autant la réconforter.

— Désolé de n'avoir pas pu aller te chercher ce matin, ajouta-t-il.

— Ce n'est pas grave, papa.

Elle le regarda attentivement : il n'avait pas changé. Peut-être avait-il un peu perdu de poids, et sans doute était-il plus pâle, mais il fallait s'y attendre.

— Raconte-moi par le menu ce que le docteur a dit.

— Mangeons ! La nourriture va refroidir.

— Je n'avalerai pas une bouchée tant que tu ne m'auras rien dit.

— Toujours aussi têtue, hein ? lança-t-il en riant.

Elle ne put s'empêcher de ricaner.

— On se demande bien de qui je tiens ce trait de caractère.

— OK… Il semble que le traitement ait marché puisque le docteur m'a expliqué lors du dernier scanner qu'il n'avait détecté aucune cellule cancéreuse.

Il rayonnait, et elle aurait aimé partager cette joie, mais elle avait fait de nombreuses recherches en ligne sur le cancer de la vessie. Une vigilance constante était nécessaire après une rémission. Son père devrait souvent passer des scanners, sans doute jusqu'à la fin de sa vie.

Mais n'était-ce pas une petite concession pour rester en vie, au fond ? Elle avait perdu sa mère sans même l'avoir connue, alors autant le protéger du mieux qu'elle pouvait.

Pour l'instant, elle devait fêter avec lui cette victoire sur la maladie ! En leur servant deux verres de vin, elle remarqua une invitation posée sur la table. Son père, qui avait manifestement suivi son regard, déclara :

— Mme Dumont donne une réception, vendredi, avec pour thème le printemps.

Et il leva les yeux au plafond tout en lui prenant les verres des mains.

— Tiens, le printemps ! murmura Ella. C'est un thème approprié. Tu vas y aller ?

— Ce n'est pas demain la veille ! s'esclaffa-t-il. Franchement, je me demande bien pourquoi ils m'ont invité à leur fichue réception.

Elle lui sourit, puis ils s'assirent et trinquèrent avec le vin qu'elle avait rapporté d'Italie.

— À ta santé, dit-elle en levant son verre.

— Au retour de ma fille chérie à la maison.

— Tchin-tchin !

Et ils firent tinter leurs verres.

Peu après, ils mangèrent des spaghettis à la bolognaise, son père ayant insisté pour cuisiner. Ella avait retenu un petit sourire, car depuis l'enfance, ils avaient toujours fêté les divers événements de la vie avec ce plat.

Par ailleurs, elle avait eu maintes fois l'occasion de manger des pâtes délicieuses en Italie. Mais elle ne pouvait que se réjouir de voir son père manger avec autant d'appétit.

Après le dîner, elle lui parla de Rome, de Venise et

de Florence, et il lui raconta les potins de Bayside. Une brise agréable montait de la baie, charriant les premiers parfums du printemps.

— J'ai une amie à Florence qui se damnerait pour ce gâteau, dit-elle.

Et elle mordit dans l'éclair au chocolat que son père avait acheté à la boulangerie.

— À propos des gens dont tu as fait la connaissance là-bas… Qu'est devenu ce charmant jeune homme que j'avais rencontré à Noël, quand je t'avais rendu visite ?

— Ah, Marco…

C'était un garçon super, sexy et sympa. Ils étaient sortis un an ensemble.

— Je ne savais pas combien de temps je resterais à Florence, et on ne tenait pas à une relation longue distance. Ni lui, ni moi.

— Je comprends. Pourquoi es-tu revenue à Bayside, Ellie ?

La question la blessa : il ne voulait pas avoir son unique enfant près de lui ?

Pour toi. Parce que je m'inquiétais pour ta santé.

— J'avais envie de changement, je crois, lui répondit-elle en mentant.

— Tu crois ? J'espère que tu n'as pas aussi cru que ton vieux père avait besoin d'un chaperon.

Retenant un sourire, elle secoua la tête. Difficile d'apprendre au vieux singe à faire la grimace…

— Non, pas du tout.

— Ellie…

— Ella, papa, corrigea-t-elle. Je préfère ce prénom, maintenant.

— C'est vrai, désolé, mais pour moi tu seras toujours ma petite Ellie.

Il était rare que son père soit sentimental. D'ailleurs, il avait retrouvé son ton pragmatique habituel quand il reprit :

— Je suis inquiet. Qu'est-ce que tu vas faire, ici ? Il n'y a ni galerie ni musée dans la région.

Elle se mordit la lèvre puis alla fermer la fenêtre. De fait, elle n'avait pas la moindre idée du travail qu'elle pourrait trouver ici. Elle avait contacté tous les musées à des kilomètres à la ronde — et il y en avait peu. Sans aucun succès. L'Italie lui offrait les meilleures opportunités en matière d'emploi, mais c'était à Bayside que se trouvait sa famille. En Europe, elle s'était tant fait de souci pour son père.

Financièrement, elle pourrait tenir pendant quelques mois, d'autant que son père avait refusé qu'elle lui paie un loyer. Pourtant, il faudrait bien qu'elle finisse par dénicher un emploi.

Une fois rassise, elle regarda son père.

— Je vais effectuer des recherches, ne t'inquiète pas.

Il lui décocha alors un de ses fameux regards de policier.

— La bonne blague ! Quand on a des enfants, comment peut-on ne pas s'inquiéter ?

Sur ces mots, il se leva et se mit à débarrasser la table. Elle l'imita.

— Papa…, commença-t-elle.

Les assiettes posées dans l'évier, il lui fit face.

— Je m'inquiéterai toujours pour toi, ma chérie.

Alors, avec un profond soupir, elle le prit dans ses bras jusqu'à ce qu'il se dégage de cette étreinte.

— Je sais, et c'est pour ça que je t'aime, dit-elle.

La vaisselle terminée, il alluma la radio, et quand la musique de sa station préférée emplit la maison, elle se rendit compte à quel point tout cela lui avait manqué. Alors ils s'installèrent sur le canapé, et son père feuilleta un journal pendant qu'elle faisait mine de s'intéresser à des mots croisés.

— Donc, tu as demandé à Cam Dumont de venir me chercher, ce matin ? demanda-t-elle d'un ton désinvolte.

Sa propre question la surprit : pourquoi pensait-elle

soudain à Cam ? Mais au fond où était le mal ? Il était indéniablement séduisant dans son jean qui lui allait à merveille, sans parler de cette barbe de deux jours absolument craquante. Elle aurait volontiers caressé cette joue rugueuse…

— Cam est un type bien.

— Oui, il a l'air… super.

Et elle regarda son père qui ne semblait pas comprendre qu'elle lui tendait une perche. C'était un bon moyen d'obtenir d'autres informations sur Cam.

— Qu'as-tu prévu pour demain ? demanda-t-il à la place.

Elle réfléchit un instant. À vrai dire, pas grand-chose. Sans travail, ni ami…

Comme s'il lisait dans ses pensées, il poursuivit :

— Pourquoi est-ce que tu ne vas pas faire un tour au Brewside ? C'est un café qui a ouvert il y a deux ans, sur la Grand-Place.

— Tiens, c'est une bonne idée. J'emporterai mon carnet à dessin.

Avant de s'occuper de la partie administrative du monde de l'art, Ella rêvait de devenir une artiste, puis son travail passionnant en Italie l'avait complètement accaparée. Et elle en avait oublié son hobby.

Mais l'idée de s'y remettre la revigora, et elle adressa un sourire à son père.

— Tu es de plus en plus belle, lui dit ce dernier.

Le compliment la prit de court, et la douceur dans la voix de son père lui fit presque monter les larmes aux yeux.

— Allons, papa, on s'est vus il y a trois mois. Je n'ai pas beaucoup changé depuis.

Il se saisit alors d'un cadre posé sur le guéridon près du canapé. Ella savait fort bien que c'était une photo d'elle à quinze ans, alors qu'elle venait de grimper à un arbre. Elle portait un short en jean, un sweat-shirt d'un marron peu heureux, le visage non maquillé, encadré de nattes. Elle était si innocente à l'époque !

Il lui tendit la photo.

— Tu as beaucoup changé depuis. Le temps passe si vite…

— Bon, je crois qu'il est temps pour toi d'aller au lit, répliqua-t-elle. Un papa qui pleurniche est un papa fatigué.

— Tu as sans doute raison, la journée a été longue mais si agréable, s'esclaffa-t-il. Bienvenue à la maison, princesse.

Sur ces mots, il l'embrassa sur le front et se rendit dans sa chambre.

Soudain gagnée par la nervosité, Ella reposa ses mots croisés, et s'enroula dans le plaid posé sur le canapé avant d'aller sous le porche. L'eau était calme, ce soir, comme c'était le cas en cette période de l'année, mais les nuits étaient encore fraîches. Elle resserra la couverture autour d'elle, tout en écoutant le clapotis de l'océan.

En levant les yeux, elle admira le ciel scintillant d'étoiles. Dire que la veille encore, elle le contemplait de l'autre côté de l'océan ! Maintenant qu'elle était de retour chez elle elle ne savait pas trop ce qu'elle ressentait vraiment.

Pour la seconde fois de la soirée, elle pensa à Cam : elle n'aurait pas su dire quels sentiments il lui avait inspirés.

Bon sang, pourquoi un homme qu'elle n'avait pas vu depuis une décennie et avec qui elle avait passé trente minutes le matin même revenait-il lui trotter dans la tête ? Cela n'avait aucun sens. Et pourtant, elle ne pouvait rien y faire.

Allons, ce n'était que l'effet de la fatigue et des émotions liées aux retrouvailles avec son père. Oui, c'était pour ces raisons qu'elle ne parvenait pas à penser à autre chose qu'au sourire charmeur de Cam, à ses yeux mystérieux et à son corps fantastique.

Elle avait adoré cette soirée avec son père qui était sa

priorité numéro un mais, dès le lendemain, elle devrait affronter le reste de la ville…

Depuis la photo que son père lui avait montrée, de longues années s'étaient écoulées, et elle avait bien changé. À présent, c'était aux habitants de Bayside qu'elle devait le faire comprendre.

Le lendemain matin, une fois son père parti travailler, Ella se mit en route pour le Brewside, son carnet à dessin sous le bras.

Alors qu'elle marchait sur le chemin qui longeait la baie, elle apprécia la caresse de l'air frais du matin sur son visage. À cause du décalage horaire et en dépit de sa fatigue elle avait peu dormi. D'ailleurs, il n'était pas exclu que Cam Dumont ait joué un rôle dans cette insomnie.

Mais elle n'allait pas recommencer avec lui… Bon, elle se demandait quand même où il habitait. Et où se trouvait sa société. Et aussi où il sortait pour se divertir…

Elle s'immobilisa brusquement. *Cesse de penser à Cameron Dumont.* Puis elle reprit son chemin.

Elle trouva facilement le Brewside. Niché entre un chausseur établi à Bayside depuis toujours et une nouvelle boutique de vêtements aux prix onéreux, le café était peint en blanc et arborait de beaux volets d'un bleu vif, comme le reste des commerces. Des pots de fleurs encadraient l'entrée. Quand elle poussa la porte, le son joyeux d'une clochette l'accueillit, ainsi qu'une agréable odeur de café.

Elle inspira profondément pour bien remplir ses poumons puis considéra l'intérieur. Avec ses poutres au plafond, ses fûts qui faisaient office de table, un plateau en verre posé sur le dessus, les ustensiles en cuivre derrière le comptoir et les photos en noir et blanc, l'endroit possédait un cachet résolument rétro. Et affichait dans sa vitrine des pâtisseries fort alléchantes ! Derrière l'immense bar, les machines à café en inox promettaient le meilleur.

Après avoir étudié la carte, elle commanda un expresso et un bagel au froment. Alors qu'un serveur préparait sa commande, le grand homme barbu à l'œil bienveillant qui essuyait le comptoir s'interrompit et croisa son regard.

— Bonjour, je suis Tony. C'est moi le propriétaire, dit-il.

Ella lui tendit la main.

— Ravie de vous rencontrer. Moi, c'est…

— Ellie Owens, je sais.

— Ah bon, et comment le savez-vous ?

Elle ne voyait pas du tout qui il était et elle était certaine qu'ils n'étaient pas allés à l'école ensemble.

— Proposer un stimulant légal et addictif tous les matins fait de moi le meilleur ami des habitants de cette ville. Ils me livrent parfois de précieuses informations. Et puis la blogueuse de Bayside me rencarde souvent.

Il lui tendit le journal local. Mais elle avait encore du mal à en croire ses oreilles.

— Pardon ?

— C'est par elle que j'ai appris votre retour. Et vous faites à la fois le buzz sur le net et à la une du journal.

Elle regarda le patron du bar, les yeux dans les yeux.

— Qui est la blogueuse de Bayside ?

— L'une des éditorialistes les plus populaires du *Bayside Bugle*.

À cet instant, un tourbillon multicolore apparut à côté d'elle. En l'occurrence, une femme vêtue d'une façon qui ne risquait pas de la faire passer inaperçue.

— Salut, moi c'est Riley Hudson ! On était dans la même classe, au lycée.

Exact ! La famille de Riley vivait à Bayside depuis si longtemps qu'on pensait que c'étaient eux qui avaient fondé la ville. Si Ella avait bonne mémoire, Riley était la fille la plus extravertie et populaire de la classe, et toujours habillée comme si elle sortait d'un magazine de mode. De fait, elles étaient à des années-lumière l'une de l'autre, à l'époque. Et à en juger par cette robe trapèze jaune, cette écharpe violette et ces lunettes de soleil coincées dans ses cheveux roux épais et ondulés, elle n'avait pas changé.

— Salut, Riley ! Ravie de te revoir.

— De même. Bienvenue à la maison.

Tandis que Riley saluait Tony et commandait un cappuccino, Ella parcourut rapidement le journal. « L'amoureuse Ellie Owens de retour à Bayside » : le titre se déployait en majuscules sur la première page du journal. Elle faillit s'en étrangler avec son café. Juste en dessous, un article résumait sa brève histoire avec Jasper, et mentionnait encore plus rapidement son séjour en Italie.

Mais quelle horreur ! Les gens lisaient-ils vraiment ça ? Et son père ? Tout en se mordant la langue, Ella s'efforça de surmonter son malaise. Elle lui avait fait honte au-delà de l'imaginable quand elle était au lycée, et la dernière chose qu'elle souhaitait c'était que le passé se répète.

Elle retourna son attention vers Riley au moment où cette dernière disait :

— Si tu veux savoir quoi que ce soit sur la blogueuse de Bayside, adresse-toi à moi. Je lis religieusement ses éditos. C'est comme la page six du *New York Post*, sauf que ça se passe à Bayside. Tu veux qu'on s'assoie ensemble ?

Comment ne pas se laisser entraîner par cette énergie contagieuse ? Avec un signe de tête, elle suivit Riley à une table.

— Donc, c'est un édito où on trouve beaucoup de ragots ?

— Oui, et des ragots parfois très contrariants.

Le commentaire venait du serveur qui s'était occupé de la commande d'Ella.

— À cause de cette fichue blogueuse, j'ai eu des ennuis avec ma petite amie car j'avais été vu au Beer Dash avec mes copains.

— Tu y étais, je t'ai vu, insista Riley.

— Peut-être, mais j'avais dit à Elizabeth que j'allais regarder un match avec Alan, ce soir-là.

La jeune femme lui décocha un regard vert émeraude moqueur.

— Dans ce cas, c'est ta faute. La blogueuse n'a fait qu'écrire la vérité.

Il s'éloigna en marmonnant dans sa barbe. Riley sourit et la regarda.

— Tu es contente d'être de retour au bercail ?

— Je crois, oui, dit-elle en étouffant difficilement un bâillement. Désolée, c'est le décalage horaire.

— J'ai vécu six ans en Europe, moi aussi. C'est si glamour, là-bas. Où étais-tu ?

Tout en l'écoutant, Riley mit deux sucrettes dans son cappuccino, puis s'adossa à son siège, son visage lunaire tourné vers elle.

— J'imagine que tu as dû passer des heures à flâner dans des cafés avec de beaux Italiens suspendus à tes lèvres. Je te vois d'ici déguster des pâtes et du vin tandis que les touristes envahissaient le Duomo.

Ella se mit à rire.

— C'est en partie vrai. Sans compter les incroyables chaussures de designer qu'on trouve en Italie.

Riley baissa les yeux et un soupir approbateur lui échappa.

— Je suis verte de jalousie.

Après avoir avalé une bouchée de *bagel* et une gorgée de café, Ella déclara :

— J'aimerais pouvoir te dire que je n'ai fait que m'amuser, mais il se trouve que j'ai aussi travaillé, là-bas. Et la vie est assez chère, en Italie.

— Tu faisais quoi ?

— Mon dernier emploi était pour une galerie située à l'angle du Duomo, mais j'ai aussi travaillé dans un tas de musées.

Riley avisa alors le carnet à dessin posé sur la table.

— Tu es une artiste, Ellie Owens ?

Celle-ci entendit une forme d'admiration dans la question et en conçut une certaine fierté.

— C'est un passe-temps. À propos, on m'appelle Ella, maintenant.

— Ah bon ? Tu n'es plus Ellie ?

— Je l'ai laissée quelque part en cours de route. Et toi, que fais-tu ?

— Je suis écrivaine, dit-elle en désignant son ordinateur dans son sac.

Ella lui sourit. En voilà, une belle profession !

— Sur quoi tu écris ?

— J'aimerais écrire le prochain grand roman américain. Ou au moins une histoire d'amour que les femmes dévoreraient sur les plages. Mais pour le moment, j'écris des articles pour le *Bayside Bugle*, dans la rubrique « Style et sorties ».

— Attends une seconde… Tu connais cette blogueuse qui a écrit cet édito sur moi, alors ?

— J'aimerais, soupira-t-elle. J'ai des amis qui m'ont offert beaucoup d'argent pour que je leur révèle son identité. Mais la seule personne qui la connaisse, c'est notre rédacteur en chef. On lui a proposé des sommes d'argent considérables, des billets de concerts, des repas cuisinés maison s'il donnait son nom. Mais jusqu'ici personne n'a pu le soudoyer.

— Ce ne serait pas Sawyer Wallace, par hasard ? Il avait deux ou trois classes d'avance sur nous, au lycée, non ?

— Deux, confirma Riley.

— Il est toujours aussi pénible qu'avant avec ses blagues qui n'en sont pas ? intervint Tony en riant.

Riley se raidit et rougit.

Voilà qui était intéressant. Sans parler du fait qu'elles venaient d'échanger plus de choses en dix minutes que pendant leurs années de lycée. Oh ! Riley n'avait pas été méchante avec elle, à l'époque, mais elles ne fréquentaient pas les mêmes cercles.

La clochette retentit de nouveau, et Cam Dumont en personne fit son entrée. Immédiatement, Riley agita ses doigts vernis de rouge vers lui, et l'appela.

— Eh, beau gosse !

— Tiens ! s'exclama-t-il. La fille qui veut faire de Bayside une version bien à elle de Manhattan.

— Pas à pas, je m'y emploie, effectivement. En parlant d'élégance et de style, j'ai été conviée par ta mère à la soirée qu'elle organise. Sache que je viendrai.

— Comme le reste de la planète, dit-il d'un ton blasé.

Ella le vit alors se tourner vers elle et lancer :

— Salut, Ella.

— Salut, Cam. Ravie de te revoir.

Une fois au comptoir, il commanda un grand café à emporter, et encore une fois, elle fut fascinée par la façon dont son jean le moulait à la perfection. Force était de constater qu'avec son corps d'athlète, sa barbe de deux jours, ses traits finement ciselés et ses cheveux un peu trop longs, Cam Dumont était véritablement séduisant. Pas étonnant qu'elle n'ait pas arrêté de penser à lui la veille, et le matin même aussi.

Elle imaginait aisément qu'il devait être encore plus beau, ses outils à la main. Ou par temps chaud, s'il enlevait sa chemise…

— Donc, tu as revu Jasper, Ella ?

À ces mots, elle renversa le reste de son café sur le journal. Mince, quelle gourde ! Elle s'empressa de saisir la serviette que Riley lui offrit, tout en se rendant compte d'une chose : Cam, Tony, Brody et un groupe d'hommes âgés assis à l'autre bout du café avaient tourné la tête dans sa direction, en même temps.

— Non, dit-elle.

Ce qui risquait de décevoir son auditoire.

— Eh bien, tu le verras à la soirée Printemps, demain.

— Non, car je n'irai pas, annonça-t-elle.

Riley parut stupéfaite, comme si on venait de la gifler.

— Pardon ? Et pourquoi tu ne viendrais pas ?

— Pour commencer je n'ai pas été invitée, répondit-elle avec un grand éclat de rire.

— Toi non, mais ton père sans aucun doute. À propos, comment va sa santé ? Mieux, j'espère. Bon, tu dois absolument venir demain, enchaîna-t-elle sans reprendre son souffle. Je te présenterai à tous les nouveaux habitants de Bayside. Enfin, ce n'est pas comme s'il y en avait des tonnes.

Sans doute était-ce à cause du décalage horaire, mais Ella avait l'impression qu'elle n'allait pas tenir le choc face aux bavardages incessants de Riley qui poursuivit :

— Oh ! il y a un type que je veux absolument te présenter ! Enfin, sauf si tu es toujours obsédée par Jasper…

À cet instant, Cam s'éclaircit la gorge, ce qui attira leur attention.

— Euh, on m'a chargé de t'inviter à la réception de demain, lâcha-t-il sans croiser son regard.

Ces mots prononcés, il baissa les yeux vers son café, comme si celui-ci détenait toutes les réponses de l'univers.

Eh bien, était-il possible de faire preuve de moins d'enthousiasme ? On aurait dit qu'il l'invitait à un enterrement.

— Oh ! Cam, tu invites Ella ? C'est adorable, commenta Riley.

— Ce n'est pas moi, c'est ma mère.

Encore mieux ! pensa-t-elle avec dérision. Mais elle s'interrogeait : pourquoi cela la tracassait-il tant que l'invitation ne vienne pas directement de lui.

— Je ferais sans doute mieux de ne pas m'y rendre, marmonna-t-elle.

Cam poussa alors un soupir puis avala un long trait de café.

— Oui, ce serait sans doute mieux.

Pardon ? Il préférait qu'elle ne vienne pas ? Pourquoi ? À cause de la vidéo ?

Sans cacher son agacement, elle rétorqua :

— Tu sais quoi ? Au fond, il se pourrait que j'aille y faire un tour. Puisque ta mère m'a invitée…

Riley applaudit des deux mains.

— Super !

Cam parut déconfit.

— Vraiment ? Tu sais, c'est une réception très formelle, avec smoking et robes de cocktail.

— Pas de problème ! J'ai récemment acheté une robe quand j'étais à Milan, et c'est l'occasion idéale pour la porter.

Pensait-il qu'elle n'avait pas de quoi s'offrir une robe pour une réception chez des gens aisés ? Certes, elle n'avait pas un compte en banque aussi florissant que le sien, mais qui pouvait rivaliser avec lui ? Elle ne comprenait pas en quoi sa présence pouvait le gêner. Mais elle allait lui montrer de quoi elle était capable. Non seulement elle se rendrait à la réception, mais elle serait plus belle que jamais.

— Une robe achetée à Milan ? s'écria Riley. Tu es vraiment la personne la plus cool que je connaisse. J'ai envie de faire tout de suite un raid dans ta garde-robe.

Elle sourit à Riley. Mais elle était folle de colère contre Cam.

— Les réceptions de ma mère sont largement surestimées, tu peux me croire, insista-t-il en serrant les dents.

Cette fois, c'en était trop ! Elle était fatiguée, un peu dépassée par la tournure des événements et franchement agacée. Elle se leva et se tourna vers Cam. Difficile de le regarder en face, étant donné qu'il était bien plus grand qu'elle ! Cependant, elle releva le menton, et lui décocha son regard le plus intimidant.

— Tu me permettras d'en juger par moi-même.

Riley demeura silencieuse, en les regardant tous les deux d'un air intéressé.

— Ce ne sera pas ce à quoi tu t'attends, déclara-t-il alors d'un ton assez bas.

De sorte qu'elle seule l'entendit.

— Que veux-tu dire, au juste ?

Il ouvrit la bouche, comme pour répondre, mais aucun mot n'en sortit. Elle le voyait presque peser les mots qu'il comptait employer.

— Jasper, finit-il par murmurer sans la quitter des yeux.

Tiens, tiens, c'était justement ce qu'elle avait commencé à soupçonner. Cam avait donc peur qu'elle se ridiculise de nouveau.

Moins de vingt-quatre heures s'étaient écoulées depuis son retour, et déjà elle se sentait exclue. Bien stupidement, elle avait cru qu'une décennie aurait permis à tout le monde d'oublier ce petit instant d'égarement qu'elle avait eu.

Ella se sentit rougir. Elle aurait voulu hurler qu'elle n'était plus la jeune fille qui avait le béguin pour Jasper. En réalité, elle ne savait pas ce qu'elle éprouverait en le revoyant. Et à cette pensée, elle sentit son estomac se nouer. Cette rencontre serait de toute façon inévitable…

Que croyait Cam ? Qu'elle allait se jeter aux pieds de son frère lors de leurs retrouvailles ? Combien de personnes à Bayside pensaient la même chose que lui ?

Les nerfs tendus, elle plissa les yeux pour regarder Cam.

— Je ne manquerai cette réception pour rien au monde, lâcha-t-elle.

Là-dessus, elle fit un signe de tête à Riley, puis poussa la porte avec toute la dignité qu'elle put rassembler et sortit.

- 3 -

Première pépite de la journée. Ellie Owens vue au Brewside où un certain célibataire très séduisant lui a fait prendre la fuite…

— Ella, attends ! s'écria Cam en se ruant hors du Brewside.

Il ne lui fallut pas une seconde pour comprendre qu'il l'avait blessée.

S'il préférait qu'elle ne vienne pas à la réception, c'était parce qu'il craignait qu'elle en ressorte bouleversée quand toutes les mauvaises langues de la ville se déchaîneraient sur elle comme les oiseaux dans le film d'Hitchcock.

Il savait pertinemment qu'elle avait changé, Jasper aussi, mais le reste de Bayside n'avait pas évolué d'un pouce, c'était bien là le problème !

Bayside était sa ville natale, et il l'aimait, mais il n'était pas pour autant sourd aux commérages propres à une petite ville. Or avec Jasper et Ella qui allaient passer toute une soirée dans une même pièce, c'était le passeport assuré pour le désastre.

Et il était impératif qu'il l'explique à Ella, ou tout au moins qu'il lui présente des excuses. Il repéra soudain sa chevelure châtain clair volant au gré de la brise qui montait de l'océan. Elle avait traversé la moitié de la place, il fonça dans sa direction.

— Ella, attends !

— Pour aujourd'hui, c'est bon, je t'ai assez parlé.

Et elle poursuivit sa route.

En arrivant finalement à sa hauteur, il la saisit par le bras. Elle se dégagea d'un coup sec.

— C'est quoi, ton problème ? lança-t-elle.

— Je voulais juste te dire…

— Que quoi ?

— Que je suis désolé.

— Oh… Bien.

Et à la façon dont elle cligna plusieurs fois les paupières, bouche bée, il comprit qu'il l'avait surprise. Elle se mordit alors la lèvre et posa les yeux sur lui.

— Je pense que tu ne m'as pas compris, enchaîna-t-il. Les réceptions de mes parents… Elles sont… Enfin, ce que je veux dire, c'est que les gens qui s'y rendent, eh bien… Je ne sais pas vraiment si…

Soudain, elle haussa les épaules, l'air agacée.

— J'ai compris, va ! Tu préfères que je ne vienne pas, car tu crois que je vais faire un esclandre et gâcher la soirée. C'est bien ça que tu essaies de me dire, non ?

— Non !

— Alors c'est quoi ?

— Je déteste ces réceptions !

Voilà, il l'avait dit. C'était la première fois qu'il l'exprimait aussi clairement, même s'il était certain que beaucoup s'en doutaient. Un type morose qui restait dans son coin à boire de la bière au lieu de siroter du champagne importé de France à prix d'or et qui ne discutait pas avec tout le monde ne donnait pas l'impression d'apprécier les réceptions, contrairement au reste des Dumont. Or il se sentait presque coupable, comme s'il avait trahi sa famille : n'avait-il pas déjà montré sa déloyauté en montant sa propre société ?

— Tu détestes les réceptions ? Vraiment ? demanda-t-elle en ricanant.

— Qu'est-ce qui te fait rire ?

— C'est curieux. À moins qu'elles aient drastiquement changé, les réceptions de tes parents sont réputées pour rivaliser avec la cérémonie des oscars, des bals de la Maison Blanche ou des mariages royaux.

Ce fut à son tour de rire.

— Je n'ai jamais été convié à ces événements-là. Tu sais, je n'ai pas du tout peur que tu fasses un esclandre demain, au contraire. Ce serait bien plus drôle.

— Cam ! s'indigna-t-elle.

Par jeu, puisqu'elle souriait.

Elle avait vraiment un très beau sourire. Il illuminait tout son visage et soulignait d'adorables fossettes. Sans compter le soleil qui parsemait de reflets d'or ses mèches châtain clair.

— Cam, répéta-t-elle, explique-moi pourquoi tu ne veux pas que j'assiste à la réception de ta mère.

Il regarda la place, les magasins encore fermés, dont certains n'ouvriraient que pendant la saison touristique. Au loin, il entendit les mouettes : nul doute que les premiers bateaux de pêche rentraient au port.

Ici, il se sentait chez lui, et cette pensée était réconfortante.

— Depuis ton départ, certaines choses ont changé, mais d'autres, non.

— Oui, c'est ainsi que va le monde…

— Bien sûr, mais en l'occurrence je parle d'une chose bien précise.

— Laquelle ?

Il l'étudia un bon moment avant de passer la main dans ses cheveux. Décidément, il s'y prenait très mal.

— Rien, ça n'a pas d'importance, finit-il par dire.

— Tu en es bien certain ?

Préférant éluder, il demanda alors :

— Tu allais souvent à Milan acheter des robes ?

— Ça m'arrivait. Mais ce que je préférais, c'était me

rendre dans le sud de l'Italie, à Naples. C'est là qu'on mange le mieux.

La façon enthousiaste dont elle parlait de l'Italie était communicative, et vu la façon dont ses yeux pétillaient, il était clair qu'elle aimait ce pays.

Au-delà de son apparence, il émanait d'elle un réel charme. Quelque chose l'attirait irrésistiblement chez elle.

— Et le vin est divinement bon, poursuivit-elle. Personnellement, j'ai un faible pour le chianti. Et je ne te parle même pas des glaces…

— On peut en acheter ici, elles sont importées d'Italie.

— Impossible qu'elles aient le même goût.

— Eh, dit-il en lui touchant le bras, tu es sûre que tu ne regrettes pas d'être revenue ?

Ella scruta alors la place, l'air songeur, puis poussa un long soupir.

— Ella ? insista-t-il.

— Non, ça va aller, j'en suis sûre. Bayside m'a vraiment manqué, tu sais.

— J'ai l'impression que ça va aussi être le cas de l'Italie.

Il la regarda de nouveau. Elle avait réellement de très beaux yeux, si expressifs, si impatients de découvrir le monde, et pourtant elle avait renoncé à sa vie, à tout ce qu'elle adorait, pour revenir s'occuper de son père.

— Tout va bien, Cam ? demanda-t-elle subitement.

Décidément, elle était très attentive aux autres. D'instinct, il déclara :

— Tu es vraiment incroyable, Ella.

Elle écarquilla ses yeux fabuleux.

— Merci… Jasper.

Jasper ?

Cam se rendit compte qu'elle venait de regarder par-dessus son épaule. En se retournant, il vit son frère descendre de voiture pour se diriger vers le Brewside.

Quand celui-ci l'aperçut, il lui fit un petit signe de la

main avant de poser le regard sur Ella… et de la détailler de façon bien peu discrète !

Là-dessus, il s'avança vers eux.

— Bonjour, dit-il.

— Salut, Jasp, répondit Cam, qu'est-ce que tu viens faire en ville ? Tu ne devrais pas être déjà au bureau ?

Mais Cam se fichait de ses réponses, il était trop occupé à guetter la réaction d'Ella. Pour l'instant, elle souriait.

— J'ai une réunion sur site… Tu me présentes ta ravissante amie ? dit tout à coup Jasper.

Et sans attendre, il serra la main d'Ella.

— Tu la connais déjà, annonça Cam en fourrant les mains dans ses poches.

— Je plaisantais, frangin. Comment oublier une femme aussi belle qu'Ellie Owens ?

Elle retira vivement la main.

— Il est un peu tôt pour les banalités, non ?

Un point pour elle.

Pas du tout découragé, Jasper lui adressa ce que Cam appelait son sourire « mégawatt », puis posa la main sur son cœur.

— Mais c'est sincère.

— Tu es surpris car ce n'était pas le cas avant ! Et je crois que c'est la première fois que tu prends le temps de me regarder.

Décidément, Ella avait un sacré sens de la repartie.

— J'étais idiot, au lycée, lâcha Jasper.

Tout en reprenant sa main, il ajouta :

— Tu me pardonnes ?

Et il la gratifia de nouveau de son fameux sourire.

Ella inclina la tête et retira une deuxième fois la main.

— Pas de problème.

Nerveusement, Cam donna un coup de coude à son frère qui détourna le regard un instant. Puis il revint aussitôt à la charge.

— Depuis quand es-tu de retour ici ? demanda-t-il.

— Je suis arrivée hier de Florence.

— Avec ton petit ami ? Ton mari ?

Cam ne put s'empêcher de pousser un soupir agacé. Mais Ella déclara le plus simplement du monde :

— Il se trouve que j'ai rompu avec mon copain. Je suis donc célibataire.

— Désolé, dit Jasper. On pourrait dîner ensemble un soir, pour rattraper le temps perdu.

Ella le considéra, visiblement amusée. Cam était désarçonné. Que se disait-elle ? Le fait de revoir Jasper lui avait-il rappelé son béguin d'adolescente ? Pour tout dire, il trouvait son frère un peu lourd, mais beaucoup de femmes succombaient en dépit du manque de subtilité dont il faisait preuve, parfois.

— Qui sait ? Nous verrons.

Cam se retint de sourire. Deux points pour Ella ! Bravo, il était de son côté.

Cette fois, Jasper parut dérouté.

— Tiens, je te donne ma carte, dit-il. Appelle-moi si tu changes d'avis.

Le temps d'un autre sourire « mégawatt », il ajouta :

— En attendant, tu devrais venir à la réception de demain.

— Tes parents fêtent l'arrivée du printemps, c'est ça ?

— Exact. Viens, je t'invite.

— En fait, dit-elle, ton frère m'a déjà invitée.

— Mon frère ? répéta-t-il, l'air outré.

Il les regarda tour à tour.

— Vraiment ? Donc, vous êtes ensemble ?

En se penchant vers Cam, il murmura alors :

— Pour le coup, tu as été plus rapide que d'habitude.

— Non, nous ne sommes pas ensemble, déclara vivement Ella.

Un peu trop vivement, d'ailleurs. Curieux. Pourquoi cette insinuation l'avait-elle atteinte à ce point ?

— J'en suis ravi, commenta Jasper en la regardant avec insistance.

— Bon, il faut absolument que j'y aille, lança-t-elle. Je dois dessiner, et la lumière est vraiment parfaite, à cette heure-ci. Mais on se revoit tous demain !

Sur ces mots, elle s'éloigna, en ondulant doucement des hanches. Cam était conscient d'une chose : tout comme lui, Jasper avait les yeux rivés à ce déhanchement si féminin.

— Ça alors, Ellie Owens, dit ce dernier.

Il était visiblement bluffé.

— Elle s'appelle Ella, maintenant.

— Je n'en reviens pas… Quand tu disais qu'elle avait changé, tu ne plaisantais pas. Elle est vraiment canon.

— Oui, elle est pas mal.

— Hé, Cam, ouvre les yeux ! Si seulement, elle avait été comme ça au lycée…

Cam se retint de soupirer, et son frère enchaîna :

— J'ai l'impression que vous vous entendez bien, tous les deux. Décidément, j'ai hâte d'être à demain.

À cet instant, il dut se rappeler à lui-même que Jasper était son petit frère et qu'il l'adorait, bien qu'il puisse parfois l'énerver profondément.

— Eh, Jasp ! dit-il en claquant les doigts devant son visage. Et Mindy alors ?

— Qui ? fit-il d'un air songeur.

— Mindy, ta petite amie.

— Je plaisantais, bien sûr, s'empressa de répondre Jasper en rougissant un peu. Mindy est en déplacement. De toute façon, je n'ai aucune vue sur Ella, arrête avec ton air désapprobateur.

— Ce n'est pas l'impression que j'ai eue.

— Je flirtais, c'est tout. Flirter n'a rien à voir avec draguer. Et puis qu'est-ce que ça peut te faire ? Je croyais que tu avais renoncé aux filles depuis Spacy Stacy.

— Pauvre Spacy ! Elle était inoffensive.

D'ailleurs, il s'était bien amusé avec elle, pendant quelque temps du moins.

— Inoffensive, mais sensuelle, renchérit Jasper. Deux qualités qui me plaisent chez une femme. J'ai juste envie que tu sois heureux, frérot.

— Qui te dit que je ne le suis pas ?

Jasper désigna la direction qu'Ella avait prise.

— Tu pourrais sans doute être encore plus heureux. Mais encore faut-il que tu t'y autorises.

Cam roula des yeux.

— Ah non ! Tu ne vas pas faire comme maman qui bombarde ma boîte mail avec des phrases débiles à méditer.

Jasper désigna alors le Brewside.

— Bon, je vais prendre un café. Et ne méprise pas les mails de maman. Tu devrais peut-être méditer une de ces phrases, demain, avant la réception, pour trouver le bon karma avec Ella.

Cam voulut lui donner un coup de poing dans le bras, mais son frère fut plus rapide.

— Je ne cherche pas de petite amie ! lança-t-il dans son dos.

Puis il le regarda s'éloigner.

Sa mère prévoyait toujours des feux d'artifice, pour animer ses réceptions. Mais entre Jasper, Ella et les fouineurs de Bayside, il y aurait sûrement des étincelles…

- 4 -

Quoi de plus extraordinaire qu'une réception chez les Dumont ! Je ne manquerais jamais l'occasion de me mêler à mes fidèles followers. En tout anonymat, bien sûr.

La rumeur veut que la petite Ellie Owens ait été invitée par les deux frères Dumont. Les événements prennent un tour intéressant, c'est le moins qu'on puisse dire ! Selon vous, auquel accordera-t-elle la première danse ? Rendez-vous demain, pour la réponse.

Depuis l'enfance, Ella avait fantasmé sur les réceptions des Dumont. Et désormais le rêve allait devenir réalité… Mais au moment de pénétrer dans leur somptueuse demeure qui donnait sur la baie, elle ressentait de l'appréhension.

Il fallait dire que son père ne lui avait pas facilité la tâche en lui précisant qu'il n'appréciait guère de la voir honorer cette invitation.

Au moins, elle était sûre de sa tenue : elle avait opté pour une robe rouge pourpre qui frôlait le sol, ourlée de perles argentées. Elle lui avait plu dès qu'elle l'avait vue dans la vitrine de cette boutique, à Milan. Le col montait assez haut mais laissait les épaules dénudées, et le tissu en soie la moulait avantageusement. La fente sur le côté mettait ses jambes bronzées en valeur, tout comme ses talons. Elle s'était fait un chignon savant qui avait nécessité de nombreuses épingles pour tenir. Des pendants en argent et un joli rouge à lèvres complétaient l'ensemble.

Confiante, elle fit son entrée et sourit aux serveurs qui encadraient la porte d'entrée, un plateau de coupes à la main. Un peu de champagne lui serait utile pour se relaxer. Elle saisit une coupe avant de donner son châle à un autre domestique.

Elle prit ensuite le temps de découvrir cet intérieur qu'elle avait tant imaginé, enfant. Deux élégants escaliers menaient à un balcon, et la pièce était surplombée d'un imposant lustre en cristal. Ses escarpins claquèrent sur le marbre quand elle traversa l'entrée. En tournant la tête, elle put apercevoir des tableaux inestimables accrochés aux murs.

Devant un impressionnant miroir, elle vérifia une ultime fois sa coiffure et son maquillage… Parfait. Elle avala une gorgée de champagne puis s'avança vers une double porte en verre que deux majordomes gantés lui ouvrirent immédiatement.

C'était comme entrer dans un vieux film en noir et blanc. Il ne manquait que Cary Grant, dans un coin.

Elle s'arrêta un instant pour contempler le spectacle qui s'offrait à elle : une large terrasse d'où partait un escalier menant à une deuxième, puis une troisième terrasse, le tout entouré de larges étendues de gazon et bordé de pots de fleurs magnifiques. Au-delà se profilait la baie, avec de nombreux pontons pour y accéder.

Lentement, elle gravit trois marches et s'immobilisa. L'orchestre venait en effet de marquer une pause, de sorte que tout le monde tourna les yeux vers elle…

Pitié !

Une gêne affreuse la submergea, tant et si bien qu'elle faillit prendre ses jambes à son cou. D'autant qu'on murmurait de toutes parts :

— C'est bien Ellie Owens ?

— Elle était amoureuse de Jasper, vous vous souvenez ?

— Non, ce n'est pas elle… Ellie n'était pas comme ça.

— Vous vous rappelez la vidéo ?

— Elle ne s'était pas jetée dans la baie, ce soir-là, d'ailleurs ?

Certes, elle avait prévu une entrée remarquée, mais pour d'autres raisons ! Elle avait pensé que sa robe de designer ferait grande impression sur l'assistance quand elle s'adresserait aux invités en tête à tête. Pourquoi avait-il fallu que l'orchestre cesse de jouer au moment de son arrivée ?

Comme par enchantement, Mme Dumont fit alors signe au chef d'orchestre qui entama aussitôt un nouveau titre. Sans transition, les gens revinrent à leur verre, leur assiette et leur conversation tandis que Lilah Dumont avançait vers elle, dans une élégante robe verte étincelante, les bras grands ouverts.

Elle l'enlaça en s'exclamant :

— Ellie, quelle joie de te revoir ! Bienvenue !

— Merci de m'avoir invitée, madame Dumont. Tout est fantastique.

— Tu es fantastique toi aussi, renchérit cette dernière en laissant glisser sur elle un regard approbateur. Tu as beaucoup changé, Ellie.

— À propos, on m'appelle Ella, maintenant.

— Ella, alors ! Je suis désolée pour la raison qui te ramène à la maison, mais ton père va bien mieux, tu sais.

Ella hocha la tête.

— Oui, le dernier rendez-vous chez le docteur était rassurant. Néanmoins, il faut rester vigilant car ce genre de cancer peut facilement revenir. C'est pourquoi je tiens à rencontrer son médecin.

— Il est suivi par le meilleur oncologue de l'État, lui affirma Mme Dumont.

Brusquement, elle eut comme une illumination.

— Vous l'avez aidé, n'est-ce pas ?

— J'ai juste passé un petit coup de téléphone, lui assura-t-elle. Le fait qu'une aile de cet hôpital porte notre nom a ouvert des portes.

Eh bien, il y avait de sérieux avantages à posséder une telle fortune… En tout cas, elle était infiniment reconnaissante aux Dumont pour leur intervention.

— Merci énormément. Je ne sais comment je pourrai vous rendre…

— Allons, ce n'était rien, je te dis ! Si tu veux me faire plaisir, va rejoindre les autres convives et amuse-toi.

Un sourire aux lèvres, Ella acquiesça. Puis elle prit une profonde inspiration et traversa le patio, en repérant des visages familiers au passage : d'anciens camarades de classe, des professeurs, des propriétaires de boutique. Alors qu'elle allait aborder son professeur d'arts plastiques préféré, un homme de haute stature en smoking s'approcha d'elle.

— Ellie Owens ?

— Elle-même ! répondit-elle pour se ménager le temps de le reconnaître.

Ce qui ne tarda pas :

— Tyler Briggitt ! Comment vas-tu ?

Ils étaient dans la même classe au lycée, et Tyler était un proche ami de Jasper.

— Bien, je ne me plains pas. Je travaille dans une banque. Bienvenue à la maison ! Tu as revu Jasp ?

À cet instant, elle reprit une coupe de champagne sur un plateau.

— Euh, oui, je l'ai croisé, hier, en ville.

— Oh ! et ce n'était pas trop gênant ? À cause de cette vidéo, je veux dire. Tu te souviens ?

— Comme si c'était hier, répondit-elle en feignant un certain détachement.

Au fond, Cam n'avait-il pas tenté de la mettre en garde, la veille ? Les gens du coin avaient bonne mémoire…

— Tu sais, je me souviens quand ils l'avaient montrée à notre…

— J'ai été ravie de te revoir, le coupa-t-elle. Mais j'aperçois Riley Hudson, là-bas, et j'aimerais la saluer. Passe une bonne soirée.

Et elle se dirigea d'un pas pressé vers Riley.

— Salut, Ella ! lança joyeusement cette dernière.

— Tu es superbe, Riley.

Celle-ci portait une robe lavande fendue dans le dos et de ravissantes boucles d'oreille.

— Merci. Et toi, tu es tout simplement fantastique. Le rouge te va à merveille.

Elles trinquèrent.

— À deux belles filles et à une merveilleuse soirée ! ajouta-t-elle. Tu t'amuses bien ?

— Euh…

— Oh ! oh ! Que se passe-t-il ? s'enquit Riley d'un ton soucieux.

Ella se mordit la lèvre. Comment lui expliquer ce qu'elle ressentait ? OK, elle avait commis une bourde à la fin des années lycée, mais elle croyait que les gens auraient eu assez de tact pour ne pas lui en reparler. Qu'elle avait été stupide de croire que dix ans plus tard, on s'intéresserait à elle pour l'adulte saine et normale qu'elle était devenue !

— Je pensais me fondre aisément dans la foule, finit-elle par dire.

— Dans ce cas, ma chérie, il ne fallait pas mettre cette robe, répliqua doucement Riley. Ton retour a délié les langues en ville, mais ça va se calmer.

Puisse-t-elle dire vrai !

— Oh ! mais regarde un peu qui arrive ! souffla encore la jeune femme en lui donnant un coup de coude. Jasper !

Elle sentit de nouveau l'atmosphère devenir électrique, les murmures enfler. Était-elle uniquement liée à cette fâcheuse vidéo pour tous les habitants de cette ville ?

Qu'en était-il de son talent artistique ? De la bande dessinée qu'elle avait conçue pour le journal de l'école ? Du titre de meilleure élève qu'elle remportait tous les trimestres avant de devenir major de sa promotion ? Enfin, elle aurait pu le devenir sans cette maudite vidéo, comme lui avait dit le principal du lycée…

— Je vous laisse, murmura alors Riley.

Cela suffit à la faire revenir à la réalité.

— Non, attends !

Trop tard, Jasper approchait à grands pas.

Quand tous les yeux se tournèrent vers eux deux, elle se sentit gagnée par la panique : pourquoi était-elle venue à cette soirée ? Si elle était rentrée à Bayside, c'était pour se fondre dans la masse, pas pour se distinguer ! Et encore moins pour faire de nouveau honte à son père !

— Ellie, dit-il en l'attrapant par le poignet, c'est fantastique que tu sois venue !

— Tiens, salut, Jasper ! répliqua-t-elle d'un ton désinvolte.

Mais elle était consciente d'être observée.

— Tu t'amuses bien ?

Pas spécialement…

— Oui, super ! C'est amusant de voir toute la ville sur son trente et un !

Pour me juger, m'épier.

— Les soirées de mes parents sont toujours réussies.

Tout à coup, elle se dit qu'elle n'était plus une adolescente, mais une adulte, bon sang ! Et il lui importait peu qu'on la regarde discuter avec un autre adulte, puisqu'il ne se passerait rien. Ça, elle en était certaine.

— J'ai cru comprendre que tu avais repris la société de tes parents, dit-elle, les épaules redressées et tête bien droite.

— Pas tout à fait. Ils sont encore très actifs tous les deux.

— Je dois t'avouer que je suis surprise, car je pensais

que ce serait Cam qui prendrait la relève. C'est l'aîné, après tout.

À cet instant, il la serra par le poignet, et elle eut la sensation que tout le monde retenait son souffle. Habilement, elle se dégagea.

— Mon frère voulait monter sa société, au grand dam de mes parents. Mais c'est ainsi !

Elle se demanda alors si Cam était arrivé. Elle avait hâte de l'entendre parler de son affaire, lui, le golden-boy devenu entrepreneur !

Devant le regard insistant de Jasper, elle s'exclama :

— Qu'y a-t-il ?

— Rien, désolé, je suis ravi de te voir ici, c'est tout.

Pendant des années, elle avait observé les réceptions des Dumont de l'autre côté de la baie, avec l'espoir d'être invitée. Et pourtant, en dépit de la présence de Jasper qui était beau comme un dieu, elle avait l'impression qu'il lui manquait quelque chose. Ou quelqu'un…

Normalement, Cam attendait toujours la dernière minute pour se rendre aux réceptions de ses parents. Mais ce soir, c'était différent. Certes, il détestait le smoking qu'il était contraint de porter, tout comme les échanges mondains qui l'attendaient, mais il se sentait capable de les endurer. Étonnamment, il était d'humeur guillerette, pour une fois.

— Quelle bonne surprise de te voir de si bonne heure, et le sourire aux lèvres, qui plus est ! s'exclama sa mère quand il arriva sur la terrasse. Que tu es beau, Cameron !

— Qu'est-ce qui t'arrive ? renchérit son père. Ta montre avance ?

— Ah, c'est bon ! Eh bien, qu'y a-t-il au programme, ce soir ? Des feux d'artifice ? Une grande roue ? Des dragons ?

— Non, monsieur le dédaigneux. La principale attraction de la soirée, c'est Ella Owens.

Bien sûr, il aurait dû s'en douter !

— Où est-elle ?

La pauvre, songea-t-il en scrutant la foule. Elle devait avoir besoin de quelqu'un à qui parler. Il finit par la repérer sur la troisième terrasse, dans une robe rouge foncé, avec une coiffure très recherchée. Même à distance, elle rayonnait, et cette tenue lui allait comme un gant. En un mot, elle était ravissante. Il se sentit soudain essoufflé et, quand elle lui adressa un sourire, il eut la sensation que sa cravate était trop serrée.

— Ils parlent depuis une vingtaine de minutes, déclara alors sa mère.

Ils ? Qui ça, ils ?

En plissant les yeux, il comprit de qui il s'agissait : Jasper ! Le type dont elle était éperdument amoureuse au lycée, celui qui avait toujours une nouvelle fille en vue. Et également le frère à qui allait toute sa gratitude.

— C'est bien qu'elle ait un ami parmi la foule, marmonna-t-il.

Puis il s'efforça de regarder le reste des invités, mais sans cesse il revenait à Ella. Elle était actuellement en train de rire à un bon mot de Jasper sous les yeux écarquillés des personnes qui les entouraient. Pourquoi fallait-il qu'ils se tiennent si près l'un de l'autre ? Nerveusement, il desserra sa cravate.

C'est là que Jasper éclata de rire, lui aussi, la tête renversée en arrière. On aurait dit qu'il avait le hoquet.

Les dents serrées, Cam toussota et constata que dix flashs venaient de zébrer l'air du soir simultanément.

— Et m… ! grommela-t-il.

Une chance, Ella et Jasper se séparèrent. Enfin, c'est surtout elle qui le laissa en plan, à en juger par la mine surprise de Jasper.

Oh ! et puis qu'est-ce qu'il en avait à faire, de ces

deux-là ? Ella n'était pas sous sa responsabilité et elle n'était pas sa petite amie. Pourtant, il éprouva subitement la nécessité de vérifier que tout allait bien de son côté. Sans prévenir sa mère, il s'éloigna subitement pour rejoindre Ella. Après avoir fait un crochet par le buffet…

Elle se tenait un peu à l'écart. Depuis le belvédère, elle observait la baie. Les lumières faisaient miroiter les paillettes de sa robe, et lorsqu'elle se tourna vers lui, il en tomba presque à la renverse.

Elle était d'une beauté à couper le souffle !

— Salut ! dit-elle avec un bref sourire.

— On dirait que tu ne passes pas une soirée extraordinaire !

— Pas vraiment, finit-elle par admettre.

Il montra alors deux bouteilles de bière qu'il avait prises avant de sortir. Il sembla alors discerner une lueur amusée dans le regard d'Ella.

En silence, ils portèrent un toast, puis chacun but une longue gorgée.

Accoudés tous les deux à la rambarde, ils écoutèrent la musique quelques instants, tout en contemplant l'eau qui venait lécher le rivage, un peu plus bas.

— On peut presque voir ma maison, d'ici, déclara-t-elle subitement. Je regardais toujours les lumières de la fête chez vous, de l'autre côté de la baie.

— Et moi, j'enviais ceux de l'autre rive.

À ces mots, elle lui jeta un regard sceptique.

— Mais si, je t'assure !

Avec un haussement d'épaules, il poursuivit sur sa lancée :

— Vous aviez des voisins, vous faisiez des pique-niques, des barbecues. Alors qu'ici nos plus proches voisins sont à des hectares de la maison.

— Tu plaisantes ? Tes parents donnaient de somptueuses réceptions. Rien à voir avec nos petits barbecues de rien du tout.

— J'aurais préféré manger un hamburger que du caviar, figure-toi !

— Tu n'aimes pas le caviar ? lança-t-elle d'un ton moqueur. Et puis d'abord que fais-tu ici, à ces réceptions que tu décries tant ?

— Je suis venu pour…

Pour quoi, au juste ?

— Je voulais juste…

Elle penchant la tête, en attendant qu'il aille au bout de sa phrase.

— Tu avais peut-être besoin de compagnie ?

— Avec qui je jouerais à cache-cache sous le belvédère ?

Elle éclata de rire, et la façon dont ce beau visage rayonna lui plut tout particulièrement.

— Moi aussi, je déteste être sur le devant de la scène. En arrivant, j'ai eu l'impression que tout le monde me passait au scanner, c'était très désagréable. Je comprends mieux tes mises en garde, à présent.

— Pour tout t'avouer, moi non plus, je n'aime pas quand on m'observe.

— C'est bien ce qui me semblait.

Il lui sourit.

— Qu'est-ce qui te plaît, dans la vie ? ajouta-t-elle subitement.

— Beaucoup de choses, dit-il en s'adossant à la rambarde.

Il avala une gorgée de bière.

— Le base-ball, les grands trajets à bord de mon pick-up, boire de la bière fraîche par une chaude soirée… Travailler de mes mains. J'aime aussi les chiens, et j'en aurai un, un jour. Les bons romans, aussi.

— Quel genre ?

— Les thrillers, surtout.

Prenant la même pose que lui, elle l'écouta résumer le dernier livre qu'il avait lu. Puis ils évoquèrent des films et séries qu'ils appréciaient.

Quand ils finirent leurs bières, une brise plus fraîche s'était levée sur la baie, ce qui lui fit du bien. Pourquoi avait-il si chaud ? Il nota alors qu'elle frissonnait. Immédiatement, il ôta sa veste et la posa sur ses épaules.

On devinait de la surprise dans les yeux d'Ella.

— Merci. C'est très gentil.

— Tu as froid, quoi de plus normal ?

Tapotant d'un doigt verni sa bouche fardée de rouge, elle déclara :

— Tu as toujours été un peu mystérieux, toi. Personne ne te connaissait vraiment. Tu restais à l'écart, avec ta barbe et ton pick-up. Au lycée, tu avais toujours l'air plus âgé.

Il la considéra : au clair de lune, avec ces yeux rieurs et ce corps élancé, elle était la plus belle femme qu'il avait jamais vue.

Il fit un pas vers elle.

— Donc, tu ne me connaissais pas.

— Pas vraiment, non, dit-elle sans reculer, la tête penchée.

— Et maintenant que tu me connais un peu mieux, que penses-tu de moi ?

Cam s'interrogea. Il flirtait avec elle, non ? Était-ce bien raisonnable ? Peut-être pas, mais c'était très agréable.

— J'ai envie d'en apprendre davantage, répondit-elle.

Oh ! oh, elle aussi flirtait avec lui. Il était dans de beaux draps ! Ella Owens avait été amoureuse de Jasper, et d'après ce qu'il avait vu ce soir, ce dernier était désormais intéressé. Alors autant ne pas marcher sur ses plates-bandes.

À regret, Cam recula d'un pas.

— Jasper et toi, vous aviez beaucoup à vous dire, tout à l'heure, déclara-t-il malgré lui.

Elle lui jeta un regard dubitatif. Il fallait dire qu'il soufflait le froid et le chaud.

— Je n'ai pas vraiment envie de parler de ton frère, éluda-t-elle.

— Dans ce cas, de quoi veux-tu que nous discutions ?

Le temps de prendre une grande respiration, elle parut alors se jeter à l'eau :

— Tu peux me dire pourquoi j'ai l'impression de ne presque pas avoir quitté Bayside ? J'ai passé dix ans en Europe, pourtant ! On dirait que les gens ne sont pas du tout intéressés par celle que je suis devenue aujourd'hui.

— À mon avis, tu ne saisis pas à quel point ton retour frappe les esprits. Nous sommes dans une petite ville, Ella.

— Je ne sais pas si je vais pouvoir le supporter longtemps.

— Si ça peut te rassurer, j'aimais bien celle que tu étais autrefois tout comme celle que tu es devenue.

Elle ouvrit puis ferma la bouche avant de conclure :

— Oui mais, toi, tu es différent.

— J'ai entendu ce refrain toute ma vie !

Elle se mit à rire. Elle ne le croyait pas ?

— Écoute, reprit-il, tu es belle et intelligente, tu as vécu en Europe pendant dix ans, ce n'est pas rien. Tu suscites de l'intérêt, voilà tout.

— Tu me trouves belle, c'est vrai ?

Comment pouvait-elle en douter ? N'était-ce pas une évidence ? Pour lui en tout cas, c'était indiscutable, avec ou sans cette robe rouge… D'ailleurs, il sentait que son esprit était prêt à vagabonder dans des territoires où elle ne portait rien du tout.

De nouveau, il s'avança vers elle. Sans doute un peu trop près.

— Comment peux-tu me poser une question pareille ?

— Vu mon passé ici, je m'interroge sur la façon dont on me voit vraiment.

— C'est-à-dire ?

— Pour les gens d'ici, je suis la fille complètement

ivre qui a déclaré son amour à un type carrément hors de sa portée. Le tout devant une caméra.

Il resserra les mains sur la rambarde.

— Les gens d'ici sont des idiots, décréta-t-il.

— Tu veux me faire croire que toi, quand tu me vois, tu ne penses pas à la vidéo ?

— Absolument pas ! Quand je te regarde, je vois une femme entêtée d'une beauté renversante, avec une chevelure épaisse, des yeux brillants et une peau soyeuse.

Et pour bien marteler ses propos, il fit courir ses doigts sur le bras d'Ella… En dépit de sa veste, il la sentit frissonner. D'instinct, il se rapprocha un peu plus encore et posa les yeux sur sa bouche rouge.

Quand, elle passa le bout de sa langue dessus, il retint de justesse un grognement. Alors il posa une main sur ce beau visage d'une main et pencha la tête vers elle… Bon sang, il avait tellement envie de l'embrasser ! Leurs lèvres se touchaient presque…

Au même moment, une explosion retentit, suivie d'applaudissements et d'acclamations. Reculant vivement sous l'effet de la surprise, Cam passa la main dans ses cheveux tandis qu'Ella regardait le ciel qui s'illuminait de feux d'artifice…

Les bouquets de lumière l'avaient arrêté dans ses intentions mais, au fond, n'était-ce pas préférable ? À bien y réfléchir, cette explosion lui avait évité de commettre une terrible erreur. Il aurait dû remercier le hasard.

Curieusement, ce n'était pas le cas : il n'éprouvait que de la déception.

- 5 -

Suis-je la seule à avoir vu la ravissante Ellie Owens arriver, telle une princesse, à la réception des Dumont ? Mais le moment le plus intéressant ce fut quand Ellie et le beau gosse préféré de tout Bayside, Jasper, se sont finalement retrouvés sur la terrasse pour un rendez-vous qui a duré vingt minutes, si mes calculs sont bons.

Un nouveau couple en vue ? Pas encore... Notre Cendrillon a subitement laissé en plan le prince charmant avec sa coupe de champagne français à la main, et a disparu pour le reste de la soirée. Bien sûr, votre blogueuse préférée a une petite idée de l'endroit où elle est allée. Personne n'a remarqué qu'un autre acteur important de la soirée avait lui aussi disparu ?

Le lendemain de la fête, Ella faisait son entrée au Boat House, un restaurant sympathique de Bayside, qui donnait sur l'océan. Riley lui avait envoyé un texto dans la matinée pour faire un débriefing de la soirée.

Vêtue d'une combinaison noire très chic et parée d'émeraudes, celle-ci était déjà assise à une table haute dans la partie bar, tout en griffonnant fiévreusement des notes pour son journal.

Elles commandèrent alors leurs boissons, un pinot noir pour Ella et un Martini grenadine pour Riley.

— Sur quoi travailles-tu ? demanda Ella.

— Sur un article qui m'agace profondément. Mon idiot de chef veut que le journal s'intéresse au milieu culinaire. Mais on habite à Bayside, pas New York. Il n'y a pas à proprement parler ici de tendance culinaire.

Tout en s'adossant à son siège, Ella étudia son amie : celle-ci s'habillait toujours comme une animatrice de show télévisé branché et parlait constamment de New York.

— J'ai l'impression que tu aimes les grandes villes.

— Tout à fait, bien vu !

— Dans ce cas, pourquoi n'as-tu pas quitté définitivement Bayside, après tes études ?

Riley se mit à rire.

— Tu essaies déjà de te débarrasser de moi ?

Ella rougit.

— Mais non, ce n'est pas ce que je voulais dire.

— Je plaisante.

Leur commande arriva, et Riley avala une gorgée de Martini.

— J'ai vécu à New York après la fac, poursuivit-elle. À Manhattan.

— C'est vrai ? fit Ella en buvant une gorgée de vin.

Pas mauvais, mais rien à voir avec celui qu'on servait à Florence et en Italie de manière générale.

— Pourquoi es-tu revenue ? ajouta-t-elle.

À cette question, les yeux verts de Riley s'assombrirent, et elle baissa les paupières.

— Disons que j'étais partie pour New York avec l'idée de conquérir la ville. Pour finir, c'est la ville qui m'a conquise.

Ella hocha la tête sans pour autant comprendre les paroles sibyllines de son amie. Peut-être en apprendrait-elle plus prochainement. Mais pour l'instant, vu la réaction de Riley, elle préféra changer de sujet.

— Alors, tu t'es bien amusée, hier, à la soirée ?

Riley sourit.

— Absolument ! Même si je ne t'ai pas beaucoup vue… Je veux dire, après que tu as parlé à Jasper.

Ella se redressa.

— Oh ! il ne s'est rien passé avec lui, si c'est ce que tu sous-entends.

— Non, pas du tout.

Riley but un peu de Martini.

Ella n'était pas dupe : on lui faisait passer un petit interrogatoire. Normalement, elle détestait les commérages, mais c'était si bon d'avoir une amie avec qui bavarder qu'elle baissa la garde.

— En fait, j'ai discuté un bon bout de temps avec Cam, avoua-t-elle.

Riley haussa les sourcils.

— Cam Dumont ? Sérieusement ?

À cet instant, elle se rendit compte d'une chose. En trois jours, elle avait plus parlé avec Cam que pendant les dix-huit ans où elle avait vécu ici. Comme elle le lui avait confié la veille au soir, il avait toujours représenté un mystère pour elle. Mais, maintenant qu'elle était plus âgée, cette ambiguïté l'intriguait plus qu'elle ne l'intimidait. Quand elle discutait avec lui, elle avait l'impression qu'il l'écoutait réellement, qu'il retenait ce qu'elle lui disait. La veille, ils avaient conversé pendant une heure, et le temps semblait s'être envolé. Quand il s'était rapproché d'elle, elle s'était délectée de cette proximité, tout excitée à l'idée de ce qui aurait pu arriver…

Elle avala une longue gorgée de vin puis regarda Riley.

— En quoi est-ce surprenant ?

— Eh bien, Cam est un type très sympa, mais ce n'est pas franchement l'homme le plus bavard de Bayside… Ce doit être lui dont parlait la blogueuse ce matin.

— Tu plaisantes ?

Et elle jeta un rapide coup d'œil alentour : la blogueuse était-elle cachée parmi les clients ?

— C'est toi le sujet de son article d'aujourd'hui. Selon

elle, tu as disparu de la réception, et quelqu'un d'autre t'a imité, mais elle ne précise pas qui. Je n'aurais jamais imaginé que c'était Cam.

Les yeux plissés, Ella se pencha vers elle :

— Que sais-tu de lui, au juste ?

— Pas grand-chose, Cam est un solitaire. Cela dit, il est sympa, il me dit toujours bonjour, mais attends…

Et elle se pencha à son tour :

— Il te plaît ?

— À ton avis ? Oui, non, ou peut-être ?

— Bon, je reformule. Es-tu intéressé par Cam ?

— Écoute, je suis à peine rentrée au pays, et encore sous l'effet du décalage horaire, éluda-t-elle.

Sous le regard perçant de Riley, elle ajouta :

— De toute façon, je n'ai de vue sur personne, et certainement pas sur un des frères Dumont.

En vérité, elle voulait en apprendre davantage sur Cam, mais ce qu'elle refusait catégoriquement, c'était d'attirer les commentaires en passant d'un frère à un autre. Du moins en donnant cette impression, puisqu'il n'y avait jamais rien eu entre Jasper et elle.

Heureusement, Riley oublia bien vite les frères Dumont, et elles discutèrent alors des tenues portées par les convives à la soirée, puis évoquèrent Florence et le travail de galeriste qu'Ella avait eu, là-bas.

— Qu'envisages-tu de faire à présent ? demanda Riley alors qu'elles commandaient leur deuxième verre.

Ella souffla sur la mèche de cheveux qui lui était tombée devant les yeux.

— C'est la grande question ! Difficile de travailler dans une galerie par ici !

Riley fit une moue songeuse, puis claqua des doigts.

— Et pourquoi pas prof d'arts plastiques ?

— Oui, ça me plairait, mais il faut passer un concours, donc retourner à l'école. Or je dois impérativement gagner ma vie. Au fond, je pourrais postuler pour un job de serveuse…

— Tu plaisantes, j'espère ? Tu ne peux pas passer de ta vie glamour en Italie à un poste de serveuse à Bayside ! Non, il y a forcément une autre solution.

Ella aurait voulu répondre mais quelque chose venait d'attirer son regard.

Un homme en pantalon de coton et polo vert menthe venait à leur rencontre : Jasper ! Arrivé à leur hauteur, il salua brièvement Riley puis focalisa toute son attention sur Ella… qui sentit tous les yeux des clients converger vers elle !

— De quoi parlent les deux plus belles femmes de la ville ? demanda-t-il.

— Du travail que doit trouver Ella, répondit Riley.

— Tu peux toujours travailler pour moi, dit-il tranquillement.

Ella se sentit rougir sous ce regard intense, mais aussi parce qu'elle était le centre d'attention de tout le bar.

— C'est très gentil, mais je n'y connais rien en immobilier.

— Moi non plus, d'après mes parents.

Derrière cette réponse désinvolte, elle perçut tout le désarroi qui se cachait.

— Je suis désolée, marmonna-t-elle.

— Et si vous dîniez avec moi, toutes les deux ? suggéra-t-il alors.

— Euh… Je ne suis pas vraiment habillée pour, commença Ella.

Dîner avec Jasper ? Mais quelle mauvaise idée ! Il lui fallait un prétexte, et vite.

— Tu plaisantes ? Tu es parfaite ! Riley, tu es partante ?

— Allons-y ! dit cette dernière.

Et ils passèrent dans la partie restaurant.

Ella se mordit la lèvre. Que penserait son père s'il apprenait qu'elle dînait en ville avec Jasper ? Et que dire de la blogueuse ? Si elle se nichait parmi les clients, nul doute que tout Bayside serait au courant dès le lendemain.

Allons, elle était ridicule et parano ! Elle allait passer un bon moment en compagnie de Jasper et Riley, et c'était tout ce qui comptait.

On les conduisit à une table près de la fenêtre qui donnait sur la baie, et tandis que Jasper s'enquérait auprès de Riley de la santé du journal, Ella en profita pour inspecter la salle… Personne ne semblait s'intéresser à eux. Parfait !

Comme elle s'en doutait, avec Riley qui ne cessait de bavarder, tout le monde avait compris qu'il s'agissait d'un dîner entre amis, rien de plus.

Soudain, celle-ci attrapa son portable qui venait de vibrer.

— Oh ! désolé, c'est Sawyer, mon patron !

Riley fronça les sourcils, puis fit la moue en lisant le texto.

— Tout va bien ? s'enquit finalement Ella.

— Je t'assure que ce Sawyer Wallace va me rendre dingue, soupira son amie. Un jour, je vais le pousser dans la baie.

Jasper éclata de rire.

— Tu me préviendras avant ! Je ne voudrais manquer ce spectacle pour rien au monde.

— Promis ! dit-elle en rangeant son portable.

Puis elle tourna des yeux désolés vers Ella.

— Je suis navrée, mais il faut que je file au bureau.

Nooon !

D'une voix mal assurée, Ella insista :

— Tu es sûre ?

— Il y a un problème avec un de mes articles qui doit être publié demain, et comme Sawyer est incapable de régler quoi que ce soit par téléphone ou par mail, je dois me rendre sur place. Vraiment, je suis désolée, répéta-t-elle.

— Quelle poisse ! s'exclama Jasper. Dis à Sawyer de ma part qu'il te doit un repas.

— Ne t'inquiète pas, il saura qu'il a gâché ma soirée, renchérit Riley en se levant.

Puis elle regarda Ella et ajouta :

— Vraiment, je suis contrarié, mais passez une bonne soirée quand même. Et qui sait ? Si la question est vite réglée, je reviendrai finir la soirée avec vous.

— On te garde du dessert, dit Jasper.

— Merci, les amis.

Et sur ces mots, Riley s'éclipsa, la laissant en tête à tête avec Jasper.

La carte du restaurant à la main, Ella lança des regards furtifs autour d'elle. Pas de doute, tout le monde l'épiait, à présent.

Quand le scotch de Jasper arriva, ils commandèrent leur plat, puis elle s'adossa à sa chaise, et il se mit tout de suite à raconter ce qui s'était passé à Bayside, récemment.

Elle l'observait tandis qu'il parlait. Il était très beau, c'était indéniable : on aurait dit un acteur hollywoodien avec ces cheveux blonds et ces yeux clairs, cette haute stature et cette silhouette élancée. Sans compter qu'il était riche, cultivé, et issu d'une grande famille.

Et pourtant, elle ne ressentait absolument rien pour lui. L'attirance d'autrefois l'avait bel et bien désertée. Alors que la veille, sous le belvédère, face à Cam…

Sans se douter des pensées qui la hantaient, Jasper se mit alors à la questionner sur Florence. Une chance.

Un peu plus tard, elle lui demanda :

— As-tu étudié à l'étranger ?

Même si elle ne ressentait rien pour lui, il fallait reconnaître que Jasper savait alimenter une conversation.

— Non, malheureusement, je n'en ai jamais eu le loisir.

— C'est-à-dire ? s'enquit-elle en penchant la tête.

— Après le lycée, j'ai étudié l'économie et j'ai toujours

été très concentré sur mes études. J'avais un but précis à atteindre. Puis j'ai préparé un MBA.

Curieux ! Elle l'aurait plutôt imaginé en train de faire la fête plusieurs fois par semaine et ne pas manquer une occasion de voyager. Au fond, elle était impressionnée : il n'était pas le garçon frivole qu'elle avait cru voir en lui.

— Et maintenant tu auras bientôt l'honneur de reprendre l'affaire familiale, conclut-elle.

À ces mots, le visage de Jasper s'assombrit.

— Je ne le vois pas vraiment comme un honneur. Disons que je suis plutôt une roue de secours.

— Comment ça ?

— Mes parents espèrent toujours le retour de Cam.

Elle ouvrit la bouche pour protester, mais il leva la main pour l'arrêter.

— J'adore mes parents, poursuivit-il, et ils ont beaucoup de qualités. Mais leurs idées vieux jeu m'énervent. Les Martini avant le repas, aucune visibilité sur les réseaux sociaux, le fils aîné censé reprendre l'affaire familiale…

Ella se mordit la lèvre.

— Je suis sûre que c'est une question de génération.

— C'est possible. Mais s'ils veulent que Dumont Incorporated survive, il va falloir qu'ils évoluent.

— Tu leur en as parlé ?

— Oui. Et ils ont hurlé. J'ai insisté. Ils ont roulé des yeux… Mais parlons d'autre chose ! Il y a des problèmes plus graves dans le monde.

— Sans doute, mais ceux-là n'en restent pas moins importants pour toi.

Il croisa alors son regard.

— Merci, Ella. Tu sais, si je n'étais pas…

À cet instant, un flash éclaira leur table, et ils tournèrent le visage dans la direction d'où il venait. En l'occurrence, d'une table occupée par trois femmes, portable à la main. Ella laissa son regard glisser à droite : deux autres tablées les observaient.

Elle soupira et regarda Jasper.

— Ça ne te dérange pas ? demanda-t-elle.

— Quoi ? Que les gens pensent qu'on sort ensemble ?

— Tout à fait ! Je déteste être le centre de l'attention.

Adolescente, elle avait toujours été calme et sérieuse jusqu'à ce stupide béguin qu'elle avait eu pour lui. Un béguin qui ne reposait sur rien de concret, elle s'en rendait compte, désormais : le Jasper avec qui elle venait de dîner était certes adorable, sociable et très intelligent, mais ce n'était pas son âme sœur. Elle n'éprouvait aucune attirance pour lui. Pour autant, elle était désolée par ce conflit qui l'opposait à ses parents.

Au fond, elle n'avait jamais connu le véritable Jasper Dumont. Et d'ailleurs, quelqu'un savait-il qui il était réellement ?

À cette pensée, elle redressa les épaules puis plia sa serviette qu'elle reposa à côté de son assiette.

— Je sais que nous n'avons pas encore commandé de dessert, mais est-ce que ça te dérange si nous partons d'ici ?

— Pas du tout ! dit-il en hélant le serveur. En tout cas Ellie, je veux dire... Ella, merci pour ton oreille attentive.

— Ce fut un plaisir, je t'assure.

Une fois l'addition réglée, ils sortirent du restaurant, et Jasper se tourna vers elle.

— Comment es-tu venue ?

— Mon père m'a déposée. Comme au lycée, précisa-t-elle en souriant. Je n'ai pas encore acheté de voiture.

— Dans ce cas, je te ramène.

— En fait, j'ai envie de prendre un peu l'air frais. Mais c'est gentil, merci.

Jasper rangea ses clés.

— Alors laisse-moi te raccompagner à pied, dit-il en lui donnant un petit coup d'épaule.

— Entendu !

Et ils se mirent à longer la baie.

— Je n'ai pas envie de commettre un faux pas, tu sais, dit-elle brusquement. J'ai l'impression que tous les regards sont braqués sur moi depuis mon retour.

Il poussa un soupir et s'immobilisa devant le port, une des plus belles vues de Bayside.

— C'est aussi ce que je ressens chaque jour dans cette ville, lui confia-t-il à son tour.

Elle haussa un sourcil.

— Allez, tu es un Dumont, ton nom figure jusque sur les articles de papeterie !

Mais cela ne le fit pas sourire.

— C'est une pression énorme d'avoir son nom partout.

Comme c'était curieux de découvrir un côté si sombre chez le golden-boy de Bayside ! Comment le rassurer ? Elle s'adossa à la rambarde pour réfléchir… mais trébucha et se redressa vivement.

Il tendit la main pour la rattraper et l'étreignit.

— En tout cas, que cela ne gâche pas notre soirée. Nous avons vraiment bien dîné au restaurant, lui dit-il.

— Dîné ? répéta en écho une voix aiguë et mécontente.

Ils tournèrent la tête : une jolie femme menue, blonde et fort bien habillée, s'avançait vers eux.

— Bon, passons pour le dîner, poursuivit-elle en observant Jasper. Tu peux me dire pourquoi tu es en train de tenir la main de cette ravissante jeune femme ?

Jasper lâcha la main d'Ella et leva les bras en signe de capitulation.

— Et toi, que fais-tu ici ? rétorqua-t-il.

— Je suis rentrée un jour plus tôt pour te faire une surprise. Visiblement, c'est réussi !

Très gênée, Ella toussota. La situation était vraiment embarrassante…

— Désolée, ne vous méprenez pas, intervint-elle. Nous nous connaissons depuis le lycée. Je m'appelle Ella. Ella Owens.

— Mindy Peterson, répondit la jolie blonde. Je suis la petite amie de Jasper.

Quoi ? Ella se retourna vivement vers lui.

— Tu as une petite amie et tu ne m'as rien dit ?

— Incroyable ! commenta Mindy en secouant la tête.

La chevelure blonde de la jeune femme tomba en cascade sur ses épaules, comme dans une publicité.

— Tu ne lui as pas parlé de moi ? poursuivit-elle les bras croisés. Qu'est-ce qui t'arrive, Jasp ?

L'air furieux, Mindy s'avança vers lui, et Ella estima que l'heure était venue de s'esquiver. Elle marmonna un vague bonsoir, puis prit appui sur la rambarde pour tourner les talons. Mais la barre se mit à trembler dangereusement…

Il y eut un bruit métallique. Et c'est ainsi qu'Ella tomba à l'eau en poussant un grand cri.

- 6 -

Qui a-t-on vu hier soir au Boat House ? Mais oui : la petite Ellie Owens et Jasper Dumont en personne, à la table la plus romantique du restaurant. Vous voulez en savoir plus ? Venez chatter sur Twitter avec moi…

Une fois dans l'eau glacée, Ella hésita un instant à remonter à la surface, peu désireuse d'affronter Mindy et Jasper après cette nouvelle chute dans la baie.

Pourquoi fallait-il que l'histoire se répète ?

Alors qu'elle se décidait malgré tout à nager, elle sentit deux bras vigoureux la tirer vers le haut et se retrouva tout à coup face à un beau visage couvert d'une barbe de deux jours…

Cam Dumont était venu à sa rescousse.

— Ça va ? s'enquit-il tout de suite tandis qu'elle toussait et rejetait ses cheveux en arrière.

Sous le coup de la surprise, elle préféra garder le silence.

— Ella, parle-moi, insista-t-il. Tu vas bien ?

— Cam, tu l'as récupérée ? Elle va bien ? demanda Jasper depuis la plate-forme.

— Ella ? reprit Cam d'un ton inquiet.

Et il la pressa contre son torse vigoureux. Si elle devait mourir de honte, il y avait pire que d'expirer dans les bras du beau Cam.

— Ça va, finit-elle par marmonner.

— Que s'est-il passé ? Pourquoi as-tu fait ça ?

Cam avait les lèvres bleues, et elle se demanda quelle tête elle pouvait bien avoir !

Il resserra son étreinte.

— C'est mon frère, je l'adore, mais je t'assure qu'il ne vaut pas la peine qu'on se jette à l'eau pour lui.

Mais… que racontait-il ?

Elle le repoussa subitement.

— C'est bon, je sais nager, marmonna-t-elle. Sortons de l'eau.

Et en un rien de temps elle remonta sur le ponton, suivie par Cam. De nouveau, il l'attira contre lui et l'étreignit.

— Tu m'as fait peur ! J'ai failli faire une attaque.

Il semblait vraiment sincère et inquiet. Mais elle n'avait pas précisément prévu de se retrouver dans l'eau froide à cette heure avancée, et il n'était nullement dans ses intentions de…

Et tout à coup elle eut le déclic : Cam pensait qu'elle s'était jetée à l'eau délibérément !

— C'était un accident, Cam ! s'écria-t-elle.

Subitement, cette horrible soirée de fin d'année lui revint en mémoire. Comme si cette stupide vidéo n'avait pas suffi ! Alors qu'elle fuyait à toute vitesse sur la jetée, on l'avait appelée, elle s'était retournée : son pied avait glissé et, plouf, elle s'était retrouvée dans l'eau. Un bête accident, mais tout le monde avait cru qu'elle s'était jetée dans la baie, trop bouleversée après son aveu à propos de Jasper.

C'était d'un ridicule ! Seule une personne insensée aurait attiré l'attention sur elle de cette façon…

Alors qu'elle revenait doucement à la réalité, elle vit des badauds de plus en plus nombreux se rapprocher. Oh non ! Encore une fois, on allait la prendre pour une dérangée.

Elle repoussa vivement Cam.

— Je te jure, j'ai dérapé en me retournant, lui dit-elle.

La rambarde est desserrée à cet endroit. Il faut la réparer de toute urgence. Tiens, tu pourrais t'en charger, puisque tu es entrepreneur.

— C'était vraiment un accident ? insista-t-il d'un ton sceptique.

— Je te le jure !

À cet instant, Jasper, Mindy et une foule d'autres personnes descendirent les marches pour arriver jusqu'à eux, sur le rivage.

— Elle va bien ? s'enquit Mindy.

— Ella, ça va ? répéta Jasper. Mais tu grelottes de froid !

La jeune femme le secoua par le bras.

— Donne-lui ta veste, Jasp.

Et il s'exécuta sur-le-champ. Mais elle sentit qu'on l'enveloppait d'un deuxième manteau. Cam ! Il se mit à lui frictionner les bras tandis que la foule autour d'eux grossissait encore.

— Désolée, Ella, déclara Mindy. J'ai mal interprété la situation.

— C'est bon, parvint-elle à articuler tout en claquant des dents.

Elle aurait voulu creuser un trou dans le sable pour se réfugier ! Et pas seulement à cause des mains chaudes de Cam sur ses bras… Non, c'étaient les murmures excités de la foule qui la terrifiaient. Tout le monde devait penser qu'elle avait voulu se jeter une deuxième fois dans la baie pour attirer l'attention de Jasper.

Elle sentit le rouge de l'humiliation lui monter aux joues, alors qu'elle tremblait toujours de tout son corps.

— Ella ! Mais que s'est-il passé ? demanda à son tour Riley qui venait de se frayer un chemin dans la foule.

— Tout… Tout va bien. Ne t'inquiète pas.

— J'ai tout vu, s'écria quelqu'un. Elle s'est battue avec Jasper puis s'est jetée par-dessus bord.

— Pas du tout, renchérit une autre voix. C'est la petite amie de Jasper qui l'a poussée dans l'eau.

— Ah bon, Jasper Dumont a une petite amie ? rétorqua un troisième badaud d'un ton incrédule.

— Assez ! gronda Cam. Je la ramène chez elle.

Sur ces mots, il la prit dans ses bras et l'arracha du sol. Mortifiée, Ella préféra ne pas lutter et se lova contre lui, les yeux clos. Quelques instants plus tard, elle se retrouva dans son pick-up, sur le siège passager, et ouvrit les paupières. Assis à côté d'elle, il venait de mettre le contact pour allumer le chauffage. Elle le vit alors rouvrir la portière coulissante, côté conducteur… et faire un strip-tease sur le parking !

Eh bien, si après ça si elle n'était pas réchauffée…

Cam remonta dans son véhicule, vêtu d'un simple boxer.

La portière refermée, il se pencha vers elle, attrapa son visage et plongea les yeux dans les siens.

— Dois-je te conduire à l'hôpital ?

Ella frissonna à ce contact. Ce qu'il pouvait être beau, surtout dans une tenue qui dévoilait presque toute son anatomie…

— Mais tu es quasiment nu ! s'exclama-t-elle soudain.

Ces mots à peine sortis de sa bouche, elle se sentit si honteuse qu'elle manqua sortir du pick-up et replonger dans l'océan.

Un sourire amusé éclaira le visage de Cam.

— OK, j'en conclus que c'est non.

— Pourquoi t'es-tu déshabillé ?

— Visiblement, ça te perturbe. Mais ça t'empêche de ruminer sur les raisons qui t'ont poussée à sauter dans l'eau, et c'est tant mieux.

— Pardon ? Ne me dis pas que tu crois que je l'ai fait exprès.

Il haussa les épaules, et garda le silence.

Avec un soupir excédé, elle resserra la veste autour d'elle.

— Quand Mindy est arrivée, je me suis dit qu'elle et Jasper voulaient discuter en tête à tête, donc je me suis retournée et c'est là que j'ai glissé à cause de cette fichue rambarde ! Mais enfin, pourquoi ai-je besoin de me justifier devant toi ?

Il leva un sourcil.

— Franchement, Cam, tu commences à m'énerver.

Sur ces mots, il éclata de rire, ce qui fit tressaillir ce beau corps musclé.

— Et puis couvre-toi !

Il cessa de rire, mais un sourire flottait toujours au coin de ses lèvres.

— Je n'ai rien pour me changer, dit-il en démarrant. Et je n'ai pas envie d'attraper une pneumonie en mettant des habits mouillés et glacés.

— Très bien… Au fait, peux-tu me dire ce que tu faisais sur la jetée, à cette heure-ci ?

— On est samedi, je suis allé boire une bière avec des amis. Je t'ai vue de loin avec Mindy, et tout à coup, plouf, tu as disparu dans l'eau.

— Parlons de Mindy, justement ! Tu aurais pu m'avertir que Jasper avait une petite amie.

Elle le vit se raidir.

— C'est vrai que tu as dû te sentir un peu embarrassée…

— Tu crois ? Franchement, je n'aurais pas dîné avec lui si j'avais su que…

Ella s'interrompit. Le pick-up venait de faire une embardée.

— Quoi ? Tu as dîné avec mon frère ?

— Ce n'était pas un rendez-vous, mais un repas entre amis, avec Riley, jusqu'à ce que son chef l'appelle pour qu'elle aille au journal. On a donc rapidement dîné tous les deux après son départ.

— Visiblement, Mindy ne l'a pas vu sous cet angle.

Ella se sentait vraiment mal. Plus jamais elle ne dînerait avec le petit ami d'une autre.

D'un ton aussi calme que possible, elle reprit :

— Toute la ville pense comme cette fille, n'est-ce pas ?

— J'ai l'impression, dit-il en la gratifiant d'un long regard.

— C'est incroyable ! On dirait que l'histoire se répète.

Sur ces mots, elle ferma les yeux, suppliant le sort pour que tout cela ne soit qu'un mauvais rêve. Elle voulait refaire son entrée à Bayside !

— Écoute, Ella, je te l'ai déjà dit, mais je vais me répéter : je suis ravi que tu sois revenue, dit Cam d'une voix rauque et extrêmement sexy.

Ces paroles résonnèrent profondément en elle. Car la seule chose qu'elle ne voulait pas effacer, au sujet de ces derniers jours, c'était le temps passé en sa compagnie.

— Merci, répondit-elle.

Puis en fermant les paupières elle ajouta :

— Même si je n'en avais pas besoin, merci d'avoir plongé pour me secourir.

Le dimanche, Cam ne travaillait pas et, en général, il se levait tard, regardait du sport à la télévision et se relaxait.

Alors pourquoi était-il si agité ?

Sans doute parce qu'il lui arrivait rarement de prendre un bain de minuit la veille. Pour arracher une femme superbe aux eaux glacées… À moins que cela soit lié au souvenir de la femme en question. Et de ce corps sublime pressé contre le sien.

Quand il avait raccompagné Ella chez elle, il avait surpris le regard qu'elle avait posé sur certaines parties de son corps. Ce qui l'avait fait réagir de façon assez gênante. D'autant qu'il ne portait pas de pantalon.

— Bon sang, Ella ! marmonna-t-il en zappant frénétiquement.

Il n'arrivait pas à trouver une seule chaîne qui lui

plaisait parmi la quantité qui défilait sur son écran plat géant ! De toute façon, il n'avait envie de rien voir, à part peut-être la tête d'Ella quand il s'était déshabillé…

D'un bon, il se leva et arpenta le salon. Le fait qu'il ne cesse de penser à elle le perturbait, il devait trouver un moyen pour se calmer.

Comme le reste de la ville, il avait tout de suite pensé qu'elle s'était jetée à l'eau pour Jasper. Et désormais, il s'en voulait d'avoir tiré des conclusions hâtives.

Toutefois, avait-elle vraiment cessé d'être amoureuse de son frère ? Il était irrité de ne pas pouvoir deviner ce qu'elle ressentait. Tout ce qu'il savait, c'était que cette femme lui inspirait des pensées parfaitement déplacées !

Il est vrai que Jasper ne semblait plus l'intéresser et vice versa.

Cam s'interrogea. Ne devait-il pas entrer dans l'arène ? Il passa la main dans ses cheveux. Serait-ce répréhensible ? La culpabilité et le désir se disputaient en lui… D'autant qu'il savait comment rentrer dans ses bonnes grâces ! Le temps d'attraper son portable, il composa un numéro…

Quelques minutes après, au volant de son pick-up, il effectuait le court trajet jusqu'à la maison des Owens où il avait passé de longues heures quand Ted était malade, à réparer des choses ici et là, ou bien à s'occuper du jardin. Notamment des fleurs.

D'ailleurs, elles étaient toutes prêtes à éclore, constata-t-il. Il pouvait être satisfait du travail qu'il avait accompli. Une fois sous le porche, il s'apprêtait à frapper quand il entendit des voix énervées s'échapper de la cuisine : Ella et son père se disputaient. Il se glissa en silence dans l'entrée.

— Pour la centième fois, papa, je te jure que je n'ai pas fait exprès de me jeter à l'eau !

Cam n'entendit pas ce que Ted répondit, mais Ella rétorqua :

— Je n'ai pas sauté non plus pour le bal de fin d'année, au lycée. C'est la balustrade qui est bancale.

— La blogueuse de Bayside a écrit que…

Cam entendit alors Ella pousser un grognement.

— S'il te plaît, papa, ne me dis pas que tu lis ces inepties. Tu me connais, non ?

Il était temps de venir à la rescousse !

Cam entra aussitôt dans la pièce en déclarant :

— Elle ne ment pas.

Deux paires d'yeux verts se braquèrent sur lui.

— La balustrade était branlante.

Et elle ne le serait bientôt plus. Car après la douche bien chaude qu'il avait prise en rentrant chez lui, il était retourné sur place. Et il s'était rendu compte qu'Ella disait vrai depuis le début.

— Cam, s'exclama-elle d'un ton fort surpris, que fais-tu ici ?

— Je… Eh bien, ça sent réellement bon chez vous.

Il venait en effet de voir tout un arsenal de plats dans la cuisine.

— Ellie prépare le dîner de ce soir, déclara Ted d'une voix où perçait une fierté évidente.

Soudain, il riva sur lui un regard noir et ajouta :

— Mais toi, tu peux me dire pourquoi tu as déposé ma fille devant chez moi en sous-vêtements ?

— Il avait froid, papa, argua timidement Ella.

Cam fit la grimace. OK, il était nu, mais parce qu'il avait plongé dans la baie pour la tirer d'affaire !

— Eh, je ne suis pas le méchant de l'histoire, au contraire.

— Ça, il faudrait en débattre, marmonna-t-elle.

— Je lui ai porté secours, insista-t-il.

— Je n'avais pas besoin d'aide, rétorqua-t-elle en versant du vinaigre balsamique sur la salade qu'elle préparait. Et je suis tout à fait capable de me débrouiller dans des situations périlleuses.

— Oh oui, on t'a vue à l'œuvre hier soir.

Visiblement amusé, Ted s'assit sur une chaise et croisa les jambes en les regardant tour à tour.

— C'était un accident, martela Ella.

À cause de la vapeur qui montait des fourneaux devant lesquels elle s'affairait, elle avait de la sueur sur le front. Ce qui la rendait encore plus ravissante.

— Nous sommes juste soucieux pour toi, princesse, déclara son père.

— Tout à fait, renchérit Cam.

Mais au fait quand avait-il commencé à s'inquiéter pour elle ?

— Oh ! j'ignorais que j'avais deux papas ! lança-t-elle. Quand as-tu commencé à me surveiller, toi ?

— Euh… Eh bien…

— Papa, déclara-t-elle en désignant un plat à son père.

Docilement, celui-ci le posa sur la table.

— Cameron, rends-toi utile, poursuivit-elle en lui tendant un saladier.

Après quoi elle retira son tablier et prit place à côté de son père.

— Bon, qu'attends-tu pour t'asseoir, Cam ?

— Ella ! s'écria Ted. Où sont passées tes bonnes manières ?

— Désolée, bredouilla-t-elle.

Puis elle reprit :

— Ô héros extraordinaire, veux-tu nous faire l'honneur de te joindre à nous pour ce modeste dîner ?

Cam fut pris de court.

— C'est-à-dire que… je n'ai rien apporté.

— Non, mais tu as fait beaucoup, déclara Ted.

Puis il se tourna vers sa fille :

— Cam est passé quasiment chaque jour pendant que je suivais mon traitement. Il m'a énormément aidé, à la maison.

Pour masquer son émotion, Cam déclara alors :

— Si j'avais su que cela me vaudrait d'aussi bons repas, j'aurais fait bien plus.

Cela suffit à dissiper les dernières tensions.

Durant le reste du dîner, il ne fut plus question une seule fois du bain de minuit. Pas plus que de Jasper et de la soirée de la veille.

— Je ne savais pas que tu cuisinais si bien, déclara Cam en avalant sa dernière bouchée. C'était réellement délicieux.

Un autre bon point pour Ella…

Depuis quand avait-il commencé à s'intéresser à elle ?

— Il y a tant de choses que tu ignores à mon sujet, répondit-elle, mais merci.

— Bon maintenant que tu m'as offert à dîner, je me dois de t'avouer la véritable raison de ma visite.

Ella redressa la tête, et il crut voir son père. Il réprima un sourire.

— Si tu es venu, ce n'était pas pour savoir si j'allais bien après mon bain de minuit ?

— Je vois bien que tu n'as pas de séquelles. En fait, je suis venu te proposer du travail.

Ted reposa sa fourchette, l'air manifestement intéressé.

Ella posa le menton sur ses mains croisées.

— Quel genre de travail ?

— Rien de permanent ni de très rémunérateur, mais voilà : je suis en train de rénover la maison d'une vieille amie. Elle est enceinte de jumeaux et voudrait une chambre d'enfants particulièrement originale. Elle cherche quelqu'un qui pourrait lui peindre une fresque du sol au plafond.

Il avala une gorgée de vin et précisa :

— Je lui ai dit que tu étais spécialisée dans le domaine.

— Et elle est prête à faire appel à mes services à cause de ce que tu lui as raconté à mon sujet ?

— Je n'ai pas été avare en compliments sur toi, figure-toi.

— Je n'arrive pas à croire que tu aies plaidé en ma faveur pour que j'obtienne ce job.

— Tu m'as bien dit que tu cherchais du travail, non ?

Un grand sourire éclaira alors le visage d'Ella. Un sourire qu'il s'empressa de lui rendre.

— Je ne sais pas comment te remercier…

Il haussa les épaules, en masquant difficilement sa gêne.

— Ce n'est rien.

Ted se leva, puis tapota le dos de Cam.

— Non, ce n'est pas rien ! Bon, je vous laisse discuter des détails, tous les deux.

Et, son verre de vin à la main, il se dirigea vers le salon.

La seconde d'après, Cam reprit :

— J'ai bien conscience de te prévenir au dernier moment, mais tu commences demain matin. Je te prendrai au passage. Mon amie Carson souhaite voir des échantillons de ton travail, j'espère que tu as des choses à lui montrer.

Elle hocha la tête.

— Pas de problème. C'est si gentil de ta part.

Elle posa alors sa main sur la sienne, et il sentit une décharge électrique le parcourir. Il plongea dans ces yeux à la profondeur si fascinante…

D'instinct, il mêla ses doigts aux siens. Quand avait-il pris la main d'une femme dans la sienne pour la dernière fois ? Il ne s'en souvenait plus. D'ailleurs, il n'y avait jamais vraiment accordé d'importance. Mais, avec Ella, tout était différent.

— De quelle couleur sont tes yeux ? lui demanda-t-il.

— Pardon ? dit-elle en riant.

Et elle détacha le regard de leurs doigts emmêlés pour le braquer sur lui.

— Vert, il me semble.

— Non, ils sont trop beaux pour être juste verts.

Elle rougit de façon adorable.

— Merci.

— Ellie ! lança alors Ted depuis le salon.

Comme deux adolescents pris en flagrant délit, ils s'écartèrent vivement l'un de l'autre.

— Il y a encore du vin ?

Un petit sourire aux lèvres, elle répondit :

— Tu n'as pas besoin de boire plus.

Et dans la foulée, elle ajouta :

— Oh ! que c'est beau !

Cam n'avait pas besoin de se retourner pour savoir de quoi elle parlait. Les couchers de soleil sur la baie étaient magnifiques mais, ce soir, il était particulièrement extraordinaire. Des nuances floues d'orange, de rouge, de jaune et de rose se réfléchissaient dans l'eau, donnant l'impression qu'il y avait deux couchers de soleil. La lumière prêtait par ailleurs des reflets fauves à la chevelure d'Ella, on aurait dit qu'elle irradiait.

— La vaisselle attendra, décréta-t-elle.

Et elle ouvrit les portes coulissantes pour se glisser sur la terrasse.

Il lui emboîta le pas, les mains dans les poches. Quand elle s'appuya contre la balustrade, il lui dit d'un ton taquin :

— Attention ! Les balustrades ne sont pas très solides, par ici.

— Très drôle !

Se retenant de rire, il se concentra sur l'apaisant coucher de soleil, et ils le contemplèrent en silence pendant quelques instants, tandis que le ciel changeait de couleurs.

Il aimait la compagnie d'Ella, le fait qu'elle sache profiter de l'instant présent sans chercher à le commenter. Mais ce n'était pas tout. Elle avait le sens de la repartie quand cela s'imposait, elle cuisinait très bien et elle était superbe.

En lui jetant un coup d'œil à la dérobée, il sentit son cœur s'emballer. Elle avait défait sa queue-de-cheval et le vent jouait dans ses mèches châtaines qui voletaient autour de son visage. La lumière dorée lui donnait un teint de pêche et, avec l'expression rêveuse qu'elle affichait, elle semblait sereine, calme. Exquise.

Exquise ? Bon sang, ce qu'elle lui plaisait !

— Et m… !

— Pardon ? dit-elle en tournant le visage vers lui, l'air amusé.

Non, elle ne pouvait pas lui plaire, surtout si elle avait des sentiments pour Jasper. Ce ne serait pas convenable.

Et pourtant tout ce qu'il avait précisément envie de faire, à cet instant, c'était l'embrasser. Il était tendu par la proximité de ce corps magnifique, il avait désespérément envie de l'attirer contre lui. Il voulait cette bouche pulpeuse sur la sienne, les bras autour de lui…

— Cam ?

Il croisa son regard. Pourquoi ne pouvait-elle pas être un peu bizarre, folle, ou pas son genre, tout simplement ?

— À quoi penses-tu ?

— Tu as encore des sentiments pour mon frère ? demanda-t-il tout à coup.

Il s'en voulut immédiatement en voyant le beau visage d'Ella s'assombrir. Quel crétin !

— Désolé, s'empressa-t-il d'ajouter, ça ne me regarde pas.

— Ce n'est pas grave… tu sais, Jasper, je ne l'ai jamais vraiment connu.

— Vous étiez dans la même classe, pourtant !

De mieux en mieux… Il prenait un ton accusateur, à présent.

— Ça ne veut pas dire grand-chose, répondit-elle en se rapprochant de lui. Hier soir, à la réception, c'était la première fois que nous parlions si longtemps.

Subitement, Cam comprit ce qui l'avait rongé toute la journée, pourquoi il avait aussi si mal dormi : il était jaloux de son propre frère.

Il aurait aimé faire les cent pas pour se calmer, mais

elle était vraiment tout près de lui… Et puis il y avait ce parfum enivrant.

— Ella, dis-moi une bonne fois pour toutes si tu as des sentiments pour mon frère. S'il te plaît.

— Non, répondit-elle en criant presque. Et sache que je ne marche jamais sur les plates-bandes des autres.

— Parfait. Ce n'est pas ce que j'avais envie que tu fasses.

— De quoi as-tu envie, au juste ?

Il prit une grande inspiration.

— De t'embrasser.

— Alors embrasse-moi.

Ella avait à peine conscience d'avoir prononcé ces mots quand Cam fondit sur sa bouche pour lui donner un baiser ravageur, fiévreux, torride… Elle agrippa alors le col de sa chemise et l'attira étroitement à elle.

Il poussa un grognement, et elle se sentit follement désirée. Ils s'embrassèrent encore quelques minutes. À moins que ce ne soit des secondes, tout simplement. Qu'importe. Ce dont elle était certaine, c'était qu'on ne l'avait jamais embrassée avec autant de passion.

Quand il finit par se détacher d'elle, elle faillit protester mais plongea les yeux dans les siens. Il la tenait toujours quand il déposa un baiser sur son nez, et elle faillit pleurer tant c'était touchant. Puis il la relâcha et recula d'un pas. Chacun soutenait le regard de l'autre.

— Tu te sens mieux ? dit-elle pour briser le silence.

Il pencha la tête de côté, puis lui adressa un sourire à la fois effronté et charmant.

— Je te laisse deviner. Bonne nuit, Ella. À demain.

Ella rentra dans la cuisine et passa un doigt sur sa bouche. Cam Dumont savait embrasser, c'était le moins qu'on puisse dire ! On aurait dit qu'elle avait encore les lèvres en feu.

Et dire que la dernière fois qu'elle s'était trouvée dans cette maison, dix ans auparavant, c'était Jasper qui obsédait ses pensées. Désormais, Cam la hantait.

Non, ce n'était pas possible…

Le temps de se ruer dans sa chambre, elle referma la porte et s'y adossa. Que lui arrivait-il ? Elle ne pouvait pas embrasser Cam ! Pas après avoir passé son adolescence à fantasmer sur son frère. La ville tout entière allait s'en donner à cœur joie, sans compter cette fichue blogueuse !

Pas question d'attirer l'attention sur elle, surtout de cette façon. Et son père ? Il serait mort de honte. Non, une seule stratégie était envisageable : ne plus jamais embrasser Cameron Dumont !

- 7 -

Devinez qui a été vu chez Ellie Owens, hier soir ?
VOUS ALLEZ HALLUCINER

Ella referma son ordinateur.

— Fichue blogueuse ! marmonna-t-elle entre ses dents.

Son café terminé, elle posa sa tasse dans l'évier. Comment cette fille avait-elle pu savoir ?

— Le pick-up de Cam !

Ces quelques mots résonnèrent dans la maison vide. Toute la ville avait vu le véhicule garé devant chez elle. Après avoir attrapé son sac et un bloc-notes, elle sortit sous le porche pour attendre Cam.

Elle regarda à droite, à gauche… Était-ce l'un de ses voisins qui avait cafté ? Mais au fond la blogueuse était peut-être l'un d'entre eux…

Et si on était en train de l'observer, là, en ce moment ?

Assez, elle devenait parano, elle devait se ressaisir !

Elle aperçut alors le pick-up de Cam à l'angle de la rue, et quelques secondes plus tard le véhicule s'immobilisait devant la maison de son père. Elle s'engouffra précipitamment à l'intérieur.

— Démarre ! ordonna-t-elle.

— Bien, m'dame, dit-il, un sourire aux lèvres.

Il fit brusquement demi-tour, et elle s'enfonça dans

son siège, afin qu'on ne la repère pas. Voyant ce manège, Cam se gara et se tourna vers elle.

— Bon, c'est quoi le problème ?

— Je ne veux pas qu'elle me voie, chuchota-t-elle.

Il ouvrit de grands yeux, en regardant alentour.

— De qui parles-tu ?

— De la blogueuse de Bayside. Elle est partout.

Il éclata de rire.

— Oh ! c'est tout ?

— Cam, c'est sérieux ! Démarre, s'il te plaît, avant qu'on nous voie ensemble dans ma rue.

Il obtempéra, mais en secouant la tête. Ce qu'elle remarqua.

— Tu plaisantes, j'espère ?

Une fois qu'ils eurent quitté Bay View Road, elle se redressa et lissa ses cheveux.

— La blogueuse de Bayside a tweeté que tu étais chez moi hier soir.

— Et alors ?

Pourquoi les hommes ne comprenaient-ils jamais rien à rien ?

— J'étais chez toi, hier soir, ajouta-t-il. C'est un fait.

— Je sais. Et maintenant tout le monde est au courant.

Il lui lança un regard en biais.

— Franchement, Ella, je ne vois pas le problème. J'ai passé une très bonne soirée.

Il mit son clignotant et tourna de l'autre côté de la baie.

En entendant cette voix rauque, elle sentit son cœur s'accélérer.

— En général, à ce moment-là, l'autre confirme que oui, c'était une bonne soirée, compléta-t-il.

C'était bien évidemment le cas, mais elle avait pris une décision la veille. Il fallait s'y tenir.

— Je…, commença-t-elle d'un ton hésitant.

Par bonheur, Cam s'arrêta puis lui indiqua qu'ils étaient arrivés.

— Belle maison ! s'exclama-t-elle devant la grande demeure en briques qui se dressait devant eux.

Une allée circulaire menait jusqu'à la porte d'entrée, et le jardin avait été conçu avec goût.

— N'est-ce pas ? J'ai déjà rectifié pas mal de choses mais elle n'est construite que depuis deux ans, l'informa-t-il en descendant du pick-up.

— Ah bon, pourquoi ? demanda-t-elle une fois sortie, elle aussi.

— L'entrepreneur était un imbécile, ce qui a causé de nombreux problèmes…

— Des problèmes qui ont été résolus grâce à toi !

Ella tourna la tête. Une jolie trentenaire venait de surgir sur le pas de la porte. Pas de doute, elle était enceinte.

Elle les fit pénétrer dans une entrée impressionnante, toute pavée de marbre, d'où partait un immense escalier qui menait à l'étage. Un grand miroir tapissait un pan de mur entier, ce qui agrandissait la pièce. Sur les autres étaient accrochées des photographies et des peintures, ce qui conférait une convivialité indéniable à la demeure.

— Ella, déclara alors Cam, je te présente Carson Rothchild. Carson, voici Ella. C'est elle qui va réaliser la fresque pour la chambre de tes enfants. C'est une artiste qui rentre juste d'Italie.

Carson haussa les sourcils.

— D'Italie, vraiment ? Comme je vous envie.

— Merci, répondit Ella. J'ai surtout travaillé dans les musées et les galeries, mais je sais également peindre. Ce serait un plaisir de vous aider.

Cam parut soudain un peu agité, et Carson déclara :

— Oui, la livraison est bien arrivée, et tu peux aller vérifier par toi-même ce qu'il en est.

— Parfait ! Dans ce cas, les filles, je vous laisse. À tout à l'heure.

Tout en le regardant partir, un grand sourire aux lèvres, Carson expliqua, une main posée sur le ventre :

— On vient de nous livrer le plan de travail de la cuisine.

— Et il y en a un que ça intéresse beaucoup, on dirait ! dit Ella.

— Exact, s'esclaffa la future maman. Venez, on monte, je vais vous montrer la chambre.

— Quand devez-vous accoucher ?

— Dans trois mois. Ce sont des jumeaux.

Elle lui adressa un autre grand sourire et, quelques instants plus tard, s'arrêta devant une porte.

— Voici la chambre, déclara-t-elle.

À peine entrée, Ella se retint de pousser un cri d'admiration. Les murs étaient peints dans un ton clair et joyeux, un beau tapis coloré recouvrait le centre du parquet, de grandes baies vitrées laissaient entrer la lumière et deux berceaux attendaient contre le mur.

— Quelle chambre adorable ! s'exclama-t-elle.

Carson alla s'asseoir dans le rocking-chair.

— N'est-ce pas ? Nous allons avoir deux filles, et j'ai opté pour du violet et du jaune. Voici le mur que j'aimerais que vous peigniez, du sol au plafond.

Ella examina la pièce et observa la palette de couleurs déjà existantes, la décoration, les jouets déjà achetés. Sans oublier la lumière. Elle prit quelques notes.

— C'est vraiment spacieux ! Si vous faites appel à mes services, il faut que nous discutions de vos goûts, de vos intérêts, de ce que vous souhaitez transmettre à vos enfants.

Carson lui adressa alors un sourire ironique :

— Si je fais appel à vos services ? Mais il n'y a aucun doute là-dessus !

À ces mots, Ella éprouva une grande joie, même s'il s'agissait d'un travail de courte durée.

— Merci beaucoup.

— Merci à vous ! Vous êtes la première personne qui entre ici et qui me demande ce que moi je souhaite.

D'habitude, tous les artistes s'empressent de me donner leur avis.

— Les artistes sont tous un peu fous.

— En tout cas, c'est vous que je veux.

— Dans ce cas, je vais commencer par prendre les mesures.

Elles passèrent deux heures à discuter et à faire plus ample connaissance. Concevoir la fresque serait encore plus simple, de cette façon.

— Quand peux-tu commencer ? demanda Carson en lui versant une tasse de café.

— Je vais travailler sur les dessins dès cet après-midi, et je pourrai te les montrer demain. Je commencerai dès que tu auras choisi celui que tu préfères.

— Tu es un ange tombé du ciel.

Carson avala une gorgée de thé et ajouta :

— Maintenant que cette question-là est réglée, puis-je t'en poser une autre ?

Un sourire aux lèvres, Ella reposa sa tasse et prit un cookie dans l'assiette que la jeune femme avait placée juste sous son nez.

— Je t'écoute.

— Eh bien… J'ai lu des choses sur toi.

Soudain, le petit bout de biscuit sembla peser une tonne.

— Tu veux parler de la blogueuse de Bayside ? s'enquit-elle.

Elle redoutait la réponse.

Carson hocha la tête.

— Je dois dire que je suis intriguée. Ce qu'elle raconte est vrai ?

Ella reposa l'autre moitié du cookie dans l'assiette.

— Non. Enfin, pas vraiment.

Et elle laissa échapper un petit rire nerveux. Que pouvait-elle ajouter ?

— Désolée, je ne voulais pas te mettre mal à l'aise, déclara aussitôt la future maman.

— Non, je te rassure. C'est moi qui me suis mise dans une situation impossible, il y a des années.

— Je préférerais avoir la vérité de ta bouche plutôt que lire des potins sur Internet.

Tant de franchise et de bienveillance faisait plaisir à voir !

Ella se détendit et résuma l'histoire de son béguin pour Jasper, la vidéo mise en ligne à son insu et son bain de minuit bien involontaire.

— C'était il y a fort longtemps, et je n'éprouve plus de sentiments pour lui, conclut-elle.

— Mais pour quelqu'un d'autre, peut-être ? Pardonne à une future mère sa curiosité.

— Je suis à peine de retour, je n'ai pas encore pensé à sortir avec un homme.

Carson pencha le visage de côté.

— Si tu veux mon avis, je crois que quelqu'un y a pensé pour toi.

— Pardon ? demanda-t-elle en ouvrant de grands yeux curieux.

— J'ai bien vu la façon dont Cam te regardait, tout à l'heure.

Ella secoua violemment la tête.

— Oh non, non, non ! Tu te trompes.

Carson se mit à rire.

— Tu sais, Cam est un bel homme qui a beaucoup de succès auprès des femmes.

— Oui, il est super, mais je ne pense pas que…

— À mon avis, tu devrais réfléchir à la question. Enfin, si j'étais célibataire, c'est ce que je ferais.

— Tu ferais quoi, justement ?

Ella tourna brusquement la tête.

L'homme de la situation venait d'entrer dans la chambre. Parfaitement à l'aise, il se pencha pour prendre un cookie, et elle riva les yeux sur sa bouche. Cette bouche qui l'avait embrassée, moins de vingt-quatre heures plus tôt.

Ella changea de position sur sa chaise.

— Oh ! on parlait de choses sans importance, répondit Carson. Alors, comment ça avance dans la salle de bains ?

— Cet entrepreneur était vraiment lamentable.

— Si on me donnait un centime chaque fois que tu prononces cette phrase, je pourrais faire reconstruire toute la maison.

— C'est déjà ce que tu fais, commenta-t-il. Et pour la chambre ?

— Tu m'as enfin présenté la personne qu'il me fallait pour ce travail.

— J'en suis ravi, dit-il d'un air satisfait.

Il se tourna alors vers Ella :

— Je peux te ramener chez toi si tu veux te mettre au boulot. À moins que tu préfères travailler ici, on peut te faire de la place.

— Chez moi, ce sera mieux, car j'ai mon matériel, trancha-t-elle.

Et puis franchement, elle avait besoin de prendre ses distances avec Cam. Plus elle le côtoyait, plus elle pensait à leur baiser. Et plus il s'enracinait dans ses souvenirs.

Carson les raccompagna à la porte.

— On se revoit après le déjeuner, Cam, dit la jeune femme. Ella, ce fut un plaisir de te rencontrer. J'ai hâte de voir tes dessins.

Alors qu'ils se dirigeaient vers le pick-up, Cam voulut lui toucher le bras, mais elle se déroba. Non, pas en public.

Ni nulle part, d'ailleurs.

Il dut comprendre qu'elle avait changé d'humeur, car au lieu d'ouvrir la portière, il laissa la main sur la poignée.

— C'est quoi, le problème ? demanda-t-il brusquement.

— Rien. J'ai juste hâte de me mettre au travail.

Il la scruta quelques instants, de ses beaux yeux noirs.

Sans doute cherchait-il la raison de ce changement d'attitude. Finalement, il renonça et déverrouilla les portières.

Une fois à l'intérieur, il posa la main au centre du volant, puis l'autre derrière le repose-tête, côté passager.

— Parfait, parce que j'ose espérer que notre baiser ne t'a pas effrayée.

Cette phrase était aussi déroutante que troublante. Ella demeura muette et secoua la tête en guise de réponse.

— Parfait, répéta-t-il, car j'ai bien l'intention de recommencer.

La semaine suivante se déroula sans événement particulier pour Cam. Hormis le fait que travailler tous les jours en compagnie d'une certaine brune le maintenait éveillé une bonne partie de la nuit, bien sûr.

Ella était une artiste remarquable, c'était indéniable. Et l'ouvrage ne lui faisait pas peur. Elle était si concentrée qu'elle en oubliait quand la journée se terminait. Du coup, il venait la prévenir une bonne demi-heure à l'avance.

C'était d'ailleurs pour cette raison qu'il était en train de monter à l'étage. Elle ne l'entendit pas arriver. Il put donc l'observer à sa guise. Elle avait cette salopette qu'elle portait chaque jour sur un T-shirt d'une couleur différente, avec bandana assorti. Elle avait un peu de peinture sur la joue, et il se retint de traverser la pièce pour essuyer cette trace. Car il aurait très bien pu en profiter pour la prendre dans ses bras…

Soudain, elle se mit à fredonner. Avait-elle conscience qu'elle souriait aussi, quand elle était plongée dans son univers ? Elle le fascinait, et ce n'était pas une formule. Au cours de la journée, il passait la voir plus souvent qu'il n'aurait dû. Il trouvait toujours un bon prétexte. Elle était si attirante, si passionnée et minutieuse.

Il la vit alors reculer pour juger de l'effet de son travail, les lèvres pincées, en tapotant sur son pinceau. Ce qu'il aimait la voir faire ce geste ! Cette mission lui tenait à cœur, on le sentait : c'était un côté de sa personnalité qu'il découvrait et appréciait un peu plus chaque jour. Il l'entendit soudain pousser un petit soupir de contentement. Visiblement, elle était satisfaite de sa journée.

Et s'il tentait sa chance ? Juste une fois…

Une semaine plus tard, Cam était toujours aussi frustré.

Et s'il était aussi agacé, c'était à cause de celle qui occupait l'étage de la maison où il travaillait ! Il pensait vraiment ce qu'il lui avait dit dans le pick-up : il avait bel et bien l'intention de l'embrasser de nouveau. Mais jusque-là, il lui avait laissé le temps d'assimiler ce qu'il avait en tête. À moins que ce ne soit lui, au fond, qui ait besoin de ce temps-là !

Cette femme était devenue une obsession, comme quand il avait treize ans et qu'il était tombé amoureux pour la première fois ! C'était pour le moins préoccupant car, en général, il menait une vie simple, bien remplie par le travail, buvait une bonne bière fraîche le samedi soir avec ses amis, et passait le dimanche à lézarder : il n'avait pas besoin d'une femme pour compliquer une existence si bien rodée !

Alors pourquoi fallait-il qu'il ne cesse de penser à Ella, ces derniers temps ?

— Patron !

La voix de Tom, un jeune ouvrier, l'arracha à ses pensées.

— Ellie Owens veut vous voir.

À ce nom, il sursauta… et se donna un coup de marteau en plein sur le pouce.

— Aïe ! s'écria-t-il.

— Moi, j'essaie de viser le clou à la place de mon doigt, s'exclama Tom en riant.

Cam lui lança un regard noir et descendit l'échelle. Direction, la chambre d'enfants.

Une fois sur place, il découvrit qu'il n'était pas le seul à avoir été convié : Carson se trouvait aussi sur le pas de la porte en compagnie de quelques amies, de sa sœur et de la décoratrice d'intérieur qui s'était occupée du vestibule. Un ruban rose bloquait l'accès à la chambre.

— Que se passe-t-il ? demanda-t-il d'un ton rauque.

— Oh ! Cam ! s'écria Carson sur un ton des plus enthousiastes. Regarde, c'est terminé, et ça dépasse toutes mes espérances.

Et elle exécuta un petit pas de danse.

— Attention ! s'écria-t-il. Tes bébés vont finir par arriver plus tôt que prévu.

Tout le monde éclata de rire, mais il ne comprit pas ce qu'il avait dit de si drôle.

Soudain, un toussotement discret attira leur attention et chacun tourna les yeux vers Ella qui prit la parole.

— J'aimerais profiter de cette belle occasion pour remercier Carson de m'avoir fait confiance. La fresque est maintenant terminée, et j'espère qu'elle va te plaire.

À cet instant, Carson coupa le ruban, entra lentement dans la pièce, découvrit la fresque, et poussa un cri de joie.

Quand il put lui aussi approcher, il vit que son amie en avait les larmes aux yeux, et que les autres femmes affichaient des grands sourires en contemplant l'œuvre d'Ella. Elles poussaient des exclamations ravies. Il examina à son tour la fresque… Remarquable !

— Oh ! Ella ! commença la future maman. C'est… C'est si beau. Je n'arrive pas à y croire.

— Ça te plaît, vraiment ? demanda-t-elle avec une charmante modestie.

— Oh oui, alors ! Je n'aurais jamais imaginé une fresque aussi belle, même dans mes rêves les plus fous. Je connaissais le motif, bien sûr, mais le voir grandeur nature…

Elle se tourna vers lui, et ajouta :

— Qu'en penses-tu, Cam ?

Il s'avança. La fresque représentait, dans des tons

pastel, un dôme étoilé, où était accrochée la lune, qui illuminait une prairie traversée par une rivière. Deux chérubins jouaient dans des arbres, comme des fées juchées sur des branches. Ella avait réussi à simuler, par un effet de paillettes, une poudre magique tombant sur le berceau des bébés.

— C'est superbe ! dit-il en reculant un peu.

Et il eut le souffle coupé lorsqu'Ella lui adressa son sourire le plus magnifique : il aurait tant aimé qu'elle lui fasse ce cadeau plus souvent.

— Tu as accompli un beau travail, lui dit-il.

— Beau ? s'insurgea Carson. Le mot est faible. J'ai hâte que toutes mes amies voient ça.

Elle désigna alors Ella du doigt.

— Je suis certaine qu'elles vanteront tes qualités artistiques et que tu auras des commandes par dizaines ! C'est la chambre d'enfants la plus fantastique que j'aie jamais vue.

— À propos de chambre d'enfants…, enchaîna Polly, une amie de Carson.

Ces quelques mots eurent le pouvoir de soulever des cris de joie alentour.

— Tu es enceinte ? s'écria Carson d'une voix aiguë.

— Oui, confirma la jeune femme. D'un garçon. Ella, accepterais-tu de réaliser une fresque pour moi aussi ?

— Avec plaisir, répondit celle-ci.

Et elle s'avança vers Polly pour en discuter.

Cam sortit de la chambre sans se faire remarquer, mais qui s'intéressait à lui, parmi cette assemblée de femmes ? Il était vraiment heureux qu'Ella ait réalisé une si belle œuvre. Et heureux d'avoir pu l'aider à se lancer.

En même temps, il sentit poindre en lui une légère déception : la fresque d'Ella étant terminé, il ne la verrait plus tous les jours sur son lieu de travail, et chacun allait désormais suivre son chemin…

Pourrait-il le supporter ?

- 8 -

J'ai reçu de nombreux mails, tweets et messages Facebook au sujet d'Ellie Owens. Hélas, il semble que notre jeune fille se cache. Cela dit, il n'est pas impossible qu'elle se montre à la fête du printemps de Bayside, aujourd'hui… Les paris sont lancés !

— Tu veux vraiment y aller ?

Face à l'expression stoïque de son père, Ella se sentit fléchir, d'autant qu'il précisa :

— Je m'y rends tous les ans, pourquoi dérogerais-je à mon habitude cette année ?

— Mais pourquoi faut-il que je t'accompagne ?

Ella était de retour à Bayside depuis presque un mois maintenant. Après cette fresque pour Carson Rothchild la semaine passée, elle était en pourparlers au sujet de celle commandée par Polly. Celle-ci envisageait aussi de lui confier toute la décoration de la chambre. C'était formidable, mais les travaux ne commenceraient que dans un mois.

Depuis la fin de son chantier, elle se terrait chez elle, à part pour aller prendre un café avec Riley, de temps à autre : c'était la meilleure stratégie pour échapper à la blogueuse acharnée de Bayside.

— Parce que tu dois sortir de la maison, insista son père en mettant sa veste et son chapeau.

Et, devant le lourd soupir qu'elle poussa, il ajouta en sourcillant :

— Tu sais, je suis encore faible, j'ai besoin d'une présence.

Vraiment ? Alors qu'elle l'avait vu planter des fleurs avec vigueur et qu'il avait passé l'avant-veille à jouer au poker avec ses amis de la police ? Sans compter qu'il reprenait du poids et des couleurs. Par conséquent, il était tout à fait capable d'aller seul à ce festival destiné aux résidents et non aux touristes comme ceux de l'été. Il y aurait des groupes de musique, de la nourriture, des courses d'aviron. Rien de bien fatigant, donc. Le programme était d'ailleurs plutôt alléchant.

Le problème, c'était que toute la ville s'y retrouverait et qu'elle ne manquerait pas d'attirer l'attention. Néanmoins, il y avait une personne qu'elle avait très envie de voir... Oui, même si elle détestait l'avouer, la compagnie de Cam lui manquait ! C'était curieux de voir la façon dont cet homme si entier pouvait la faire rire et la mettre à l'aise.

Tout en retenant un soupir, elle prit les clés de la voiture que son père lui tendait : très bien, il avait gagné !

Dix minutes plus tard, Ella le déposa près du centre-ville et entreprit de trouver une place où se garer. Au fond, elle pouvait peut-être rester enfermée dans la voiture... Son père s'en apercevrait-il ?

Elle était en train de vérifier sa tenue — jean foncé, haut rose — quand on toqua à la fenêtre. Elle sursauta.

Cam !

Le temps de se remettre de sa surprise, elle baissa la vitre et le salua.

— La première fois, j'ai cru que c'était exceptionnel mais, visiblement, tu ne sais pas comment sortir d'une voiture, déclara-t-il avec un sourire. Tu veux que je te donne des cours ?

— Ah, c'est bon ! répliqua-t-elle en ouvrant la portière.

Il portait un jean délavé et un polo bleu moulant sous

une veste en flanelle et arborait comme toujours cette barbe de deux jours qui la troublait. Sans doute parce qu'elle s'imaginait en train de la caresser…

Il la scrutait de ses yeux noirs, l'air songeur, et pour un peu elle se serait hissée sur la pointe des pieds pour lui donner un baiser. Oh ! juste un baiser éclair !

— Cam, commença-t-elle en s'avançant vers lui.

Au diable les convenances ! Elle en rêvait depuis si longtemps que… Hélas, un coup de klaxon strident résonna et un groupe d'adolescents passa en courant, ce qui gâcha ce beau moment.

Était-ce de la déception qu'elle lut alors sur le visage de Cam ? Avait-il deviné son intention ? Elle l'espérait.

Cette interruption eut au moins le mérite de lui rappeler qu'ils n'étaient pas seuls, et qu'elle devait faire profil bas. Elle se contenta donc de sourire à Cam, et ils se dirigèrent vers les stands.

— Comment les choses avancent-elles, chez les Rothchild ? lui demanda-t-elle.

— Plutôt bien, le chantier touche à sa fin.

— Et j'imagine qu'un autre se profile.

— Plusieurs, en fait !

— Carson me manque, avoua-t-elle, mais elle m'a invité à la fête pour l'arrivée prochaine du bébé.

— Tu vas y aller ?

— Bien sûr, elle veut présenter à ses amis l'artiste qui a réalisé la fresque. Ce qui peut me permettre de rencontrer de potentiels clients.

— Je commençais à croire que tu te cachais.

Elle voulut répondre, mais elle trébucha sur une pierre, et il la saisit par le bras pour l'empêcher de tomber. Ce qui la fit littéralement frémir.

— Ça va ? s'enquit-il d'une voix rauque et teintée d'émotion, sans lui lâcher le bras.

— Oui, murmura-t-elle, les yeux posés sur la bouche de Cam.

Une bouche à sa portée…

— Ella ?

Elle tressaillit, s'écarta de Cam et se retourna vivement pour voir Riley qui marchait vers eux d'un pas alerte.

— Tu es venue, finalement ! Je suis si contente que tu aies décidé de sortir de chez toi et de ne plus te cacher !

— Mais je ne me cachais pas ! Je fais des recherches d'emploi, je suis très occupée.

— Oui, oui, fit la jeune femme avec un petit sourire ironique.

Et elle l'agrippa par le bras tandis que Cam leur emboîtait le pas.

— Il va falloir que tu me dises ce qui se passe entre vous deux, murmura Riley.

Ella se sentit rougir puis jeta un coup d'œil à Cam. L'avait-il entendue ? Non, heureusement.

— Chut ! répliqua-t-elle le plus bas possible.

Riley se mit à rire et enchaîna :

— Bon, les amis, il y a un groupe qui a commencé à jouer, et M. Healey est en train de faire des quesadillas de crevettes à se damner.

La fête se tenait sur la Grand-Place, la marina et les docks, et tous les commerçants locaux semblaient y participer. Des tentes et des tables avaient été dressées devant les vitrines, affichant divers vêtements, bijoux et accessoires.

Ella nota aussi que le Brewside proposait des cafés, des boissons et des plats en terrasse, tout comme la plupart des restaurants. Spécialités et promotions étaient au rendez-vous, et l'odeur qui flottait dans l'air mettait vraiment l'eau à la bouche.

Les enfants n'avaient pas été oubliés puisque, au milieu du square, des jeux leur étaient dédiés, avec comme prix pour les vainqueurs des peluches et d'autres petits jouets.

Il y avait foule, et chacun semblait prendre du bon

temps. Les rires s'envolaient au vent, et cela faisait plaisir à voir.

Elle avait tellement regretté cette fête, quand elle était à l'étranger !

Après avoir écouté quelques chansons jouées par le groupe, Riley et Cam allèrent acheter de la nourriture, tandis qu'Ella s'éclipsait pour vérifier que son père allait bien. Encore une fois, elle se rendit compte qu'elle n'avait pas de souci à se faire pour lui. Elle le découvrit au milieu d'une bande d'amis en train de discuter et de rire : nul doute qu'ils se rappelaient des histoires du bon vieux temps, quand ils étaient policiers.

Rassurée, elle retrouva Riley qui lui tendit une quesadilla, et elles s'assirent sur un banc pour la déguster.

L'air de rien, elle demanda :

— Où est Cam ?

En voyant une étincelle briller dans l'œil de Riley, elle comprit qu'elle n'avait pas su donner le change.

— Il a rencontré quelqu'un qui travaille avec lui, répondit-elle. Bon, raconte !

— Pardon ?

— Bon sang, mais pourquoi fais-tu ton innocente ? Si tu continues comme ça, je vais me remettre à t'appeler Ellie… Que se passe-t-il au juste, entre Cam Dumont et toi ?

Ella faillit s'étrangler avec sa limonade.

Après avoir reposé son gobelet, elle répondit :

— Mais rien du tout ! Je l'ai juste croisé par hasard en me garant.

— Non, on ne me la fait pas, Ellie ! Je vois bien votre manège depuis ton retour, la façon dont il te regarde et…

— Quoi ? Il me regarde comment ? s'empressa-t-elle de demander.

— Tu vois, ça t'intéresse ! Tu as craqué pour lui ?

Ella préféra éluder la question.

— Dans un avenir proche, je compte chercher du travail et faire profil bas, tu vois ce que je veux dire ?

Riley prit un air songeur.

— Tu redoutes la blogueuse de Bayside, c'est ça ? Tu ne veux pas qu'elle sache que tu as un faible pour Cam ?

— Je n'ai pas envie qu'elle parle de moi dans son blog ! J'ai besoin de temps pour réapprivoiser la ville et vice versa. En fait, c'est plus dur que je ne le croyais.

Elle repensa alors à la fameuse vidéo. En vérité, elle ne savait même pas qu'elle avait été filmée au moment des faits… En revanche, elle avait pu constater à quel point son père avait été déçu : jamais elle n'oublierait la mine qu'il avait affichée quand elle était rentrée à la maison.

Bien plus tard, elle avait compris pourquoi il n'avait pas été élu shérif du comté, alors qu'il avait toutes les qualités requises. Elle avait en effet retrouvé un vieil article qui déplorait l'incapacité de Ted Owens à contrôler sa fille. Aussi avait-elle préféré partir pour l'Italie après la faculté. C'était la meilleure idée qu'elle avait trouvée pour ne pas humilier son père.

En relevant les yeux, elle constata que Riley l'observait avec intensité.

— Ne t'inquiète pas, Ella, dit-elle en attrapant sa main. Tout va bien se passer, tu verras.

Ces mots à peine prononcés, elles entendirent un grand plouf.

— Les gens plongent dans la baie ? Non, ce n'est pas possible ! s'écria Riley. Les températures ont beau remonter, l'eau est encore glacée.

— Ne m'en parle pas !

Cette phrase eut le mérite de faire rire son amie.

Très vite, un groupe se forma sur la jetée. Allons bon…

— Que se passe-t-il ? demanda-t-elle.

— Des adolescents qui se font remarquer, sans doute.

Ella se leva, un curieux pressentiment niché au creux

de l'estomac. C'est là qu'elle vit Cam accourir vers elle, l'air inquiet.

— Ella ! s'écria-t-il. Viens par là.

Il voulut la détourner de son chemin. Mais elle le repoussa, continua à avancer… et crut que son cœur allait flancher. Sur un panneau, on pouvait lire : « Sautez par amour ! »

— La voilà ! lança une voix.

À cet instant, tout le monde se tourna vers elle.

Mortifiée, elle entendit des murmures s'élever de toutes parts et la voix poursuivit :

— Ellie Owens a sauté par-dessus la balustrade par amour pour Jasper Dumont. Vous aussi, vous pouvez le faire, pour dix dollars. Les profits seront reversés au club de théâtre du lycée.

Seigneur, quelle honte… Elle écarquilla les yeux quand deux garçons tendirent un billet à l'organisateur, lui adressèrent un salut, et sautèrent dans l'eau glacée.

— C'est idiot ! grogna Riley. En plus, je n'ai jamais vu une bonne pièce produite par ce club.

Ella secoua la tête.

— Ne t'en prends pas à ces gamins, ce ne sont pas eux les fautifs, ajouta son amie.

— Non, mais le coupable va comprendre, lâcha Cam.

Les poings serrés, il s'avança vers l'auteur de l'initiative.

— Non, Cam, s'il te plaît, laisse tomber ! s'exclama Ella.

La scène attira les regards, et elle se sentit rougir, mais il obtempéra et revint vers elle… Elle aperçut soudain son père dans la foule, le teint blême.

— Mon père ! Je dois absolument lui parler.

Mais au moment où elle voulut s'élancer vers lui, elle le vit secouer la tête et s'éloigner avec ses amis.

Et voilà, ce qu'elle souhaitait éviter à tout prix s'était reproduit : elle l'avait de nouveau humilié !

Il ne restait plus qu'une solution : les épaules bien

droites, elle s'avança vers le ponton, puis tendit un billet de dix dollars à l'adolescent.

Ce dernier changea immédiatement d'expression et perdit son sourire. Il écarquilla tellement les yeux qu'on le sentit presque coupable.

— Euh, vous voulez sauter ?

— Merci, mais c'est déjà fait !

Là-dessus, elle tourna les talons pour regagner sa voiture.

- 9 -

Waouh ! Le moins qu'on puisse dire, c'est qu'on se souviendra de cette fête du printemps. Si d'aucuns pensaient qu'ils allaient pouvoir se moquer de notre petite Ellie Owens et de ses entourloupettes datant du lycée, ils en ont été pour leur frais. L'héroïne de notre ville natale nous a laissés sans voix, hier. On dirait bien que ta farce s'est retournée contre toi, Dan Chumsky : il ne fallait pas la provoquer…

Plus tard, ce soir-là, Cam gara son pick-up près la maison d'Ella, avec l'espoir de détecter un signe de vie. Ce qu'il aurait vraiment aimé faire, c'était casser la figure à ce crétin de Dan Chumsky. Il était déjà idiot au lycée, et de toute évidence, il n'avait pas changé.

Il avait été profondément atteint de voir Ella ainsi humiliée, et plus encore de regarder Ted lui tourner le dos.

Il sentit ses doigts se crisper sur le volant. Il comprenait mieux pourquoi elle était restée cloîtrée chez elle pendant deux semaines. Voilà à quoi elle avait été confrontée pour sa première sortie.

Mais il n'était pas question que la situation perdure ! pensa-t-il en détachant sa ceinture avec détermination. Ella était une femme admirable, cette erreur de lycéenne n'allait tout de même pas la poursuivre toute sa vie.

La nuit était calme, mais il entendit soudain une

porte claquer. Il fit le tour de la maison et la découvrit sur la galerie.

— Ella, je voudrais te parler.

Elle tourna si brusquement la tête qu'il se figea.

Dans ses yeux, il devina tout de suite la tristesse qui l'habitait.

D'instinct, il se précipita vers elle et l'enlaça étroitement contre lui. Ce parfum fleuri qu'il connaissait si bien enivra tout de suite ses sens, alors qu'elle se raidissait dans ses bras. Peu à peu, il la sentit se détendre, puis elle poussa un long soupir.

Ils restèrent quelques minutes dans cette position, et quand elle se dégagea, il eut l'impression qu'on lui arrachait une partie de lui-même. Ella se dirigea alors vers la balustrade où elle s'assit, pour lui faire face.

Il vint s'accouder près d'elle.

— Écoute, Ella…, commença-t-il.

— Non, je sais ce que tu vas dire.

Descendant de la balustrade pour regarder l'eau, elle poursuivit :

— Ce n'est pas ma faute, ce type est un crétin, je ne devrais pas me laisser atteindre, blablabla…

Oui, c'était à peu près ce qu'il allait dire. À part la fin…

Elle braqua alors ses grands yeux verts sur lui. Pourquoi avait-elle cette capacité à le désarmer d'un simple regard ?

— Alors ? C'est bien ça ?

Sans répondre, il l'enlaça par les épaules, la bloquant contre la balustrade.

— Pas du tout ! mentit-il.

Et soudain il fondit sur sa bouche avant de se redresser. Mince, peut-être avait-il franchi la ligne rouge. Non, le regard voilé lui indiqua que cette initiative était loin de l'avoir contrariée. Alors, de nouveau, il effleura ses lèvres puis attrapa doucement son visage avant de lui donner un tendre baiser.

Il sentit les mains d'Ella glisser dans son dos, puis elle les plongea dans ses cheveux.

Encore une fois, il se détacha d'elle et, à cet instant, elle lui sourit… puis, sans prévenir, elle l'embrassa, ce qui le fit grogner de plaisir. Jamais un baiser ne lui avait paru aussi merveilleux.

Combien de temps restèrent-ils à s'embrasser au clair de lune, avec l'eau qui clapotait gentiment contre le ponton ? Impossible à dire.

Finalement, à regret, il s'écarta et passa le doigt sur la joue douce et soyeuse d'Ella. Elle frissonna.

— Tu es un homme de parole, dit-elle d'une voix rauque.

— Pardon ?

— Tu m'avais promis un deuxième baiser dont je me souviendrais.

Soudain, le sourire qu'elle affichait s'évanouit, et elle parut se réveiller d'un songe.

— Mais on ne peut pas continuer comme ça ! ajouta-t-elle.

— Et pourquoi ? demanda-t-il d'un ton outré.

Elle tenta alors de se dégager de son étreinte, mais il la tenait fermement.

— Parce que je ne suis pas rentrée à la maison pour me mettre avec un homme. Et encore moins pour subir de nouvelles humiliations.

— Tu t'es sentie humiliée en m'embrassant ?

Elle secoua la tête.

— Non, ce n'est pas ce que je voulais dire.

— Pourquoi es-tu rentrée, au juste, Ella ?

— Pour mon père. J'aurais d'ailleurs dû revenir dès que son cancer a été diagnostiqué. Encore aurait-il fallu qu'on me prévienne. Cam, je l'ai encore mis dans une situation embarrassante, aujourd'hui.

— En m'embrassant ?

— Allons, je ne parle pas de ça, tu le sais bien ! De

toute façon, je ne peux pas sortir avec le frère du garçon dont j'étais amoureuse au lycée ! Les gens…

— Ils vont jaser comme toujours, termina-t-il. Et alors ? Ce sont tes affaires. On se fiche de ce que les gens pensent !

À ces mots, elle éclata de rire, ce qui le rasséréna. Elle partageait son avis, c'était déjà ça.

— Il faut que tu partes un jour ou deux, déclara-t-il à brûle-pourpoint.

Comme elle lui lançait un regard intrigué, il n'eut d'autre choix que de poursuivre :

— J'ai un chalet, à une heure d'ici. Tu pourrais te ressourcer là-bas. Et comme demain c'est dimanche, j'en profiterais pour aller à la pêche. De ton côté, tu n'as qu'à prendre ton carnet à dessin. Alors ? Tu veux bien me tenir compagnie ?

Un ado baratineur. Voilà à quoi elle le réduisait.

De son côté, Ella resta muette, mais il la sentait chercher l'argument choc pour ne pas l'accompagner.

Cependant, elle le surprit.

— À quelle heure dois-je me tenir prête ?

Le lendemain matin, Cam bondit pratiquement du lit. À vrai dire, il n'avait pas du tout prévu d'aller au chalet et encore moins en compagnie d'Ella.

Il l'avait acheté trois ans plus tôt et s'y rendait pour se relaxer et oublier le monde, être lui-même et pas forcément un Dumont.

— Où vas-tu, rasé de frais de si bon matin, un dimanche ?

Il se retourna vivement en entendant la voix de son frère qui venait de se garer près de son pick-up, dans lequel il chargeait ses affaires de pêche.

— Je me suis dit que c'était un temps idéal pour aller taquiner le goujon.

— Tu veux de la compagnie ?

Jasper avait une drôle de voix. Et manifestement, il portait ses vêtements de la veille.

— Tu es rentré chez toi ?

— Non, j'étais chez Mindy.

À ces mots, Cam sentit l'espoir renaître en lui. Si Jasper était toujours avec cette fille, cela signifiait qu'il n'était plus du tout intéressé par Ella.

— Tout va bien, alors, entre vous deux ? s'enquit-il l'air de rien en chargeant un pack de bières.

Jasper évita son regard.

— Jasp ?

Devant le silence de son frère, il croisa les bras et s'adossa au pick-up.

— Bon, que se passe-t-il, au juste ?

Celui-ci haussa les épaules.

— Je me suis encore pris la tête avec papa, hier soir. Je n'en ai pas dormi de la nuit.

Cam posa sur des yeux interrogateurs.

— Toujours la même chose, poursuivit Jasper. J'avais une idée, une bonne idée, et bien sûr il l'a rejetée. Comment suis-je censé faire évoluer la société s'il ne veut pas lâcher les rênes ?

Cam éprouva alors un vif sentiment de culpabilité. S'il avait joué son rôle de fils aîné, ça aurait été lui, et non Jasper qui aurait affronté ses parents et leur résistance à la nouveauté.

— Écoute, Jasp…

Il passa la main dans ses cheveux.

— Je suis vraiment désolé… Si tu veux laisser tomber ce poste, tu sais que tu peux toujours venir travailler pour moi.

— Travailler pour toi ? Et en tant que quoi ?

Bon, il est vrai que son frère n'aimait pas se salir les mains…

— Je ne sais pas encore, éluda-t-il, je te trouverai bien quelque chose.

Et comme ça, il cesserait de culpabiliser !

— Je te remercie, reprit Jasper, c'est très gentil, mais avec tous mes diplômes, je cherche un travail moins… rudimentaire que ce que tu pourrais m'offrir.

Les mains plongées dans les poches, il ajouta :

— Donc, je te repose la question : veux-tu de la compagnie ?

— Eh bien, en fait…

— Pas grave, trancha Jasper. Tu sais bien que je ne suis pas vraiment un homme des bois.

— Comme tu y vas ! Il y a tout le confort moderne, dans mon chalet.

— Sans doute…

Cam fronça les sourcils. Quelque chose clochait.

— Dis-moi, tout va bien entre Mindy et toi ?

— À peu près, répondit-il en haussant les épaules. Elle est encore un peu contrariée que j'aie dîné avec Ella. Il faut dire qu'elle est vraiment canon, ce qui n'arrange rien. À propos, j'ai entendu ce qui lui est arrivé à la fête… Elle va bien ?

— Je crois qu'elle s'en remettra.

— Il est possible que je passe lui faire un coucou aujourd'hui.

— Non, surtout pas ! s'exclama-t-il en déposant un peu brutalement une boîte d'appâts dans son coffre. Enfin… Ce que je veux dire, c'est que tu risques de la gêner en allant chez elle, après ce qui s'est passé hier.

— Tu dois avoir raison… Cam, tout va bien ? Tu balances tes affaires dans ton pick-up. Tu es bizarre.

Cam se mordit la lèvre. Pourquoi ne pouvait-il pas dire la vérité à Jasper, tout simplement ? C'était idiot. Cependant, il préférait rester le plus discret possible.

— Je n'ai pas très bien dormi, moi non plus. Bon, il faut que je prenne la route.

Il remarqua soudain que son frère l'étudiait avec la plus grande attention.

— Très bien ! finit par dire ce dernier. Je ne te retiens pas plus longtemps. Amuse-toi bien… Tout seul.

— Compte sur moi !

— Oh ! à propos, Cam, salue Ella de ma part.

Et sur ces mots, Jasper s'empressa de démarrer.

De toute évidence, il n'avait pas fait mieux que ses parents : il avait sous-estimé son frère.

- 10 -

Une heure plus tard, Cam se gara devant le chalet et alla tenir la portière à Ella. Quelques instants plus tard, quand il ouvrit la porte de sa maison, elle poussa un petit cri d'admiration, ce qui le flatta.

À peine entrée, elle se mit à étudier attentivement les tableaux aux murs, les meubles. C'était la première fois qu'il amenait une femme ici : le parfum fleuri qu'elle portait flotterait-il encore dans le chalet quand elle serait repartie ? Penserait-il désormais toujours à elle lorsqu'il passerait cette porte ?

— Cam, c'est magnifique, je n'aurais jamais imaginé découvrir un endroit pareil ici, au milieu des bois.

— Tu t'attendais à quoi, au juste ?

— Je ne sais pas... Un repaire de tueur en série, sans l'eau courante.

Et elle éclata de rire.

— Non, je plaisante, mais c'est superbe, vraiment !

Comme toi.

À cet instant, la façon dont elle effleura délicatement le bois le toucha.

L'espace était ouvert, avec des poutres apparentes et des baies vitrées qui laissaient entrer la lumière.

— Ça, c'est le salon et le coin cuisine. Il y a trois chambres en haut. Et deux salles de bains.

— C'est formidable, et la vue est tout simplement incroyable.

Par-delà les arbres, on apercevait les montagnes et, au bout du ponton, c'était le lac qui s'étendait.

— Bon, je rentre les affaires, dit-il. J'ai apporté le déjeuner et le dîner. Tu veux venir sur la jetée, pendant que je pêche ?

Elle hocha la tête, tout en poursuivant son inspection, et c'était un vrai spectacle de l'observer.

— C'est officiel, j'adore cet endroit, déclara-t-elle subitement ! Je ne comprends pas pourquoi tu ne vis pas ici.

Cam rangea une dernière boîte dans le réfrigérateur.

— C'est tentant, crois-moi. Mais comme l'essentiel de mon travail se situe à Bayside ou aux alentours, je devrais parcourir de longs kilomètres chaque jour.

Il regarda autour de lui puis croisa son regard : elle lui souriait. Confus, il s'empara de la mini-glacière.

— On va déjeuner ? Des sandwichs, ça te va ?

Une lueur s'alluma alors dans les yeux d'Ella.

— Cam, dit-elle, tu peux être fier de toi, tu sais… Et oui, les sandwichs, ce sera parfait.

Deux heures plus tard, les sandwichs n'étaient plus qu'un souvenir, et il avait déjà attrapé un poisson !

Assise sur un banc en bois, Ella dessinait. Parfois, elle levait la tête ou tournait violemment une page, mais sinon elle demeurait silencieuse.

De son côté, il lui lançait de temps à autre des regards furtifs : une chance qu'il ne soit pas nécessaire de se concentrer pour pêcher. Elle était si belle dans la lumière de ce début d'après-midi, éclairée par le soleil printanier, et si décontractée. Elle portait un haut violet foncé et un jean qui moulait avantageusement ses courbes. Elle avait noué ses cheveux, et il pouvait admirer parfaitement ce beau visage. Oui, il l'adorait, ce visage de Madone…

— À quoi penses-tu ?

Il tressaillit. Non, pas question de lui livrer ses pensées les plus intimes.

— Eh bien, commença-t-il, c'est fascinant de te

voir dessiner, et je me demande bien sur quoi porte ta concentration.

— Tu veux voir ?

Elle se mordit la lèvre, visiblement nerveuse à cette idée.

— Oui, avec plaisir !

D'un geste légèrement hésitant, elle lui tendit son carnet.

Cam écarquilla les yeux. *Waouh, quel coup de crayon !* Il avait déjà pu constater le talent d'Ella chez Carson, mais en l'occurrence, les lignes étaient très pures, très simples.

— Tu sais ce qui m'étonne ? finit-il par dire. Tu veux quitter Bayside et pourtant tu dessines cet endroit à la perfection.

Car c'était la Grand-Place de la ville qu'il était en train de contempler. Il la vit rougir.

— Tu as raison… Je ne m'en suis pas rendu compte.

— Explique-moi, pourquoi te sens-tu si mal à Bayside ?

— Tu le sais bien. Cette vidéo, la honte de mon père…

— Tu accordes bien trop d'importance à l'opinion de ces gens, ça n'en vaut pas la peine, crois-moi, dit-il en lui rendant son carnet.

— Facile à dire… Ils n'ont pas l'air de vouloir m'oublier, en tout cas.

— Tu étais une ado. À cet âge-là, on a des moments d'égarement. Mais entre nous je ne comprends pas comment Jasper a pu déclencher une telle passion chez toi.

— Cameron, c'est ton frère ! s'insurgea-t-elle.

— Oui, c'est ce que disent les médecins. Moi, j'ai mes doutes. Les échanges d'enfants sont si vite arrivés.

Elle éclata de rire, et il lui sourit.

— Tu étais si douée.

— Oui, la première de la classe, je sais.

— Mais timide, aussi, pas vrai ? Je n'ai jamais compris pourquoi.

Elle soupira et avala une gorgée de soda.

— C'est dans ma nature, sans doute. Et puis j'ai perdu

ma mère très jeune. Mon père était super, ce n'est pas la question, mais…

— Il était sévère, c'est ça ? Un flic bien macho tentant d'élever une petite fille.

— Absolument. Je ne voulais surtout pas attirer l'attention.

— D'où ma question : comment en es-tu arrivée à faire cette vidéo ?

Elle baissa les yeux.

— J'avais bu, cette nuit-là, mais sans le savoir.

Il fronça les sourcils.

— Pardon ?

— Samantha et Parker, tu te souviens d'elles ?

— Des filles très populaires, c'est ça ?

— Oui, acquiesça-t-elle. Elles m'avaient invitée à passer la nuit chez Sam, et au lieu de me méfier, j'ai accepté. J'aurais dû trouver curieux que deux filles aussi populaires m'invitent alors qu'elles me snobaient depuis l'école primaire. Tu ne crois pas ?

Il haussa les épaules.

— En fait, elles avaient découvert mes sentiments pour Jasper. Elles m'ont donné à boire ce qu'elles ont appelé de la limonade. Bon, ça avait effectivement ce goût-là, mais je me suis tout de suite sentie bizarre, la boisson m'est directement montée à la tête. Ensuite, elles m'ont mise en confiance, en me disant qu'elles avaient toujours été complexées par mon intelligence. J'ai été touchée.

Elle soupira.

— Comme j'étais stupide !

— Tu étais jeune et naïve, c'est tout.

— Toujours est-il qu'après la limonade elles ont tout de suite enchaîné sur Jasper…

— Comment savaient-elles que tu étais amoureuse de lui ?

— Elles avaient trouvé mon journal intime que j'avais malencontreusement oublié en salle d'arts plastiques. Tu imagines… J'y avais exprimé tous les sentiments d'ado que j'éprouvais pour ton frère, illustrations et poèmes à l'appui.

Cam hocha la tête. Il imaginait très bien la suite de l'histoire…

— Donc, elles ont lu ton journal pour l'utiliser contre toi et elles t'ont fait boire avant de te filmer ?

— Oui, ça résume tout à fait le tableau ! dit-elle, les yeux rivés à ses baskets. Je n'oublierai jamais le choc que j'ai ressenti en découvrant cette vidéo qu'elles ont passée devant tout le monde, le soir du bal, cette douleur affreuse à l'estomac. C'était horrible, tout le monde riait…

Elle frissonna alors que le rivage était baigné de soleil.

— Et comme elles m'avaient filmée la veille alors qu'on discutait dans nos lits, j'avais ce T-shirt trop grand que je mettais pour dormir, il avait glissé sur mon épaule, et on voyait mon soutien-gorge… Le principal a cru que je l'avais fait exprès.

— En parlant du principal, pourquoi n'a-t-il pas puni ces filles ?

— Parce que je ne les ai jamais dénoncées.

— Mais enfin pourquoi ? s'écria-t-il en lui saisissant les mains. Elles s'étaient réellement mal comportées !

Elle tenta de se dégager, mais il tint bon. Il avait envie de la secouer. Pourquoi ne s'était-elle pas défendue ? Pendant toutes ces années, la ville avait cru qu'elle avait mal agi alors qu'elle avait été victime d'un traquenard.

Elle se libéra finalement de cette étreinte, et se leva.

— Il n'empêche que c'étaient des filles populaires que je voulais impressionner. J'avais si peu d'expérience…

— Mais à cause d'elles tu n'as pas été élue major de la promotion, alors que tu le méritais, fit-il remarquer en se mettant debout, lui aussi.

— Quelle importance ? J'ai été admise en fac malgré tout.

Il secoua la tête.

— Mais si ça a de l'importance, enfin !

— Non. Ce qui comptait pour moi, c'était la réaction de mon père. Le silence de mort dans la voiture quand il est venu me chercher.

Ella reprit sa respiration.

— Il a tenu à ce que je quitte la ville et m'a inscrite à un programme d'été à la fac pour que je disparaisse au plus vite. Et ça, c'est le pire de toute l'affaire : j'ai déçu la seule personne qui m'ait jamais aimée.

Cam sentit son cœur se serrer pour elle. Croyait-elle vraiment avoir fait le désespoir de son père ?

— Ce retour, ce n'est pas facile, enchaîna-t-elle. Et pourtant, j'adore Bayside. Je me sens en sécurité, ici, tu sais ? C'est complètement paradoxal, mais en Italie mon père me manquait… Cela dit, ce maudit blog, tous ces regards et commérages, c'est dur à accepter.

Comme il n'avait jamais été très doué pour trouver les bons mots au moment adéquat, il préféra la prendre dans ses bras.

— Merci de m'avoir écoutée, souffla-t-elle. C'est vraiment super d'avoir un ami.

Ce mot le fit presque tressaillir, lui dont les sens étaient en éveil. Sentir ce corps magnifique tout contre le sien n'avait rien d'anodin !

— C'est vrai, Ella ? On est juste amis ?

Un ange passa.

Puis, sans mot dire, elle posa la bouche contre la sienne. Doucement d'abord, puis avec une ardeur qui le dévasta et attisa la sienne…

— Des amis un peu particuliers, articula-t-elle quelques instants plus tard.

Les lèvres contre les siennes.

Devant cette bouche rouge cerise et ces yeux voilés, il ne put qu'approuver.

- 11 -

Tard dans l'après-midi, Ella eut la joie de voir Cam rapporter trois beaux poissons au chalet et se réjouit encore plus du spectacle qu'il lui offrit ensuite : celui d'un bel homme viril en train de vider le fruit de sa pêche pour leur mijoter un bon petit plat. Et sans doute aurait-elle encore plus apprécié la scène s'il avait été torse nu…

À cette idée, elle se mordit la lèvre et décida de participer elle aussi à l'organisation du repas en préparant une salade tandis que Cam faisait griller les poissons. Elle trouva une bouteille de vin dans la cuisine qu'elle ouvrit et posa sur la table.

Quand Cam déposa le plat sur la table, elle se rendit compte qu'il était vraiment un homme attentionné. La preuve : il venait de tirer la chaise pour qu'elle s'assoie et lui servait à présent du vin. Puis il alluma deux bougies qu'il plaça au centre de la table et réduisit l'intensité de la lumière. L'ambiance devint très romantique. Elle eut alors l'impression que tout son être brûlait…

En dépit du cadre étudié, ils passèrent aisément d'un sujet à un autre tout en dégustant ce délicieux poisson, et en se délectant du vin non moins exquis. Elle se sentait merveilleusement bien. Dire qu'elle avait été si tendue ces derniers jours.

— Parle-moi de ton travail, lui dit-elle en repliant sa serviette.

— Il n'y a pas grand-chose à en dire.

Elle secoua la tête.

— Je suis sûr que si ! Je n'ai pas cessé de parler de moi donc, maintenant, c'est à toi !

— Tu veux vraiment que je te parle du dernier contrat que j'ai signé ?

Elle se mit à rire.

— Mais non ! Raconte-moi comment tu as lancé ta société. Tu sais, j'ai été surprise d'apprendre que tu ne travaillais pas dans l'entreprise familiale.

— Mes parents aussi, ça les a surpris !

Et il plissa les yeux. À cet instant, elle se leva et lui tendit la main : il la considéra, puis l'attrapa et se laissa conduire sur le canapé.

— Raconte-moi ! insista-t-elle en prenant place sur les coussins confortables.

Mais Cam demanda subitement :

— Tu as froid ? Tu veux que j'allume un feu ?

Elle haussa un sourcil.

— Cameron Dumont, arrête de louvoyer ! Je ne suis pas une journaliste, je suis ton amie… particulière, tu as oublié ?

Cela eut le mérite de le faire sourire.

— Non, je n'ai pas oublié. D'ailleurs, c'est un sujet qu'on devrait aborder…

Ella fronça les sourcils, l'air faussement réprobateur.

— Cameron !

Il leva les mains.

— Bon, très bien. J'ai donc fondé ma société il y a cinq ans, commença-t-il en s'adossant aux coussins. J'adore construire, travailler manuellement, prendre tout en charge de A jusqu'à Z. J'aime travailler en plein air et voir la lumière changer au fil des heures. Enfant, j'adorais me rendre sur les chantiers avec mon père, et je crois qu'il n'a pas perçu mon attirance pour ce métier, à l'époque. Pendant les vacances d'été, j'ai pourtant commencé à travailler sur certains sites.

— Il pensait que tu étudiais la façon dont on faisait des affaires, j'imagine, dit-elle. Tu ne lui as jamais dit ce qui t'intéressait réellement ?

— Non, et j'ai eu tort, ça aurait été plus facile pour tout le monde.

Il avala un verre d'eau et poursuivit :

— Depuis ma naissance, on me destinait à reprendre l'affaire familiale... J'ai fait des efforts, j'y ai travaillé cinq ans et demi, mais je m'ennuyais à mourir derrière un bureau, en costume cravate. Quand j'ai annoncé mon intention de fonder ma société pour devenir entrepreneur, j'ai eu l'impression d'être un déserteur...

Il se leva et se dirigea vers la cheminée, en fixant l'âtre.

— Ce fut une époque difficile, poursuivit-il. Mon père et moi, nous nous disputions constamment. Il ne me comprenait vraiment pas.

Il tourna les yeux vers elle et ajouta :

— J'avais l'impression de gâcher ma vie.

— La plupart des parents auraient été ravis d'une telle initiative, souligna-t-elle. Mais visiblement les tiens sont attachés aux traditions et, en tant qu'aîné tu te devais de prendre la relève, c'est ça ?

— Tout à fait. Je sais que mon père et mon grand-père avant lui ont travaillé dur pour bâtir leur empire.

— Finalement, c'est Jasper qui a repris le flambeau, donc tout est rentré dans l'ordre.

Devant son silence, elle insista :

— Non ?

Il revint s'asseoir près d'elle.

— Il l'a fait par solidarité. Je suis son grand frère, je l'ai toujours protégé, défendu. Mais un soir, alors qu'on avait un peu trop bu, je lui ai avoué combien ça me pesait, de travailler pour nos parents. Dès le lendemain, il m'a proposé de me remplacer ! Mes parents n'étaient pas vraiment enthousiastes ! Jasper a fait de bonnes études, mais il n'avait pas été élevé dans cette perspective. Il n'avait jamais travaillé pour la société, et mon père a cru devenir fou.

— Il a quand même fini par convaincre tes parents puisqu'il travaille avec eux, désormais, non ?

Cam haussa les épaules.

— Ils n'ont pas tellement eu le choix… Tous les jours, je me réjouis de mon métier, mais quand je pense à ce que mon frère endure avec mes parents, et au fait qu'ils sont tous malheureux à cause de moi, forcément, ça m'attriste un peu.

Elle se rapprocha de lui, et lui tapota sur le torse.

— C'est ça, la passion…

— Pardon ?

— Tout à l'heure, près du lac, tu m'as dit qu'il n'y avait rien de répréhensible à être passionné.

— Oui, et alors ? demanda-t-il sans comprendre.

— Ton métier, c'est ta passion, et ça passe avant tout.

Avec une grimace, il répondit :

— C'est vrai. Néanmoins, je regrette que ma relation avec mes parents en ait pâti.

— Tu sais, tout évolue, les relations changent, ainsi va la vie, Cam. Et la relation que tu entretenais avec tes parents se serait elle aussi transformée, même si tu n'avais pas fondé ta propre société, j'en suis convaincu.

Elle lui frotta doucement le bras.

— Leur as-tu déjà parlé de ce que tu ressentais ?

Il lui lança alors un regard qui était presque comique, tant cette question lui semblait incongrue.

— Tu veux que je leur parle de mes émotions ? finit-il par dire d'une voix atone.

Ella secoua la tête.

— Il ne s'agit pas de ce que moi je veux, mais de ce dont toi tu as besoin et, d'après ce que j'entends, tu devrais t'ouvrir à eux.

— Tu as peut-être raison, marmonna-t-il.

Elle n'insista pas, heureuse malgré tout de connaître

le fin mot de l'histoire. Cam en avait-il parlé à Jasper ? Peu importe, elle n'avait pas à s'en mêler.

— Assez parlé de moi ! À quoi penses-tu ?

La voix rauque de Cameron la ramena à la réalité.

— Si on m'avait dit au lycée qu'un jour je passerais une soirée avec Cameron Dumont, j'aurais tout de suite songé que c'était n'importe quoi.

Cet aveu parut le choquer.

— Ah bon ? Pourquoi ?

— Parce que tu étais Cam Dumont, un type plus âgé, avec une barbe.

— Nous avons juste quatre ans d'écart !

— Au lycée, c'est énorme !

Il se rapprocha d'elle.

— Et maintenant ?

Elle pencha la tête.

— Maintenant, quatre ans, ça me semble une différence d'âge parfaite.

Et sur ces mots, elle plaqua la bouche sur la sienne.

Cam fut enchanté de son initiative. Cette journée était décidément parfaite, et il ne regrettait nullement d'avoir invité Ella dans son sanctuaire. Elle semblait adorer cet endroit, et il avait vraiment apprécié sa compagnie, et même leur conversation, en dépit du sujet délicat qu'ils avaient abordé. Enfin, il ne pouvait nier qu'il n'avait eu qu'une idée en tête, depuis le début : l'embrasser.

Et ce moment était enfin arrivé ! Elle se pencha un peu plus vers lui, en lovant ce corps magnifique contre le sien. Il laissa échapper un grognement à ce contact, si doux et si sexy. Il l'enlaça tendrement en plongeant la langue dans sa bouche…

Une petite voix au fond de son cerveau lui disait de ralentir, voire de s'en tenir là, mais elle faiblissait de plus en plus. Très vite, elle finit par se taire.

Alors il l'attira étroitement contre lui, et enfouit le visage dans sa nuque tandis qu'elle agrippait sa chemise…

Elle sentait rudement bon, ce parfum fleuri le rendait littéralement fou. Il entendait à présent son cœur s'emballer… Allons, il devait rester maître de lui-même !

Soudain, sans prévenir, elle se détacha de lui, lui adressa un sourire faussement timide et le poussa sur les coussins. Puis elle se jucha sur ses genoux.

— Tu es heureuse ? demanda-t-il.

— Tais-toi et embrasse-moi !

D'ailleurs, elle fondit aussitôt sur sa bouche tout en glissant les mains sous sa chemise…

Quand ses doigts graciles se posèrent sur lui, il se sentit désarmé : c'était elle qui avait le contrôle de la situation, et cela l'excitait encore plus.

Évidemment, elle avait perçu à quel point il était troublé. N'était-elle pas assise sur lui ? Tout à coup, elle se mit à onduler, sans cesser de l'embrasser… et il sentit les mains d'Ella frôler la partie la plus sensible de son anatomie. Alors toute pensée rationnelle le déserta.

Brusquement, il inversa leur position, ce qui la fit rire, avec une sensualité folle : en la voyant se mordiller la lèvre, il se dit qu'elle voulait sa mort !

Et il était pleinement consentant.

— Tu vas me regarder toute la nuit ?

— Ne compte pas là-dessus, répondit-il d'une voix grave.

Aussitôt, elle le débarrassa de sa chemise, et il la recouvrit de tout son corps. Quelle formidable sensation ! Un vrai bonheur.

Curieusement, il lui semblait entendre de nouveau l'espèce de sonnerie qu'il avait chassée de sa tête tout à l'heure. Et de fait, Ella écarta son visage du sien.

Ils se regardèrent, l'air confus, un sourire aux lèvres.

— C'est mon téléphone, dit-elle d'une voix légèrement essoufflée. Je ne réponds pas.

— OK.

Et il reprit avec empressement sa position initiale, laissant glisser ses mains sur elle. Elle avait un corps splendide, et il avait envie d'en explorer chaque millimètre…

La sonnerie retentit de nouveau.

Bon, il allait d'abord détruire ce téléphone puis il explorerait chaque parcelle de ce corps merveilleux…

Elle murmura quelques mots contre sa bouche, ce qui lui procura un plaisir fou. Le temps de déboutonner sa blouse, il la jeta par terre. Il voulait tellement sentir cette peau nue contre la sienne.

Mais d'abord il voulait prendre le temps de la contempler. Elle avait des seins voluptueux qu'il pouvait voir sous son soutien-gorge en dentelle noire, aussi tentant et sexy qu'elle. Il se pencha pour les saisir à travers le tissu…

Mais il n'en eut pas le loisir.

Ah non, pas encore cette sonnerie !

Et tout à coup, alors qu'il faisait courir sa bouche sur la poitrine d'Ella et qu'il l'entendait haleter de plus en plus fort, il eut comme un déclic. Qui pouvait s'entêter à l'appeler sans laisser de message… à part son père ?

Il finit par se redresser.

— Hé ! protesta-t-elle.

— Décroche ! dit-il alors, le souffle court. Je suis sûr que c'est ton père.

— Ah non, je n'ai vraiment pas envie de penser à lui maintenant !

Soudain, l'expression d'Ella changea, car elle comprit elle aussi qu'il devait forcément se passer quelque chose pour qu'il insiste ainsi.

— Où est mon téléphone ? demanda-t-elle en scrutant la pièce, l'air inquiet.

— Tiens, dit-il en le lui tendant.

L'incompréhension d'Ella se renforça quand elle regarda l'écran.

— Je ne connais pas ce numéro, mais l'indicatif est celui de Bayside.

Elle prit la communication.

Il vit alors les yeux d'Ella s'écarquiller tandis qu'on lui parlait, à l'autre bout du fil.

Finalement, elle raccrocha, la lèvre tremblante.

— C'est mon père, il est à l'hôpital.

- 12 -

Ella se tenait dans le vestibule du Bayside Memorial Hospital, immobile, sans ciller. Partout, on sentait l'odeur reconnaissable entre toutes des antiseptiques et de l'eau de javel. Soudain, on appela un docteur par haut-parleur.

Elle tenta de se concentrer sur celui qui se trouvait devant elle. Dans son uniforme blanc, un stéthoscope autour du cou, il parcourait le dossier qu'il avait à la main.

Elle prit une profonde inspiration.

— Donc, vous me dites que mon père va bien ?

Encore sous le choc, elle n'arrivait pas à le croire.

De nouveau, le médecin vérifia les données, nota quelque chose puis leva les yeux vers elle.

— Nous avons réalisé une batterie d'analyses depuis que ses amis l'ont amené, et tout est négatif — ce qui, en l'occurrence, est rassurant.

— Mais il s'est évanoui ! se récria-t-elle. Selon ses amis, il ne pouvait plus respirer.

Elle faillit hurler. Cam et elle avaient battu tous les records de vitesse pour rentrer à Bayside. Finalement, ils avaient trouvé son père assis en toute quiétude sur un lit d'hôpital, un bol de riz au lait dans une main, une télécommande dans l'autre.

En se penchant vers le médecin, elle chuchota presque :

— Mon père a eu un cancer, vous savez.

Le docteur lui adressa un grand sourire.

— Comme je suis son oncologue, je suis parfaitement

au courant. Votre père est mon patient préféré, c'est aussi le plus entêté.

— Et vous êtes certain que son évanouissement n'est pas lié à son cancer ?

— Écoutez, je vous suggère de discuter avec votre père, répondit le docteur en souriant. Je suis convaincu que vous comprendrez mieux ce qui s'est passé. Nous le gardons cette nuit pour faire quelques analyses, et il sortira sûrement demain matin.

— Merci.

Elle plissa les yeux. Quel soulagement. Mais à présent elle subissait le contrecoup de cette grosse frayeur : elle s'était tant inquiétée pour lui que la fatigue la submergea d'un coup. Allons, ce n'était pas le moment de flancher !

Redressant les épaules, elle ouvrit la porte de la chambre.

— Te revoilà, ma chérie ! Le docteur a dit que je devais passer la nuit ici. Heureusement qu'il y a un match à la télé.

— Une chance, en effet. Tu veux que je passe la nuit avec toi, papa ?

— Bien sûr que non ! Je ne vais faire que dormir et manger encore du riz au lait.

Elle leva les yeux au plafond. Quelle tête de mule !

— Tu es bien certain ? Car franchement, ce serait avec plaisir, tu le sais.

— Mais je t'assure que non, ça ira.

— Comme tu voudras. Le docteur m'a expliqué que ton évanouissement n'était pas lié à ton cancer.

Devant son silence, elle insista :

— C'est dû à quoi, selon toi ?

Il ne répondit toujours pas.

Sans cacher son agacement, elle lui arracha la télécommande des mains et éteignit la télévision.

— Hé ! protesta-t-il.

— Qu'est-ce que tu as fait, aujourd'hui ?

— Rien.

Elle haussa un sourcil et croisa les bras.

— C'est vrai, ma douce. J'étais juste avec les copains, comme tous les dimanches.

— Mais encore ?

— OK, on a sans doute exagéré un peu.

— C'est-à-dire ?

De nouveau, elle avait envie de hurler !

— Vois-tu, c'est une petite activité que j'avais envie de faire depuis toujours. Comme Herb, d'ailleurs. Lui aussi a eu un cancer, l'année dernière.

— Quelle activité au juste ?

À présent, elle tapait du pied. Quand allait-il se décider à avouer ?

— Du saut en parachute !

Pas possible, elle avait mal compris…

— Quoi ?

Cette fois, elle avait bel et bien poussé un cri !

Voyant qu'elle restait muette, il enchaîna bien vite :

— C'est incroyable, je n'ai jamais vécu une telle expérience. Évidemment, à l'atterrissage, je n'ai pas vraiment maîtrisé la situation…

— Pas vraiment, non ! gronda-t-elle d'une voix forte et sévère.

À cet instant, la porte s'ouvrit, et elle entendit la voix de Cam avant de le voir :

— Tout va bien, ici ?

— Non, loin de là ! répondit-elle. Tu sais ce qu'il a fait, aujourd'hui ?

Elle désigna son père et poursuivit d'une voix encore plus aiguë :

— Tu sais pourquoi il est à l'hôpital ? Parce qu'il a sauté d'un avion avec ses amis !

Cam haussa les sourcils puis afficha un regard amusé.

— Non, c'est vrai ? Mais c'est fantastique.

— N'est-ce pas ? s'empressa d'approuver Ted. Je ne comprends pas pourquoi elle est aussi énervée !

— Ah bon ? Tu ne comprends pas ?

Ella se tourna alors vers Cam et ajouta :

— Et toi tu l'encourages, alors que sa « petite activité » l'a conduit à l'hôpital !

— Mais il n'a rien.

— Il ne devrait pas prendre de tels risques, c'est tout.

— Je te rappelle que ton père s'est remis d'un cancer, ça prouve qu'il est résistant et qu'il doit profiter de la vie.

Ella serra les poings. Surtout, ne pas s'énerver…

— Tu veux mon avis, Cam ? Tout ça, ce ne sont pas tes affaires, je ne vois pas de quoi tu te mêles !

— Et moi, je pense que tu dois te calmer, ton père va bien, je ne vois pas où est le problème.

Elle n'en croyait pas ses oreilles. Est-ce qu'elle était la seule à avoir deux sous de jugeote, dans cette pièce ?

— Ah bon, tu ne vois pas le problème ? Nous sommes à l'hôpital, tu trouves ça normal ?

— Bon, tous les deux, vous voulez mon avis ? s'écria soudain Ted.

— Non ! répondirent-ils en chœur.

Finalement, ils étaient d'accord sur un point !

— Il faut que tu prennes un peu de recul, reprit Cam.

— Un peu de recul ? Mais je suis revenue depuis quelques semaines à peine, et il se jette dans le vide ? Tu n'as pas idée de la façon dont je me suis inquiétée !

Elle s'interrompit brusquement mais soutint son regard. Elle vit alors son expression s'adoucir.

— Mais si, Ella, dit-il en lui caressant gentiment le bras. Je m'en rends compte, je suis désolé.

Ella plongea alors les yeux dans ceux de Cam et y perçut une réelle gentillesse qui la toucha : elle aurait tant aimé se réfugier dans ses bras, retrouver la paix et le bonheur de leur après-midi au chalet. Cam l'attirait physiquement tout en la comprenant, ce qui ne lui était encore jamais arrivé. Avec ses précédents partenaires, c'était soit l'un, soit l'autre, mais jamais les deux en même temps.

À cette pensée, son cœur se mit à battre si fort qu'elle fut presque contente de se trouver à l'hôpital. Au moins, on pourrait la prendre en charge au moindre problème !

— C'est bon, vous vous êtes réconciliés ? demanda Ted. Tout le monde va bien ?

Fort opportunément, une infirmière entra dans la chambre à ce moment-là et la pria de venir pour s'acquitter de quelques formalités.

— Les heures de visite sont terminées, maintenant, lui annonça l'infirmière quand Ella lui remit les formulaires. Il faut prendre congé de votre père.

— Entendu, répondit-elle.

Quand elle poussa la porte de la chambre, ce fut pour constater qu'il s'était endormi et que Cam remontait sa couverture avant d'éteindre la télévision.

— Comment vas-tu ? s'enquit-il une fois qu'ils furent dans le couloir.

Pas très bien, en fait. Quel genre de fille était-elle pour ne jamais être là quand son père avait besoin d'elle ?

— Ella ? Comment te sens-tu ? insista-t-il.

— Mal à l'aise.

Pourquoi disait-elle toujours ce qu'elle avait sur le cœur quand Cam était là ? Qu'avait-il donc de si spécial pour la pousser aux confidences ? Sans compter qu'il semblait lire dans ses pensées.

— Je ne suis jamais là quand il a besoin de moi, finit-elle par avouer. Quand on lui a diagnostiqué son cancer, je me trouvais à des milliers de kilomètres. Je n'étais pas présente lorsqu'il a commencé son premier traitement.

— Il ne t'a rien dit, tu ne pouvais pas deviner.

— Il a pu me le cacher car j'étais en Europe. Et aujourd'hui…

— On a passé une super journée, et tu n'étais pas

en Italie. Mais à une heure de Bayside. D'ailleurs, tu as accouru à son chevet, alors cesse de culpabiliser !

— Ce que tu es autoritaire !

Il lui fit un petit clin d'œil.

— Juste quand c'est nécessaire. Bon, cesse de gémir sur ton sort, et laisse-moi plutôt te raccompagner chez toi.

Elle hocha la tête et lui emboîta le pas.

Quel bonheur de retrouver l'air frais de la nuit ! pensa-t-elle en levant les yeux vers le ciel où scintillaient déjà des étoiles. À Florence, quand elle contemplait le ciel, elle se demandait toujours ce qui se passait au même moment à Bayside. Manquait-elle à quelqu'un ? Reverrait-elle un jour sa petite ville ?

— À quoi penses-tu ?

La voix de Cam la tira de ses pensées.

— À ma perpétuelle fuite en avant.

— Il y a une solution à ça, tu sais.

Même si elle admirait toujours le ciel, elle sentait les yeux pénétrants de Cam posés sur elle, et des frissons la parcoururent.

— Laquelle ?

Doucement, il l'obligea à croiser son regard.

— Il suffit que tu arrêtes de courir.

Facile à dire ! Elle aurait réellement aimé y parvenir. Seulement, elle connaissait sa ville mieux que personne...

— Je sais que ce retour à Bayside est éprouvant et que la journée d'hier a été atroce pour toi, poursuivit-il. Mais si tu t'installes ici pour de bon, tu donneras aux gens la possibilité de te connaître, de découvrir celle que tu es devenue. D'oublier définitivement cette vidéo idiote.

— Idiote ? Je croyais que pour toi l'incident relevait de la passion.

— Non, j'ai dit que c'est toi qui étais passionnée, nuance. Et puis je voulais te flatter, te séduire... C'est toujours le cas, tu sais.

Ella se sentit rougir.

Après l'avoir attirée à lui, il l'étreignit de ses bras vigoureux.

— Cam, on pourrait nous voir.

Sans répondre, il la considéra, un sourire aux lèvres.

— Je sens que je vais t'embrasser, là, maintenant. Et tu as raison, on pourra nous voir.

Sur ces mots, il fondit sur sa bouche, et elle oublia tout, s'abandonnant complètement au baiser qu'il lui donnait et qui l'entraînait très loin du parking… Ne pas l'embrasser, cela aurait été cesser de respirer.

Lorsqu'il se détacha de sa bouche, elle tomba sur ces yeux noirs où on lisait une passion dévorante. Sans doute reflétaient-ils ce qu'elle ressentait, au fond de son cœur qui battait la chamade.

— Il faudrait que je te ramène chez toi, dit-il d'une voix rauque.

— Oui, il le faudrait, mais…

— Mais quoi ? insista-t-il, les yeux posés sur sa bouche.

— Ce serait mieux si tu m'amenais chez toi.

Un lent sourire se forma sur ses lèvres.

— À vos ordres, Madame !

Main dans la main, ils regagnèrent le pick-up, et elle se fichait pas mal de qui pouvait les voir ! Une seule pensée l'obsédait : se retrouver le plus vite possible chez Cam.

Cam ne se rappela pas le trajet de l'hôpital jusque chez lui. Il ne se rappela pas non plus la conversation qu'il eut avec Ella dans la voiture. En revanche, jamais il n'oublierait son beau visage illuminé par le clair de lune qui inondait le salon.

Avait-elle conscience de sa beauté exceptionnelle ? Il avait beau se creuser la tête, il ne se souvenait pas d'avoir côtoyé une femme aussi superbe. Et le fait qu'elle soit si drôle, si attentive aux autres, et si facile à vivre ajoutait à son charme.

Les clés tombèrent par terre quand il les lança sur la table, mais tant pis ! Ce qui comptait, c'était qu'Ella soit chez lui, un petit sourire aux lèvres, les yeux pétillants.

Lui qui était si plein d'aplomb, d'habitude, se sentait presque intimidé depuis qu'elle lui avait demandé de la conduire chez lui. Allons, du nerf ! Il ne devait pas la décevoir…

Il passa la main dans ses cheveux.

— Bon, tu vas rester planté là devant moi toute la soirée ? demanda-t-elle.

— Désolé. Je te sers un verre ? Tu as faim ? Ou bien on fait le tour du propriétaire ?

Elle lui adressa un sourire ravageur.

— Viens ici, dit-elle.

Comme sur pilote automatique, il la prit dans ses bras, et elle noua les mains autour de son cou.

— Tu es nerveux ? chuchota-t-elle. Si l'un de nous doit l'être, c'est plutôt moi, tu ne crois pas ?

Il ouvrit de grands yeux stupéfaits, mais l'attira plus étroitement contre lui.

— Et pourquoi, s'il te plaît ?

— Parce que tu es le mystérieux, solitaire et expérimenté Cameron Dumont.

Il lui mordit le lobe de l'oreille et pressa les lèvres contre sa nuque.

— Alors prépare-toi, car je vais te montrer ce que c'est d'avoir de l'expérience.

Et sur ces mots, il la souleva du sol et l'entraîna dans la chambre, en s'enivrant de son parfum fleuri.

Cette femme avait le don de lui faire tourner la tête !

Il regarda longuement ses beaux yeux verts et lui donna alors un baiser sensuel et lent, tout en la reposant par terre. Il plongea alors les doigts dans sa chevelure, et quand leurs langues se croisèrent il laissa échapper malgré lui un léger grognement…

Puis tout s'enchaîna rapidement. Leurs habits volèrent à

travers la pièce, et elle se retrouva en soutien-gorge et jean devant lui. Le spectacle le plus sexy qu'il ait jamais vu.

— Tu comptes en rester là ? souffla-t-elle d'une voix langoureuse.

Animé par un désir fou, il plaqua la bouche sur la sienne, tout en continuant à la déshabiller. Son soutien-gorge était ravissant. Le dégrafer lui procura une joie immense, car il put toucher la poitrine généreuse d'Ella. Elle se tortilla pour se débarrasser de son jean, puis s'écroula en riant sur le lit. En un rien de temps, il enleva le sien.

Elle fit alors glisser un doigt sur son boxer.

— Cam ?

Le regard d'Ella était encore plus intense.

— Oui ?

— Enlève ton caleçon !

Ella n'arrivait pas à croire à ce qui se passait…

Pourtant, si elle était honnête avec elle-même, ce n'était pas une surprise : depuis le premier jour, quand il était venu la chercher, les sentiments qu'elle éprouvait pour lui n'avaient cessé de grandir. Dès le premier regard qu'ils avaient échangé, quelque chose d'étrange s'était produit en elle.

Et voilà qu'elle était en train de se déshabiller devant lui, les yeux plongés dans les siens. Elle vit son regard briller au clair de lune lorsqu'il le laissa lentement glisser, et elle entendit sa respiration s'accélérer.

Elle sentit sa bouche devenir toute sèche. Impossible de dire quoi que ce soit tant la vue de ce sexe en érection l'impressionnait.

En levant la tête, elle croisa son regard.

— Ella, tu es bien sûre de vouloir faire ça ?

Cette question la toucha. S'il avait su qu'elle n'avait jamais été sûre de rien !

— Cam…

Elle aurait aimé lui dire tant de choses, mais ce qu'elle voulait vraiment, c'était sentir le poids de ce corps vigoureux sur le sien. Pour qu'ils ne fassent plus qu'un.

— Embrasse-moi, ajouta-t-elle alors.

Il ne se le fit pas dire deux fois. L'instant d'après, il capturait sa bouche, tout en la palpant de ses mains rugueuses. C'était si bon ! Cette barbe de deux jours qu'il frottait sur son cou, ses seins, l'excitait tout particulièrement. Et lorsqu'il se mit à titiller ses tétons, elle se cambra pour qu'il la caresse encore mieux. Quand il en avait fini avec un sein, il recommençait avec l'autre. Tout cela lui procurait de folles sensations : elle plongea alors les ongles dans son dos…

Au moment où il posa le regard sur elle, elle y vit une passion qui l'effraya presque.

— Cam…

— Chut, cette nuit est à toi.

Et il plaqua la bouche sur son ventre, pour descendre lentement vers son intimité. Alors, du bout de la langue, il se mit à lui procurer d'exquises caresses, et elle sentit bientôt ses doigts experts compléter la partition destinée à lui donner un plaisir infini. Soudain, elle hurla son prénom tandis que la jouissance s'emparait de tout son être… Quand elle rouvrit les yeux, la lune tout près de la fenêtre était comme la complice de leurs doux ébats, en les éclairant comme s'ils étaient les étoiles de la nuit.

Enivrée, elle noua les mains autour du cou de Cam et l'embrassa avec une ferveur qui raviva un désir puissant en elle. Elle ouvrit les jambes pour l'accueillir.

— Attends, dit-il.

— Pardon ?

Il lui sourit et tendit la main vers la table de chevet. Elle comprit qu'il prenait juste un préservatif. Elle était si obsédée par l'envie de le sentir en elle qu'elle avait failli oublier la plus élémentaire des prudences.

Quelques instants plus tard, Cam la pénétrait avec langueur, les yeux plongés dans les siens.

— Tout va bien ? s'enquit-il.

En se mordant la lèvre, elle acquiesça.

— Et toi ?

— Oui. Oh oui ! dit-il d'une voix rauque.

Et il se mit à aller et venir en elle, lentement d'abord. Puis ils trouvèrent leur rythme avant qu'il n'accélère définitivement le tempo.

— Oui, Cam, oui, cria-t-elle en s'agrippant à ses épaules.

Ella perdit alors la notion du temps. Ah, si seulement les sensations délicieuses qu'il lui procurait pouvaient durer toujours. Les jambes enroulées autour de ses reins, elle se laissa conduire au septième ciel, et ils furent emportés presque en même temps par un orgasme foudroyant, sous la lumière argentée de la lune qui veillait toujours.

Incroyable…

Voilà ce que pensa Cam en serrant contre lui le corps tout chaud d'Ella. Ils venaient de finir le deuxième round de leur nuit fantastique, et elle s'était endormie dans ses bras, dos contre son ventre.

Il laissa tout doucement glisser les doigts sur son bras à la peau si satinée… Soudain, il sourcilla en apercevant des rougeurs sur sa nuque et il comprit aussitôt : il aurait dû raser cette barbe rêche ! Encore que l'idée d'avoir laissé ses empreintes sur ce corps merveilleux l'excitait, comme si c'était la preuve qu'Ella lui appartenait.

Lui appartenait ? Waouh ! Heureusement qu'elle dormait et qu'elle ne devinait pas du tout les pensées qui lui traversaient l'esprit. Sans quoi elle aurait bondi du lit et serait partie en claquant la porte. Pour toujours.

Il la contempla un long moment, cette femme si courageuse qui avait dû affronter tant de méchanceté dans sa ville natale et qui n'avait jamais dénoncé celles qui l'avaient poussée à l'exil. Pour sa part, il aurait aimé que cette histoire soit tirée au clair une bonne fois pour toutes. Que la ville apprenne enfin la vérité. Et surtout il aurait souhaité qu'elle écrive une lettre ouverte à cette maudite blogueuse !

Ella murmura soudain quelques mots dans son sommeil, et il sourit, attendri. Ce qu'il aimait passer du temps avec elle ! Il se rendit alors compte d'une chose. Pour la première fois de sa vie, il avait envie de se promener sur l'artère principale de Bayside avec quelqu'un. Lui qui était d'ordinaire si discret ! Mais il avait aussi conscience qu'elle n'était pas du tout prête à une telle éventualité. C'était à lui de la convaincre, petit à petit, d'afficher leur relation au grand jour.

Ella se réveilla au son des oiseaux dont le chant entrait par la fenêtre ouverte, accompagné d'une douce brise. Un rayon de soleil s'était aussi invité. Et s'il la réchauffait agréablement, il lui fit aussi plisser les yeux.

Elle sortait d'un rêve merveilleusement doux, avec pour personnage principal Cameron Dumont, qu'elle avait imaginé en train de réitérer sa performance de la veille… Un large sourire éclaira son visage, et elle se tourna pour lui faire face. Mais à sa grande déception, la place était vide, à côté d'elle. Curieux. Elle s'était endormie blottie contre lui. Alors qu'elle s'étirait, elle aperçut le réveil… Nul doute qu'il était parti travailler : n'avait-il pas toujours mille chantiers en cours ? Dommage…

Soudain, elle entendit un bruit de pas et, avant qu'elle ait eu le temps de démêler quelques nœuds dans sa chevelure, Cam entra dans la chambre, vêtu d'un simple pantalon. Elle tressaillit de joie, puis riva les yeux sur ce torse musclé où courait un duvet qui disparaissait sous l'élastique de son survêtement. Ce torse sur lequel elle avait fait courir ses lèvres, la veille au soir…

Cam s'était immobilisé sur le pas de la porte, et lui aussi l'observait de son regard intense.

— Bonjour, dit-elle d'une voix un peu éraillée.

— Ce que tu es belle !

— Tu n'es pas mal non plus, renchérit-elle avec un sourire.

Et à cet instant, elle avisa le plateau qu'il tenait à la main, et l'odeur du café frais lui chatouilla ses narines.

— Le petit déjeuner est servi, madame, annonça-t-il.

Sur ces mots, il posa le plateau sur le lit.

— Je sais qu'il est un peu tôt, mais je dois aller travailler et je ne voulais pas te laisser seule et affamée dans mon lit.

Touchée par cette gentille attention, elle considéra les œufs brouillés, les toasts, le beurre, la confiture, le café… Cam avait même pensé aux journaux !

— Oh… Merci !

Il haussa les épaules, comme si c'était tout naturel.

Elle posa alors la main sur la sienne et… il fondit sur elle. D'un coup, tout son corps se réveilla, et le désir s'empara d'elle.

Elle gémit quand il l'embrassa avec ferveur, l'étreignit avec ardeur. Elle voulait tellement aller plus loin…

C'est alors que le réveil sonna !

— Désolé, dit Cam en stoppant l'alarme.

Ella comprit qu'il s'était levé encore plus tôt que d'ordinaire pour lui préparer le petit déjeuner.

— Oh ! Cam, c'est si gentil de ta part !

— Je ne pouvais pas partir en te laissant affamée. Et puis voir ton beau sourire en valait la peine !

Décidément, cet homme la désarmait !

— Bon, je dois filer, poursuivit-il. Prends ton temps pour déjeuner, rendors-toi, fais comme tu veux.

— Tu sais qu'une femme peut très facilement s'habituer à ce genre de traitement…

À ces mots, elle crut voir une lueur amusée dans ses yeux et quand il lui lança un dernier coup d'œil par-dessus son épaule, avant de partir, elle eut la nette impression qu'il avait gagné la première manche.

- 13 -

Attention, Bayside, la semaine commence fort ! Selon la rumeur, l'ancien chef de la police Ted Owens a été admis au Bayside Memorial Hospital, hier soir. Et d'après mes sources il est déjà rétabli. À propos, comment sa fille a-t-elle accusé le choc ? Quelqu'un veut lui offrir une épaule sur laquelle pleurer ? Mais attendez, j'ai bien l'impression qu'une personne s'est déjà proposée…

Le soir suivant, Ella fit son entrée au Max's Bar, au beau milieu de la Grand-Place. La décoration était rustique, avec un mobilier en bois foncé et un bar au milieu. Tout autour étaient disposés de hauts tabourets. L'endroit comptait environ douze tables dans l'espace restaurant.

Il y avait aussi un jeu de fléchettes accroché sur un pan de mur et une table de billard de l'autre côté.

Elle était venue chercher son père à la sortie de l'hôpital, le matin même, et s'était vite aperçue que les pères étaient les pires patients du monde. Il avait quasiment fait un caprice pour avoir un milkshake à la vanille, mais elle l'avait forcé à boire une infusion. Il voulait regarder la télévision alors qu'elle préconisait une sieste. Inutile de dire qu'elle avait été ravie quand Riley lui avait envoyé un texto pour prendre des nouvelles et lui proposer de se retrouver autour d'un verre.

Peut-être était-elle d'autant plus contente que l'invitation de son amie avait suivi de près celle de Cam. Or après avoir lu le dernier post de la blogueuse de Bayside, elle n'avait pas eu envie de s'afficher en public avec lui. Riley lui avait donc offert une bouée de sauvetage. Mais à présent, elle se sentait coupable.

En attendant Riley, elle consulta ses mails sur son portable. Elle sentit son cœur s'emballer quand elle lut le message suivant :

> Après réception de votre courrier et de votre CV, nous vous proposons un entretien en vue d'un poste de conservatrice assistante.

Le Smithsonian de Washington lui avait écrit !

Ella se figea. Ce poste était celui qu'elle convoitait le plus dans sa liste de vœux. Néanmoins, ce musée était très exigeant. Elle n'avait pas une seule chance de le décrocher !

Malgré tout, elle répondit immédiatement pour accuser réception du message et confirmer qu'elle acceptait l'entretien. Sur le moment, elle ressentit un petit frisson d'excitation, mais son sourire disparut bien vite : le poste était à Washington, à deux heures de Bayside. À deux heures de son père, de Riley, de sa nouvelle affaire qui prenait forme grâce à la publicité de Carson. Et surtout, à deux heures de Cam…

En tapotant nerveusement sur la table, elle regarda la porte avec intensité. Pourvu que Riley ne tarde plus ! Elle avait désespérément besoin de se confier à elle.

Cette dernière surgit vingt minutes plus tard, dans une robe bleu turquoise et en escarpins. Elle s'était fait un chignon bas et portait un incroyable collier multicolore.

— Désolée pour ce retard, mais j'ai vraiment une bonne excuse, déclara-t-elle en posant son sac à main. Le lundi, c'est toujours chaud mais, là, il…

— J'ai couché avec Cam, la coupa-t-elle.

— Qu'est-ce que ce sera ? demanda alors la serveuse qui avait surgi en tapinois.

Ella se sentit doublement rougir.

— Deux verres de pinot noir, et vite, s'il vous plaît ! répondit Riley avec un grand sourire.

La serveuse repartie, la jeune femme se pencha vers Ella.

— J'aime les surprises, mais là, franchement, j'ai frôlé la crise cardiaque !

— Désolée de t'avoir interrompue.

— Ce n'est pas la question…

Elles se turent quand la serveuse leur apporta leurs verres et la carte. Ella la consulta mécaniquement, trop absorbée par ses pensées.

Cam…

Que faisait-il en ce moment ? Elle avait eu tort, vraiment tort, de décliner son invitation. Seulement…

Seulement quoi, au fait ?

Elle se rendit compte que Riley l'étudiait avec une grande attention.

— Tu paniques, maintenant ? finit-elle par demander. Bon, raconte ! Comment c'est arrivé ? Où ? Et surtout…

Elle marqua une pause, pour ménager un effet :

— C'était bien ?

Ella reprit son souffle.

— Comment c'est arrivé ? Je ne sais plus. En tout cas c'était chez lui, et… Waouh. J'ai vu toutes les étoiles de l'univers !

À cet instant, la serveuse approcha.

— Il vous faut autre chose ?

— Une douche froide, peut-être ? suggéra Riley dans sa barbe.

Tout en se retenant d'éclater de rire, Ella répondit :

— Tout va bien, merci.

Riley releva la tête.

— Mais je pensais que ton père était à l'hôpital !

Ella avala alors une gorgée de vin et lui raconta son dimanche dans le détail.

— Oh ! je comprends mieux. Tu sais que Cam n'a jamais emmené une femme dans son chalet ?

— Comment sais-tu ça, toi ?

— Par la blogueuse de Bayside, qui d'autre ? En tout cas, il doit sacrément t'apprécier.

Elle se sentit rougir.

— C'était adorable qu'il attende avec toi à l'hôpital, enchaîna Riley. Et puis le petit déjeuner au lit le matin, alors qu'il devait déjà se lever aux aurores ! Mais tu dois être sur un petit nuage, non ?

— Si, mais…

— Mais quoi ? Je t'assure que les hommes comme Cameron, ça ne court pas les rues. Je n'en ai pas encore vu, depuis le temps que j'habite ici. La preuve !

Et elle tendit son annulaire dépourvu d'alliance.

Ella se mit à rire, puis redevint sérieuse.

— C'est compliqué, tu sais, Riley.

— Pourquoi ? Dis-moi.

— Je n'ai pas honte de Cam, ni de ce que j'ai fait avec lui. Mais je n'ai pas envie que ça se sache.

— Tu veux dire, à cause d'un certain blog ?

Ella hocha la tête. Exactement.

— J'ai l'impression que tous les yeux sont braqués sur moi. Je ne veux plus attirer l'attention, d'autant plus que je ne sais pas encore où cette relation avec Cam nous mènera.

— De quoi es-tu inquiète, au juste ? demanda Riley en faisant signe à la serveuse de leur resservir deux verres. Cam n'est pas le genre d'homme à accumuler les conquêtes sans lendemain.

— Le problème, ce n'est pas lui, mais moi.

— Qu'est-ce que tu racontes ? Je ne veux pas te culpabiliser mais tu ne peux pas coucher avec Cam et te volatiliser !

Ella secoua la tête

— Ce n'est pas mon intention… Seulement, j'ai reçu une convocation à un entretien, au Smithsonian museum de Washington.

Riley eut du mal à en croire ses oreilles.

— Quoi ? Et ton père ? C'est bien pour lui que tu es rentrée à Bayside, non ?

— Oui, mais Washington est à deux heures de route, il n'y a pas d'océan à traverser. De toute façon, ce travail, ce n'est pas pour tout de suite, la personne en poste part à la retraite dans deux mois, j'ai encore du temps devant moi.

Son amie lui adressa un regard certes compréhensif, mais déçu.

— Donc, si je te suis bien, tu as couché avec Cam hier soir, mais tu avais déjà postulé pour un travail à deux heures d'ici ?

— Oui, tu as bien compris.

La serveuse leur apporta leurs verres, et une fois qu'elle se fut éloignée, Riley reprit le fil interrompu de la conversation.

— Bon, c'est vrai que ce poste est très alléchant, concéda-t-elle.

Mais sur un ton des plus mélancoliques.

Ce qui surprit Ella.

— Enfin, Riley, qu'est-ce qui te prend ? demanda-t-elle.

— C'est juste que j'étais tellement contente de t'avoir ici. C'est si rare, les amies comme toi.

Ella ouvrit de grands yeux.

— Des amies, tu en as des tonnes ! Tu connais tout le monde en ville.

— C'est vrai. D'ailleurs, tout le monde me surnomme Miss Bayside !

Et à ces mots, elle prit une pose de diva, une petite moue à l'appui. Comment ne pas éclater de rire ?

— Oui, poursuivit-elle en redevenant triste, je connais des tas de gens, mais tu es la seule qui m'écoute vraiment.

Et j'adore t'écouter aussi. Je suis si contente que tu sois de retour à Bayside.

Ella sentit les larmes lui monter aux yeux. Elle aussi adorait son amie : elles resteraient évidemment en contact, si elle s'installait à Washington. Mais ce ne serait plus tout à fait pareil. Soudain, elle eut une idée pour détendre l'atmosphère.

— Tu ne pourrais pas te libérer un jour ou deux cette semaine ?

— Je ne sais pas. Faut voir. Pourquoi ?

— Mon entretien à Washington a lieu mercredi, on pourrait y aller toutes les deux. Ce serait l'occasion de faire du tourisme et de dormir une nuit là-bas ? Un voyage impromptu entre filles. Qu'en penses-tu ?

Riley lui adressa un beau sourire.

— Je pense que c'est une excellente idée !

— Génial ! Je m'occupe de tout.

— Parfait, mais accorde-moi juste une faveur. Avant qu'on parte, préviens Cam. Dis-lui aussi ce que tu ressens pour lui.

— Je…

À vrai dire, Ella ne savait que répondre.

— Il mérite au moins de le savoir, répondit tranquillement Riley.

Il méritait bien plus que ça, et c'était bien ce qui l'effrayait, car elle n'était pas certaine d'y arriver.

Quand Ella rentra chez elle, il régnait le plus grand calme dans la maison. Son père dormait paisiblement. Tant mieux.

Une fois dans son lit, elle n'arrêta pas de se tourner et se retourner.

Oui, elle devait parler à Cam, lui dire ce qu'elle ressentait… Mais et s'il ne comprenait pas ? S'il n'était pas d'accord ? S'il…

S'il se tenait devant la fenêtre à moitié ouverte de sa chambre, en train de toquer contre la vitre ?

Elle retint de justesse un cri perçant en apercevant le visage de Cam, un sourire aux lèvres.

— Cam ! s'exclama-t-elle dans un souffle.

Pas question de réveiller son père.

Elle se leva pour le rejoindre près de la fenêtre.

— Qu'est-ce que tu fais là ? ajouta-t-elle.

Tout de suite, elle sentit son estomac se nouer devant cette barbe si savamment négligée, ces traits si nobles… Il était impeccable dans ce jean délavé et ce polo blanc. Aussitôt, elle pensa qu'elle devait faire pâle figure dans son vieux T-shirt qui lui servait de chemise de nuit et son short qui datait, lui aussi. Sans compter ses cheveux emmêlés et son absence totale de maquillage.

D'instinct, elle s'enroula dans le rideau bleu clair et le serra autour de sa taille.

— Mais qu'est-ce que tu fais ?

— Tu ne peux pas me voir dans cet état.

C'est alors que, de ses deux bras vigoureux, il la saisit par la taille. Sous le coup de la surprise, elle en lâcha le rideau tandis que Cam l'attrapait par le menton pour l'obliger à croiser son regard.

— Tu es belle, Ella.

À ces mots, elle se sentit rougir. Une vraie ado.

— Bon, tu comptes rester sur mon balcon à me parler par la fenêtre ?

— Ça ne me gêne pas.

Il souleva ses mains pour les embrasser, et elle frissonna des pieds à la tête.

— Tu m'as manqué, tu sais, dit-il.

Sur ces mots, il l'embrassa. Et ce baiser eut le don de l'apaiser.

— Notre nuit ensemble m'a terriblement plu ! ajouta-t-il. Je veux recommencer.

Ella écarquilla les yeux.

— Là, maintenant ?

— Euh, je ne crois pas que ton père apprécierait de me découvrir dans ton lit, allongé sur toi, répondit-il en se juchant sur le rebord de la fenêtre.

— Et d'abord, pourquoi ce serait toi qui serais sur moi ? lança-t-elle aussitôt.

Les yeux de Cam se mirent instantanément à briller. Mais il prit un air à la fois sérieux et hésitant pour demander :

— Tu as des regrets, pour la nuit dernière ?

Il ne l'avait pas lâchée, et elle mesura combien elle se sentait en sécurité, dans ces bras puissants.

En se penchant en avant, elle effleura sa bouche.

— Aucun ! affirma-t-elle. J'ai passé une nuit inoubliable.

Il parut se détendre.

— Ouf !

Appuyé contre l'encadrement de la fenêtre, il poursuivit :

— À propos, c'est quoi ce voyage avec Riley à Washington ?

Elle crut faire une attaque. Décidément, Cam avait le don de la déstabiliser, quoi qu'elle fasse.

— Qui t'a dit ça ? parvint-elle à bredouiller.

Il prit un air amusé.

— La redoutable blogueuse sait déjà que Riley et moi, nous nous rendons à Washington cette semaine ? insista-t-elle.

Il fronça les sourcils.

— Cette semaine ?

— Oh ! c'est juste une petite expédition d'un jour et demi, expliqua-t-elle alors d'une voix mal assurée.

Elle l'avait inquiété, c'était manifeste.

Il la regarda avec intensité.

— Pourquoi ne m'as-tu rien dit ?

— On vient juste de prendre notre décision.

N'était-ce pas le moment de lui expliquer la raison de

ce voyage à Washington ? Elle ouvrit la bouche, mais aucun mot ne sortit.

— Il y a autre chose, n'est-ce pas ?

Décidément, c'était comme s'il lisait dans ses pensées. Pourtant, elle n'avait aucune envie de lui parler de son entretien au Smithsonian, même si Riley avait raison. Oui, Cam méritait de connaître la vérité, après la folle nuit qu'ils avaient passée. Seulement, c'était au-dessus de ses forces. Et puis il était fort probable qu'elle ne soit pas prise, aussi pourquoi l'inquiéter pour rien ?

Elle préféra donc botter en touche.

— Cette blogueuse me préoccupe.

— Ella, commença-t-il d'un ton exaspéré. Tout le monde se fiche de ce qu'elle raconte.

— Détrompe-toi ! Toi, par exemple, tu lis ce qu'elle écrit puisque tu sais que je me rends à Washington avec Riley.

— Premièrement, c'est ma mère qui me l'a appris, figure-toi ! Elle ne rate pas un de ses posts. Deuxièmement, tu ne veux pas que les gens apprennent qu'on est ensemble. Pourquoi ? Ça te gêne de sortir avec un entrepreneur ?

Hein ? Comment pouvait-il imaginer une chose pareille ?

Soudain elle vit une lueur malicieuse s'allumer dans ses yeux.

— Cameron Dumont ! s'exclama-t-elle d'une voix à la fois outrée et amusée.

— Ella Owens, répliqua-t-il en écho.

— Bien sûr que ça ne me gêne pas ! C'est juste que je ne supporte pas qu'on commère sur moi.

Il leva la main.

— Je comprends, Ella.

Elle pencha la tête de côté.

— Vraiment ?

— Je sais qu'on ne t'a pas ménagée depuis ton retour. Et puis c'est vrai qu'on ne sait pas où nous mènera notre histoire, alors autant rester discrets, si tu préfères.

Cela semblait trop beau pour être vrai.

— Tu es sérieux ?

— Oui… On peut ne rien dire pendant une certaine période. Mais je te préviens, je ne serai pas ton petit secret pour toujours.

Elle éclata de rire avant de reprendre d'une voix sensuelle :

— Pourtant, les petits secrets sont toujours les meilleurs, non ?

À cet instant, elle se retrouva littéralement projetée contre lui, et il lui vola un baiser. C'était à couper le souffle.

— Bon, il faut que je parte, non ? finit-il par demander.

— Il faudrait, oui…

Et elle s'humecta les lèvres du bout de la langue, pour conserver un peu de ce goût délicieux.

— Continue comme ça, et je vais rester définitivement. Ce qui me vaudra aussi les récriminations de ton père.

Elle s'esclaffa, et il lui coinça une mèche de cheveux derrière l'oreille avant d'ajouter :

— Maintenant qu'on est d'accord pour rester discrets, tu ne voudrais pas dîner avec moi, demain ? Je connais un endroit que tu vas adorer, c'est à trente kilomètres d'ici.

— Parfait !

C'était on ne peut plus sincère.

Pourtant, à en juger l'expression de Cam, elle comprit que pour lui, ce n'était pas l'idéal. Il aurait préféré dîner tranquillement sur la Grand-Place de Bayside. Elle baissa les yeux, et quand elle les releva, il avait repris son air stoïque.

Il lui donna un baiser sur la bouche, puis murmura :

— À demain, alors.

Et sur ces mots, il fut happé par la nuit, la laissant seule dans le même état d'esprit qu'en début de soirée. C'est-à-dire écrasée par la culpabilité.

- 14 -

Devinez, quoi, les amis de Bayside ? Voici des petits potins tout frais : il se pourrait bien qu'Ellie Owens aille voir du côté de la capitale si l'herbe est plus verte ! Oui, ça vous surprend, vous aussi ? Plus intéressant encore : l'identité de la personne qui serait réellement bouleversée par son départ. Car non, ce n'est pas son père…

Cam avait vraiment passé une sale journée. D'emblée, tout était allé de travers : il n'avait pas entendu son réveil, il n'avait pas apporté les bons plans sur le site dont il s'occupait actuellement et il en avait oublié de déjeuner.

Il était d'une humeur massacrante, et ses ouvriers avaient soit marché sur des œufs pour s'adresser à lui, soit fait leur possible pour l'éviter.

Ce qui lui allait très bien, puisqu'il n'avait aucune envie de discuter !

En reculant pour considérer une poutre à mesurer, il poussa un soupir. Il n'y avait qu'une personne avec qui il aurait aimé discuter.

Et faire bien plus encore…

Bon sang, Ella n'était partie que pour deux jours mais, déjà, cela lui semblait une éternité. Ce qu'elle pouvait lui manquer ! C'était invraisemblable.

Il avait été attiré par elle dès qu'il l'avait vu descendre de la navette et, chaque jour depuis, son visage exquis, son corps magnifique, sa personnalité exceptionnelle l'obsédaient un peu plus. Il n'avait plus qu'une idée en tête : la voir revenir de Washington !

Et comme c'était la première fois qu'il était ainsi suspendu aux faits et gestes d'une femme, il ne savait pas comment réagir. D'où sa mauvaise humeur et l'acharnement avec lequel il tapait sur une poutre avec son marteau.

— Tu peux me dire ce que ce pauvre bout de bois t'a fait ?

C'était Jasper. Il était passé le voir sur le chantier.

— La ferme, grogna-t-il en réponse.

Contrairement à ses ouvriers, Jasper resta insensible à ce manque de courtoisie.

— Le réveil a été difficile ?

Cam lui lança un regard noir.

— Qu'est-ce que tu fiches ici ?

— Allez, dis à ton frère ce qui ne va pas.

Cam le jaugea. Dans son costume gris, avec sa chemise violette, sa cravate pourpre, ses Ray-Ban et ses chaussures qui devaient coûter une fortune, il n'était absolument pas à sa place au milieu des gravats et des outils. Pourtant, il était doué pour s'infiltrer n'importe où !

— Il paraît que tu es un vrai ours depuis ce matin, poursuivit-il.

— Bon sang, mais qui t'a dit un truc pareil ?

— Toute ton équipe est remontée contre toi. C'est quoi le problème, au juste ?

Cam se contenta de hausser les épaules.

Jasper soupira.

— Ta lune de miel avec Ellie Owens n'y serait pas pour quelque chose, par hasard ?

Cam adressa un geste grossier à son frère puis lui posa ses gants de travail sur le crâne.

Éclatant de rire, Jasper leva les mains en signe d'apaisement.

— OK, j'arrête de t'embêter avec ça, grand prince.

Bon, je suis passé pour te proposer de déjeuner, car une petite voix m'a dit que tu n'avais pas pris la peine de faire une pause. Je voudrais qu'on discute de notre projet commun et je sens aussi que ce que je vais te dire ne va pas te plaire.

— Super ! lâcha Cam d'un ton résigné.

Les deux frères rénovaient ensemble des commerces près du front de mer. Le projet leur tenait à cœur mais leur donnait du fil à retordre.

Lorsqu'ils se retrouvèrent attablés un peu plus tard au Max's Bar, Cam remarqua que son frère l'observait curieusement.

— Mais qu'est-ce que tu as, nom d'un chien ?

— Rien. Je m'assure que tu n'as pas de symptômes particuliers qui justifieraient ta…

— Écoute, ça arrive à tout le monde d'être de mauvaise humeur, non ? Inutile d'en faire toute une maladie !

— Donc, Ella…

— Ella est partie deux jours. D'ailleurs, elle est peut-être déjà de retour.

Jasper lui lança un regard sceptique.

— Donc tu n'es pas au courant ?

— Au courant de quoi ?

Comme la serveuse leur servait de l'eau, il attendit qu'elle s'éloigne pour répondre, puis se pencha.

— Pour son entretien professionnel.

Cam lui sourit.

— Ella a passé un entretien pour un job ? Mais c'est génial.

— Non, tu n'as pas compris, c'est pour un poste à Washington.

La serveuse surgit de nouveau, avec leur commande, cette fois, et déposa deux burgers et des frites devant chacun d'eux.

— Bon appétit, les gars ! lança-t-elle joyeusement.

Pour la deuxième fois, Cam avait senti son estomac se

contracter violemment, il doutait fort de pouvoir avaler quoi que ce soit. À quoi rimait cette histoire de poste à Washington ?

— Visiblement, tu ne savais pas, commenta Jasper.

Cam secoua la tête. Non, il n'était au courant de rien.

— Et toi, comment l'as-tu appris ?

Son frère se saisit alors du journal que le client précédent avait oublié sur la table, tourna quelques pages et le replia pour lui montrer un article.

Cam grinça des dents.

— Encore cette fichue blogueuse ?

— Oui. Et selon cette fichue blogueuse, Ella a reçu une proposition pour un poste au Smithsonian, à Washington.

Tout en parcourant l'article, Cam fourra une frite dans sa bouche, mais elle avait un goût de poussière. Il ne réagit même pas au fait qu'elle était par ailleurs brûlante.

— Tant mieux pour elle, marmonna-t-il. Le poste semble tout à fait dans ses cordes.

— Cam…

— Eh bien quoi ? Que veux-tu que je te dise, bon sang ? Ella et moi, nous ne sommes rien l'un pour l'autre. Ce n'est pas parce qu'on a couché ensemble…

Jasper écarquilla les yeux.

— Que vous avez fait quoi ?

— Tu m'as très bien entendu. Et puis où est le problème ? Elle ne voulait pas que ça se sache à cause de cette fichue blogueuse, c'est tout !

— Mais je suis heureux que tu me le dises ! Tu es si secret sur tes aventures…

Cam hocha la tête.

— Tu as raison. Mais avec Ella…

— Elle te plaît vraiment, c'est ça ? Voici une nouvelle qui me fait plaisir !

— Oui, et moi, ça me fait une belle jambe si elle postule pour un job à Washington…

Jasper versa du ketchup sur ses frites.

— Allons, ce n'est qu'un entretien. Si ça se trouve, elle ne sera pas prise.

— Détrompe-toi, elle aura le poste ! Si tu voyais la fresque qu'elle a faite pour une de mes clientes… C'est franchement incroyable.

Jasper avala une gorgée de coca, puis considéra son frère.

— Tu ne veux pas qu'elle déménage, c'est ça ?

Il faillit éluder mais, la vérité, c'était qu'il souhaitait réellement qu'elle reste à Bayside. Il avait envie de passer du temps avec elle, et pas simplement au lit !

— Oui, c'est ça, avoua-t-il.

— Dans ce cas, donne-lui une bonne raison de rester.

Cam lâcha son burger qu'il avait finalement commencé à grignoter.

— Pardon ?

Son frère croqua à pleines dents dans le sien.

— Ella a besoin d'un travail, répondit-il. Or il faut qu'elle aille à Washington pour en trouver un. Simplifie-lui la tâche.

Et en prononçant ces mots il tapota sur son attaché-case.

À cet instant, Cam eut comme un déclic, et il se sentit idiot de ne pas y avoir pensé plus tôt.

— Tu me suis ? ajouta Jasper.

Il hocha la tête avec vigueur tout en mordant de bon cœur dans son hamburger. Ça y est, il commençait à l'apprécier.

— Tout à fait. Ce n'est pas une mauvaise idée. Tu sais que tu peux être subtil, toi, parfois ?

— Ravi de te l'entendre dire, répondit son frère avec un grand sourire.

— Eh bien maintenant, parle-moi de notre projet ! J'espère que je ne vais pas regretter mon compliment.

— Euh… On va plutôt commander une bière et un shot ! dit alors Jasper.

Cam s'adossa à son siège. Tant pis si Jasper lui annonçait de mauvaises nouvelles concernant leur projet, il lui avait donné une si bonne idée qu'il se sentait ragaillardi et prêt à tout affronter.

Debout sur la terrasse du Brewside, depuis laquelle elle admirait le paysage, Ella était en train de siroter un cappuccino. Elle aurait dû être sur un petit nuage…

La température avait monté, et le soleil se reflétait dans la baie mais, comme il avait plu dans la nuit, l'eau était encore un peu agitée. Les mouettes descendaient en piqué dans les vagues, en quête de nourriture. Un bateau rentrait au port.

Elle avait aimé son escapade à Washington, mais la circulation incessante des voitures, l'agitation inhérente à la vie urbaine et la foule de gens sur les trottoirs étaient un mode de vie vraiment différent de la sérénité qui régnait à Bayside et qu'elle appréciait énormément.

Riley et elle étaient allées à la National Gallery, s'étaient promenées sur l'esplanade du Mall, et avaient regardé le soleil se coucher sur les monuments. Elles avaient aussi visité Georgetown et mangé dans un fabuleux restaurant, dans la M Street, sans parler du shopping.

Le soir, elles avaient trouvé un piano-bar sympathique et chanté en chœur en buvant des gin-tonic. Riley semblait dans son élément au cœur du tourbillon de la vie urbaine. Elle n'avait pas cessé de lui vanter tous les aspects positifs de Washington.

L'entretien s'était remarquablement bien passé. Elle avait rencontré Will Mitchum, le conservateur du Hirshhorn Museum et du Sculpture Garden, l'un des dix-sept musées du Smithsonian. Ils voulaient agrandir leur collection et M. Mitchum lui avait assuré que le musée serait ravi d'engager une personne ayant une grande expérience du monde de l'art, comme elle.

Pour autant, elle ne parvenait pas à finir son cappuccino, le ventre noué.

Sur le chemin du retour, Riley avait remarqué son désarroi.

— Tu sais, lui avait-elle dit, tu n'es pas obligée d'accepter ce job.

Bien sûr, mais elle aurait été sacrément idiote de refuser ce poste de rêve qui représentait exactement ce à quoi elle aspirait.

Elle repensa à son père : il était en grande forme après son passage à l'hôpital et se réjouirait pour elle. Et puis elle pourrait venir le week-end à Bayside. S'il lui arrivait quoi que ce soit, elle serait auprès de lui en deux heures.

Mais je ne serai pas ici tous les jours.

Et c'était ça qui la tourmentait. Impossible pour elle de ne pas se sentir égoïste. Sans compter que son père n'était pas le seul à occuper ses pensées. Il y avait aussi Cam…

Comme si on lui avait donné le signal, celui-ci se matérialisa sur la Grand-Place. Il marchait à grandes enjambées, l'air déterminé.

Oubliant son café, elle se leva si vivement qu'elle manqua de renverser la table. À cet instant, il s'arrêta devant l'une des vitrines en rénovation, et lâcha un juron.

— Cam ! lança-t-elle.

Il se retourna, les poings serrés, le visage fermé.

Elle leva les mains, en signe d'apaisement.

— Oh ! désolé, dit-il.

— La journée est difficile ?

— Pénible, oui.

L'expression qu'il affichait s'adoucit toutefois et il ajouta :

— Navré, je voulais…

Que voulait-il ?

En jetant un bref coup d'œil autour d'elle, elle constata que la Grand-Place était déserte. C'était l'occasion idéale pour nouer les mains autour de son cou. Que c'était bon de le retrouver ! Ce qu'il lui avait manqué pendant ces deux petits jours à Washington…

Elle lui donna rapidement un baiser puis s'écarta de lui. Il la regarda, l'air incrédule.

— Je croyais qu'on ne devait pas s'afficher en public.

— Je n'ai pas pu résister.

— Tu n'as pas pu résister ? répéta-t-il. Et Washington, c'était comment ? Tu t'es bien amusée, avec Riley ?

— Oui, c'était bien, répondit-elle en se forçant à sourire.

Elle joignit les mains puis ajouta :

— En fait, je dois te dire quelque chose…

Il s'adossa au mur.

— Ah bon ? De quoi s'agit-il ?

— En fait, je suis allée à Washington pour une raison précise. J'avais un entretien avec le Smithsonian. Je suis désolée, j'aurais dû te le dire avant.

— Ce n'est pas grave, tu me le dis maintenant.

— Tu n'es pas en colère ? s'étonna-t-elle.

C'était une petite surprise…

Il ouvrit la bouche puis la referma, en se contenant de l'observer.

— Tu es très belle, tu sais.

Troublée, elle passa la main dans ses cheveux. Elle portait un jean et une tunique à fleurs, avec peu de maquillage. Elle savait parfaitement qu'elle n'avait pas l'air d'une gravure de mode, ce matin.

— Et toi, tu es un peu bizarre, répliqua-t-elle. Pourquoi jurais-tu quand je suis arrivée ?

Il fronça les sourcils.

— Mon frère et moi, nous avons un projet qui nous tient à cœur… Tu vois ces quatre boutiques, derrière nous ? Elles sont inoccupées depuis deux ans.

Elle se retourna pour constater qu'elles jouissaient d'une vue magnifique sur la baie.

— C'est pourtant l'endroit idéal pour ouvrir un commerce.

— C'est bien ce qu'on pense, Jasper et moi. Le propriétaire demandait des loyers invraisemblables, et les gérants ont jeté l'éponge. Résultat : l'endroit commence à se détériorer…

— Mais alors personne n'a rien fait ?

— Si ! Jasper a finalement racheté le tout.

— Ah, j'avais cru comprendre qu'il s'agissait d'un projet commun…

— Oui, j'ai pris en charge à sa demande tous les travaux de rénovation, et voilà qu'au dernier moment le futur gérant de cette boutique se dédit.

Et il lui désigna le local en question.

— Mais pourquoi ?

— Va savoir !

— C'est dommage, le local est vraiment bien placé, dit-elle. Très lumineux.

— Tu veux visiter ? Viens.

Et sans attendre, il sortit un trousseau de clés.

Dès qu'ils pénétrèrent dans les lieux, Ella fut impressionnée par le parquet foncé au sol, qui contrastait avec les murs tout blancs. Les immenses fenêtres avaient été installées récemment.

— Le soir, reprit-il, on voit le coucher de soleil sur la baie.

De fait, l'après-midi finissait, et le ciel commençait à changer de couleur. Un détail auquel l'œil d'artiste d'Ella fut particulièrement sensible.

— Waouh ! Ça va être spectaculaire.

— Oui, sauf que pour l'instant, ce local est vide…

— C'est vraiment dommage. En tout cas, s'il était à moi, j'accrocherais de grandes toiles sur ce mur-là, je donnerais des couleurs et de la vie à cet endroit.

Elle remarqua alors que Cam la regardait avec la plus grande attention.

— Qu'y a-t-il ? demanda-t-elle en se sentant soudain gênée.

— Tu devrais investir cet endroit.

Sans comprendre, elle passa la main sur le comptoir en bois clair. Où voulait-il en venir ?

— Tu sais ouvrir une galerie, ici, ajouta-t-il.

Elle se retourna vivement. Avait-elle bien entendu ?

— Pardon ?

— Ce n'est pas ce que tu faisais en Italie ? Tenir une galerie ? Fais la même chose ici, puisque tu cherches du travail.

— Je n'ai pas les moyens d'ouvrir ma propre affaire.

— Et les emprunts bancaires, tu en fais quoi ? C'est comme ça que ça marche, le commerce. Je t'aiderai dans toutes les procédures, je suis passé par là quand j'ai décidé de créer mon entreprise. Ne crois pas que mes parents m'ont prêté de l'argent !

C'était ridicule, pensa-t-elle en s'éloignant, sans cesser de contempler l'espace. Évidemment, elle aurait menti si elle n'avait pas reconnu que l'idée était intéressante.

Cette boutique était idéale pour accrocher des œuvres d'art, elle pourrait même réserver une partie aux artistes locaux. La pièce du fond était parfaite pour y installer un bureau et, comme elle était assez grande, on pouvait la cloisonner afin de créer un atelier qu'il serait intéressant de louer à des artistes. Elle installerait une paroi en verre afin que les clients puissent les voir à l'œuvre…

Mais que lui arrivait-il ? Elle n'allait pas ouvrir de galerie, ni ici ni nulle part, d'ailleurs !

Non, ce n'était pas possible. Quoique…

— Tu as l'air songeuse.

Elle tressaillit, comme si Cam s'était introduit dans ses pensées. Depuis quand l'observait-il ainsi ?

— Je suis… En fait, je ne sais pas qui je suis.

— Tu essayais de te projeter, voilà ce que tu étais en train de faire.

Il approcha pour l'attraper par la main.

— Cesse de penser à toutes les raisons pour lesquelles

tu ne devrais pas ou tu ne pourrais pas gérer une galerie. Pense plutôt à tous les possibles qui s'ouvriraient à toi.

Elle serra les dents car elle avait envie qu'il oublie tout ça. C'était une idée stupide, irrationnelle, insensée. Or elle n'avait pas l'habitude de prendre des décisions impulsives, surtout quand les risques d'échec étaient si élevés.

Pourquoi fallait-il que ce projet lui semble si parfait ? Où qu'elle pose le regard, elle imaginait l'endroit transformé…

Allons, elle venait de passer un entretien à Washington, pour un poste fantastique ! C'était la voix de la raison qu'elle devait écouter.

Même si la voix de la raison ne pensait ni à son père, ni à sa ville natale, ni à Cam…

— C'est formidable, tu sais, de gérer sa propre affaire, insista-t-il. On y met toute son énergie, son sang, sa sueur, ses larmes aussi, parfois, mais on sait qu'on construit quelque chose qui nous tient à cœur.

Et comme ça, Bayside oublierait définitivement la fameuse vidéo, son nom serait associé à un autre concept. En l'occurrence, une galerie…

Cam se frotta le menton.

— Bon, je sais que tu viens de passer un entretien pour un super job et que Washington est une ville qui offre énormément de possibilités. J'en suis conscient, et je n'essaie pas de minimiser.

— Que fais-tu alors ? demanda-t-elle en s'avançant vers lui.

Il approcha à son tour.

— Je fais mon possible pour que tu envisages une autre solution, car Washington n'est pas l'unique option.

Sur ces mots, il effleura sa bouche.

Un frisson la parcourut, et elle l'enlaça. Quelques instants après, ils s'embrassaient passionnément… Bien sûr, il avait trouvé une façon adroite de la retenir à

Bayside, mais pour l'instant elle préférait penser à tout ce qu'ils pouvaient faire…

— Emmène-moi chez moi, Cameron.

Jamais Cam n'avait conduit si vite, car il rêvait de déshabiller Ella depuis qu'il l'avait sue partie à Washington. Pourtant quand il fondit sur sa bouche, il se surprit à lancer tout haut :

— Ted !

Elle recula sans cacher son étonnement.

— Tu appelles mon père en m'embrassant ? On ne me l'a jamais faite, celle-ci !

Il sourit.

— Je voulais juste m'assurer que nous étions bien seuls.

— Ne t'inquiète pas, c'est sa soirée poker, aujourd'hui. Un rendez-vous hebdomadaire qu'il ne manque jamais.

Sur ces mots, le regard d'Ella tomba sur l'ordinateur ouvert. Elle s'apprêtait à le refermer, mais il la vit rafraîchir l'écran à la place, comme par réflexe. Immédiatement, elle changea d'expression du tout au tout…

— Qu'y a-t-il ? s'enquit-il.

— Encore cette fichue blogueuse ! Comment fait-elle ? Elle rapporte déjà qu'on est en pourparlers commerciaux ! C'est incroyable.

— Allons, calme-toi, Ella ! Elle nous aura vus sur la Grand-Place, et alors ?

— Mais je n'ai pas envie qu'on m'espionne sans cesse et qu'on expose mes moindres faits et gestes sur la place publique ! Ça me rappelle des souvenirs trop douloureux.

OK, il comprenait le traumatisme que ça avait été à l'époque, mais il saisissait moins pourquoi elle était encore si bouleversée. Il aurait tant aimé l'aider.

— Tu as été piégée alors que tu n'étais qu'une adolescente, mais aujourd'hui il faut surmonter ça, Ella !

— Cesse de me dire ce que je dois faire ! répliqua-t-elle en sortant du salon.

Il la rattrapa.

— Et arrête de te considérer comme une victime, car tu sais quoi ? Ce n'est pas du tout ce que tu es !

— Bien sûr, mais les habitants de Bayside, eux, ont cette image de moi.

— Eh bien, prouve-leur que tu es devenue une autre personne ! Fais-les taire une bonne fois pour toutes en leur montrant ce dont tu es capable.

Ella secoua la tête.

— Tu prêches pour ta paroisse, car tu ne veux pas que je m'installe à Washington !

Cam prit une grande inspiration.

— Oui, je le reconnais : je souhaite que tu restes ici, près de moi.

— Eh bien, dans la vie, on n'a pas toujours ce qu'on désire ! s'exclama-t-elle en croisant les bras.

— Je défends juste tes intérêts, Ella.

Il vit sa lèvre trembler.

— Ah bon ? Et pourquoi ?

— Tu sais bien pourquoi. Parce que tu vaux bien plus que ce que pense cette ville. Car tu es magnifique, intelligente, drôle, passionnée…

Il se rapprocha d'elle.

— Et parce que tu me plais.

Elle l'agrippa alors par le col de sa chemise.

— Je te plais ?

— Oui !

Sur ces mots, il l'embrassa avec ardeur puis se calma peu à peu…

Quand il releva la tête, il se heurta à ce regard si doux, si beau.

— Ella, je suis en train de tomber amoureux de toi.

Elle écarquilla les yeux, et comme il la tenait tout contre lui, il sentit les battements de son cœur s'accélérer.

Lorsqu'elle voulut ouvrir la bouche, il posa vivement un doigt dessus pour l'en empêcher.

— Non, ne dis rien ! J'étais prêt pour ce genre d'aveu, ce qui n'est pas encore ton cas.

— Mais, Cam, tu viens de dire que…

— Je sais ce que j'ai dit, et c'est la vérité.

Il la prit alors dans ses bras, l'arracha du sol, et elle s'accrocha à son cou tout en laissant échapper un petit soupir de plaisir.

Quand il arriva dans sa chambre, elle leva les yeux vers lui, l'air un peu penaud.

— Qu'y a-t-il ? s'enquit-il.

— Eh bien j'ai un lit une place… Je ne crois pas qu'il soit adapté à ta carrure.

— C'est ce que nous allons voir !

Et de nouveau il s'empara de sa bouche.

Ella l'agrippa immédiatement par le col de sa chemise, et leurs langues entamèrent alors une danse effrénée, qui aurait pu durer des heures. Ce qu'elle pouvait le désirer !

Non seulement il lui avait avoué qu'il l'aimait, mais il n'avait pas eu besoin d'entendre la réciproque. Elle adorait qu'il soit sûr de ses sentiments et qu'il lui ait lancé un double défi. L'idée d'ouvrir cette galerie et celle d'envoyer au diable la blogueuse de Bayside. Il ne la laissait pas s'apitoyer sur son sort, il était toujours prêt à trouver une solution pour elle. Elle aimait aussi la sensation de ces mains viriles sur sa peau, de cette bouche sur la sienne…

Elle l'aimait !

Elle l'aimait, oui, c'était indéniable, mais elle ne pouvait se permettre de le lui avouer tant qu'elle n'aurait pas pris une décision à propos de Washington. Ce ne serait pas juste.

Si elle ne pouvait pas exprimer à haute voix l'amour qu'il lui inspirait, elle était bien décidée à le lui montrer. Et c'est ce qu'elle s'attacha à faire pendant les quatre heures qui suivirent…

- 15 -

Je dois admettre que j'ai été déconcertée d'apprendre que Jasper Dumont, le célibataire le plus convoité de Bayside, avait une petite amie. Quoi qu'il en soit, on me pardonnera puisque j'ai découvert aussi que ces deux-là s'étaient brouillés. Aïe ! Si c'est vraiment le cas, peut-être qu'une nouvelle petite amie serait le cadeau idéal pour lui, lors de la fête qui sera organisée prochainement pour son anniversaire. Dommage qu'Ellie Owens soit déjà prise…

Il fallut un certain temps à Cam pour reprendre sa respiration. Chaque fois qu'il faisait l'amour avec Ella, c'était de plus en plus envirant.

Il tourna le visage vers elle : elle affichait un sourire satisfait, et cette seule vue suffisait à lui couper le souffle.

— Tout va bien ? demanda-t-il.

— Mmmh, dit-elle en lui caressant le dos. Cette chambre est maintenant désacralisée.

Il croisa son regard.

— Pardon ? Tu ne l'avais jamais fait ici ?

— Non, s'esclaffa-t-elle, j'étais bien trop timide au lycée.

Il se mit alors à chercher son pantalon.

— Qu'est-ce que tu fais ? Maintenant que tu as eu ce que tu voulais, tu t'en vas ? lança-t-elle.

— Tu sais bien que je préférerais passer toute la nuit avec toi. Seulement, mon devoir fraternel m'appelle.

Elle fronça les sourcils.

— C'est l'anniversaire de Jasper, demain, précisa-t-il. Il donne une grande réception chez mes parents, et je lui ai promis de l'aider pour les préparatifs.

— Ah !

Elle enfila un peignoir en soie accroché au dos de sa porte. Elle le serra étroitement, ce qui souligna sa taille étroite. À cet instant, il laissa son esprit vagabonder… Avec ses lèvres rouges et gonflées, ses cheveux en désordre et ses joues roses, elle était à croquer.

Il s'avança vers elle, mais elle posa la main sur son torse.

— Oh non ! Je connais bien ce regard… Un pas de plus, et tu manqueras à la parole que tu as donnée à Jasper.

— Pas grave, il a besoin de connaître aussi quelques déceptions, ça fait partie de la vie.

Elle éclata de rire et l'entraîna dans le salon.

— Cam, tu dois y aller ! Je te rejoindrai à la fête…

— Quoi ? Toi aussi tu as reçu une invitation ?

— Comme tout le reste de la ville. Rendez-vous là-bas à 20 heures ?

Il acquiesça, même s'il rêvait d'une tout autre soirée avec elle… Une soirée où il serait passé la chercher et où ils auraient fait leur entrée ensemble, comme un couple officiel. Où ils seraient ensuite montés sur le belvédère pour admirer les feux d'artifice, puis il l'aurait entraînée dans sa chambre…

— Cam ?

Il sursauta et revint à la réalité.

— Désolé.

Après l'avoir plaquée contre le mur du salon, il lui vola le plus ardent des baisers avant de murmurer :

— Cette fois, j'y vais. Ton père ne serait pas très content de me voir embrasser sa fille à moitié nue chez lui.

Un toussotement sec se fit alors entendre.

— Bien vu !

Cam se figea et se retourna pour découvrir Ted Owens sur le pas de la porte, bras croisés. D'un geste nerveux, il se passa la main dans les cheveux. Ce peignoir qui lui avait paru si sexy quelques instants auparavant lui fit l'effet d'une terrible provocation. Un silence embarrassé s'installa, et il s'arma de courage pour le briser : quel père aurait apprécié de trouver sa fille dans une telle situation ?

Mais quand il voulut ouvrir la bouche, Ted l'arrêta d'une main.

— Non, je ne veux rien entendre.

— Papa..., supplia Ella.

— Je crois qu'il est temps que Cam s'en aille.

Au lieu de s'exécuter, il redressa les épaules et saisit la main d'Ella.

— C'est bon, Cam, lui dit-elle, ça va aller, vraiment.

Devant ce ton résolu, il s'inclina. En d'autres circonstances, il aurait éclaté de rire mais, pour l'heure, il se contenta de serrer la main d'Ella et de filer.

Bon sang, quel lâche.

Ella entendit le pick-up démarrer et envia fortement Cam car elle se retrouvait maintenant seule face à son père, en terrain peu familier. Ce dernier affichait une mine hautement contrariée. Elle aurait préféré qu'il hurle au lieu de lui infliger un tel silence.

— Papa..., commença-t-elle.

Ted leva la main.

— Cameron et toi, vous sortez ensemble ?

Elle resserra sa ceinture.

— C'est-à-dire...

— Laisse-moi te dire une bonne chose : un père peut accepter de voir sa fille sortir de sa chambre dans cette tenue avec un homme à sa suite. Mais il faut que cette relation entre eux soit sérieuse.

Là-dessus, il haussa un sourcil et attendit.

Elle s'écroula sur le siège le plus proche.

— C'est compliqué, soupira-t-elle.

Alors elle remarqua que son père était moins rouge et moins tendu. D'ailleurs il se rendit dans la cuisine d'où il revint avec une bouteille de whisky. Il remplit deux verres, lui en tendit un et vida la moitié du sien.

— C'est compliqué ? répéta-t-il. Eh bien, tentons de décompliquer l'affaire.

C'était également son vœu le plus cher, mais pour commencer, elle devait se changer. Elle s'éclipsa afin de mettre un pantalon de yoga et un sweat-shirt. Après quoi, elle avala son shot de whisky qui lui brûla la gorge et la fit tousser.

— Je ne peux rien te dire, déclara-t-elle enfin.

— Pourquoi ? Je suis ton père.

— Justement, dit-elle en jouant avec son verre.

— Écoute, je ne vois pas foule pour t'écouter alors autant te confier à moi. Je suis tout ce que tu as.

À ces mots, elle sentit son cœur se serrer. C'était si vrai !

— Tu as toujours été tout ce que j'avais, papa, s'écria-t-elle.

— Allez, viens là, princesse, raconte-moi ce qui se passe.

Elle le rejoignit sur le canapé et passa aux aveux. Il était au courant pour son entretien à Washington, mais pas pour cette idée de galerie lancée par Cam.

Ted parut alors perplexe.

— Donc, si je comprends bien, soit tu acceptes un poste pour lequel tu es tout à fait qualifiée et que tu adoreras sans aucun doute dans une ville pleine de vie et pas très loin d'ici…

Il s'interrompit pour reprendre son souffle.

— Soit tu prends un risque énorme en te lançant

dans une nouvelle aventure. Je ne doute pas un instant que tu seras douée pour tenir une galerie, mais c'est un pari qui peut être effrayant. Dans ce cas, toutefois, tu resterais à Bayside.

Elle acquiesça mais se mordit la lèvre.

— Il y a autre chose ? demanda-t-il alors.

Ella prit une grande inspiration.

— La blogueuse de Bayside a déjà écrit que j'avais un entretien à Washington et que Cam m'avait montré un local.

Son père plissa les yeux.

— Quel est le rapport avec cette blogueuse ? Tu dois te décider entre un poste à Washington et une galerie à Bayside. Et à mon avis tu devrais opter pour cette galerie.

Elle eut envie de hurler de joie : son père voulait qu'elle reste à Bayside ?

— Chaque fois que je vois mon nom dans son blog ou dans son édito, j'ai le ventre noué…

— Mais pourquoi, ma chérie ? s'enquit-il d'un ton soucieux.

Le souffle court, elle se lança :

— Parce que j'ai tellement regretté de t'avoir fait honte avec cette vidéo ! Maintenant, dès que mon nom apparaît quelque part, j'ai l'impression que tu es humilié, comme quand j'étais au lycée.

Elle se leva et se posta près de la fenêtre.

— Je veux rester, papa, j'ai très envie d'ouvrir une galerie, mais j'ai peur que tu ne veuilles pas de moi ici.

À ces mots, son père rougit de colère.

— Moi ? Ne pas vouloir de toi ici ? Mais enfin, qu'est-ce que tu racontes ? Tu ne sais pas combien tu m'as manqué, ces dix dernières années !

— Alors dans ce cas, pourquoi m'as-tu toujours incitée à rester en Italie ?

C'était une question légitime, et elle aurait aimé avoir une réponse !

— Parce que tu aimes l'art, et c'est là-bas que tu pouvais acquérir la meilleure expérience. D'ailleurs, le meilleur, c'est ce que je veux pour toi. Comme tous les parents dignes de ce nom.

Elle s'écroula sur les coussins, complètement assommée.

— Pourquoi t'es-tu dépêché de me faire partir d'ici juste après cette histoire ?

— Quand j'ai vu que la diffusion de cette vidéo t'avait mise dans tous tes états, j'ai pensé qu'il valait mieux te mettre au vert quelque temps. Tu croyais que je t'avais renvoyée de la maison ? Ma chérie, tu aurais dû me le dire, et je n'aurais rien précipité.

— Tu n'étais pas en colère, à cause de cette vidéo ?

Il croisa son regard.

— Bien sûr que si. Ces filles qui t'avaient incitée à boire pour te filmer, c'était inqualifiable.

Elle poussa un petit cri.

— Donc tu savais que je n'y étais pour rien ?

— Évidemment ! Tu étais une fille raisonnable. Pourquoi aurais-tu agi de façon aussi inconséquente ? Ça n'avait aucun sens. Et si tu n'as pas eu plus d'ennuis à l'école, c'est parce que je suis allé parler à cet idiot de principal.

Décidément, elle allait de surprise en surprise…

— Ah bon ?

— Oui, ainsi qu'aux parents de ces filles. Hélas, je n'avais aucune preuve concrète et je n'ai pas pu pousser l'affaire plus loin. En tant que policier, j'ai compris que je n'avais pas les moyens d'agir sans preuve.

— Donc tu étais de mon côté ?

Il lui saisit le bras et le serra très fort.

— Je l'ai toujours été, et le serai toujours, Ellie.

— Mais je pensais que tu n'avais pas été élu shérif à cause de cette vidéo.

Il haussa les épaules.

— Ça a peut-être joué, mais je crois surtout qu'un

petit groupe de personnes ne voulait pas que je devienne shérif car je connaissais leurs petites combines. Bref, je t'épargne les détails ! De toute manière, même si je n'ai pas eu ce poste, je suis fier de ma carrière.

À ces mots, Ella poussa un énorme soupir, un soupir qu'elle devait sans doute contenir depuis dix ans. Et maintenant son père lui annonçait qu'elle avait mal interprété la façon dont il avait réagi ? Elle en aurait ri si elle n'avait pas été aussi épuisée.

— Attends un peu… À la fête du printemps, quand ils se sont moqués de moi, pourquoi t'es-tu éloigné bien vite avec tes amis ?

Il parut confus. Comme s'il hésitait à avouer quelque chose…

— En fait, si je suis parti brusquement, c'était dans l'intention de crever les pneus de cet attardé de Chumsky, tellement j'étais en colère. Mes amis m'ont retenu.

Elle eut du mal à en croire ses oreilles.

— Papa, ce n'est pas possible !

— Mais je ne l'ai pas fait, pas la peine de t'inquiéter. Seulement, je ne supporte pas qu'on embête ma fille chérie.

Il l'embrassa alors sur le front et ajouta :

— La vérité, c'est que j'ai très envie que tu t'installes pour de bon à Bayside.

Ella sentit ses yeux se remplir de larmes.

— Ah non ! Tu ne vas pas pleurer… Tiens, prends ce mouchoir. Et maintenant revenons à cette affaire compliquée avec Cam. Bon, il est amoureux de toi, ça se voit, et il serait bien insensé de ne pas agir en conséquence.

— C'est moi qui n'ai pas fait ce qu'il fallait…

De nouveau, Ted l'embrassa sur le front.

— Dans ce cas, tu sais ce qu'il te reste à faire ! Et puisque tu as décidé de rester à Bayside, je dois dire qu'un ou deux petits-enfants rajouteraient encore à mon bonheur.

En temps normal, elle aurait levé les yeux au plafond, mais après leur conversation elle se sentait plus heureuse et légère que jamais. Et tout ce qu'elle voulait, c'était rester auprès de son père et savourer les douces nouvelles qu'elle avait apprises tout en songeant à la vie qui l'attendait à Bayside.

- 16 -

Argh… Même les blogueurs ont la gueule de bois après de grandes soirées. Qu'avez-vous préféré, à la réception de Jasper ? Selon moi, un certain discours tenu par l'une des filles prodigues de la ville a emporté le morceau. Vous ne me croyez pas ? Regardez plutôt la vidéo que j'ai filmée…

PS : Je crois qu'il est temps que nous l'appelions tous Ella.

Cam broyait du noir. Il envisagea un instant de s'enivrer pour oublier cette fichue journée et tout ce qui avait à voir avec Ella Owens.

Dans la cuisine, il prit une bière dans le réfrigérateur avant de la reposer et de refermer la porte.

Il était agité, irritable et épuisé. Tout irait peut-être mieux s'il allait courir ou s'il faisait un peu de boxe au gymnase. Ou s'il coupait du bois…

Finalement, il se mit à écouter du hard rock à plein volume. Problème : les basses renforcèrent la migraine due à ses insomnies. Il s'écroula finalement dans un fauteuil, mais cela ne le calma pas pour autant.

Si seulement il pouvait arrêter de penser ! Débrancher son cerveau qui se repassait en boucle ce qui s'était passé à la réception de la veille. Ella avait refusé d'admettre qu'ils sortaient ensemble, tout ça pour affirmer son indépendance !

C'était cela qui le tuait littéralement. D'ailleurs, si elle avait reconnu ce qu'il y avait entre eux, on l'aurait sans doute laissée tranquille. C'est en disant la vérité qu'on ne prête pas matière aux commérages.

Et naturellement il aurait plutôt aimé qu'on sache qu'il était son petit ami. Ou du moins qu'ils avaient couché ensemble.

Pourtant, en dépit de sa colère, il se demandait ce qu'elle faisait, en ce moment. Malgré lui, il était inquiet. Qu'était-il arrivé après son départ ? En fait, il était prêt à tout pour elle, à part faire semblant. Il ne voulait plus continuer à mentir sur ce qui se passait entre eux, car il l'aimait.

Et tout à coup, sans prévenir, la musique cessa : les accords de guitare électrique rivalisant avec la batterie déchaînée se turent…

Il leva les yeux vers la stéréo : son frère se tenait devant, bras croisés.

— Qu'est-ce qui se passe ? demanda Jasper.

Cam haussa les épaules.

— Je ne sais pas, répondit-il en passant la main dans ses cheveux.

OK, il mentait. Très mal. Avec un soupir, il poursuivit :

— Je suis amoureux d'une femme qui n'a pas le courage d'admettre que nous sortons ensemble ! J'imagine que je ne la connais pas aussi bien que je le pensais.

À son grand étonnement, Jasper éclata de rire.

— Qu'est-ce qu'il y a de si drôle ?

— Tu es vraiment un homme de Néandertal.

Cam sentit subitement sa migraine revenir à l'assaut. Il regarda fixement son frère.

— Allez, je vais tout t'expliquer, ajouta celui-ci.

En maugréant, Cam alla chercher deux bières.

— Tiens. Bois et parle, dit-il en lui tendant la sienne.

Son frère s'installa confortablement dans un siège puis, avoir avalé une longue gorgée de bière, déclara :

— Tu es amoureux d'elle.

— Pour ton information, tu ne m'apprends rien, grogna-t-il. Et d'ailleurs, c'est moi qui te l'ai dit.

Jasper poussa un gros soupir, celui qu'on adresse à un enfant qui a proféré une sottise et avec qui on essaie de rester patient.

— Je me souviens de la façon dont tu t'es comporté avec elle la première fois que je l'ai vue. Tu te rappelles ? C'était sur la Grand-Place, et sur le moment, je ne l'ai pas reconnue. En tout cas, il était déjà clair que tu l'avais dans la peau.

Jasper se leva de sa chaise et se mit à arpenter le salon.

— Seulement, je n'avais pas vraiment compris à quel point, jusqu'à ce que je voie ta tête, hier soir, quand elle n'a pas voulu admettre que vous sortiez ensemble.

Au prix d'un gros effort, Cam tâcha de garder son calme.

— Merci, mais ça aussi je le sais déjà. Où veux-tu en venir au juste ? Tu as des choses précises à me dire ?

Un nouveau sourire éclaira le visage de Jasper, mais cette fois, il ne bougea pas un muscle.

— Plusieurs. Pour commencer, ne renonce pas à Ella. Vraiment, c'est un conseil sérieux.

Cam vida le reste de sa bière et se retint d'en prendre tout de suite une deuxième.

— Après la soirée d'hier soir, je ne vois pas comment je pourrais faire autrement. Je n'ai aucune envie de mentir et de prétendre qu'on ne sort pas ensemble.

— Bon, je te propose qu'on laisse le sujet de côté pour le moment. Il y a autre chose.

— Il a toujours autre chose, grommela-t-il sans cacher son agacement.

— Ella a prononcé un discours, hier soir, après ton départ. Et je dois avouer que ça m'a surpris.

— Ah bon, qu'est-ce qu'elle a dit ?

Cam n'essaya même pas de masquer sa curiosité. Il voulait savoir, à tout prix !

Puis il s'adossa à son siège et attendit.

Jasper ne reprit pas tout de suite la parole, comme s'il hésitait, puis finit par poser son regard sur lui.

— Est-ce que tu t'inquiètes pour moi ? lui demanda-t-il.

Bien sûr qu'il se faisait du souci pour lui, mais il ne souhaitait absolument pas l'avouer !

— Tu es mon frère, éluda-t-il.

À cet instant, Jasper se leva et vint se planter devant lui, tout près.

— Écoute-moi bien, Cam. Je vais te poser une question et je veux que tu me dises la vérité, aussi brutale soit-elle. Et je ne plaisante pas, précisa-t-il. Ne me mens pas et n'essaie pas non plus de me protéger ou de faire ton grand frère, OK ?

— Très bien.

Cam se tendit. Mais où voulait-il en venir ?

— Quand j'ai repris ta place au sein de la société de papa et maman…

Jasper fit une pause puis reprit le sujet d'une autre façon :

— Tu as dit des choses, par le passé. Tu penses toujours que ça me rend malheureux, de travailler pour eux ?

Cam voulut se lever, mais Jasper le bloqua. Alors il passa la main sur sa barbe de deux jours.

— Allez, réponds-moi !

Trop fatigué pour se battre ou même mentir, il finit par dire :

— La culpabilité que je ressens…

— La culpabilité ? le coupa son frère. Mais de quoi te sens-tu coupable ?

— C'est à cause de moi que tu as dû prendre la relève, dans l'entreprise de nos parents.

— Mais pas du tout !

— Évidemment, je ne t'ai pas forcé à proprement

parler, enchaîna-t-il, mais si j'étais resté, tu n'aurais pas travaillé pour eux. Et puis papa et toi, vous êtes sans cesse à couteaux tirés, vous ne parvenez jamais à trouver un terrain d'entente.

— C'est parce que papa est vraiment très têtu ! D'ailleurs, maman aussi peut l'être quand elle s'y met. En fait, j'adore mon travail, mais chaque jour j'éprouve un sentiment de culpabilité.

Là-dessus, Cam poussa un soupir, tandis que Jasper penchait la tête sur le côté. Puisqu'il voulait entendre la vérité, il allait la lui livrer :

— Si je n'avais pas été aussi égoïste et si je n'étais pas parti, tu n'aurais pas eu à me remplacer, voilà tout.

Un silence s'abattit sur la pièce, puis Jasper s'assit à côté de lui.

— Tu sais ce que c'est, d'être le cadet, dans cette famille ? D'être le plus jeune fils ?

Cam secoua la tête.

— C'est gonflant, voilà la vérité, dit Jasper.

Et il passa la main sur son visage.

— Tout ce que je faisais était toujours dévalorisé. Ça ne comptait pas.

— Tu te trompes, Jasp, protesta-t-il tout en sentant sa gorge se serrer.

— Je crains que non. C'était toi qui comptais à leurs yeux, qu'ils couvaient en tant qu'héritier, celui qui incarnait l'avenir de leur société. Moi, j'étais la roue de secours.

Bon sang ! Les choses s'étaient vraiment passées de cette façon ?

— Ne redis jamais ça ! s'écria-t-il. Tu sais parfaitement que tu as été un enfant aimé et choyé.

— C'est exact, et je ne le conteste pas, mais on ne me respectait pas.

Jasper se leva de nouveau et fit les cent pas dans la pièce.

— Tu sais, j'aime l'immobilier. J'adore les chiffres,

passer des contrats, trouver de nouvelles idées pour faire prospérer l'entreprise. Vraiment, c'est ma passion.

— Ah bon ?

Cam n'en croyait pas ses oreilles.

— Mais oui, depuis toujours. Pourquoi crois-tu que je suivais papa dans tous ses déplacements quand j'étais enfant ? Et à ton avis, pourquoi est-ce que je passais tant de temps à discuter avec maman ? J'ai travaillé dur pour intégrer de grandes écoles, pour me faire une place dans l'entreprise familiale. Quand tu m'as annoncé que tu ne voulais pas travailler pour maman et papa, je jubilais !

— Ça alors ! Je n'en reviens pas…

— Désolé de te dire ça, Cam, mais le fichu égoïste, c'est moi. Je n'ai pas pris la relève pour éviter une crise familiale quand tu as décidé de fonder ta propre entreprise, mais parce que mon rêve se réalisait.

Cam se leva à son tour et s'approcha de lui.

— Tu es sérieux ?

— Tout à fait, confirma Jasper d'un ton ferme. Par conséquent, tu ne me dois rien. Rien du tout.

Submergé par l'émotion, Cam s'élança vers son frère pour le serrer très fort dans ses bras, ce qu'il n'avait pas fait depuis une éternité. Il se sentait délesté du fardeau qu'il portait depuis des années,

— Merci, petit morveux, marmonna-t-il avec la plus grande affection.

— Pas de quoi, Cam.

Puis il se détacha de son étreinte, et ajouta :

— Bien. Et maintenant revenons à Ella. Tu vas aller lui parler pour que vous vous expliquiez, j'espère.

Avec un lourd soupir, Cam se laissa retomber sur le canapé.

— Est-ce que tu as lu l'édito de la blogueuse de Bayside, aujourd'hui ? poursuivit Jasper.

Cam leva les yeux au plafond. Décidément, son frère ne lâchait pas le morceau. Et dire qu'il reprochait à son père d'être trop têtu ! On se demandait bien qui avait hérité de son entêtement…

— Tout à fait ! ironisa-t-il. Entre une séance de shopping en ligne et une série pour filles.

— Bon, je sais que tu n'es pas un grand fan de cette blogueuse, mais s'il y a un jour où tu devrais faire une exception, c'est aujourd'hui, je t'assure.

— Pourquoi ? Elle parle de qui portait quoi à ta fête, hier soir ?

Jasper éclata de rire.

— Elle mentionne effectivement la réception, déclara-t-il.

Puis il sortit son portable de sa poche et le tendit à Cam.

— Regarde. Elle a posté une vidéo sur son blog, aujourd'hui, ajouta-t-il.

— Écoute, je me fiche vraiment de ce que cette…

— Tu vas regarder cette vidéo, oui ? s'impatienta Jasper.

Très bien, si ça pouvait lui faire plaisir, et le calmer ! Quand Jasper voulait quelque chose, il n'en démordait pas. Pourtant, il n'était vraiment pas d'humeur à regarder une vidéo sur… sur quoi, au juste ? Deux personnes surprises en train de s'envoyer en l'air à la réception ou bien un convive dont la tenue était complètement ratée ? De toute façon, il ne pourrait pas y échapper, alors autant ne pas protester plus longtemps.

La page web une fois ouverte, Cam sentit son cœur se serrer quand l'image d'Ella, dans sa robe violette, remplit l'écran. Il vit aussi apparaître Jasper. Tous les deux se parlaient, mais on ne comprenait pas ce qu'ils se disaient.

— Monte le son, Einstein, lança son frère.

Avec un grognement, Cam monta le son et s'assit pour voir Ella Owens, la femme dont il était amoureux, perdre la boule devant la ville entière… À la fin du petit film, il eut l'impression que son cœur s'était arrêté de battre et qu'il n'avait pas respiré une seule fois.

Il leva un regard plein d'espoir vers Jasper.

— Elle m'aime, dit-il d'un ton incrédule.

Et son frère se contenta d'acquiescer d'un signe de tête. Alors Cam lui rendit son téléphone et bondit du canapé.

— Il faut que j'y aille.

— Ce n'est pas trop tôt ! s'écria Jasper dans son dos.

Car déjà il était dans le vestibule, en train de chercher ses clés, mais c'était avant tout Ella qu'il devait trouver.

Il entendit Jasper s'écrouler sur le canapé, puis le bruit de la télévision tandis qu'il se ruait vers la porte. Il l'ouvrit brusquement, jaillit dehors… et manqua de renverser son père.

— Papa ? Que viens-tu faire ici ?

De taille identique, ils avaient les mêmes yeux noirs et tous les deux le teint hâlé, à cette différence près que son père pouvait lui clouer le bec d'un simple regard. Depuis qu'il était enfant, il redoutait ce genre de coups d'œil de sa part.

Et à trente-deux ans, il en était toujours au même point.

— Accorde-moi juste une minute de ton précieux temps, lui dit son père.

Puis il s'appuya contre la rambarde du porche dont il caressa le bois d'un air approbateur.

— Beau travail, conclut-il.

Et comme Cam ne disait rien, il demanda :

— C'est toi qui l'as construite ?

Il acquiesça et vint se poster à côté de lui.

— Exact. Il n'y avait pas de porche, à l'origine, et ça manquait.

Son père inspecta la maison, avec ce toit pentu, cette grande cheminée, dans ce style Cap Cod que Cam affectionnait particulièrement.

Les mains agrippées à la rambarde, il s'efforçait de se calmer. Il avait désespérément besoin de voir Ella, de lui parler.

— Je voulais te dire quelque chose, déclara enfin Collin Dumont. Hier soir, Ella a tenu un grand discours, et c'est pour cette raison que je suis venu te voir.

Quand Ella se mettait enfin à parler, elle n'épargnait personne, pensa Cam en retenant un sourire.

— Tu fais vraiment du beau travail, mon fils, répéta son père.

Surpris, il cligna les yeux.

— Euh… Merci.

— Je ne te l'ai pas assez dit.

À cet instant, Collins émit un petit rire, puis poursuivit :

— En réalité, je ne te l'ai jamais dit.

— Oui, j'avais remarqué.

— Je voulais que tu reprennes la société familiale, comme moi je l'avais fait avec mon père.

Cam prit une grande inspiration. Ah non, pas encore cette histoire !

— Papa, nous avons déjà parlé et reparlé de ce sujet, ça suffit.

— Je me suis entêté, sans doute un peu trop.

Aussitôt, Cam lui lança un regard surpris. Très surpris, à vrai dire.

Il dut alors reconnaître que son père paraissait embarrassé, ce qui était fort rare et passait la main dans ses cheveux. Un geste qu'il faisait souvent, lui aussi.

— Tu es libre de choisir ta vie et tu possèdes aujourd'hui une société florissante sans m'avoir demandé de soutien financier…

Sa voix se brisa quand il ajouta :

— Je suis fier de toi.

La gorge nouée, Cam répondit alors :

— Merci, papa.

Et comme ce dernier détestait les scènes trop sentimentales, il lui donna une tape dans le dos et enchaîna :

— Très fier, si tu veux savoir. J'irai bientôt examiner ton travail de plus près. Tout le monde ne peut pas se vanter d'avoir un fils si talentueux.

— En fait, tu as deux fils doués, précisa-t-il en désignant Jasper derrière la vitre.

Nul doute que celui-ci avait trouvé un film à sa convenance sur l'une des nombreuses chaînes ciné auxquelles il était abonné.

Collin Dumont regarda Jasper, à l'intérieur.

— Je sais, concéda-t-il.

— Tu pourrais lui dire ça, de temps à autre ? suggéra Cam.

— C'est dans mes intentions. Son temps viendra, ne t'en fais pas. Il doit encore apprendre une ou deux petites choses.

Cam avait conscience que cette conversation avec son père était à marquer d'une pierre blanche. Et pourtant il n'avait qu'une obsession : se rendre au plus vite auprès d'Ella.

— À propos, où allais-tu si vite quand je t'ai interrompu dans ta course ? demanda son père.

Tant de précipitation ne lui avait pas échappé.

— En fait, j'allais voir quelqu'un.

— Et ce quelqu'un, ce ne serait pas une brune très séduisante qui a créé du remous, hier soir, chez nous ?

Et sur ces mots, il le gratifia d'un de ses rares sourires.

— Bien vu ! J'espère que tu ne me désapprouveras pas, dit Cam en commençant à descendre les marches du porche. Je vais faire une chose très risquée.

— Tous les bons hommes d'affaires prennent des risques, fiston.

— Je suis amoureux d'Ella Owens et j'espère qu'elle voudra toujours de moi.

Collin Dumont croisa les bras et le considéra attentivement.

— Je dois avouer que si aucun de vous ne s'était décidé, j'en aurais conclu que j'avais élevé deux idiots.

*
* *

Ella avait arpenté les rues de Bayside toute la journée. Elle avait mal aux pieds, le crâne prêt à éclater et était extrêmement fatiguée.

Elle avait commencé la journée en compagnie de son père qui avait accepté qu'elle l'accompagne chez le médecin. Même si elle avait très peu dormi, même si elle souhaitait parler de toute urgence à Cam, elle était vraiment ravie que son père lui demande enfin de l'accompagner. Du coup, elle avait repoussé sa visite.

Après le rendez-vous médical, elle avait encore dû reporter, pour la simple et bonne raison qu'il lui fallait se rendre à la banque où elle avait passé des heures à étudier ce qu'on lui proposait. C'était obligatoire pour monter un dossier dont la seule idée lui donnait le vertige. Mais pas autant que le fait qu'elle allait bientôt devenir chef d'entreprise.

Ella sourit. Si tout se passait comme prévu, elle serait bientôt propriétaire de la Bayside Gallery. Elle n'arrivait toujours pas à le croire : elle allait rester dans sa ville natale, tout près de son père.

Et de Cam aussi. Lui qui, pour l'instant, la détestait.

Elle poussa un long soupir frustré. Elle l'avait cherché partout, même chez ses parents, elle lui avait laissé plus de vingt messages sur le répondeur de son portable, mais il n'avait pas répondu. En outre, il ne se trouvait dans aucun des endroits où il avait l'habitude de se rendre, ou du moins là où elle pensait le trouver. Il n'était ni au Brewside, ni au Max's Bar. Chez lui, il n'y avait personne à part Jasper qui s'était installé confortablement devant l'écran géant, un bol de pop-corn à portée de main. Il ne lui avait pas été d'une grande aide, c'était le moins qu'on puisse dire.

Elle s'était donc résolue à aller jusqu'à son chalet, mais auparavant elle avait besoin de souffler un peu et de reprendre des forces.

Le regard tourné vers la baie, elle constata que l'océan

était tranquille, aux antipodes de son état d'esprit, en somme !

Pourquoi ne lui avait-elle pas pris la main, hier soir ? Elle ne se l'expliquait pas puisqu'elle le désirait et, oui, elle l'aimait, il n'y avait aucun doute là-dessus !

Une minute… Peut-être était-il occupé sur un chantier dont tout le monde ignorait l'existence, ce qui n'était pas non plus à exclure. C'était peut-être elle qui ne tournait pas rond. D'ailleurs, les gens se comportaient de façon différente avec elle, aujourd'hui.

Et au fond cela ne lui déplaisait pas.

Tout en respirant profondément, elle lissa sa tunique orange — choisie avec Riley — puis tourna au coin de la rue. Là, elle se figea sur place.

Cam.

Il était en train de courir vers elle. L'avait-elle fait apparaître à force de penser à lui ?

— Ella ! s'écria-t-il.

En quelques enjambées, elle fut près de lui.

— Cam !

Avec un grand soupir de soulagement, elle poursuivit :

— Je t'ai cherché toute la journée. Je suis désolée pour hier soir, tu ne peux pas savoir.

Les mots sortaient tout seuls, elle avait la sensation que si elle ne les prononçait pas tout de suite, elle allait imploser.

— J'ai été tellement stupide.

Cam voulut alors ouvrir la bouche, mais elle le fit taire d'un doigt impérieux.

— C'est toi qui avais raison. Tu avais raison pour tout, enchaîna-t-elle.

Les mains dans les poches de son jean, elle se mordit la lèvre. Allons ! Elle ne devait pas s'arrêter en si bon chemin.

— Tu avais raison quand tu me disais de ne pas me

laisser faire. De me défendre. Alors je suis passée à l'action, hier soir, quand tu es parti.

Il bascula d'une jambe sur l'autre, et comme elle le sentit sur le point de l'interrompre, elle reprit la parole.

— J'ai eu une longue discussion avec mon père. Avec lui aussi, je me suis comportée comme une idiote : il est vraiment heureux que je sois de retour à Bayside, tu sais, et que je m'y installe définitivement.

Cam haussa un sourcil, et elle éclata de rire.

— Oui, je reste ! Et la banque m'accorde le prêt que j'ai demandé, je vais ouvrir la galerie. Bien sûr, je réaliserai aussi des fresques pour les chambres d'enfants, ou d'autres activités de ce type.

À cet instant, elle vit l'expression de Cam s'adoucir… et retint un cri de joie, car c'était exactement ce qu'elle attendait.

— Merci, dit-elle avec un long soupir.

Cam lui sourit.

— De quoi me remercies-tu ?

— De croire en moi. De ne pas me juger.

Elle s'avança d'un pas vers lui.

— Merci de m'avoir encouragée et d'être mon ami.

Tout en attrapant ses mains, elle croisa son regard.

— Merci d'être plus que mon ami, se corrigea-t-elle.

— Autre chose ? demanda-t-il.

Elle hocha la tête.

— J'allais oublier le plus important : merci de m'avoir appelée Ella.

Il éclata de rire et l'attira contre lui pour l'étreindre longuement, ce moment qu'elle avait tant désiré ! Leurs bouches se trouvèrent, et elle se sentit fondre. Combien de temps restèrent-ils enlacés à s'embrasser ? Elle l'ignorait et s'en fichait. La seule chose qui comptait, c'était qu'ils soient ensemble.

Cam releva la tête.

— J'ai un aveu à te faire, déclara-t-il alors.

— Oh ! Et moi, je dois encore te dire quelque chose !

— Ah bon, vraiment ? Je me demande bien quoi, encore.

Un sourire aux lèvres, elle murmura :

— Je t'aime, Cam Dumont.

Il poussa un petit grognement de satisfaction et fondit sans attendre sur sa bouche pour l'embrasser avec passion, avant de se faire plus doux.

— J'ai regardé la vidéo de ton discours, sur le site de la blogueuse. Je suis fier de toi, Ella, et moi aussi, je t'aime.

— Dans ce cas, embrasse-moi encore et prouve-le-moi.

Il ne se fit pas prier, et la força à reculer jusqu'à ce qu'elle sente la rambarde derrière elle. Un bruit sec se fit alors entendre, et Ella ne sentit plus rien dans son dos… À part le vide. Et ce fut dans un grand plouf qu'ils tombèrent à l'eau tous les deux.

Encore une fois.

Quand elle refit surface, Cam la saisit par les hanches. Ils se regardèrent un instant, puis éclatèrent de rire.

— Mais c'est une manie chez toi de sauter dans l'océan depuis la jetée ?

— Il faut croire que je n'arrive pas à m'en lasser.

— Et moi, c'est de toi que je ne pourrai jamais me lasser, renchérit-il.

Et de nouveau il l'embrassa.

Curieux. Tout avait commencé par une vidéo d'elle et une chute dans la baie, et la boucle semblait désormais bouclée.

Les yeux posés sur Cam, elle demanda :

— Tu as vraiment regardé la vidéo de la blogueuse ?

— Eh oui, figure-toi ! D'ailleurs, ses potins nous ont sauvés.

— Dommage qu'elle n'ait pas été là cinq minutes plus tôt. Elle nous aurait peut-être empêchés de tomber à l'eau. À propos, tu ne devais pas réparer la rambarde ?

— Il faut croire que j'ai oublié. Je le ferai demain.

— Dans ce cas, je viendrai t'aider.

Quand le soleil commença à descendre au-dessus de leurs têtes et l'eau à clapoter autour d'eux, Ella embrassa à nouveau Cam, au comble du bonheur. Finalement, ce n'était pas plus mal si une certaine blogueuse avait fourré son nez partout !

Pour le bonheur de sa fille, de Helen Lacey

Aider un père perdu et sa fille de quatorze ans à créer des liens, Ash ne demandait pas mieux. Elle qui a toujours aimé secourir les familles en détresse au sein du ranch de Cedar River qu'elle dirige, se retrouve pourtant démunie. Cole Quartermaine ne vient-il pas de lui dire qu'il voulait arrêter cette thérapie familiale sans lui fournir aucune explication ? Peut-elle encore le retenir alors qu'il doit quitter les lieux demain et qu'il se montre étrangement glacial avec elle depuis leur dernier tête-à-tête ?

Un Ballantyne pour père, de Joss Wood - N°757

Un véritable cauchemar. Pour obtenir de Linc Ballantyne qu'il l'aide à retrouver la mère de la petite Ellie dont elle a hérité la garde, Tate doit accepter de s'installer chez lui pour jouer la nourrice de son fils. Elle qui rêvait de se débarrasser du rôle de mère de substitution qui lui va si mal, va se retrouver avec deux enfants sur les bras ! Bien loin de la vie trépidante qu'elle aime tant, et qu'elle craint de ne pas retrouver de sitôt…

Une vie à tes côtés, de Vicki Lewis Thompson

Si vivre son idylle avec le séduisant Austin Teague est un pur délice depuis quelques semaines, cela doit prendre fin immédiatement. La décision de Drew est irrévocable. Cet homme, aussi parfait soit-il, ne vient-il pas de lui confier son désir de faire d'elle sa femme et la mère de ses enfants ? Un désir que Drew, avide d'indépendance et farouchement attachée à sa liberté, ne partage hélas pas…

Des jumeaux pour deux ennemis, de Barbara Dunlop - N°758

Enceinte de son pire ennemi. En découvrant qu'elle attend des jumeaux de Caleb Watford – le goujat avec qui elle vient de passer la plus délicieuse des nuits –, Juliet sait que sa vie va basculer à tout jamais. Comment pourrait-elle faire de cette étreinte qui lui brûle encore la peau une simple parenthèse de plaisir ? Pourtant, elle n'a pas le choix : elle doit oublier Caleb et lui taire ce secret à jamais pour ne pas raviver les haines ancestrales qui divisent leurs familles…

Une berceuse pour Noël, de Stella Bagwell

Un odieux mufle ! Voilà ce qu'est à présent Denver Yates aux yeux de Marcella. Pour quelle raison son ténébreux héros, l'homme avec qui elle partage sa vie depuis plusieurs mois, le père qu'elle espérait pour ses deux jeunes fils… se montre-t-il soudain aussi glacial et distant ? Prend-il plaisir à souffler ainsi le chaud et le froid avec elle ? Ou aurait-il démasqué son terrible secret ?

Séduction passagère, de Katherine Garbera - N°759

Quand le séduisant Will Brady lui annonce son départ du ranch où elle le loge, Amberley ne peut calmer sa fureur. Comment ose-t-il lui faire cela après les délicieux moments qu'ils ont vécus ensemble ? Ne voit-il pas combien elle tient à lui et à sa petite Faye ? Bien sûr, elle sait depuis le début que Will n'est de passage au Texas que le temps de résoudre une enquête. Ce qu'elle ignorait, en revanche, c'est que les dernières semaines passées en sa compagnie signifiaient si peu pour lui…

Une belle à son bras, de Caro Carson

Emily ne voit-elle pas qu'il est un monstre ? Un homme sans pitié qui a commis le pire durant la guerre. Benjamin est démuni. Quel stratagème pourrait-il déployer pour repousser sa jeune et séduisante collègue au ranch d'Austin, alors qu'il a déjà tout essayé : la colère, l'indifférence, la rudesse… Et que même si tous deux savent leur amour impossible, Benjamin craint plus que tout de se laisser séduire par le charme de la belle…

La brûlure des sentiments, de Janice Maynard - N°760

Si elle veut obtenir la garde légale de sa nièce, qu'elle aime comme sa propre fille, Hattie doit se marier et vite. À sa grande surprise, la seule personne à comprendre l'urgence de la situation et à accepter un mariage de pure convenance n'est autre que Luc Cavallo, son premier amour. Hattie se tourne donc vers lui. Et, alors qu'elle croit avoir enfin trouvé l'issue à tous ses problèmes, elle découvre au contraire qu'elle vient de commettre une terrible erreur. Car il devient vite évident pour elle que les blessures du passé ne se sont pas vraiment refermées ; et que le lien qui l'unit à Luc pourrait bientôt n'avoir plus rien d'un arrangement pratique…

Divine étreinte, de Christyne Butler

Enceinte. Pour Fay, la surprise est de taille. Car, si elle s'est offert une nuit de réconfort dans les bras d'Adam – devant un feu de cheminée aussi brûlant que leur étreinte –, elle sait que c'était une erreur. Une erreur d'autant plus terrible qu'elle a longtemps reproché à Adam d'être responsable de la mort de son mari. Après tant de rancœur et de passions mêlées, comment pourrait-elle envisager avec lui un avenir serein… une famille ? Bouleversée, elle est assaillie par une seule et même question : doit-elle seulement lui révéler qu'il va être le père de son enfant ?

Composé et édité par HarperCollins France.

Achevé d'imprimer en septembre 2018.

CPi
BLACK PRINT

Barcelone

Dépôt légal : octobre 2018.

Pour limiter l'empreinte environnementale de ses livres, HarperCollins France s'engage à n'utiliser que du papier fabriqué à partir de bois provenant de forêts gérées durablement et de manière responsable.

Imprimé en Espagne.